Studiu DESPRE OTRAVĂ

LEDA EDGE

Colecție coordonată de
Shauki Al-Gareeb

Maria V. Snyder

Studiu despre otravă

CRONICILE DIN IXIA
CARTEA ÎNTÂI

Traducere din limba engleză
ADINA IHORA

CORINT
BOOKS
2018

Redactare: Alina Sârbu
Tehnoredactare computerizată: Mihaela Ciufu
Designul copertei: Henry Steadman
Designul titlului în limba română: Dan Mihalache

ISBN 978-606-793-445-8

Descrierea CIP a Bibliotecii Naționale a României
SNYDER, MARIA V.
Studiu despre otravă / Maria V. Snyder; trad. din lb. engleză: Adina Ihora. – București: Corint Books, 2018
ISBN 978-606-793-445-8

I. Ihora, Adina (trad.)

821.135.1

Soțului meu, Rodney, pentru toată susținerea pe care
mi-a oferit-o, continuă să mi-o ofere și mi-o va oferi în viitor.
Sunt o răsfățată!

În memoria dragilor mei Frances Snyder,
Jeanette și Joseph Scirrotto...

„Vor vorbi cu tine și vor face glume,
în timp ce-ți vor administra otrava.”
Kathy Brandt, o bună prietenă care a pierdut
bătălia cu cancerul, despre chimioterapie

TERITORIUL IXIEI

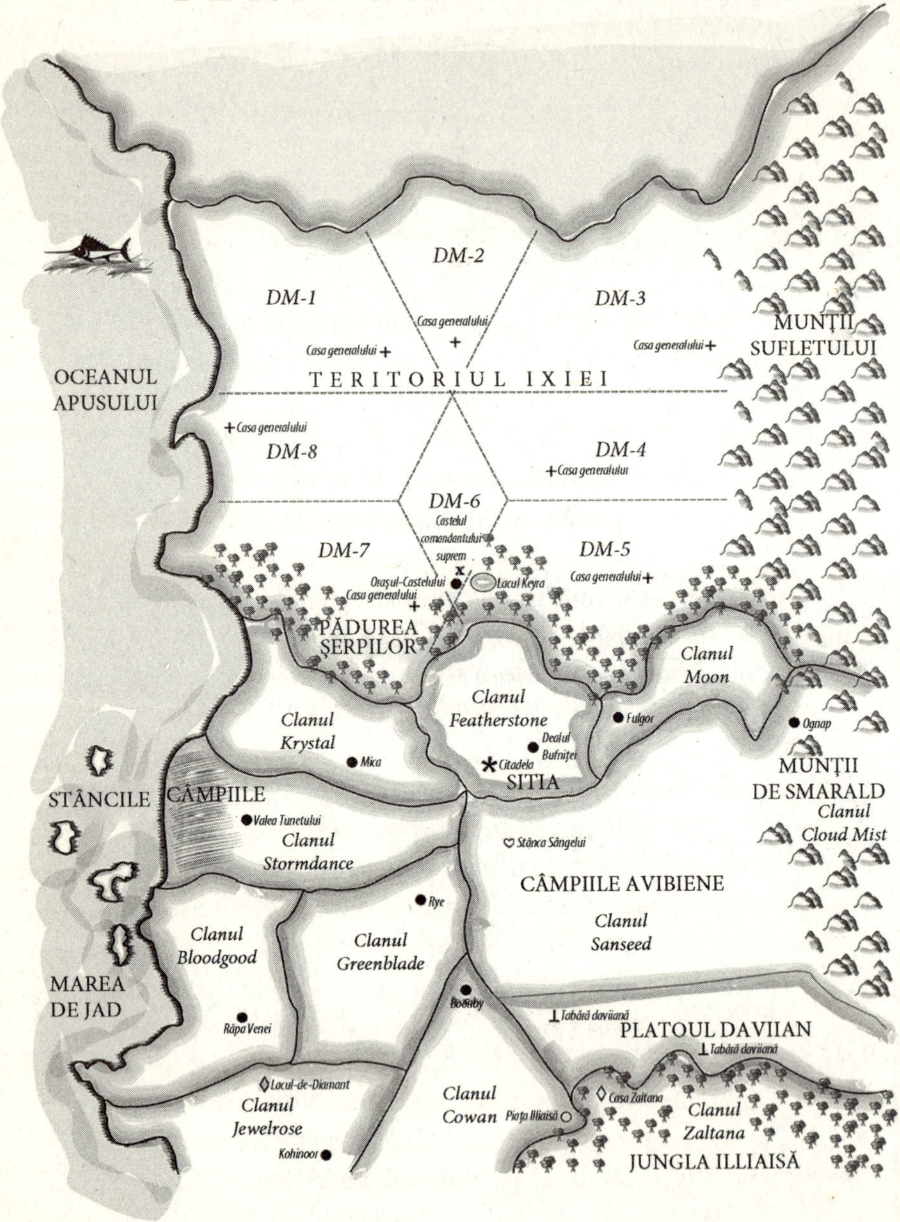

I

ZĂVORÂTĂ ÎN BEZNA CARE MĂ ÎNCONJURA ca un sicriu, nu aveam nimic care să mă abată de la amintirile mele. Evocări intense, vii, stăteau la pândă, pregătite să mă asalteze, ori de câte ori mintea începea să-mi hoinărească.

Înconjurată de tenebre, mi-am amintit de flăcările de un alb fierbinte care îmi înțepaseră fața. Deși mâinile îmi fuseseră legate de un stâlp care îmi rănea rău spatele, mă trăsesem totuși înapoi din fața atacului vâlvătăilor. Focul se retrăsese chiar înainte de a apuca să-mi bășice pielea, însă sprâncenele și genele au apucat să îmi fie arse, totuși.

— Stinge focul! îmi poruncise vocea aspră a unui bărbat.

Am suflat în pălălaie cu buzele mele crăpate. Secătuită de dogoare și de frică, umezeala din gura mea dispăruse cu totul. Până și dinții mei păreau să radieze căldură, ca și când ar fi fost copți într-un cuptor.

— Tâmpito! m-a înjurat el. Nu cu gura! Folosește-ți puterea gândului! Stinge flăcările *cu mintea ta*!

Mi-am închis ochii și-am încercat să mă concentrez pentru a face iadul acela să dispară. Aș fi făcut absolut orice, oricât de nebunesc ar fi fost, numai să-l conving pe bărbat să înceteze.

— Străduieşte-te mai mult! a continuat el, însă.

Şi, din nou, căldura a zvâcnit spre faţa mea, lumina strălucitoare orbindu-mă, deşi îmi ţineam ochii strâns închişi.

— Dă-i foc părului! a cerut o voce diferită.

Acest al doilea călău părea să fie mai tânăr şi mai plin de nerăbdare decât celălalt.

— Asta ar trebui s-o stimuleze să se străduiască mai mult! a continuat tânărul. Uite, tată, lasă-mă pe mine să-ncerc!

Trupul mi-a zvâcnit, cuprins de o frică intensă când am recunoscut vocea. M-am smucit, să-mi slăbesc legăturile care mă imobilizau, iar gândurile mi s-au risipit într-un murmur lipsit de orice noimă. Un zumzet mi-a ieşit din gâtlej şi s-a înteţit din ce în ce mai tare, până când s-a răspândit în toată încăperea, înăbuşind flăcările.

Scrâşnetul metalic, gălăgios, al lacătului m-a smuls din amintirile mele de coşmar. O rază firavă de lumină gălbuie a străpuns întunericul, apoi a călătorit de-a lungul peretelui de piatră de îndată ce s-a deschis uşa grea a celulei. Prinşi în strălucirea felinarului, ochii mi-au fost pârjoliţi de lumină. I-am ţinut strâns închişi şi m-am ghemuit într-un colţ.

— Mişcă-te, şobolanule, sau punem biciul pe tine! mi-au strigat doi temniceri, prinzând apoi un lanţ de zgarda metalică de la gâtul meu şi trăgându-mă tare, pentru a mă sili să mă ridic în picioare.

M-am împiedicat în faţă, durerea străfulgerându-mă de jur-împrejurul gâtului. Pe când stăteam pe picioare tremurătoare, temnicerii mi-au înlănţuit, cu multă eficienţă, mâinile la spate şi mi-au încătuşat gleznele.

Mi-am ferit privirea de lumina pâlpâitoare, în timp ce mă conduceau prin coridorul principal al temniţei. Un aer greu şi rânced mi-a năvălit în faţă. Picioarele goale mi se împleticeau prin băltoace pline cu tot felul de mizerii.

Fără să ia în seamă chemările și gemetele celorlalți prizonieri, temnicerii au mers neabătuți, neșovăind la nicio treaptă, însă inima mea tresărea la fiecare cuvânt.

— O, ho, ho… cineva o s-atârne în curând în ștreang! a strigat un deținut.

— Trosc! Poc! Și dup-aia, ultima masă ți se prelinge pe picioare! a zis altul.

— Un șobolan mai puțin de hrănit! a intervenit și-un al treilea.

— Luați-mă pe mine! Luați-mă pe mine! Și eu vreau să mor! a sărit al patrulea.

Ne-am oprit. Prin ochii mijiți am zărit o scară. Încercând să fac efortul de a pune piciorul pe prima treaptă, m-am împiedicat de lanțuri și am căzut. Temnicerii m-au smucit în sus. Muchiile dure ale treptelor din piatră mi-au zdrelit pielea, lăsându-mi expusă carnea de pe brațe și de pe picioare. După ce am fost trasă prin două rânduri de uși metalice groase, am fost aruncată la pământ. Lumina soarelui îmi străpungea pleoapele. Am închis strâns ochii, pe când lacrimile îmi curgeau pe obraji. Era pentru prima oară, după luni întregi, când vedeam lumina zilei.

„S-a terminat!" m-am gândit, și-am simțit cum panica începea să mă cuprindă.

Știind, însă, că execuția avea să însemne și sfârșitul existenței mele mizerabile în temniță, m-am mai liniștit puțin.

Pentru că m-au tras din nou, ridicându-mă în picioare, i-am urmat pe temniceri orbește. Corpul mă durea din cauza înțepăturilor insectelor și pentru că dormisem pe paie murdare. Duhneam a șobolan. Fiindcă nu mi se dădea decât o porțioară mică-mică de apă, nu o irosisem deloc pe spălat.

De îndată ce privirea mi s-a obișnuit cu lumina, am privit în jur. Pereții erau goi, fără vestitele candelabre de perete din aur și fără tapiseriile complicate despre care mi se spusese că ar fi împodobit, cândva, coridoarele principale ale castelului.

Podeaua de piatră rece era netedă în mijloc, din cauza uzurii. Probabil că parcurgeam culoarele tainice folosite numai de servitori și de gărzi. Când am trecut pe lângă două ferestre deschise, am privit afară cu un nesaț pe care niciun fel de hrană n-ar fi putut să-l ostoiască.

Smaraldul strălucitor al ierbii a făcut să mă doară ochii. Copacii erau îmbrăcați în adevărate pelerine de frunze. Aleile erau presărate cu flori, aceleași care se revărsau și din nenumărate ciubere. Adierea proaspătă mirosea ca un parfum scump și am tras aerul adânc în piept. După mirosurile acre de excremente și de sudoare, aerul avea gustul unui vin bun. Căldura îmi mângâia pielea. O atingere alinătoare, bine-venită după carcera subterană, în permanență umedă și friguroasă.

Am bănuit că era începutul sezonului cald, ceea ce însemna că stăteam închisă în celulă de cinci anotimpuri, adică de aproape un an întreg, mai puțin un anotimp. Părea să fie un interval exagerat de lung pentru cineva condamnat la moarte.

Gâfâind din cauza efortului de a păși cu picioarele ferecate în lanțuri, m-am lăsat condusă într-un birou spațios ai cărui pereți erau acoperiți de hărți ale Teritoriului Ixiei și ale regiunilor de dincolo de acesta. Grămezile de cărți de pe podea făceau ca mersul în linie dreaptă să fie nespus de dificil. Lumânări în diverse stadii de topire luminau încăperea și, ici-colo, se vedeau urme clare de înnegrire pe câteva hârtii care ajunseseră prea aproape de flăcări. O masă mare de lemn înțesată de documente și înconjurată de vreo șase scaune ocupa tot centrul încăperii în fundul căreia un bărbat era așezat la un birou. Îndărătul lui, o fereastră pătrată era larg deschisă, lăsând să pătrundă o adiere care-i flutura părul lung până la umeri.

M-am înfiorat, ceea ce mi-a făcut lanțurile să zăngănească. Din conversațiile șoptite purtate prin pereții celulelor închisorii, aflasem că prizonierii condamnați la moarte erau, întotdeauna, duşi în faţa unui înalt funcţionar, să-şi mărturisească fărădelegile înainte de a fi spânzuraţi.

Îmbrăcat cu pantaloni negri şi cămaşă neagră cu două romburi roşii cusute pe guler, bărbatul de la birou purta uniforma de consilier al comandantului suprem. Chipul său palid era cu totul şi cu totul lipsit de orice expresie. Ochii lui albaştri ca safirul m-au examinat şi s-au căscat de surprindere.

Devenind, dintr-odată, conştientă de halul în care arătam, am aruncat o privire spre rochia mea roşie zdrenţuită, de întemniţată, şi spre picioarele mele goale şi murdare, asprite, pline de bătături îngălbenite. Prin găurile din ţesătura subţire mi se vedea pielea brăzdată de murdărie. Părul, lung şi negru, îmi atârna în şuviţe slinoase. Scăldată în sudoare, m-am clătinat sub greutatea lanţurilor.

— O femeie? s-a mirat bărbatul. Următorul prizonier care urmează să fie executat este *o femeie*?

Vocea lui era glacială. Trupul mi s-a cutremurat la auzul cuvântului „executat" rostit cu voce tare. Calmul pe care reuşisem să-l dobândesc, cât de cât, mai devreme, m-a părăsit. M-aş fi prăbuşit pe podea, plângând cu suspine, dacă temnicerii n-ar fi stat chiar lângă mine. Or, se ştia că gardienii chinuiau pe oricine ar fi dat dovadă de slăbiciune.

Bărbatul s-a tras de zulufii lui negri.

— Ar fi trebuit să-mi fac timp să-ţi recitesc dosarul! a spus.

I-a alungat apoi pe temniceri:

— Sunteţi liberi!

După plecarea celor doi, mi-a făcut un semn spre scaunul din faţa biroului său. Lanţurile mi-au zornăit când m-am aşezat pe marginea acestuia.

El a deschis un dosar de pe birou şi i-a parcurs paginile.

— Yelena, astăzi ar putea fi ziua ta norocoasă! mi-a declarat.

Mi-am înghițit răspunsul sarcastic. O lecție importantă pe care o învățasem în timpul petrecut în închisoare era să nu ripostez niciodată cu obrăznicie. În schimb, mi-am plecat capul, evitându-i privirea.

Bărbatul a rămas tăcut o vreme.

— „Purtare frumoasă și respectuoasă"! a citit el cu glas tare din dosar. Începi să pari a fi o candidată potrivită.

În ciuda dezordinii din încăpere, biroul lui era foarte ordonat. În afară de dosarul meu și de câteva instrumente de scris, singurele obiecte de pe el erau două statuete mici, negre, care străluceau cu licăriri argintii - o pereche de pantere sculptate și izbitor de asemănătoare cu cele adevărate.

— Ai fost judecată și găsită vinovată pentru uciderea unicului fiu al generalului Brazell, Reyad, a spus, apoi a făcut o pauză, lovindu-și tâmplele cu degetele. Vasăzică, așa se explică de ce Brazell a venit aici săptămâna asta, manifestând un interes neobișnuit față de programul execuțiilor.

Bărbatul vorbea mai mult pentru sine, decât cu mine.

La auzul numelui „Brazell", în suflet mi s-a cuibărit frica. M-am liniștit, amintindu-mi că, în curând, urma să fiu la adăpost de atingerea lui pentru totdeauna.

Militarii din Teritoriul Ixia veniseră la putere cu numai cincisprezece ani în urmă, însă, în timpul stăpânirii lor, fuseseră promulgate legi severe, adunate în *Codul de bună purtare*. Pe timp de pace - adică în majoritatea timpului, lucru destul de ciudat dacă ținem cont că ne conduceau niște ofițeri -, buna purtare însemna că nu era îngăduită luarea unei vieți omenești. Dacă, totuși, cineva comitea o crimă, se acorda pedeapsa capitală. Legitima apărare sau moartea accidentală nu erau considerate scuze acceptabile. Odată găsit vinovat, ucigașul era trimis în temnița comandantului suprem în așteptarea momentului când avea să fie spânzurat în public.

— Presupun că vei contesta condamnarea, a mormăit. Vei spune că a fost o înscenare sau că ai ucis în legitimă apărare.

Zicând acestea, s-a lăsat pe spate în scaun, așteptându-mi răspunsul cu o răbdare plictisită.

— Nu, domnule, am șoptit, pentru că asta era tot ce puteam face din cauza corzilor vocale neutilizate de atâta vreme. Chiar l-am omorât.

Bărbatul în negru s-a îndreptat în scaun, aruncându-mi o privire grea. Apoi a râs din toată inima.

— Ei, să știi că toată tărășenia asta s-ar putea să se termine cu mult mai bine decât m-am așteptat! a exclamat. Yelena, îți ofer o opțiune! Poți să fii executată sau poți să devii noul degustător al comandantului suprem Ambrose. Ultimul care a deținut această funcție a decedat recent și trebuie să găsim pe cineva care să ocupe postul.

Am rămas cu gura căscată în timp ce continuam să-l privesc, cu inima dansându-mi de bucurie. Probabil că glumea! Probabil că dorea să se amuze doar pe seama mea! Strașnic mod de a te distra, n-aveam ce zice! Să vezi speranța și bucuria strălucind pe chipul deținutului, după care să le strivești, trimițând acuzatul să atârne în ștreang!

Am intrat în joc, însă.

— Numai un prost ar refuza postul acesta, am murmurat.

Vocea mea parcă a scârțâit mai tare de data asta.

— De fapt, este o slujbă pe... viață, a continuat. Iar pregătirea pentru ea poate fi fatală. La urma urmei, cum poți să identifici otrăvurile din mâncarea comandantului suprem, dacă nu știi ce gust au ele? s-a întrebat el, netezind hârtiile din dosar. Ți se va da o cameră în castel unde să poți dormi, însă cea mai mare parte a zilei ți-o vei petrece în preajma comandantului. Nu vei avea nicio zi liberă. Nu vei avea dreptul să ai soț sau copii. Unii prizonieri au ales, în schimb, execuția. Cel puţin, astfel, ştiau exact când aveau să moară, în loc să se întrebe dacă asta urma să se întâmple sau nu odată cu următoarea îmbucătură! mi-a explicat, iar dinţii i-au clănţănit, în timp ce un rânjet feroce i se întindea pe faţă.

Vasăzică, vorbea serios! De acum tremuram ca varga, din tot corpul. Dar aveam o şansă la viaţă! Să fiu în slujba comandantului suprem era mai bine decât să fiu în temniţă şi infinit mai bine decât să atârn în ştreang! Întrebările îmi goneau acum prin minte: eu sunt o ucigaşă condamnată, cum de puteau avea încredere în mine? Ce m-ar împiedica să-l omor pe comandant sau să evadez?

— Cine degustă în prezent mâncarea comandantului suprem? am întrebat eu, în schimb, de teamă că, dac-aş fi pus oricare dintre celelalte întrebări, bărbatul şi-ar fi dat seama că făcea o greşeală şi m-ar fi trimis iute-iute la eşafod.

— Eu, mi-a răspuns. Aşa că-s nespus de nerăbdător să-mi găsesc cât mai repede un înlocuitor. În plus, *Codul de bună purtare* prevede că slujba aceasta trebuie să-i fie oferită doar cuiva care, oricum, urma să-şi piardă viaţa.

Nemaiputând sta locului, m-am ridicat în picioare şi am început să străbat încăperea, târându-mi lanţurile după mine. Hărţile de pe pereţi arătau diverse poziţii militare strategice. Titlurile cărţilor se refereau la menţinerea securităţii şi la diverse metode de spionaj. Numărul mare al lumânărilor, precum şi starea în care se aflau acestea sugerau că aveam de a face cu o persoană care lucra până târziu în noapte.

M-am uitat în spatele meu, la bărbatul în uniformă de consilier. Probabil că era Valek, şeful serviciului de protecţie şi pază al comandantului suprem şi conducătorul vastei reţele de spionaj din Ixia.

— Aşadar, ce să-i spun călăului? m-a întrebat Valek.

— Că nu sunt, nicidecum, o proastă.

2

VALEK A ÎNCHIS DOSARUL cu zgomot. S-a îndreptat apoi spre ușă cu un mers tot atât de grațios și de lin ca al leopardului zăpezilor când pășește pe gheața subțire. La deschiderea ușii, gardienii care așteptau pe culoar au luat poziția de drepți. Valek le-a vorbit, iar ei au încuviințat dând din cap. Unul din paznici a venit apoi spre mine. L-am privit fix, pentru că întoarcerea mea în temniță nu făcuse parte din oferta lui Valek. Aș fi putut, oare, să evadez? Am explorat încăperea. Gardianul m-a răsucit și mi-a scos cătușele și lanțurile pe care le purtasem încă din clipa în care fusesem arestată.

Aveam fâșii de carne vie în jurul încheieturilor însângerate. Mi-am atins gâtul, pipăindu-mi pielea acolo unde fusese zgarda din metal. Degetele mi s-au retras, năclăite de sânge. Am bâjbâit după scaun. Eliberată de sub greutatea lanțurilor, am simțit cum mă cuprindea o senzație ciudată; aveam impresia că urma fie să îmi iau zborul, fie să îmi pierd cunoștința. Am inspirat adânc, până când senzația de leșin a dispărut.

Când mi-am revenit, am observat că Valek stătea lângă biroul său și turna băutură în două pahare. Un bufet din lemn, acum deschis, lăsa să se vadă înăuntrul său, îngrămădite, șiruri întregi de sticle cu forme ciudate și recipiente de sticlă multicolore.

— Cât așteptăm să vină Margg, m-am gândit că poate ți-ar prinde bine un strop de... întăritor! mi-a spus și mi-a înmânat un pocal înalt, plin cu un lichid chihlimbariu, pe care l-a ridicat și a ținut un toast. Pentru Yelena, cel mai nou degustător al nostru! Fie ca tu să reziști mai mult decât predecesorul tău!

Pocalul mea s-a oprit brusc în aer, înainte să-mi ajungă la buze.

— Liniștește-te, mi-a spus, asta este urarea obișnuită, îndătinată!

Am luat o înghițitură mare. Lichidul fin mi-a lăsat o ușoară senzație de arsură atunci când mi-a alunecat pe gâtlej. Pentru o clipă, am crezut că stomacul meu avea să se revolte. Era pentru prima oară când beam altceva în afară de apă. Apoi corpul meu s-a liniștit.

Înainte de a-l putea întreba ce se întâmplase, mai exact, cu degustătorul pe care-l avusese înaintea mea, Valek mi-a cerut să identific ingredientele din băutură.

— Piersici îndulcite cu miere! i-am răspuns, luând încă o înghițitură, mai mică.

— Bine! a încuviințat. Mai ia o înghițitură! De data aceasta, rostogolește lichidul în jurul limbii înainte de a-l înghiți!

M-am supus și am fost surprinsă să simt o vagă aromă de citrice.

— Portocală? m-am mirat.

— Exact. Acum fă gargară cu el! mi-a cerut.

— Chiar gargară? l-am întrebat.

El a încuviințat cu un gest din cap. Simțindu-mă puțin ridicolă, am făcut gargară cu restul băuturii și aproape că am scuipat-o din gură. Fiindcă avea gust de portocale stricate!

În jurul ochilor lui Valek au apărut riduri atunci când el a izbucnit în râs. Avea o față puternică și colțuroasă, ca și când cineva ar fi lucrat-o la matriță dintr-o bucată de metal, dar se îmblânzea atunci când zâmbea. Dându-mi pocalul lui, mi-a cerut să repet experimentul.

Am luat o gură din băutură, cu o oarecare îngrijorare, descoperind din nou gustul slab de portocală. Pregătindu-mă să simt gustul de rânced, am făcut gargară cu băutura lui și am fost ușurată să constat că aceasta nu accentua decât esența de portocală.

— Te simți mai bine? m-a întrebat Valek când și-a luat înapoi pocalul gol.

— Da.

S-a așezat la biroul său, deschizând încă o dată dosarul meu. A luat condeiul și-a început să vorbească apoi cu mine în timp ce scria.

— Tocmai ai primit prima lecție în arta degustării. Băutura ta a fost amestecată cu otrava numită pulbere-de-fluturi. A mea, nu! Singura modalitate de a descoperi pulberea-de-fluturi dintr-un lichid este gargara. Gustul de portocale stricate pe care l-ai simțit era al otrăvii.

M-am ridicat, pentru că mi se învârtea capul.

— Este letală? l-am întrebat.

— O doză suficient de mare te va ucide în două zile. Simptomele nu apar decât în cea de-a doua zi, însă atunci este deja prea târziu.

— Și am primit doza letală? am repetat, ținându-mi respirația.

— Bineînțeles. Dacă ar fi avut o concentrație mai mică, nici n-ai fi simțit otrava!

Stomacul a prins să mi se revolte și am simțit că-mi venea să vomit. M-am silit să-mi înghit amarul care mi se ridica în gât, străduindu-mă din răsputeri să evit umilința de a vărsa pe biroul lui Valek.

El și-a luat privirea de la maldărul de hârtii și s-a uitat în sus, cercetându-mi chipul.

— Te-am avertizat doar că pregătirea ta pentru slujba aceasta are să fie periculoasă. Dar, în mod sigur, nu ți-aș da o otravă pe care corpul tău ar trebui s-o combată câtă vreme suferi de malnutriție. Pulberea-de-fluturi are un antidot! m-a asigurat, arătându-mi o fiolă micuță cu un lichid alb în ea.

Am suspinat, lăsându-mă să mă prăbușesc într-un scaun. Expresia lui Valek redevenise necruțătoare, ca și cum chipul i-ar fi fost turnat în metal, așa că mi-am dat imediat seama că nu-mi dăduse antidotul.

— Ca răspuns la întrebarea pe care nu ai pus-o, deși ar fi trebuit, asta este modalitatea prin care îl împiedicăm pe degustătorul comandantului suprem să evadeze, mi-a explicat Valek, ridicând fiola micuță și scuturând-o.

L-am privit cu atenție, încercând să înțeleg toate înțelesurile spuselor lui.

— Yelena, ți-ai mărturisit crima! Am fi niște proști dacă te-am lăsa să-l servești pe comandantul suprem fără să ne luăm anumite garanții. Gărzile sale îl păzesc în permanență și este puțin probabil să reușești să ajungi până la el cu o armă. Pentru oricine ar încerca să apeleze la alte forme de răzbunare, folosim pulberea-de-fluturi. Valek a luat fiola cu antidotul și a răsucit-o în lumina soarelui: Ai nevoie de o doză zilnică din această substanță ca să rămâi în viață. Antidotul va împiedica otrava să te omoare o vreme și ți-l voi da, atât timp cât îți vei face apariția în fiecare dimineață în biroul meu. Dacă vei lipsi fie și numai o singură dimineață, până în următoarea vei fi moartă. Comite o crimă sau un act de trădare și vei fi trimisă din nou în temniță până ce otrava își va face efectul. În locul tău, chiar c-aș încerca să evit o asemenea soartă. Otrava produce dureri puternice, îngrozitoare, de stomac și o incontrolabilă stare de vomă.

Înainte de a reuși să înțeleg pe deplin situația în care mă aflam, privirea lui Valek a alunecat dincolo de mine. M-am întors și am văzut o femeie voinică în uniformă de îngrijitoare cum tocmai deschidea ușa. Valek mi-a prezentat-o ca fiind Margg, persoana care urma să se îngrijească de tot ce mi-ar fi fost necesar. Așteptându-se s-o urmez, vlăjgana a și ieșit pe ușă.

Am aruncat o privire spre fiola de pe biroul lui Valek.

— Mâine-dimineață vino în biroul meu! mi-a cerut el. Margg te va conduce.

Vorbele acelea reprezentaseră o concediere cât se poate de clară, însă eu m-am oprit în ușă, având pe buze toate întrebările pe care ar fi trebuit să i le pun. M-am mulțumit să le înghit însă, așa că toate mi-au căzut ca niște bolovani în stomac. Apoi am închis ușa și m-am grăbit s-o ajung din urmă pe Margg, care nu se oprise să mă aștepte.

Îngrijitoarea nu și-a încetinit deloc ritmul, așa că, în curând, m-am trezit gâfâind din cauza efortului de a ține pasul cu ea. Încercam să rețin diversele coridoare și cotituri, dar, după o vreme, am renunțat, pentru că întregul meu câmp vizual era ocupat de spatele lat al lui Margg, iar tot universul meu parcă se redusese la ea și la mersul ei energic. Fusta sa lungă și neagră părea să plutească deasupra pardoselii. Uniforma de îngrijitoare se mai compunea dintr-o bluză neagră și un șorț alb, care-i atârna de la gât până la glezne, fiind legat strâns în jurul taliei. Șorțul avea două șiruri verticale de romburi mici și roșii, unite între ele. Când Margg s-a oprit, în cele din urmă, în dreptul băii, a trebuit să mă așez un pic pe jos, să-mi revin din amețeală.

— Miroși urât, m-a înștiințat Margg, iar fața lată i s-a schimonosit din cauza dezgustului pe care-l simțea față de mine.

Apoi mi-a făcut un semn spre partea din spate a băii, într-un mod care demonstra că era obișnuită să i se dea întotdeauna ascultare:

— Spală-te de două ori, apoi clătește-te! mi-a poruncit. Îți voi aduce o uniformă.

Și, zicând acestea, a și părăsit încăperea.

Dorința irezistibilă de a mă îmbăia mi s-a răspândit ca o flacără prin tot corpul. Înviorată, am smuls de pe mine hainele de deținută și am luat-o la fugă spre spațiul de îmbăiere. Apa caldă s-a revărsat în cascadă când am deschis robinetul de deasupra capului. Castelul comandantului suprem era dotat cu rezervoare de apă caldă aflate cu un etaj mai sus, deasupra băii – un lux de care nici măcar conacul extravagant al lui Brazell nu dispunea.

Am rămas mult timp acolo, în speranța că apa care bătea darabana pe capul meu avea să îmi alunge gândurile despre otravă. Ascultătoare, mi-am spălat părul și trupul de două ori. Gâtul, încheieturile și gleznele mă ardeau din cauza săpunului, dar puțin îmi păsa. M-am curățat de încă două ori, frecându-mi insistent petele încăpățânate de murdărie de pe piele, oprindu-mă abia atunci când mi-am dat seama că erau, de fapt, vânătăi.

Sub jetul de apă, mă simțeam eliberată de corpul meu fizic. Durerea și umilința de a fi fost arestată și închisă fuseseră resimțite doar de trup, căci sufletul îmi fusese demult alungat din acesta în ultimii doi ani, în care trăisem în conacul lui Brazell. O imagine cu fiul generalului mi s-a ivit, fulgerător, în fața ochilor. Chipul frumos al lui Reyad, schimonosit de furie. M-am tras înapoi, întinzându-mi, în mod reflex, brațele să-l opresc. Imaginea a dispărut pe dată, dar eu am rămas tremurând din toți rărunchii.

Am făcut eforturi să mă șterg și să-mi înfășor un prosop de jur-împrejur. Am încercat să mă concentrez pe găsirea unui pieptăn, pentru a alunga toate amintirile hidoase pe care mi le stârnise imaginea lui Reyad.

Chiar și acum, când era curat, părul meu încâlcit refuza să se lase pieptănat. În timp ce căutam o foarfecă, am zărit cu coada ochiului o altă persoană care se afla în baie. M-am holbat la acel trup. Un adevărat cadavru mă privea din oglindă. Ochii verzi erau singurele semne de viață pe fața ovală, sfrijită. Picioarele, slabe ca niște bețe, păreau incapabile să susțină restul corpului.

Cu un fior rece de teamă, m-am recunoscut. Acela era trupul *meu*! Mi-am ferit privirea de imaginea din oglindă, neavând niciun chef să evaluez daunele. „Sunt o lașă", mi-am spus, întorcându-mi din nou privirea spre oglindă, cu un scop precis de-acum. Oare moartea lui Reyad îmi eliberase sufletul din locul în care acesta se refugiase atât timp? Am încercat să refac legătura, în gând, dintre spirit și corp. De ce să cred că sufletul ar dori să revină la mine, dacă propriul trup nu-mi aparținea încă? De acum era al comandantului suprem Ambrose și avea să fie folosit de acesta ca instrument de filtrare și testare a otrăvurilor. Am întors spatele propriei imagini.

Smulgând de-a dreptul cu pieptănul șuvițe întregi de păr încâlcit, am aranjat ce mai rămăsese din el într-o singură coadă împletită, lungă, care-mi cădea pe spate.

Nu demult, tot ce mai speram era o rochie curată de deținută pe care s-o îmbrac înainte de execuție, iar acum iată-mă îmbăindu-mă în celebrele băi calde ale comandantului suprem!

— Da' știu c-a durat, nu glumă, baia ta! a lătrat Margg de cum m-a văzut, trezindu-mă brusc dintr-o ușoară picoteală. Ți-am adus uniforma. Îmbracă-te! mi-a poruncit, iar pe chipul său aspru i se citea dezaprobare.

În timp ce mă ștergeam cu prosopul, i-am simțit nerăbdarea.

Pe lângă câteva articole de lenjerie de corp, uniforma degustătorului era alcătuită din pantaloni negri, o centură lată și o cămașă, amândouă din satin roșu. Pe fiecare mânecă a cămășii cobora câte un șir de romburi mici, negre, unite între ele. Îmbrăcămintea era, în mod evident, croită pentru un bărbat. Subnutrită și având doar un metru șaizeci înălțime, arătam ca un copil care, în joacă, se îmbrăcase cu hainele tatălui său. Mi-am înfășurat centura de vreo trei ori în jurul taliei și mi-am suflecat mânecile și cracii pantalonilor.

Margg a fornăit de-a dreptul.

— Valek mi-a spus doar să-ți dau să mănânci și să te conduc în camera ta. Dar cred că ne vom opri, mai întâi, pe la croitoreasă. Oprindu-se în fața ușii deschise, și-a țuguiat buzele și a adăugat: Îți vor trebui și niște ghete.

Ascultătoare, am urmat-o ca un cățeluș rătăcit.

Croitoreasa, Dilana, a izbucnit în hohote pline de veselie când m-a văzut. Fața ei în formă de inimioară era înconjurată de un nimb de păr blond buclat. Ochii de culoarea mierii și genele lungi îi accentuau frumusețea.

— Grăjdarii poartă același model de pantaloni, iar servitoarele de la bucătărie – aceleași cămăși roșii, m-a lămurit Dilana după ce a izbutit să-și înăbușe chicoteala.

Apoi a certat-o pe Margg pentru că nu-și făcuse timp să-mi găsească o uniformă care să-mi vină mai bine, iar vlăjgana și-a făcut gura pungă.

În timp ce Dilana se agita de jur-împrejurul meu, mai degrabă ca o bunicuță, nicidecum ca o tânără, atențiile ei parcă mi-au încălzit un pic inima, făcându-mă să mă simt atrasă de ea. Mi-am imaginat chiar că urma să ne împrietenim. Probabil că avea o sumedenie de cunoștințe și de pretendenți care veneau să se bucure de drăgălășenia ei, asemenea locuitorilor din peşteri care erau atraşi de o vatră aprinsă. M-am surprins tânjind să stau cât mai aproape de ea.

După ce mi-a notat măsurile, Dilana a căutat printre maldărele de haine roşii, negre şi albe împrăştiate prin toată încăperea.

Toţi cei care lucrau în Ixia purtau uniforme: ale servitorilor şi străjerilor din castelul comandantului suprem aveau diverse combinaţii de negru, alb şi roşu, cu romburi verticale fie de-a lungul mânecilor cămăşilor, fie pe părţile laterale ale pantalonilor, pe toată lungimea acestora. Consilierii şi ofiţerii de rang înalt erau, de obicei, îmbrăcaţi în negru de sus până jos, cu mici romburi roşii cusute pe gulere care le arătau rangul. Sistemul uniformelor devenise obligatoriu când comandantul suprem câştigase puterea, astfel încât oricine să-şi poată da seama dintr-o privire cu cine avea de-a face.

Negrul şi roşul erau culorile comandantului suprem Ambrose. Teritoriul Ixia fusese împărţit în opt regiuni, denumite „districte militare", fiecare fiind condusă de câte un general. Uniformele oamenilor din cele opt districte erau identice cu acelea ale slujitorilor comandantului suprem, cu excepţia culorilor. O îngrijitoare care purta o uniformă neagră cu romburi mici, purpurii, pe şorţ lucra, aşadar, în Districtul Militar 3, sau DM-3, cum i se mai spunea, prescurtat.

— Cred că astea ar trebui să-ţi vină mai bine, mi-a spus croitoreasa şi mi-a înmânat nişte haine, făcându-mi semn spre cabina de probă din celălalt capăt al încăperii.

În timp ce mă schimbam, am auzit-o pe Dilana spunând:

— Va avea nevoie de ghete!

Simţindu-mă mai puţin ridicolă în noile mele veşminte, am luat vechea uniformă şi i-am întins-o Dilanei.

— Aceasta trebuie să-i fi aparţinut lui Oscove, fostul degustător, m-a lămurit ea.

Şi, zicând acestea, pe chip i s-a aşternut, pentru o clipă, o expresie nespus de tristă, înainte să-şi scuture capul ca şi când ar fi vrut să alunge un gând neplăcut.

Toate iluziile mele c-aş fi putut lega o prietenie cu Dilana s-au spulberat când mi-am dat seama că a te împrieteni cu degustătorul comandantului suprem însemna să-ţi asumi un risc enorm din punct de vedere emoţional. Am simţit că mi se face ghem stomacul când senzaţia de căldură pe care mi-o dăduse gândul la camaraderia Dilanei s-a retras din mine, lăsând în urmă doar amărăciunea glacială.

Singurătatea m-a săgetat parcă asemenea unei dureri pătrunzătoare când imaginea nedorită a lui May şi a Carrei, care locuiau încă în conacul lui Brazell, mi s-a ivit, pe neaşteptate, înaintea ochilor. Degetele mi-au zvâcnit, de parc-ar fi vrut să aranjeze codiţele răsucite ale Carrei şi să îndrepte fustiţa lui May.

În loc să simt însă părul roşcat şi mătăsos al Carrei în mâinile mele, m-am trezit că acestea îmi erau încleştate pe un maldăr de haine. Dilana m-a condus la un scaun. Îngenunchind pe podea, mi-a pus o pereche de ciorapi în picioare, apoi nişte ghete dintr-o piele neagră, moale, care îmi urcau peste gleznă, până la jumătatea gambei, unde făcea un pliu. Dilana a vârât cracii pantalonilor în ghete şi m-a ajutat să mă ridic.

Nu mai purtasem încălţări de luni bune şi mă aşteptam ca acestea să îmi facă bătături. Însă ghetele îmi cuprindeau bine picioarele şi mi se potriveau. I-am zâmbit Dilanei, alungând, pentru moment, gândul la May şi la Carra. Era cea mai straşnică pereche de ghete pe care o purtasem vreodată!

Croitoreasa mi-a zâmbit, la rândul ei, şi mi-a zis:

— Pot să aleg întotdeauna numărul potrivit la încălţări, fără să fiu nevoită să mai măsor.

Margg şi-a dres glasul.

— Ei, numai ghetele bietului Rand nu le-ai nimerit prea bine! s-a oțărât vlăjgana. Iar el este prea topit după tine să se plângă. Acum șchioapătă de colo-colo prin bucătărie.

— N-o lua în seamă! m-a sfătuit Dilana. Margg, tu nu cumva trebuie să pleci? i s-a adresat apoi femeii. Vezi-ți de drum, pentru că altfel mă furișez la tine în cameră și-ți scurtez toate fustele.

Și, zicând acestea, croitoreasa ne-a alungat, cu blândețe, pe ușă afară pe amândouă.

Margg m-a dus în sala de mese a servitorilor și mi-a dat o porție mică-mică de pâine și de supă, care avea un gust nemaipomenit. După ce am devorat totul, am mai cerut o porție.

— Nu-ți mai dau nimic! mi-a spus. Dacă vei mânca prea mult, ți se va face rău, a fost tot ce mi-a zis.

Fără nicio tragere de inimă, am lăsat castronul pe masă și am urmat-o pe Margg până în camera mea.

— La răsăritul soarelui, să fii gata de lucru! mi-a poruncit înainte să plece.

Încă o dată i-am văzut spatele îndepărtându-se.

În cămăruța mea se zăreau un pat îngust cu o saltea soioasă, așezată pe un cadru metalic rigid, un birou simplu din lemn și un scaun, o oală de noapte, un șifonier, o lampă, o sobiță cu lemne și o ferestruică ale cărei obloane erau închise. Pereții cenușii din piatră erau simpli, goi, fără nicio podoabă. Am încercat salteaua: abia-abia dacă a cedat puțin, atât era de tare. O îmbunătățire majoră față de celula mea din temniță, dar, cumva, mă simțeam tare nemulțumită.

Nimic din odăița aceea nu te trimitea cu gândul la moliciune sau la blândețe. Mintea îmi era plină, iar ochii mei parcă puteau să vadă încă aievea chipul colțuros al lui Valek, expresia dezaprobatoare de pe chipul lui Margg, dar și croiala severă și culorile uniformelor... Tânjeam după o pernă sau după o pătură. Mă simțeam ca un copil pierdut care căuta ceva de care să se agațe, ceva moale care să nu sfârșească prin a-l răni.

După ce mi-am atârnat uniformele de schimb în șifonier, am dat fuga la fereastră. Avea un pervaz suficient de lat să-mi permită să mă așez pe el. Obloanele erau încuiate, însă zăvoarele se aflau în interior. Cu mâini tremurătoare, le-am descuiat și le-am deschis larg, clipind, căci lumina puternică și brusc apărută m-a orbit aproape. Protejându-mi ochii cu mâna, am privit printre degete și nu mi-a venit să cred ce vedeam! Mă aflam chiar la primul etaj al castelului! Pământul era la nici un metru și jumătate sub mine!

Între camera mea și grajduri mai erau doar padocurile câinilor comandantului suprem și manejul cailor. Băieților de la grajduri și dresorilor de câini nu le-ar fi păsat dac-aș fi evadat. Puteam să-mi dau drumul jos fără niciun efort și să dispar de acolo. Era tentant, numai că, dacă aș fi făcut una ca asta, aș fi murit în două zile! Poate altădată, când două zile de libertate ar fi ajuns să merite prețul acesta amarnic de mare.

Dar de acum puteam, cel puțin, să sper...

3

BICIUL LUI REYAD ÎMI BRĂZDA PIELEA, sfâşiindu-mi carnea cu o durere arzătoare.

— Mişcă-te! mi-a poruncit el.

M-am ferit, în zadar, căci libertatea de mişcare îmi era restrânsă de frânghia legată de încheieturi, care mă ţinea strâns lipită de stâlpul din mijlocul camerei.

— Mişcă-te mai repede, mişcă-te încontinuu! mi-a strigat Reyad.

Biciul a plesnit din nou şi din nou. Cămaşa mea zdrenţuită nu-mi oferea nicio protecţie faţă de limba de piele şfichiuitoare a biciului. O voce calmă, liniştitoare, s-a făcut auzită în capul meu.

„Pleacă!" mi-a şoptit. „Trimite-ţi mintea într-un loc îndepărtat, plin de iubire şi de căldură! Abandonează-ţi trupul!"

Vocea catifelată nu era nici a lui Reyad, nici a lui Brazell. Să fi fost a unui salvator necunoscut? Care-mi oferea o cale uşoară, tentantă chiar, pentru a scăpa de chinuri? M-am mulţumit însă să rezist în continuare şi să aştept un alt prilej. Hotărâtă, am rămas pe poziţii, concentrându-mă să evit loviturile biciului. Abia când epuizarea m-a luat în stăpânire, trupul meu a început să tremure, parcă de la sine. Ca o pasăre colibri scăpată de sub control, am început să mă năpustesc apoi prin încăpere, de colo-colo, încercând să evit loviturile de bici.

M-am trezit în întuneric, scăldată în sudoare, cu uniforma boțită și răsucită strâns în jurul trupului. Tremuratul din vis a fost alungat de o bătaie în ușă. Înainte de a adormi, împinsesem scaunul sub clanța ușii, blocând-o, pentru a împiedica, astfel, să dea cineva buzna peste mine. De acum, scaunul acela se zgâlțâia la fiecare bufnitură în ușă.

— M-am trezit! am strigat. M-am trezit!

Gălăgia a încetat. Când am deschis ușa, am văzut-o pe Margg care stătea încruntată în prag, ținând un felinar în mână. M-am grăbit să-mi schimb uniforma și am urmat-o pe coridor.

— Parc-ai spus să fiu gata până răsare soarele! i-am zis.

Privirea ei dezaprobatoare mi-a făcut cuvintele să-mi înghețe pe buze.

— Soarele a răsărit deja! a mârâit uriașa.

Am urmat-o, pe când se lumina de ziuă, prin labirintul coridoarelor secrete ale castelului. Camera mea dădea spre apus, ceea ce însemna că soarele dimineții îmi era ascuns vederii. Margg a stins felinarul pe care îl ținea chiar în momentul în care aroma unor clătite a început să se facă simțită în jur.

— E gata micul dejun? am întrebat-o, trăgând în piept mireasma delicioasă.

Vocea mea căpătase un ton plin de speranță, aproape rugător, ceea ce mă necăjea.

— Nu! mi-a răspuns, sec. Ție îți va da Valek să mănânci.

Imaginea unui mic dejun dres cu otravă a făcut minuni în reprimarea apetitului meu. Mi s-a pus un ghem în stomac atunci când mi-am amintit, fără să vreau, de pulberea-de-fluturi a lui

Valek. Până am ajuns la biroul lui, mă convinsesem deja singură că eram pe cale să leşin, urmând ca, în cel mai scurt timp, să fiu răpusă de otravă, dacă nu aveam să primesc antidotul.

Când am pătruns în încăpere, Valek tocmai aranja farfuriile pline cu mâncare aburindă. Eliberase o parte a mesei. Hârtiile, strămutate de la locul lor, se clătinau în stive neglijent alcătuite. Mi-a făcut semn spre un scaun pe care m-am aşezat, căutând din priviri, pe masă, fiola micuţă cu antidotul.

— Sper că ai...! a început Valek şi mi-a studiat chipul.

I-am susţinut privirea, încercând să nu clipesc în timp ce mă cerceta.

— Este uimitor ce minuni pot face o baie și o uniformă! a spus Valek, mestecând o felie de şuncă, dus pe gânduri. Va trebui să ţin minte lucrul ăsta. Îmi poate fi util în viitor.

A aşezat apoi în faţa mea două farfurii pe care erau ouă şi şuncă, amestecate.

— Hai să începem! m-a îndemnat.

Simţindu-mă uşor ameţită şi îmbujorată, i-am spus, brusc:

— Aş prefera să-ncep cu antidotul!

Auzindu-mi cuvintele, Valek a tăcut destul de multă vreme, ceea ce m-a făcut să mă fâţâi pe scaun.

— N-ar trebui să ai niciun simptom! a murmurat el, în cele din urmă. Nu se vor face simţite decât mai târziu, spre după-amiază.

Apoi a ridicat din umeri și s-a îndreptat spre dulap. A folosit o pipetă să scoată o anumită cantitate de lichid alb dintr-o sticlă mare, după care a încuiat din nou licoarea în dulap, iar interesul pe care l-am manifestat faţă de locul unde urma să aşeze el cheia acestuia probabil că a fost evident, pentru că Valek a folosit un fel de scamatorie s-o facă să dispară. Dându-mi pipeta, s-a aşezat, într-un târziu, de cealaltă parte a mesei.

— Bea antidotul, să ne putem începe lecţia de astăzi! mi-a cerut.

Mi-am picurat conţinutul pipetei în gură, strâmbându-mă din cauza gustului amar. Valek mi-a luat apoi pipeta din mână şi mi-a înmânat, în schimb, un borcănel albastru.

— Miroase-l! mi-a poruncit.

Borcănaşul conţinea o pudră albă care semăna cu zahărul, însă mirosea a lemn de trandafir. Arătând spre cele două farfurii cu bucate care se răceau în faţa mea, Valek mi-a cerut s-o recunosc pe cea în care fusese presărată otravă. Am mirosit mâncarea ca un câine de vânătoare care şi-ar fi amuşinat prada. O vagă aromă de palisandru se degaja din farfuria aflată în stânga.

— E bine! m-a încurajat. Dacă se va întâmpla să simţi mirosul acesta în oricare dintre alimentele care îi vor fi servite comandantului suprem, să le respingi. Otrava se numeşte tigtus şi un singur gram de pulbere poate ucide în doar o oră. Valek a îndepărtat apoi mâncarea contaminată: Acum ia-ţi micul dejun! Şi, făcând un semn spre cealaltă farfurie, a adăugat: Vei avea nevoie de toată energia.

Mi-am petrecut restul zilei mirosind otrăvuri, până când a început să mă doară capul şi m-am simţit ameţită. Mulţimea numelor şi mirosurilor pomenite începea să mă deruteze, aşa că i-am cerut lui Valek nişte hârtie, un condei şi cerneală. El s-a oprit locului.

— Nu ştiu de ce, dar continui să mă surprinzi! a exclamat el. Ar fi trebuit să-mi amintesc că generalul Brazell îşi educă orfanii. Valek a împins apoi spre mine un teanc de hârtii, un condei şi o călimară cu cerneală: Ia-le la tine în cameră! m-a îndemnat. Astăzi am lucrat suficient.

Pe când adunam hârtiile şi instrumentele de scris, m-am blestemat în gând pentru că-i reamintisem motivul pentru care tocmai eu fusesem următoarea persoană care avea să fie executată. Expresia nemilostivă, cruntă, de pe chipul lui îi dezvăluia gândurile. Fusesem culeasă de pe străzi, hrănită și educată de către Brazell, căruia îi răsplătisem bunătatea prin uciderea unicului său copil! Știam că Valek nu avea să creadă niciodată adevărul despre general și despre Reyad.

Orfelinatul lui Brazell era un subiect de batjocură pentru ceilalți înalți ofițeri. Aceștia credeau că el „se înmuiase" după preluarea puterii în Ixia de către comandantul suprem, cu cincisprezece ani în urmă. Opinia aceasta îi convenea de minune lui Brazell, căci, dacă toți ceilalți îl considerau doar un binefăcător bătrân și binevoitor, el putea să-și continue nestingherit administrarea Districtului Militar 5.

Am șovăit la intrarea în biroul lui Valek, observând, pentru întâia oară, cele trei lacăte complicate de pe ușa groasă de lemn. Jucându-mă, dusă pe gânduri, cu mecanismele de închidere, am zăbovit în pragul ei până când Valek m-a întrebat:

— Acum ce mai e?

— Nu știu unde se află camera mea.

Valek mi-a vorbit ca și când i s-ar fi adresat unui copil încet la minte:

— Întreab-o pe prima îngrijitoare sau servitoare de la bucătărie pe care o vei întâlni. Ele mișună cam peste tot la ora asta. Spune-i că stai în aripa vestică a servitorilor, la primul etaj. Îți va arăta drumul.

Servitoarea de la bucătărie pe care am chemat-o în ajutor era mai vorbăreață decât Margg și am profitat din plin de bunăvoința ei. M-a condus la spălătorie, să iau niște lenjerie pentru pat. Apoi am rugat-o să-mi arate drumul spre baie și spre atelierul unde lucra croitoreasa. Într-o bună zi, maldărele de uniforme ale Dilanei s-ar fi putut dovedi utile.

Ajunsă la mine în cameră, am deschis obloanele, să las să intre lumina, din ce în ce mai slabă, a soarelui care apunea. Aşezându-mă la birou, mi-am luat notiţe amănunţite cu tot ce învăţasem în ziua aceea, desenând inclusiv o hartă aproximativă a coridoarelor din aripa servitorilor. M-am gândit să mai explorez puţin castelul, însă Valek avea dreptate: trebuia să-mi refac forţele. Speram să am timp de explorat ceva mai târziu.

Pe parcursul următoarelor două săptămâni, pregătirea mea a decurs într-o manieră atât de asemănătoare celei din prima zi, încât m-am lăsat doborâtă de rutină. În fiecare dimineaţă mă prezentam în biroul lui Valek pentru instruire. După paisprezece zile de adulmecat otrăvuri, am remarcat că simţul mirosului mi se dezvoltase. Iar atunci Valek a declarat că eram suficient de întremată ca să încep să şi gust otrăvurile.

— Voi începe cu cea mai puternică şi letală, m-a informat. Dacă asta nu te omoară, nu o vor face nici celelalte. Nu vreau să pierd tot timpul dedicat pregătirii tale, numai ca să te văd murind la sfârşit.

Şi, zicând acestea, a aşezat o sticluţă delicată şi roşie pe biroul său.

— Asta este scârboasă rău de tot şi vătămătoare! Afectează imediat organismul. Lui Valek i-au sclipit ochii în timp ce admira otrava: Se numeşte „Bea ceva, iubirea mea" sau, pe scurt, iubirea-mea, pentru că se spune că ar fi fost folosită în trecut de soţiile înşelate. Picură-ţi două picături într-o ceaşcă de ceai fierbinte! O doză mai mare te-ar ucide, cu siguranţă. Cu o doză mai mică, sunt şanse să supravieţuieşti, dar, în următoarele câteva zile, vei avea halucinaţii, vei deveni paranoică şi vei fi complet dezorientată.

— Valek, de ce trebuie să mai gust iubirea-mea, dacă otrava are efecte imediate? Nu pentru asta este nevoie de mine?

Degust mâncarea comandantului suprem. Dau pe spate, mor... Sfârşitul poveştii.

Am încercat să păşesc prin cameră, dar mă tot împiedicam de stivele de cărţi. Enervată, am lovit cu piciorul două din ele, care au căzut peste cele din imediata apropiere, împrăştiind tomurile pe podea într-o grămadă dezordonată. Valek m-a străpuns cu privirea, ceea ce a risipit cu totul ciudatul sentiment de satisfacţie pe care-l simţisem când lovisem cărţile.

— Rolul degustătorului este mult mai complex, mi-a explicat el, îndepărtându-şi câteva şuviţe care-i tot cădeau pe faţă. Dacă reuşeşte să identifice ce otravă anume contaminează hrana comandantului suprem, eu pot ajunge la făptaş. Valek mi-a înmânat o cupă: Chiar dacă ai numai o jumătate de secundă ca să strigi „Iubirea-mea!" înainte de a-ţi pierde cunoştinţa, şi tot mă vei ajuta să restrâng lista suspecţilor. Sunt doar câţiva asasini care o preferă. Otrava se obţine în Sitia, în ţinuturile din sud. Înainte de preluarea puterii de către comandantul suprem era uşor să faci rost de ea. După închiderea graniţei din sud, nu au mai rămas decât vreo câţiva oameni care au suficienţi bani, încât s-o poată cumpăra ilegal.

Zicând acestea, Valek s-a îndreptat spre cărţile împrăştiate pe podea şi a început să le aranjeze din nou în stive. Mişcările îi erau atât de pline de graţie, încât m-am întrebat dacă nu fusese, cumva, dansator cândva, însă cuvintele sale îmi dezvăluiau că gesturile lui line erau acelea ale unui ucigaş profesionist.

— Postul tău este foarte important, Yelena! şi-a continuat el discursul în timp ce moşmondea pe podea. De aceea petrec atât de mult timp pregătindu-te. Un asasin versat poate urmări un degustător chiar şi câteva zile la rând, ca să-i descopere apucăturile, modul în care obişnuieşte să facă lucrurile. De exemplu, se prea poate ca degustătorul să aibă obiceiul să taie întotdeauna o bucată de carne din partea stângă a friptura sau să nu amestece niciodată băuturile. Unele otrăvuri însă cad la fundul cupei și rămân acolo. Dacă degustătorul s-a deprins să soarbă numai lichidul de deasupra, atunci asasinul va ști exact unde să-și plaseze otrava, pentru a-și omorî victima pe care o vizează.

Și, zicând acestea, a terminat de adunat și de aranjat cărțile. Noile stive erau mai ordonate decât restul maldărelor de pe podea. Pentru Valek, asta a reprezentat însă o adevărată invitație să continue să le aranjeze, croindu-și astfel o potecă mai largă până la biroul său.

— De îndată ce vei bea otrava, Margg te va ajuta să ajungi în camera ta și va avea grijă de tine. Îi voi cere ei să-ți administreze doza zilnică de antidot al pulberii-de-fluturi.

Am rămas cu privirea fixată asupra aburului care ieșea din ceai. Apoi am luat ceașca, a cărei căldură mi-a încălzit mâinile reci ca gheața. Când Margg a intrat în cameră, a fost ca și cum călăul tocmai ar fi urcat pe eșafod și și-ar fi întins mâna spre pârghia care avea să coboare platforma pe care se afla condamnatul la moarte, cu ștreangul deja înfășurat în jurul gâtului. Oare ar fi fost mai bine să fi stat pe scaun sau să mă fi întins pe jos? M-am uitat prin cameră, dar deja nu mai puteam desluși nimic. Brațele au prins să mă furnice când mi-am dat seama că îmi țineam respirația.

Am ridicat ceașca, într-un toast ironic, apoi i-am golit conținutul.

— Are gust de mere acre, am spus.

Valek a încuviințat cu un gest din cap. Abia am avut răgazul necesar să așez ceașca la loc pe masă, că toată lumea mea a început să se topească, să se dezintegreze. Trupul lui Margg a venit, unduindu-se, spre mine. Avea capul mare și, din orbite, îi răsăreau flori. O clipă mai târziu, corpul ei a umplut întreaga încăpere, iar capul i s-a micșorat.

Am simțit o mișcare. Din pereții cenușii ieșeau brațe și picioare care se întindeau spre mine, încercând să mă folosească în lupta lor cu podeaua. De sub tălpile mele se ridicau de acum tot soiul de spectre plumburii. Care săreau, mă înghionteau și chicoteau la mine. Ele reprezentau libertatea. Am încercat să împing la o parte chestia informă care devenise Margg, dar ea s-a agățat de mine și s-a înfășurat de-a dreptul în jurul meu, intrându-mi prin urechi și izbindu-mă în cap.

— Ucigașo! șoptea ea. Târfă vicleană! Probabil că i-ai retezat gâtul în timp ce dormea. Iar ăsta-i un mod nespus de ușor de a ucide. Ți-a plăcut să-i vezi sângele muindu-i cearșafurile? Nu ești decât un șobolan.

Am vrut să înșfac gura aceea, încercând s-o fac să tacă, dar ea s-a transformat în doi soldăței de jucărie vopsiți în verde și negru care mă țineau strâns.

— Va muri din cauza otrăvii, le-a spus soldaților chestia care era Margg. Dacă nu moare, o puteți lua voi!

Iar ei m-au împins într-o groapă întunecată. Și eu am plonjat în beznă.

Când mi-am recăpătat cunoștința, m-au izbit duhorile de vomă și de excremente. Mirosul imposibil de confundat al temniței! M-am ridicat, întrebându-mă cum de ajunsesem din nou în fosta mea celulă. Atenția mi s-a îndreptat apoi spre valul de greață care m-a cuprins. Am bâjbâit prin jur după oala de noapte și am dat de piciorul metalic al unui pat, de care m-am agățat pe când spasmele de vomă îmi distrugeau trupul. Când au încetat, m-am sprijinit de perete, recunoscătoare că mă aflam pe podeaua camerei mele și nu înapoi în temniță.

Paturile erau un lux care nu se regăsea printre acelea oferite de condițiile de cazare din închisoarea subterană.

Adunându-mi toate forțele să mă ridic în picioare, am găsit felinarul și l-am aprins. Fața îmi era acoperită de o pojghiță de vomă uscată. Cămașa și pantalonii îmi erau uzi leoarcă și puțeau îngrozitor. Lichidele care se scurseseră din corpul meu se strânseseră într-o băltoacă pe podea.

„Margg chiar a avut mare grijă de mine, ce să zic!" mi-a trecut prin minte un gând plin de sarcasm.

Cel puțin, dăduse dovadă de simț practic! Dacă m-ar fi aruncat pe pat, aș fi distrus salteaua cu dejecțiile mele.

Am mulțumit sorții că supraviețuisem otrăvii și că mă trezisem în mijlocul nopții. Incapabilă să-mi mai suport uniforma jegoasă, m-am îndreptat spre baie.

La întoarcere, chiar înainte să ajung la coridorul care ducea spre camera mea, m-am oprit, căci am auzit niște voci. Stingând felinarul cu o mișcare rapidă, am aruncat o privire furișă pe după colț. În fața ușii mele erau doi soldați. Lumina palidă a felinarelor lăsa să se întrevadă verdele și negrul uniformelor pe care le purtau.

Culorile lui Brazell!

4

— CREZI C-AR TREBUI SĂ VERIFICĂM dac-a murit? a întrebat unul din soldații lui Brazell.

Își ținea felinarul îndreptat spre ușa mea, iar centura de care îi erau atârnate nenumărate arme îi zăngănea la fiecare mișcare.

— Nu. Îngrijitoarea aceea trece să o vadă în fiecare dimineață și-i dă o poțiune. Vom afla cât de curând dac-a pățit ceva. În afară de asta, aici duhnește îngrozitor, a răspuns cel de-al doilea soldat, fluturându-și mâna prin fața nasului.

— Ai dreptate! Dacă mirosul nu-ți taie cheful, atunci să-i scoți uniforma plină de vomă ar face pe orice bărbat să verse. Cu toate că..., a început, dar nu și-a dus gândul până la capăt, iar mâna în care soldatul ținea felinarul a atins ușor cătușele care-i atârnau la centură. Am putea s-o târâm până la baie, s-o spălăm și să ne distrăm puțin cu ea înainte s-o ucidem.

— Nu, ar putea să ne vadă cineva! s-a opus al doilea. Dacă supraviețuiește, vom avea suficient timp să-i dăm jos uniforma. Va fi ca și când am deschide un cadou și, cu siguranță, va fi cu mult mai distractiv când va fi trează.

Zicând acestea, a aruncat o privire pofticioasă şi amândoi au izbucnit în râs. Şi-au continuat apoi drumul pe coridor, iar în scurt timp s-au făcut nevăzuţi. M-am sprijinit de perete şi m-am întrebat dacă tot ceea ce tocmai văzusem era adevărat. Sau mai aveam, încă, halucinaţii paranoide? Îmi simţeam capul ca şi când ar fi stat prea mult cufundat într-un lighean cu apă. Şi valuri-valuri de ameţeală şi de greaţă mă străbăteau. Soldaţii plecaseră de ceva timp când mi-am făcut, în cele din urmă, cât de cât curaj să intru din nou în camera mea. Am împins uşa, deschizând-o larg, şi am întins felinarul în faţă, luminând fiecare colţişor, până şi sub pat. O miasmă acră, respingătoare, a fost singurul lucru care m-a izbit, care-a sărit să mă atace. Simţind că eram pe punctul să vomit, am descuiat obloanele şi le-am deschis larg, dintr-odată, trăgând adânc în piept aerul curat, rece.

Am privit băltoaca scârboasă de pe podea. Ultimul lucru pe care mi-l doream acum era să curăţ mizeria, dar ştiam că nu aveam să reuşesc nicicum să adorm dac-aş fi continuat să inspir acea duhoare. După ce am dat iama prin produsele de curăţenie, oprindu-mă din când în când pentru a-mi înfrâna ocazionalele valuri de greaţă, am reuşit să curăţ pardoseala fără să leşin.

Epuizată, m-am întins pe pat. Părea plin de umflături. M-am răsucit în pături, în speranţa de a găsi o poziţie mai comodă. Dacă soldaţii lui Brazell aveau să se întoarcă? Aşa, adormită în pat, aş fi fost o ţintă foarte uşoară. Mă spălasem deja, aşa că nici nu mai era nevoie să mă târască până la baie! Camera mirosea a dezinfectant şi uitasem să aşez scaunul sub clanţa uşii.

Imaginaţia mi-a prins viaţă şi parc-am văzut aievea o scenă în culori vii: se făcea că eram încătuşată de pat, cu totul şi cu totul neajutorată, în timp ce soldații mă dezbrăcau lent, să-și amplifice anticiparea și să-mi savureze teama.

Și, la un moment dat, mi s-a părut chiar că pereții camerei au început să se umfle și să pulseze. Așa că m-am repezit pe coridor, mai-mai așteptându-mă să-i văd pe soldații lui Brazell pândind la ușă. Dar holul era întunecat și pustiu.

Când am încercat din nou să intru în cameră, m-am simțit de parcă mi-ar fi apăsat cineva o pernă pe față. Nu reușeam să-mi fac picioarele să treacă pragul. Camera mea era, de bună seamă, o adevărată capcană!

„Să fie de vina paranoia care este unul dintre efectele otrăvii iubirea-mea sau doar o dovadă că mi-am păstrat încă judecata sănătoasă, bunul-simț?" m-am întrebat.

Nehotărârea m-a făcut să mai aștept un pic pe coridor până când a început să-mi chiorăie stomacul. Mânată de foame, am plecat să caut ceva de mâncare.

Sperând să găsesc bucătăria goală, am fost dezamăgită să văd înăuntru un bărbat înalt, în uniformă albă cu două romburi negre imprimate pe partea din față a cămășii, care tocmai mormăia ceva în barbă în timp ce mergea, clătinându-se, pe lângă cuptoare. Mi-am dat seama că nu putea să-și îndoaie piciorul stâng. Am încercat să mă strecor afară din bucătărie, însă m-a văzut.

— Pe mine mă cauți? s-a răstit la mine.

— Nu, i-am răspuns. Eu... voiam doar ceva de mâncare.

Mi-am dat capul pe spate, să-i văd mai bine fața.

El s-a încruntat și și-a schimbat greutatea pe piciorul sănătos în timp ce îmi studia uniforma.

„E mult, mult prea slab pentr-un bucătar!" mi-am spus, însă purta ținuta adecvată și numai un bucătar ar fi fost treaz la ora aceea matinală.

Era arătos într-un mod care nu ieşea în evidenţă, însă. Avea ochi căprui-deschis, iar părul castaniu îi era tuns scurt. M-am întrebat dacă nu cumva era acel Rand care o plăcea pe Dilana, despre care vorbise Margg.

— Serveşte-te! m-a îndemnat şi mi-a arătat două pâini aburinde. Tocmai m-ai ajutat să câştig o sumă de bani mare cât salariul meu pe-o săptămână-ntreagă.

— Poftim? m-am mirat, în timp ce îmi tăiam o felie de pâine zdravănă. Cum aş putea să te-ajut să câştigi bani?

— Păi, nu eşti tu noul degustător?

Am încuviinţat cu o mişcare din cap.

— Toată lumea ştie că Valek ţi-a dat o doză de iubirea-mea. Mi-am asumat riscul şi-am pus pariu pe salariul meu pe-o săptămână că vei reuşi să scapi cu viaţă. A făcut o pauză, să mai scoată vreo trei pâini din cuptor: Un risc cam mare, pentru că eşti cel mai mărunt şi mai slăbănog degustător pe care l-am văzut vreodată-n viaţa mea. Aproape toată lumea a pariat că n-o s-o scoţi la capăt, inclusiv Margg.

Bucătarul a cotrobăit printr-un dulap.

— Aici era! a exclamat şi mi-a întins nişte unt. O să-ţi fac nişte clătite.

Şi, zicând acestea, a luat diverse ingrediente de pe un raft şi s-a apucat să pregătească aluatul.

— Câţi degustători au mai fost până acum, înaintea mea? l-am întrebat între două îmbucături din felia mea de pâine cu unt.

Se vedea că nu prea îi plăcea să lucreze de unul singur, căci părea tare bucuros că-i ţinea cineva companie.

Aşa că, în timp ce mâinile i se mişcau de zor, mi-a răspuns:

— Cinci, de când a ajuns comandantul Ambrose la putere. Valek îşi iubeşte nespus de mult otrăvurile. Aşa că i-a ucis pe mulți dintre dușmanii conducătorului nostru cu ajutorul lor și îi place să se păstreze în formă. Știi tu, să-i pună din când în când „la încercare" pe degustători, să se asigure că nu s-au lenevit.

Vorbele bucătarului mi-au dat fiori pe șira spinării. Tot trupul parcă mi s-ar fi lichefiat și s-ar fi scurs într-un vas uriaș, în care începuse să amestece cineva. Nu mai eram decât un amestec de ingrediente care urmau să fie bătute, amestecate și folosite. Când bucătarul a vărsat aluatul în tigaia încinsă, sângele meu a prins să sfârâie odată cu clătita.

— Bietul Oscove! a continuat el. Valek nu l-a plăcut niciodată. L-a tot supus unor teste, necontenit, până ce amărâtu' n-a mai făcut față presiunii. Cauza „oficială" a decesului său a fost sinuciderea, dar eu cred că, pur și simplu, Valek i-a făcut de petrecanie.

Și... a răsucit clătita-n aer! Priveam cum bucătarul își rotea cu abilitate încheietura mâinii, întorcând clătitele de pe o parte pe alta. Mușchii îmi tremurau în ritmul în care se coceau bunătățile acelea.

Eu îmi făceam griji în privința lui Brazell, când un pas greșit cu Valek și... Înc-o răsucire! Și, pur și simplu, aș fi șters-o iute pe lumea cealaltă! Probabil că ținea vreo două otrăvuri de rezervă, pentru eventualitatea în care s-ar fi decis să îl schimbe pe degustătorul comandantului suprem. Aruncând o privire peste umăr, mi l-am imaginat pe Valek cum intra în bucătărie să-mi otrăvească mie micul dejun. Nu puteam nici măcar să mă bucur de o discuție cu bucătarul ăsta guraliv fără să mi se reamintească faptul că să degust alimente care fuseseră, probabil, otrăvite nu reprezenta, nici pe departe, singurul pericol al noului meu post.

Bucătarul mi-a oferit o farfurie plină cu clătite, apoi a mai scos trei pâini din cuptor și a umplut din nou formele de pâine cu aluat. Clătitele fierbinți erau o desfătare atât de rară, încât le-am devorat, cu toate că stomacul îmi era încă destul de sensibil.

— Oscove era prietenul meu, a continuat el. A fost cel mai priceput degustător al comandantului suprem. Obișnuia să vină la mine în bucătărie în fiecare dimineață după micul dejun și mă ajuta să inventez noi rețete. Pentru că, vezi tu, trebuie să fac în așa fel, încât lucrurile să fie interesante sau conducătorul nostru va începe să-și caute un bucătar nou... Înțelegi ce vreau să spun?

Am încuviințat dând din cap, în timp ce îmi ștergeam bărbia de unt.

Bucătarul și-a întins mâna spre mine.

— Numele meu este Rand! s-a prezentat.

— Yelena, i-am răspuns, strângându-i, la rândul meu, mâna.

În drum spre biroul lui Valek, m-am oprit în fața unei ferestre deschise. Soarele, care tocmai răsărea, poleia coamele Munților Sufletului[1] care se zăreau în partea de est a castelului. Culorile de pe cer semănau cu o pictură neizbutită, ca și când un copilaș ar fi vărsat niște apă pe un tablou. Pe când respiram aerul proaspăt, mi-am lăsat privirile să îmbrățișeze peisajul și m-am bucurat de spectacolul impresionant al vieții. Totul înflorea în jur, iar, în curând, adierea răcoroasă a dimineții avea să se încălzească, iar aerul avea să ajungă la o temperatură plăcută. Sezonul cald era abia la început. Zilele de o arșiță dogoritoare, moleșitoare, și nopțile umede nu aveau să vină decât peste câteva săptămâni. Mă pregăteam cu Valek de vreo cincisprezece zile și m-am întrebat cât timp zăcusem inconștientă din cauza otrăvii.

---

[1] *Soul Mountains* (engl.) (n. tr.).

M-am desprins cu greu de la fereastră și m-am îndreptat spre biroul acestuia, ajungând în dreptul ușii chiar când el pleca.

— Yelena! Ai reușit! a spus el, zâmbindu-mi. Au trecut trei zile! Începeam să îmi cam fac griji în privința ta.

I-am cercetat chipul. Părea să se bucure, cu sinceritate, că mă vedea.

— Margg unde este? m-a iscodit.

— N-am văzut-o...

„Slavă Domnului!" mi-am dus eu gândul până la capăt.

— Atunci vei avea nevoie de antidot, mi-a spus și s-a întors să cotrobăie prin dulap.

După ce am înghițit leacul, Valek s-a îndreptat spre ușă. Pentru că nu l-am urmat imediat, mi-a făcut semn cu mâna.

— Trebuie să gust micul dejun al comandantului suprem, a spus și-a pornit-o repede-repede pe coridor.

M-am grăbit și eu în urma lui.

— Este momentul să-l cunoști și să vezi cum ar trebui făcută o degustare, a adăugat.

Am cotit pe coridorul principal al castelului. Valek mergea fără șovăire, dar eu mă împiedicam și mă abțineam cu greu să nu gâfâi. Celebrele tapiserii care mai rămăseseră de pe vremea regelui erau de-acum zdrențuite și mânjite cu cerneală neagră. La orfelinatul lui Brazell ne învățaseră că fiecare tapiserie reprezenta câte o provincie a vechiului regat. Brodate cu fir de aur de mâini pricepute în decursul multor ani, desenele din mătase colorată redau trecutul fiecărei regiuni în parte. Deși erau numai zdrențe de-acum, ele tot mai izbuteau să înfățișeze o poveste, nespus de grăitoare, despre felul în care ocârmuia comandantul nostru suprem.

Disprețul acestuia față de opulența, excesele și nedreptățile fostului monarh și ale familiei sale era bine-cunoscut în întreaga

Ixie. Ținutul nostru trecuse de la monarhie la guvernarea militară, adică prin schimbări majore. În timp ce unii cetățeni acceptau cu brațele deschise legile simple, austere, severe, dar drepte ale *Codului de bună purtare*, alții se răzvrăteau - refuzând să poarte uniforme sau să ceară permisiunea de a călători - ori fugeau în sud.

În funcție de infracțiunea săvârșită, pedeapsa insurgenților era exact aceea prevăzută în *Cod*... Refuzul de a purta uniforma îți aducea două zile pe care aveai să le petreci înlănțuit, gol pușcă, în piața mare a orașului. Nu avea importanță dacă acela care încălcase o lege avusese un motiv îndreptățit: pedeapsa era întotdeauna aceeași. Locuitorii din Ixia descoperiseră iute că nimeni nu mai putea să aibă niciun dubiu în legătură cu pedeapsa care îl aștepta. Și că nu mai puteau nici să dea cuiva mită, nici să-și folosească sistemul de pile și relații. Pe scurt, că, într-adevăr, comandantul suprem nu glumea deloc. Toți trebuiau fie să trăiască după legile din *Codul de bună purtare*, fie să suporte consecințele.

Mi-am desprins ochii de pe tapiserii tocmai la timp ca să-l văd pe Valek cum se strecura printr-o intrare cu arcade împodobite cu sculpturi somptuoase din piatră. Uși din lemn despicate atârnau câș în balamale, însă se mai zăreau încă păsările exotice și copacii care fuseseră cu migală cioppliți pe ele. Fuseseră, și ele, victimele perioadei în care comandantul suprem preluase puterea și rămăseseră un alt memento al intențiilor acestuia.

M-am oprit, uimită, de îndată ce am trecut de ușile desprinse din țâțâni. Ajunsesem în sala tronului din castelul comandantului. Înăuntru erau o mulțime de birouri, ocupate de numeroși consilieri și ofițeri militari din fiecare district militar din Teritoriul Ixiei. Cu toții dădeau zor, iar peste întreaga încăpere plutea zumzetul activității.

Era dificil să distingi pe cineva în toată agitația aceea, dar, în cele din urmă, am recunoscut mersul lin al lui Valek care tocmai intra printr-o ușă din spatele sălii. Am avut nevoie de ceva timp până să-mi găsesc drumul prin labirintul de birouri. Când am ajuns la ușă, am auzit vocea unui bărbat care se plângea că primise clătite reci.

Comandantul suprem Ambrose era așezat la un modest birou de lemn. Încăperea sa părea de-a dreptul pustie prin comparație cu a lui Valek și în ea nu se zărea niciun ornament, niciun obiect personal. Singurul lucru din încăpere care nu avea un scop precis era statueta de-o șchioapă a unui leopard al zăpezilor negru. Ochii felinei erau din argint și scânteiau, iar pete metalice, deschise la culoare, erau presărate pe spatele său puternic.

Uniforma neagră a comandantului suprem era imaculată și perfect croită, greu de deosebit de cea a lui Valek, cu excepția faptului că pe gulerul său erau cusute diamante veritabile care sclipeau în lumina dimineții. Părul negru al conducătorului nostru era încărunțit și fusese tuns atât de scurt, încât firele îi stăteau drept în sus.

În sala de clasă din orfelinatul lui Brazell învățaserăm că, de fapt, comandantul suprem evita să apară în public și că nu prea îngăduia să îi fie pictat portretul. Cu cât erau mai puțini aceia care știau cum arăta, de fapt, cu atât erau mai mici șansele de a fi asasinat. Unii credeau că omul era paranoic, dar eu, dimpotrivă, consideram că, din moment ce ajunsese la putere făcând uz de asasini și purtând războaie ascunse, era, pur și simplu, realist.

Nu acesta era comandantul suprem pe care mi-l închipuisem eu, adică unul voinic, bărbos și împovărat de mulțimea medaliilor și armelor purtate. Bărbatul din fața mea era slab, proaspăt ras și avea trăsături delicate.

— Înălțimea Voastră, iat-o pe Yelena, noul dumneavoastră degustător, a spus Valek, trăgându-mă în încăpere.

Ochii migdalați de culoare aurie ai comandantului suprem i-au întâlnit pe ai mei. Avea o privire tăioasă ca vârful sabiei. Care parcă m-a împuns în gât și m-a țintuit la podea. Am simțit cum eram trasă afară din corpul meu și examinată. Când conducătorul Ixiei și-a îndreptat privirea spre Valek, m-am clătinat, ușurată.

— După cât tot răcnește Brazell, mă așteptam ca fătuca asta să scuipe flăcări pe nas, și mai multe, nu, a spus comandantul.

La auzul numelui lui Brazell, am înțepenit. Dacă i se plângea conducătorului nostru, mă puteam întoarce, liniștită, să stau la coadă, alături de toți cei care așteptau să fie spânzurați.

— Brazell este un prost, a spus Valek. Și-a dorit doar să aibă parte de spectacolul oferit de executarea publică a ucigașei fiului său. Eu, unul, m-aș fi ocupat imediat de ea. Doar ar fi avut tot dreptul s-o facă.

Și, zicând acestea, Valek a sorbit din ceaiul comandantului suprem și a mirosit clătitele care se aflau în fața acestuia.

Simțeam că nu mai puteam să respir și că mă apăsa ceva în piept. Sorbeam, cu dificultate, aerul.

— În afară de asta, a continuat Valek, în *Codul de bună purtare* se stipulează clar că persoana căreia urma să îi vină rândul să fie executată trebuie să primească slujba de degustător. Iar Brazell s-ar cuveni să știe asta, doar este unul dintre aceia care l-au scris!

După ce a tăiat o bucățică din mijlocul clătitei și o alta dintr-o parte, Valek și-a vârât ambele bucăți în gură și le-a mestecat încet.

— Poftiți! a spus el și i-a întins, îndatoritor, farfuria comandantului suprem.

— Brazell are dreptate, a fost conducătorul nostru de acord, apoi a luat ceașca de ceai și a privit în ea, dus pe gânduri. Când va începe fata? M-am cam plictisit de-atâta hrană rece.

— Peste vreo câteva zile.

— Bine, i-a răspuns comandantul suprem lui Valek, apoi s-a întors spre mine. Tu trebuie să-mi aduci mâncarea și să guști repede din ea. Nu vreau să stau să te caut. Ai înțeles?

Mă simțeam cam buimacă.

— Da, să trăiți! i-am răspuns, totuși.

— Valek, am ajuns să slăbesc din cauza ta! s-a plâns comandantul suprem. Vezi că prânzul se va servi în sala de comandă. Nu care cumva să-ntârzii!

— Da, să trăiți! a încuviințat Valek și s-a îndreptat spre ușă.

Eu l-am urmat pe dată. Ne-am croit iar drum prin labirintul de birouri. Când el s-a oprit să se sfătuiască, la un moment dat, cu un consilier, am aruncat o privire în jur. Câțiva dintre sfătuitorii comandantului suprem erau de gen feminin și am remarcat chiar două femei care aveau rangul de căpitan și una care era colonel! Noile lor roluri reprezentau unul dintre avantajele de care avuseserăm cu toții parte după preluarea puterii de către conducătorul nostru. Acesta atribuia posturile ținând cont doar de aptitudinile și de inteligența candidatului, nu de sexul acestuia.

Câtă vreme monarhia preferase să vadă femeile doar în slujbe de cameriste, de ajutoare de bucătari sau de neveste, comandantul le oferea libertatea de a alege ce doreau să facă. Unele preferau încă vechile îndeletniciri, însă altele beneficiaseră de șansa care li se oferise pentru a face și altceva, iar tânăra generație profitase repede de noile oportunități.

Când, în cele din urmă, am ajuns în biroul lui Valek, Margg tocmai ștergea praful pe lângă stivele de hârtii de pe masa acestuia. Eu aveam impresia că petrecea mai multă vreme citindu-i hârtiile, decât aranjându-le. Oare Valek nu observase asta? M-am întrebat ce altceva mai făcea vlăjgana pentru Valek, în afară de curățenie.

Margg l-a privit având așternută pe chip o expresie tare plăcută, însă, chiar în clipa în care Valek s-a îndepărtat, mie mi-a aruncat o privire de-a dreptul fioroasă.

„Probabil c-a pierdut o grămadă de bani pariind pe faptul că n-o să supraviețuiesc", m-am gândit.

I-am zâmbit dulce, iar ea a reușit să-și alunge expresia plină de indignare înainte ca mai-marele spionilor din Ixia să ne arunce o privire de la biroul său.

— Yelena, pari complet epuizată! mi-a spus el. Simt că m-apucă oboseala numai când mă uit la tine. Du-te să te odihnești! Întoarce-te după masa de prânz și vom continua cu instruirea ta!

Nu mă simțeam chiar obosită, însă părea o idee excelentă să-mi trag un pic sufletul. Pe când străbăteam coridorul, comentariul lui Valek și-a croit, încet-încet, drum printre gândurile mele. Am început să merg din ce în ce mai lent, până când mai-mai că-mi târam picioarele spre camera mea. Eram atât de preocupată de efortul fizic pe care trebuia să-l depun pentru a înainta, încât m-am ciocnit fix de doi dintre străjerii lui Brazell.

— Ia te uită, Wren, pe cine avem noi aici! a exclamat unul din ei, prinzându-mă de încheietură. E șobolanul nostru!

Cuprinsă de neliniște, m-am uitat la romburile verzi de pe uniforma soldatului.

— Bravo ție! i-a răspuns cel pe care-l numise Wren. Hai să-i arătăm captura ta și generalului Brazell!

— Generalului nu prea-i plac șobolani vii. Mai ales de soiul ăsteia! i-a replicat primul soldat.

Zicând acestea, străjerul m-a zgâlțâit cu putere. Durerea mi s-a răspândit prin tot brațul, până la umăr și gât. Cuprinsă de panică, am cercetat coridorul în căutare de ajutor. Acesta era pustiu, însă.

— Ai dreptate, el preferă să-i jupoaie de vii! a fost de acord Wren.

Auzisem destul.

Așa c-am făcut ceea ce ar fi făcut orice șobolan inteligent: l-am mușcat pe bărbat de mână până ce am simțit gustul sângelui. Gemând și înjurând din cauza surprizei, acesta și-a slăbit strânsoarea. Mi-am smuls mâna din încleștare și am rupt-o la fugă.

5

ABIA AJUNSESEM LA VREO DOI PAȘI de gărzile lui Brazell, când acestea și-au revenit din surpriză și s-au repezit în urmărirea mea. Fiindcă eram îngrozită și fiindcă nu aveam arme care să mă împovăreze, dobândisem un mic avantaj. Pe care însă nu aveam să îl pot menține cine știa cât. Deja începusem să gâfâi din cauza efortului.

Coridoarele erau nefiresc de pustii, pe când le străbăteam în fugă. Și chiar dacă aș fi întâlnit pe cineva, nu eram prea sigură că respectivul ar fi dorit sau ar fi putut să mă ajute. Exact ca și în cazul unui șobolan adevărat, singura mea speranță era să găsesc o gaură în care să mă pot ascunde.

Fugeam fără să am vreun plan în minte, căci nu îmi mai păsa decât să mă mențin înaintea celor doi soldați. Coridoarele au început să mi se pară toate la fel, și le confundam de acum între ele, până am ajuns să-mi imaginez că eu alergam, dar rămâneam, de fapt, pe loc, și că pereții erau aceia care se mișcau. Am încetinit o clipă, să mă orientez. Unde mă aflam, oare?

Lumina de pe coridor era tot mai slabă. Pașii mei apăsați ridicau praful de pe jos. Mă îndreptasem spre o parte izolată a castelului, care ar fi putut deveni locul perfect pentru o crimă comisă pe tăcute. Și am spus „pe tăcute", pentru că nu mai aveam nici măcar atâta forță, încât să trag suficient aer în plămâni pentru a țipa.

Am cotit repede la dreapta, pe un coridor care ducea undeva, nu aveam habar unde, în întuneric. La adăpost pentru moment de privirile gărzilor, am împins prima ușă pe care am întâlnit-o în drumul meu. Gemând și scârțâind, aceasta a cedat puțin sub greutatea mea, după care s-a înțepenit. Se crease o deschizătură suficient de largă pentru a-mi strecura corpul, dar nu și capul, însă. Auzind cum soldații tocmai coteau pe coridor, ceea ce însemna c-aveau s-ajungă în curând la mine, m-am izbit de ușă cu toată bruma de putere care-mi mai rămăsese. Aceasta s-a mai mișcat vreo doi-trei centimetri. M-am repezit cu capul înainte într-o încăpere întunecată și am aterizat pe podea.

Gărzile au găsit imediat ușa. Și am urmărit, cuprinsă de groază, cum încercau s-o deschidă folosindu-și toată forța. Și, într-adevăr, deschizătura prin care mă strecurasem a început să se lărgească. Am cercetat iute încăperea. Ochii mi se acomodaseră deja cu bezna. Butoaie goale și saci mucegăiți plini cu grâne erau împrăștiați pe podea. Mai multe covorașe fuseseră îngrămădite lângă peretele cel mai îndepărtat, sub o fereastră.

Ușa a mai cedat câțiva centimetri, datorită eforturilor celor doi bărbați, înainte de a se înțepeni din nou. M-am ridicat în picioare și am stivuit butoaiele peste covorașe. Cățărându-mă pe ele, am ajuns la fereastră, însă numai ca să constat că era prea mică pentru a putea să încap prin ea.

Și chiar în clipa aceea, ușa a scos un pocnet amenințător. Mi-am folosit cotul pentru a sparge ochiul de geam. Scoțând fragmentele de sticlă de formă neregulată din cadru, le-am aruncat pe podea. Sângele a început să mi se scurgă pe braț.

Nepăsătoare la durere, am sărit de pe stiva mea de butoaie, m-am lipit de peretele de lângă intrare şi m-am străduit să-mi înăbuş zgomotul greu al respiraţiei.

Cu un geamăt puternic, uşa s-a oprit la numai câţiva centimetri de faţa mea, iar gărzile au intrat, poticnindu-se, în depozit.

— Verifică fereastra! Eu o să păzesc uşa, a spus Wren.

Am aruncat o privire pe după marginea uşii. Camaradul lui Wren s-a dus la grămada de covoraşe şi butoaie, strivind cioburile de sticlă sub ghete.

Planul meu nu mai era bun de nimic de-acum, pentru că Wren îmi blocase calea de scăpare. Fereastra spartă nu avea decât să amâne inevitabilul.

— Este prea mică, fata este încă aici! a strigat soldatul care se căţărase pe butoaie.

Respiraţia mea grea se accelerase, transformându-se în gâfâieli precipitate. Mă simţeam buimăcită. Cursa de şobolani se închisese! Eram imobilizată în fălcile ei de metal.

Gândurile mi se învălmăşeau într-un nor de imagini. M-am prins de uşă, încercând să nu cad. Şi-atunci, din gâtlejul meu, a izbucnit un bâzâit pe care-mi era peste putinţă să-l controlez. Eram incapabilă să opresc zumzetul acela! Cu cât mă străduiam mai tare, cu atât sunetul devenea mai puternic.

Am ieşit, clătinându-mă, din spatele uşii. Cu tot zgomotul pe care-l făceam, gărzile nu au aruncat nici măcar o privire în direcţia mea. Păreau să fi îngheţat pe loc.

Plămânii mei se luptau să inspire aer. Când am fost pe punctul de a-mi pierde cunoştinţa, zumzetul a încetat. Zgomotul continua să răsune în încăpere, însă nu mai venea de la mine!

Gărzile continuau să nu aibă nicio reacţie. După ce am respirat adânc de câteva ori, m-am năpustit afară din încăpere. Nu aveam de gând să pierd timpul încercând să înţeleg ce se întâmplase. Bâzâitul m-a urmărit pe când fugeam înapoi, pe drumul pe care venisem.

Zumzetul puternic a încetat de îndată ce am început să văd și alți servitori care mergeau, grăbiți, pe coridor. Și care-mi aruncau niște priviri nespus de ciudate. Mi-am dat seama că, probabil, ofeream o priveliște de pomină. Am încercat să mă opresc din alergat și să-mi liniștesc inima, care-mi bubuia ca un ciocan.

Îmi ardea gâtul de cât gâfâisem, aveam uniforma murdară, durerea îmi zvâcnea în cot și mărgeluțe de un roșu-deschis picurau pe jos de pe degetele mele. Privindu-mi mâinile, am observat tăieturile adânci pe care mi le făcusem când smulsesem bucățile de sticlă. M-am uitat la sângele de pe jos.

Întorcându-mă, am observat o linie de stropi purpurii care dispărea de-a lungul coridorului. Mi-am strâns brațele la piept, însă era prea târziu. Lăsasem o dâră de sânge și gărzile lui Brazell, asemenea câinilor dresați, o urmaseră!

Și chiar în clipa aceea îi vedeam cum veneau de după colț, din capătul cel mai îndepărtat al coridorului.

Încă nu mă observaseră, dar știam că orice mișcare bruscă pe care-aș fi făcut-o le-ar fi atras atenția. M-am alăturat unui grup de servitori, sperând c-aveam să mă pot amesteca printre ei, să-mi piardă urma. Durerea îmi zvâcnea în același ritm cu bătaia trudnică a inimii mele.

Când am ajuns la o cotitură, am îndrăznit să risc și să arunc o privire peste umăr, pe coridor. Gărzile se opriseră în locul în care dispărea dâra de sânge. Wren gesticula, certându-se cu tovarășul lui. M-am strecurat pe după colț neobservată, după care m-am ciocnit de nimeni altul decât de conducătorul serviciului de protecție și pază al comandantului suprem.

— Yelena! Ce-ai pățit? a strigat Valek și m-a prins de mână.

Eu am tresărit din cauza durerii. Mi-a dat imediat drumul.

— Eu... am căzut... pe niște sticlă, am bâiguit.

Era o scuză cam anemică. M-am grăbit s-o dreg.

— Tocmai mă duceam să mă spăl, am continuat.

Și, chiar când mă pregăteam să trec de Valek, el m-a prins de umăr, întorcându-mă în loc.

— Trebuie să te vadă un medic, mi-a zis.

— Ăă... bine, am încuviințat, încercând, din nou, să trec de el.

— Medicul este în direcția asta! m-a atenționat Valek și m-a tras de umăr, silindu-mă să-l urmez înapoi pe coridor, în direcția gărzilor.

Am sperat, în mod nesăbuit, că soldații nu aveau să mă observe, însă, când am trecut pe lângă ei, au rânjit și au pornit imediat în urma noastră, potrivindu-și ritmul pașilor după noi.

I-am aruncat o privire lui Valek. Chipul său era lipsit de orice expresie. M-a strâns însă și mai tare de umăr. Oare mă ducea în vreun loc izolat în care toți trei aveau să mă omoare? Să fi încercat, oare, să scap din nou cu fuga? Dacă Valek m-ar fi vrut moartă, nu trebuia decât să nu-mi mai dea antidotul pulberii-de-fluturi.

Când coridorul s-a golit de oameni, el mi-a eliberat umărul și s-a întors, brusc, să le înfrunte pe cele două gărzi. Am rămas în spate, aproape de el.

— V-ați rătăcit, cumva? i-a întrebat, tăios, pe cei doi.

— Nu, domnule, a spus Wren care era cu vreo treizeci de centimetri mai înalt decât Valek și avea niște mâini mari cât capul meu. Nu vrem decât să ne recuperăm prizoniera.

Și, zicând acestea, Wren a încercat să întindă mâna pe după Valek, să mă înhațe.

Mai-marele spionilor i-a îndepărtat-o, însă.

— Chiar este prizoniera *voastră*? a tăiat vocea lui Valek aerul asemenea unei săbii de oțel.

Bărbații s-au privit unul pe celălalt, nevenindu-le să creadă. Valek nu era înarmat. Deși cel de-al doilea soldat era mai scund decât Wren, era mai voinic decât camaradul lui sau decât mai-marele spionilor. Rânjete încrezute s-au întins, aidoma, pe fețele ambelor gărzi. M-am întrebat dacă rânjetele și privirile urâte făcuseră, cumva, și ele, parte din instruirea lor. Probabil că Rand, bucătarul, ar fi pariat salariul lui pe o lună că soldații lui Brazell aveau să câștige altercația.

— De fapt, este prizoniera generalului Brazell, domnule. Acum, dacă ne permiteți..., a explicat Wren și i-a făcut semn lui Valek să se dea la o parte.

— Spuneți-i șefului vostru că *lui Valek* nu-i surâde ideea ca noul său degustător să fie fugărit prin tot castelul. Și c-aș dori ca fata să fie lăsată în pace.

Gărzile s-au privit din nou una pe alta. Mai-mai că-mi venea să cred că soldații aveau un singur creier pe care îl împărțeau între ei. Uitându-se la Valek cu o expresie mai concentrată, Wren și-a schimbat postura într-o poziție de luptă.

— Avem ordin s-o ducem pe *fată* la general! a mârâit el, scoțându-și sabia din teaca de la centură. Nu să transmitem mesaje!

Când a auzit zăngănitul metalului, cel de-al doilea soldat și-a scos și el arma la vedere. Wren i-a cerut încă o dată lui Valek să se dea la o parte. Ce-ar fi putut face, oare, acesta, când îl înfruntau, dintr-odată, doi oșteni înarmați cu săbii? Eu, una, aș fi fugit mâncând pământul, asta aș fi făcut, așa că mi-am schimbat greutatea pe partea din față a labelor picioarelor, pregătindu-mă s-o iau la goană.

Dar, în clipa următoare, mâna dreaptă a lui Valek a fluturat, parcă, prin aer, făcând două mișcări scurte din încheietură.

Lăsase impresia că îi salutase pe cei doi. Înainte ca soldații să poată reacționa, Valek se afla deja între ei, prea aproape pentru a mai putea fi atacat cu săbiile. Fulgerător, s-a lăsat pe vine, și-a sprijinit mâinile pe podea și s-a rotit. Picioarele lui, ca niște tăişuri, i-au forfecat, pur și simplu, pe cei doi, doborându-i la pământ. Am auzit un zăngănit metalic, aerul șuierând dinspre Wren și o înjurătură venită de la celălalt gealat, înainte ca ambii să rămână, nemișcați, la pământ.

Năucită, am văzut cum Valek se îndepărta grațios de adversarii săi prăbușiți, începând să numere în șoaptă. Când a ajuns la zece, s-a aplecat deasupra fiecărui bărbat și a scos câte o săgeată mititică din gâtul fiecăruia.

— Recunosc: este un mod mârșav de a lupta, dar altfel aș fi întârziat la prânz.

6

PĂȘIND PESTE TRUPURILE CĂZUTE CU FAȚA ÎN JOS ale soldaților adormiți, Valek mi-a luat mâna rănită într-a lui și a examinat-o.

— Este mai puțin grav decât pare, m-a asigurat. Stai liniștită: vei supraviețui. Vom merge, mai întâi, la comandantul suprem și abia pe urmă la medic.

Valek m-a zorit prin castel. Brațul îmi pulsa de-acum. Am rămas în urma lui. Simplul gând că urma să fiu nevoită să înfrunt din nou privirea împietrită a comandantului mă făcea să-mi târâi picioarele care parcă-mi deveniseră mai grele. Găsirea unui medic, apoi scufundarea mea într-o cadă cu apă fierbinte ar fi fost, fără îndoială, mult mai atrăgătoare.

Am intrat într-o încăpere circulară și spațioasă care îi servea drept centru de comandă conducătorului nostru. Ferestre înguste, împodobite cu vitralii, se întindeau de la podea până în tavan, înconjurând trei sferturi din încăpere. Caleidoscopul de culori mă făcea să mă simt ca într-o sfârlează.

Amețită, m-aș fi împiedicat dacă n-aș fi zărit ceva care m-a pironit de podea.

O masă lungă din lemn ocupa centrul sălii. Aşezat în capul ei, cu două gărzi stând în spatele său, era comandantul însuşi. Sprâncenele lui subţiri se uniseră, în semn de dezaprobare. O tavă cu mâncare neatinsă aştepta lângă el. În jurul mesei şedeau şi trei dintre generalii săi. Doi din ei erau ocupaţi cu masa de prânz, în timp ce furculiţa celui de-al treilea rămăsese în aer. Mi-am concentrat atenţia asupra mâinii lui: încheieturile degetelor i se albiseră, atât de tare strângea furculiţa, semn că era mistuit de o mânie arzătoare. Cu şovăială, l-am privit pe generalul Brazell drept în ochi.

Cu faţa încordată, acesta şi-a coborât furculiţa. Îi ţâşneau fulgere din priviri. Ţinta acestora eram eu, desigur, şi, asemenea unui iepure surprins în câmp deschis, îmi era, de-acum, prea teamă să mai fac vreo mişcare.

— Valek, ai...? a început comandantul Ambrose.

— Întârziat, i-a încheiat Valek propoziţia. Da, ştiu. S-a ivit o mică altercaţie, a adăugat şi m-a tras mai aproape de el.

Intrigaţi, ceilalţi doi generali s-au oprit din mâncat. Eu m-am îmbujorat toată, reprimându-mi dorinţa intensă de-a o zbughi din încăpere. Neavând până atunci niciun contact cu ofiţerii de rang înalt, i-am recunoscut pe generali numai după culorile uniformelor lor. Călătoria până la temniţa comandantului fusese, pentru mine, şi prima ocazie când depăşisem graniţele DM-5. Chiar şi în timpul primilor zece ani pe care-i petrecusem în orfelinatul lui Brazell, abia-abia dacă îl zărisem pe acesta sau pe cei din familia sa.

Din nefericire, după ce împlinisem şaisprezece ani, vederea lui Brazell şi a fiului său, Reyad, devenise coşmarul meu zilnic. La început, fusesem măgulită de atenţia pe care mi-o acorda binefăcătorul meu, al cărui păr cărunt şi a cărui barbă scurtă încadrau o faţă colţuroasă, plăcută, care inspira respect.

Puternic și robust, reprezenta, pentru mine, figura paternă prin excelență. Brazell îmi spusese că eram cea mai isteață dintre copiii săi „adoptați” și că avea nevoie de ajutorul meu pentru a face anumite experimente. Acceptasem cu dragă inimă să particip la ele.

Mi se făcea rău numai când îmi aminteam cât de recunoscătoare îi fusesem, cât de naivă putusem să fiu! Toate acestea se întâmplaseră cu trei ani în urmă. Fusesem ca un cățeluș. Un cățeluș care încă mai dădea din codiță chiar în timp ce gura sacului se închidea strâns-strâns, cu el înăuntru.

Suferisem vreme de doi ani. Mintea mea încă se ferea de amintirile acelea. L-am privit pe Brazell în sala de comandă. Avea buzele strâns lipite, iar fălcile îi tremurau. Se silea să-și stăpânească ura. Doborâtă de oboseală, mi s-a părut că văd stafia lui Reyad ivindu-se în spatele tatălui său. Gâtul tăiat i se căsca larg, iar sângele se scurgea, pătându-i cămașa de noapte. Mi s-a strecurat în minte amintirea îndepărtată a unei povești despre victimele ucise care-și bântuiau ucigașii până când aceștia dădeau cont pentru faptele lor.

Mi-am frecat ochii. Mai văzuse, oare, și altcineva spectrul? În acest caz, ascundeau bine acest lucru. Privirea mi-a alunecat spre Valek. Oare și el era bântuit de fantome? Dacă povestea aceea de demult avea ceva adevăr în ea, atunci ar fi trebuit să fie năpădit de ele.

M-a cuprins îngrijorarea că era posibil să nu fi scăpat de tot de Reyad, dar nu am simțit nicio urmă de regret. Singurul lucru de care îmi părea rău era că nu avusesem curajul să-l omor și pe Brazell atunci când mi se ivise prilejul. Îmi părea rău că nu puteam să-mi împiedic „surorile și frații” din orfelinatul lui Brazell să împlinească șaisprezece ani. Îmi părea rău că nu puteam să le previn pe May și pe Carra și să le ajut să fugă de acolo.

Vocea comandantului mi-a atras atenția spre ceea ce se întâmpla în sala de comandă.

— „O altercație", Valek? a întrebat conducătorul nostru și a oftat ca un părinte indulgent. Câți ai omorât de data asta?

— N-am ucis pe nimeni. Căci n-aș fi putut să justific de ce i-am suprimat pe niște bieți soldați care nu făceau decât să respecte ordinele generalului Brazell, de a o prinde și de a o ucide pe noua noastră degustătoare. În afară de asta, nici n-au fost din cale-afară de deștepți. Se pare că fata era pe punctul să le scape, atunci când a dat peste mine. Ceea ce a fost un lucru bun, fiindcă altfel probabil că n-aș fi aflat de toată tărășenia asta.

Comandantul m-a studiat o vreme, înainte de a se întoarce spre Brazell.

Era tot ce aștepta acesta. Sărind de pe scaun, a început să strige:

— Ar trebui să fie moartă! Vreau să moară! Mi-a ucis fiul!

— Dar *Codul de bună purtare*..., a încercat Valek să-i răspundă.

— Să-l ia naiba de *Cod*...! s-a burzuluit Brazell. Eu sunt general! A ucis fiul unui *ge-ne-ral* și uite-o că-i aici...

Dar n-a mai apucat să-și ducă gândul până la capăt, pentru că vocea i s-a gâtuit de emoție. Degetele i-au zvâcnit, ca și când ar fi vrut să-și încleșteze mâinile în jurul gâtului meu chiar în clipa aceea. Stafia lui Reyad plutea în spatele tatălui său, cu un rânjet pe față.

— Este o mare rușine la adresa mea faptul că este în viață, a spus Brazell, în cele din urmă. O adevărată insultă! Instruiește alt deținut să devină degustător! Vreau ca ea să moară!

Instinctiv, m-am ascuns în spatele lui Valek. Ceilalți generali dădeau din cap, în semn de încuviințare. Eram prea îngrozită să mă uit la comandantul suprem.

— Ăsta-i un argument temeinic, a spus conducătorul nostru fără nicio urmă de emoție în glas.

— Nu v-ați abătut niciodată de la ceea ce este scris în *Codul de bună purtare*, mi-a pledat Valek cazul. Începeți acum și veți crea un precedent. Pe lângă asta, îl veți omorî pe cel mai strălucit degustător pe care l-am avut vreodată. Aproape și-a încheiat perioada de pregătire, a spus el și a făcut un semn spre tava cu mâncare rece de lângă comandant.

Am aruncat o privire pe după Valek, să văd expresia așternută pe chipul comandantului. Gânditor, acesta și-a țuguiat buzele, în timp ce cântărea argumentul adus de conducătorul serviciului său de protecție și pază. Mi-am încrucișat brațele, înfigându-mi adânc unghiile în carne.

Brazell, intuind o schimbare de atitudine, a făcut un pas spre comandantul suprem.

— Este isteață pentru că am educat-o *eu*! a izbucnit el. Nu-mi vine să cred că-l veți asculta pe acest impertinent, intrigant și hoț viclean...!

Dar generalul nu și-a dus gândul până la capăt. S-a oprit pentru că își dăduse seama că îl luase gura pe dinainte. Îl insultase pe Valek și până și eu știam că mărețul nostru conducător avea o slăbiciune aparte pentru acesta.

— Brazell, lasă-mi degustătoarea în pace! i-a poruncit comandantul suprem.

Am scos un adevărat șuierat de ușurare.

Brazell a încercat să se opună, însă comandantul l-a redus la tăcere.

— Este un ordin! a continuat conducătorul nostru, pe un ton tăios. Tu dă-i drumul și construiește-ți noua fabrică! Poți considera deja că ți-a fost aprobată cererea.

Mi-am dat seama că, în felul acesta, îl momea pe Brazell, oferindu-i o răsplată. Era posibil, oare, ca doar o fabrică nouă să valoreze mai mult decât moartea mea?

S-a lăsat tăcerea, căci toată lumea aştepta ca Brazell să spună ceva. Acesta s-a mulţumit să-mi arunce o privire veninoasă. Stafia lui Reyad a rânjit cu gura până la urechi, iar eu am dedus, din zâmbetul ei mefistofelic, că aprobarea acelei cereri era foarte importantă pentru Brazell. Mai importantă decât îl lăsase el pe comandantul suprem să înţeleagă. Furia şi indignarea lui pentru că scăpasem de ştreang erau reale, însă putea foarte bine să-şi construiască fabrica acum şi să mă omoare mai târziu. Doar ştia unde să mă găsească.

Brazell a părăsit încăperea fără să mai rostească vreun cuvânt. Amuzată, stafia mi-a murmurat un „Pe data viitoare!", înainte să-şi urmeze tatăl.

Când ceilalţi generali au început să protesteze că îi fusese aprobată cererea lui Brazell, comandantul le-a ascultat argumentele în tăcere. Uitată de toată lumea pentru moment, i-am studiat pe cei doi înalţi ofiţeri. Uniformele lor semănau cu aceea a comandantului, cu singura diferenţă că ei purtau jachete negre cu nasturi aurii. În loc de diamante veritabile pe guler, fiecare avea câte cinci romburi cusute pe tunică, în partea stângă a pieptului. Nicio medalie sau panglică nu le decorau uniformele. Trupele nu purtau decât strictul necesar pentru a se face recunoscute şi pentru a lupta.

Romburile înaltului ofiţer aşezat lângă comandant erau albastre. Prin urmare, acela era generalul Hazal, care guverna Districtul Militar 6 (DM-6), cel aflat chiar la vest de DM-5 al lui Brazell. Romburile generalului Tesso erau argintii, indicând că el conducea DM-4, care se afla la graniţa de nord a celui condus de Brazell. Dacă un district avea în plan un proiect important, precum construirea unei fabrici noi sau deștelenirea pământului pentru lucrările agricole, trebuia obținut un permis care era aprobat personal de comandantul suprem. Proiectele mai mici, precum instalarea unui nou cuptor într-o brutărie sau construirea unei case în zona respectivă nu necesitau decât aprobarea generalului care ocârmuia acel DM. Iar cei mai mulți generali aveau subordonați care se ocupau de analizarea și aprobarea tuturor cererilor de noi permise.

Era evident, din nemulțumirile generalilor, că permisul lui Brazell se aflase abia în stadiile de început ale acestui proces de analizare și aprobare. Începuseră deja discuțiile cu districtele învecinate, dar subordonații comandantului suprem încă nu apucaseră să verifice și nici nu aprobaseră planurile fabricii. De regulă, odată ce subordonații recomandau aprobarea, comandantul semna cererea. *Codul de bună purtare* statua numai că permisul trebuia obținut înainte de construire, iar, în situația în care comandantul dorea să ignore anumite formalități, putea face acest lucru.

La orfelinat ni se predase, desigur, *Codul de bună purtare.* Oricine dorea să i se acorde onoarea de a face comisioane prin oraș, trebuia să memoreze și să recite *Codul...* la perfecție înainte de a primi acest privilegiu. Pe lângă scris și citit, educația pe care o primisem de la Brazell mai cuprinsese și studierea matematicii, precum și a istoriei preluării puterii în Ixia de către comandantul suprem. După preluarea puterii, cu toții căpătaserăm dreptul la educație, căci aceasta încetase să mai fie un privilegiu rezervat celor din clasele sociale înstărite.

Pregătirea mea, însă, luase o întorsătură nefavorabilă atunci când începusem „să-l ajut" pe Brazell. De-acum amintirile amenințau să mă copleșească. Mă simțeam deja de parcă-mi luase pielea foc și mă strângea. Tremuram, silindu-mi mintea să revină în prezent. Generalii încetaseră să se mai opună deciziei comandantului. Valek a gustat hrana rece a conducătorului și a împins-o apoi mai aproape de acesta.

— Am luat notă de preocupările voastre. Ordinul va rămâne în vigoare, a conchis comandantul suprem. S-a întors apoi spre Valek și i-a spus: Degustătorul tău ar face bine să se ridice la înălțimea așteptărilor. O singură greșeală, și-l vei pregăti pe înlocuitorul său înainte să fii tu însuți schimbat din funcție! Poți să pleci!

Valek m-a luat de braț și m-a condus afară din încăpere. Am mers pe hol până ce ușa sălii de comandă s-a închis cu un pocnet în urma noastră. Atunci Valek s-a oprit. Chipul îi era împietrit ca o mască de porțelan.

— Yelena..., a început el.

— Nu-i nevoie să-mi spui nimic! l-am oprit. Nu mă amenința, nu mă brusca și nu încerca să mă intimidezi! Sunt sătulă până peste cap de toate astea, căci am avut parte de ele din partea lui Brazell! Voi face toate eforturile să devin cel mai bun degustător cu putință, pentru că am cam început să mă obișnuiesc cu gândul că voi trăi. Și nu vreau să-i dau generalului satisfacția de a mă vedea moartă.

Sătulă să tot studiez fiecare expresie de pe chipul lui Valek și să-mi încordez auzul să prind fiecare nuanță din vocea lui, oricât de slabă, pentru a-mi da seama în ce dispoziție se afla, m-am îndepărtat de el. M-a urmat. Când am ajuns la o intersecție de culoare, mâna lui mi-a prins cotul. L-am auzind rostind cuvântul „medic", în timp ce m-a îndrumat spre stânga. Fără să-l privesc măcar o dată, l-am lăsat să mă ducă la infirmerie.

Pe când eram condusă spre un pat de consultații, am mijit ochii la uniforma albă de sus până jos a medicului. Singura pată de culoare erau două romburi mici, roșii, cusute pe guler.

Mintea mea era atât de buimăcită din cauza oboselii, încât mi-a trebuit ceva timp până să-mi dau seama că medicul acela cu părul scurt era, de fapt, o femeie! Cu un geamăt, m-am întins pe pat.

Când doctorița a plecat să ia materialele trebuincioase, Valek mi-a spus:

— Voi posta niște gardieni în fața ușii tale, în caz că Brazell se răzgândește.

Înainte să părăsească infirmeria, l-am văzut vorbind cu doctorița. Aceasta a făcut un gest aprobator din cap și mi-a aruncat o privire, apoi a revenit la mine cu o tavă plină cu instrumente medicale lucitoare, printre care se afla și un borcan plin cu o substanță care semăna cu un gel. Mi-a frecat brațele cu alcool, făcându-mi rănile să sângereze și să mă usture. Ca să nu strig, mi-am mușcat buza de jos.

— Toate rănile tale sunt superficiale, cu excepția acesteia, m-a lămurit ea, arătând spre cotul cu care spărsesem fereastra. Rana asta trebuie închisă imediat.

— „Închisă"? m-am mirat, pentru că părea să fie ceva dureros.

Doctorița a luat borcanul cu gel.

— Relaxează-te! mi-a cerut. Este o metodă nouă de tratare a tăieturilor profunde. Folosim... lipiciul acesta pentru a închide rana. Pe măsură ce aceasta se vindecă, substanța este absorbită de organism.

Zicând acestea, a scos cu degetele din borcan o cantitate mare de gel și mi l-a aplicat pe tăietură.

Am tresărit de durere. Ea mi-a prinse cu două degete pielea de pe cot, ținând-o strâns. Lacrimile îmi curgeau de acum în voie pe obraji.

— Gelul a fost inventat de bucătarul comandantului, dacă-ți poți închipui una ca asta! m-a informat ea. Nu are niciun efect secundar și, dacă-l adaugi în ceai, îi conferă acestuia un gust nemaipomenit.

— De către Rand? am întrebat eu, surprinsă.

A încuviințat cu un gest din cap. Încă ținându-mi pielea strâns, a adăugat:

— Va trebui să porți un bandaj câteva zile și să păstrezi rana uscată.

Înainte de a-mi da drumul, a mai suflat puțin peste lipici, apoi mi-a bandajat brațul.

— Valek vrea să rămâi aici în noaptea asta, mi-a spus. Îți voi aduce eu cina. Te poți odihni puțin.

Credeam că ar fi necesitat prea mult efort încercarea de a mânca, însă, când doctorița mi-a adus hrana caldă, mi-am dat seama că eram hămesită. Gustul ciudat al ceaiului m-a făcut însă să-mi pierd fulgerător pofta de mâncare.

Cineva mi-l otrăvise!

7

AM CHEMAT-O PE DOCTORIȚĂ cu un semn al mâinii.

— Este ceva în ceaiul meu! am strigat. Începeam să mă simt cam năucă: Chemați-l pe Valek! Poate are el vreun antidot.

Doctorița m-a privit cu ochii ei mari, căprui-cafenii. Avea o față prelungă și slabă. Un păr mai lung i-ar fi îmblânzit trăsăturile, pentru că tunsoarea ei scurtă o făcea să semene cu o nevăstuică.

— Ți-am pus somnifere în el. La ordinul lui Valek, mi-a explicat ea.

Simțindu-mă mai bine, am lăsat să-mi scape un suspin. Înainte de a pleca, doctorița mi-a aruncat o privire amuzată. Pentru că pofta de mâncare îmi dispăruse complet de-acum, am împins hrana cât colo. Nu aveam nevoie de somnifere care să mă ajute să cedez în fața epuizării ce-mi consuma și ultima fărâmă de energie.

Când m-am trezit, a doua zi de dimineață, la capul patului meu stătea o pată albă, încețoșată. Care se mișca. Am clipit și mi-am mijit ochii până ce imaginea s-a limpezit, căpătând forma doctoriței cu părul scurt.

— Te-ai odihnit bine? m-a întrebat.

— Da, i-am răspuns.

Aceea fusese prima mea noapte fără coşmaruri după multă, multă vreme, deşi îmi simţeam totuşi capul de parc-ar fi fost îndesat cu câlţi, iar gustul neplăcut din gură nu prea îmi promitea că urma să am o zi prea bună.

Doctoriţa mi-a verificat bandajele, a scos un sunet care nu avea neapărat vreo semnificaţie şi m-a anunţat că avea să mai treacă o vreme până când urma să primesc micul dejun.

În timp ce-l aşteptam, am examinat infirmeria. Erau douăsprezece paturi în încăperea dreptunghiulară, aliniate câte şase pe lângă fiecare perete mai lung, aşezate astfel încât formau o imagine în oglindă. Cearşafurile de pe paturile goale erau extraordinar de bine întinse, ca nişte coarde de arc. Ordonată şi precisă cum era, încăperea aceea mă cam sâcâia. Mă simţeam ca un aşternut mototolit, fără niciun control asupra sufletului, trupului sau lumii mele. Faptul că eram înconjurată de atâta ordine mă necăjea şi mi-a venit, brusc, să sar pe paturile goale, să le urnesc de la locurile lor.

Eu stăteam în patul cel mai îndepărtat de uşă. Pe partea camerei în care mă aflam mai erau două paturi goale, între mine şi alţi trei pacienţi. Aceştia dormeau. Nu aveam cu cine să vorbesc. Pereţii din piatră erau goi. La naiba, până şi celula mea din temniţă avusese decoraţiuni mai interesante! Dar măcar aici mirosea mai bine. Am tras adânc aer în piept. Izul curat şi înţepător de alcool medicinal amestecat cu dezinfectant mi-a umplut nările, un miros atât de diferit de aerul fetid din temniţă. Aici era mult mai bine! Sau... poate că nu? Se mai simţea un iz, pe lângă cel medicinal. Am mai inspirat o dată şi mi-am dat seama că duhoarea acră, de frică veche-veche, venea de la mine.

Nu ar fi trebuit să supraviețuiesc zilei de ieri. Gărzile lui Brazell mă încolțiseră. Nu avusesem nicio scăpare. Cu toate acestea, fusesem salvată de un zumzet straniu care ieșise din gâtlejul meu, asemenea unui vlăstar neascultător și imposibil de controlat. Rod al instinctului de supraviețuire primitiv care se făcea simțit până și în coșmarurile mele.

Evitasem să mă gândesc la bâzâitul acela pentru că era o veche cunoștință de-a mea, însă amintirile continuau să-mi invadeze mintea.

Analizându-mi ultimii trei ani, m-am străduit să nu-mi bag în seamă emoțiile și să mă concentrez pentru a descoperi momentul și locul în care apăruse zumzetul.

În cadrul „experimentelor" lui Brazell, în primele două luni îmi fuseseră testate reflexele: cât de repede mă puteam feri de o minge sau de un băț care mă lovea. Totul a fost destul de inofensiv, până când mingea se transformase într-un cuțit, iar bățul, într-o sabie.

Amintindu-mi toate acestea, inima a început să-mi bată cu putere. Cu palmele transpirate, mi-am pipăit cicatricea de pe gât.

„Alungă-ți emoțiile!" mi-am poruncit eu însămi cu severitate, mișcându-mi mâinile ca și când aș fi putut să îndepărtez teama cu ajutorul lor. „Prefă-te că ești un medic și că pui întrebări pentru a obține informații!"

Așa că mi-am imaginat că eram îmbrăcată în alb și că stăteam, liniștită, lângă o pacientă pe când aceasta bolborosea ceva.

„Și ce s-a întâmplat după aceea?" mi-am întrebat „pacienta".

„Au început să mă supună unor teste menite să-mi măsoare forța fizică și rezistența", mi-a răspuns aceasta.

Exerciții simple, de ridicare a greutăților, s-au transformat în ținerea unor pietroaie suspendate deasupra capului timp de minute în șir, mai apoi, de ore. Dacă lăsa să-i cadă piatra înainte de expirarea duratei stabilite, era biciuită. I se ordona să se prindă de lanțuri care atârnau din tavan și să-și ridice corpul la câțiva centimetri deasupra solului, până când Brazell sau Reyad îi dădeau voie să se oprească.

„Și când ai auzit bâzâitul pentru prima oară?" mi-am îndemnat eu „pacienta" să-și amintească.

Dăduse drumul lanțurilor prea curând de mult prea multe ori, iar Reyad se înfuriase. Așa că o scosese cu forța pe fereastră, la șase etaje deasupra pământului, și o lăsase să atârne cu mâinile încleștate de pervaz.

„Hai să mai încercăm o dată!" spusese Reyad. „Acum, c-am mărit miza, poate vei rezista o oră întreagă."

„Pacienta" a încetat să mai vorbească.

„Continuă, spune-mi ce s-a întâmplat!" am insistat eu.

„Brațele îmi erau obosite pentru că îmi petrecusem aproape întreaga zi atârnând de lanțuri...", a continuat. „Așa că degetele îmi alunecau din cauza transpirației, iar mușchii îmi tremurau de oboseală..."

Nu era de mirare că intrase în panică. Atunci când îi alunecaseră mâinile de pe pervaz, urlase ca un nou-născut. Țipătul suferise o mutație și se transformase într-o substanță. Care ieșise afară, se dilatase, o învăluise și îi mângâiase pielea. Se simțise atunci ca și când s-ar fi cuibărit într-un bazin cu apă caldă.

Următorul lucru pe care și-l amintea era că ședea pe pământ. Privise în sus, spre fereastră. Reyad o urmărea cu fața îmbujorată. Părul lui blond, impecabil aranjat, era ciufulit, ceva cu totul neobișnuit pentru el. Încântat, îi făcuse bezele.

Singura modalitate prin care ar fi putut să supraviețuiască era magia.

„Nu! În niciun caz!" a insistat ea, însă. „Trebuie să fi fost niște curenți de aer mai neobișnuiți sau faptul că aterizasem în mod corect... În niciun caz nu am folosit magia!"

„Magie" – acesta era un cuvânt interzis în Ixia, de când comandantul suprem Ambrose preluase puterea. Magii fuseseră tratați ca țânțarii infestați de boli: fuseseră vânați, prinși și exterminați. Orice aluzie sau sugestie că avea cineva însușiri magice însemna condamnarea sa la moarte, iar singura șansă a aceluia de a scăpa cu viață era să fugă în Sitia.

„Pacienta" devenea tot mai agitată și ceilalți ocupanți ai încăperii se uitau la ea... La mine.

„Doze mici!" mi-am spus.

Prin urmare, puteam să fac față amintirilor doar în cantități moderate. În definitiv, nu fusesem vătămată în acea cădere, iar Reyad se purtase frumos cu mine o perioadă. Însă bunătatea lui durase numai până când începusem din nou să dau greș în timpul testelor sale.

Ca să-mi distrag atenția de la amintiri, am început să număr fisurile din tavan. Când a sosit Valek, ajunsesem la a cincizeci și șasea.

Conducătorul serviciului de protecție și pază al comandantului suprem aducea o tavă cu mâncare într-o mână și un dosar cu hârtii în cealaltă. Am privit cu suspiciune omleta din care ieșeau aburi.

— Ce are-n ea? l-am întrebat. Alte somnifere? O otravă nouă?

Mă încordasem toată, până la cel mai mic mușchi din corp. Am încercat, fără succes, să mă ridic în capul oaselor.

— Ce-ar fi să-mi oferi ceva care să mă facă să mă simt mai bine, așa, doar de dragul variației? i-am sugerat.

— Ce-ai zice de ceva care să te țină în viață? m-a întrebat Valek.

M-a tras în poziție șezând și mi-a oferit o pipetă cu antidotul. Apoi mi-a pus tava cu mâncare în poală.

— Nu mai ai nevoie de somnifere. Doctoriţa mi-a povestit că le-ai simţit gustul seara trecută! mi-a spus Valek şi în vocea lui am desluşit o oarecare aprobare. Gustă micul dejun şi spune-mi dacă i-ai permite comandantului să-l mănânce!

Valek nu exagerase când îmi spusese că nu urma să am parte de zile libere! Oftând, am mirosit omleta. Nu avea niciun miros neobişnuit. Am tăiat-o în sferturi, cercetând fiecare bucată, în căutare de ingrediente străine. Luând câte o fărâmă din fiecare parte, le-am pus, pe rând, în gură şi am mestecat încetişor. Înghiţindu-le, am aşteptat să văd dacă distingeam vreun gust ciudat. Am mirosit ceaiul şi l-am amestecat cu linguriţa înainte de a sorbi din el. Rostogolind lichidul cu limba prin gură, am sesizat un gust dulce înainte de a-l înghiţi.

— Dacă nu cumva comandantului nu-i place mierea în ceai, nu aş respinge acest mic dejun, i-am spus.

— Atunci, mănâncă-l! m-a îndemnat.

Am şovăit. Oare Valek încerca să mă păcălească? Dacă nu folosise o otravă despre care nu învăţasem încă, micul dejun era... curat. Am mâncat fiecare bucăţică din el, după care am golit ceaşca de ceai, timp în care Valek m-a tot urmărit.

— Nu te-ai descurcat prea rău! m-a lăudat el. Nu-ţi voi mai da nicio otravă... astăzi.

Unul dintre medici i-a adus lui Valek încă o tavă. Pe ea se aflau patru ceşti mici, albe, cu un lichid măsliniu care mirosea a mentă. Înlocuindu-mi tava pe care fusese micul dejun cu aceasta din urmă, Valek mi-a spus:

— Doresc să învăţăm câteva metode de degustare. Fiecare dintre ceştile acestea conţine ceai de mentă. Gustă dintr-una!

Apucând-o pe cea mai apropiată, am luat o înghiţitură. O intensă aromă de mentă mi s-a răspândit în gură. M-am înecat.

Valek a zâmbit.

— Mai simţi şi altceva? m-a întrebat.

Am încercat cu încă o înghițitură. Predomina menta.

— Nu, i-am răspuns.

— Este în regulă! Acum ține-te bine de nas și încearcă din nou!

După câteva bâjbâieli neîndemânatice cu mâna bandajată, am reușit să înghit ceaiul în timp ce mă strângeam de nas. Îmi pocneau urechile. Gustul m-a surprins.

— E dulce! am zis. Nu mai simt deloc menta.

Vocea mea suna caraghios, așa că mi-am dat drumul la nas. Imediat, menta a eclipsat gustul dulce.

— Corect! a încuviințat Valek. Acum încearcă-le și pe celelalte!

Următoarea ceașcă plină cu ceai de mentă ascundea un gust acru, a treia era amară, iar a patra – sărată.

— Metoda aceasta dă rezultate cu orice băutură sau aliment. Blocarea simțului mirosului elimină toate gusturile, cu excepția celor de dulce, acru, amar și sărat. Unele otrăvuri pot fi recunoscute printr-unul dintre aceste patru gusturi. Valek și-a răsfoit dosarul și a continuat: Am aici lista completă a otrăvurilor pentru oameni și a gusturilor lor distincte. Să le memorezi pe toate! Se cunosc nu mai puțin de cincizeci și două de otrăvuri.

M-am uitat pe listă. Pe unele deja le mirosisem. Iubirea-mea era cap de afiș. Inventarul acesta m-ar fi salvat de amețeală, de starea de greață, de durerea de cap și de eventualele efecte halucinogene ale otrăvurilor. Am fluturat hârtia prin aer.

— De ce nu mi-ai arătat, pur și simplu, lista, în loc să-mi dai să beau iubirea-mea? l-am chestionat.

Valek s-a oprit din răsfoirea dosarului.

— Ce-ai fi putut învăța, cu adevărat, din ea? s-a mirat. Kattsgut este dulce. Dar cum e, oare, gustul acesta? Dulce ca mierea? Dulce ca un măr? Există diferite intensități și singura cale de a le învăța este să le guști tu însăți. Unicul motiv pentru care îți dau lista aceasta este deoarece comandantul vrea să începi să lucrezi cât mai curând posibil.

Valek a închis dosarul cu zgomot.

— Doar pentru că nu vei gusta toate aceste otrăvuri acum nu înseamnă că nu o vei face cândva, în viitor, m-a informat. Așa că memorează lista! Când doctorița îți va da drumul din infirmerie, îți voi testa cunoștințele. Dacă vei trece testul, vei putea începe să lucrezi.

— Și dacă nu-l voi trece? l-am iscodit.

— Atunci voi începe să pregătesc un nou degustător, mi-a spus el, pe un ton sec.

Vocea îi era egală, monotonă, însă forța care se ascundea dincolo de cuvintele lui a făcut să-mi stea inima în loc.

— Brazell va rămâne la castel încă două săptămâni, a continuat Valek. Mai are niște treburi de rezolvat. Nu pot să te țin sub pază tot timpul, de aceea Margg îți va pregăti o cameră în apartamentul meu. Mă voi întoarce mai târziu să aflu când te vor externa.

L-am urmărit îndreptându-se spre ușă. Parc-ar fi alunecat prin încăpere, cu un mers echilibrat și atletic. Am clătinat din cap. Să mă gândesc în felul acela la Valek era lucrul cel mai groaznic pe care l-aș fi putut face. M-am concentrat, în schimb, asupra listei de otrăvuri pe care o țineam strâns în mână. Am netezit hârtia și am sperat că transpirația mea nu întinsese cerneala. Ușurată că scrisul era încă lizibil, am început să studiez.

Abia am băgat de seamă când a venit doctorița să-mi verifice brațul. Probabil că luase și tava cu ceștile de ceai, pentru că aceasta îmi dispăruse din poală. Mă izolasem în interiorul meu de tot zgomotul și de toată agitația din infirmerie, așa încât am tresărit atunci când o farfurie cu un desert rotund mi-a fost vârâtă sub nas.

Mâna care ținea farfuria era a lui Rand. Pe chipul căruia se lățea un rânjet vesel.

— Ia uite ce am strecurat eu pe lângă Mama-Felceriță! Haide! Înghite-l înainte ca ea să se întoarcă!

Desertul cald mirosea a scorțișoară. Glazura albă, topită, se scurgea pe margini, făcând ca prăjitura să mi se lipească de degete când am luat-o de pe farfurie. Am studiat desertul cu atenție, inhalându-i mireasma, în căutare de mirosuri străine. Mușcând o bucățică, am descoperit straturi numeroase de aluat și scorțișoară.

— Doamne, Yelena, doar nu crezi că l-am otrăvit? m-a întrebat Rand, care era de-acum tras la față, ca și când l-ar fi durut ceva.

Exact asta credeam, dar, dacă aș fi recunoscut așa ceva față de bucătar, l-aș fi jignit. Motivul pentru care se afla acum, aici, nu-mi era clar. Deși părea amabil și prietenos, ar fi putut să-mi poarte pică din cauza prietenului său, Oscove, degustătorul de dinaintea mea. Pe de altă parte, Rand era un posibil aliat. Pe cine ar fi fost mai bine să am de partea mea? Pe bucătarul a cărui mâncare aveam s-o mănânc și s-o testez în fiecare zi sau pe Valek, asasinul, care avea tendința neplăcută de a-mi otrăvi mesele?

— Riscurile meseriei, am încercat să dreg busuiocul.

El a mârâit ceva, încă supărat. Am luat o înghițitură mare din desertul dulce.

— Delicios! am spus, gâdilându-i orgoliul ca să-mi mai dea o șansă.

Chipul lui Rand s-a îmblânzit pe dată.

— E bun, nu-i așa? Cea mai nouă rețetă a mea. Iau o fâșie lungă de aluat, o acopăr cu scorțișoară, o rulez în formă de bilă, o coc și după aceea o ung cu glazură cât e încă fierbinte.

Am, totuşi, nişte dificultăţi în găsirea unui nume potrivit. „Prăjitură cu scorţişoară"? „Minge cu scorţişoară"? „Învârtită cu scorţişoară"?

Rand s-a oprit din pălăvrăgeală, doar cât să-şi găsească un scaun. După ce s-a foit puţin, să compenseze handicapul piciorului stâng, pe care nu-l putea îndoi, şi-a ales, în cele din urmă, o poziţie confortabilă.

Pe când terminam de mâncat desertul, Rand a continuat:

— Să nu-i spui Mamei-Felcerițe că ți-am dat asta! Nu-i place ca pacienţii ei să mănânce altceva în afara unui terci subţire. Zice că scârboșenia aia ar ajuta, vezi Doamne, vindecarea! Păi, bineînțeles c-are efect! Şi-a ridicat braţele, lăsând să se vadă cicatricele câtorva arsuri în jurul încheieturilor, apoi a spus: Are-un gust atât de oribil, încât oricine ar vrea să se însănătoșească doar ca să scape de-aici şi să poată lua o masă ca lumea!

Gesticulaţia sa exagerată i-a făcut pe ceilalţi pacienţi să se uite la noi. Rand s-a aplecat mai aproape de mine şi m-a întrebat încetişor:

— Aşadar, Yelena, cum te mai simţi?

M-a privit ca şi când ar fi cântărit din ochi nişte bucăţi de carne, apreciind din care ar fi ieşit o friptură mai bună.

Eram precaută. De ce i-ar păsa lui cum mă simţeam?

— Iar ai pus vreun pariu? l-am întrebat.

Rand s-a lăsat pe spate.

— Noi pariem tot timpul. Pariuri şi bârfe – cu asta ne ocupăm noi, servitorii. Ce altceva ne-a mai rămas? Trebuia să fi văzut agitaţia şi pariurile care s-au pus atunci când ai fost văzută cu haidamacii lui Brazell pe urmele tale!

Consternată, am spus:

— Dar nu mi-a venit nimeni în ajutor! Coridoarele erau cu totul şi cu totul pustii!

— Ar fi însemnat să ne implicăm într-o situație care nu ne privea în mod direct. Servitorii nu fac niciodată așa ceva, mi-a explicat. Noi suntem ca gândacii, ne vânzolim de colo-colo pe întuneric. Rand și-a fluturat degetele subțiri prin fața mea: Fă numai puțină lumină și... paf! a exclamat și și-a scuturat degetele lungi, să accentueze efectul. Ne facem nevăzuți.

M-am simțit ca gândacul ghinionist care fusese surprins de aprinderea luminii. Cel care se chinuia tot timpul să fie cu un pas înainte, atunci când umbra unei ghete se apropia de el pe nesimțite.

— În orice caz, nu prea aveai cine știa ce sorți de izbândă! Cei mai mulți au pierdut pe rupte, pe când doar câțiva..., și, în acest moment, Rand a făcut o pauză teatrală. Doar câțiva au câștigat la greu.

— Din moment ce te afli aici, presupun că tu ești unul dintre aceia care au câștigat la greu.

Rand mi-a zâmbit.

— Yelena, eu voi paria întotdeauna pe tine, m-a asigurat. Ești ca unul dintre terierii comandantului. Un câine mititel și gălăgios la care nu te-ai uita de două ori, dar care, odată ce te-a apucat de cracul pantalonului, nu-ți va mai da drumu-n veci.

— Otrăvește carnea pe care i-o dai câinelui și el nu te va mai deranja niciodată, l-am sfătuit.

Tonul meu acru i-a șters lui Rand zâmbetul de pe față.

— Ai probleme? m-a iscodit.

Surprinsă că rețeaua de bârfitori a castelului încă nu deschisese casa de pariuri cu privire la testul lui Valek, am șovăit dacă să-i răspund sau nu. Bucătarului îi plăcea să pălăvrăgească și ar fi putut să mă bage în belele.

— Nu, am murmurat. Doar că, știi tu, sunt degustător și toate cele...

Am sperat că atât avea să fie de ajuns pentru el.

Rand a încuviințat cu un gest din cap. Am petrecut restul după-amiezii împreună, iar el ba a depănat amintiri despre Oscove, ba a tot bătut câmpii despre tot soiul de posibile rețete noi. La apariția lui Valek, Rand a încetat să mai vorbească, a devenit palid și a murmurat ceva despre faptul că trebuia să se ocupe de masa de seară. Ridicându-se clătinat, aproape că s-a răsturnat cu tot cu scaun în graba lui de-a o zbughi din cameră. Valek l-a urmărit cu privirea pe când bucătarul ieșea, cu mersul lui șontâcăit, din infirmerie.

— Ce căuta aici? m-a întrebat.

Expresia feței îi rămăsese indiferentă, însă rigiditatea corpului m-a făcut să mă întreb dacă nu cumva era supărat. Alegându-mi cuvintele cu grijă, i-am explicat că Rand venise să mă viziteze.

— Când l-ai cunoscut? m-a iscodit.

O întrebare banală, dar se simțea din nou o tensiune ascunsă în cuvintele sale.

— Când mi-am revenit după iubirea-mea, am plecat să caut ceva de mâncare și l-am întâlnit pe Rand în bucătărie.

— Fii atentă ce vorbești în preajma lui! m-a sfătuit. Nu este o persoană de încredere. L-aș fi repartizat în altă parte, însă comandantul Ambrose a insistat să rămână bucătar. Într-adevăr, chiar *este* un geniu în bucătărie. Și-a ajuns un fel de *protégé* al conducătorului nostru. A început să gătească pentru rege de la o vârstă foarte fragedă.

Valek mă privea cu ochii lui albaștri și reci, avertizându-mă în privința lui Rand. Poate că din cauza asta nu-i plăcuse Oscove! Să mă aliez cu cineva care îi fusese loial regelui putea să arunce încă și mai mult umbra suspiciunii asupra mea. Dar nu aveam de gând să-l las pe Valek să mă intimideze, așa că l-am privit, la rândul meu, cu ceea ce speram să fie o expresie indiferentă.

Valek și-a întors privirea. Jubilam. În mintea mea câștigasem și eu, în sfârșit, un meci.

— Mâine-dimineață vei părăsi infirmeria! m-a informat Valek, pe un ton tăios. Te speli, te dichisești și dup-aceea te prezinți în biroul meu, să dai testul. Eu, unul, oricum nu te voi considera îndeajuns de pregătită nici dacă-l vei trece cu brio, dar comandantul suprem mi-a ordonat să i te pun la dispoziție până mâine la prânz. A clătinat din cap, în semn de supărare: Nu face decât s-o ia pe scurtătură, astfel, în ceea ce privește instruirea ta temeinică. Iar eu, unul, pur și simplu, detest scurtăturile.

— De ce le detești? l-am întrebat. Nu va trebui să te mai supui tu însuți riscurilor.

Am regretat că spusesem cuvintele acelea chiar în clipa în care mi-au ieșit de pe buze.

Privirea lui Valek era de-a dreptul ucigătoare de acum.

— Pentru că știu din proprie experiență că scurtăturile duc, de obicei, la moarte, a șuierat el.

— Asta s-a întâmplat cu predecesorul meu? l-am întrebat, incapabilă să-mi stăpânesc curiozitatea.

Oare Valek avea să confirme sau nu presupunerea lui Rand?

— Cu Oscove? s-a mirat Valek și a făcut o pauză. Ei bine, el chiar nu era făcut pentru slujba asta și nici nu-i plăcea deloc!

8

CÂND M-AM TREZIT, A DOUA ZI dimineață, încă mai strângeam în mână lista lui Valek. Am recapitulat inventarul de otrăvuri până când doctorița m-a externat din infirmerie.

În timp ce mă îndreptam spre ușă, mușchii mă săgetau dureros la fiecare mișcare. Ar fi trebuit să mă bucur că părăseam infirmeria, însă emoțiile îmi cam dădeau de furcă. În stomacul meu parc-ar fi fost un șoricel viu care încerca să iasă de acolo, rozându-mi carnea.

Gărzile din fața ușii m-au făcut să tresar. Însă nu purtau culorile lui Brazell și mi-am adus aminte, cu întârziere, că Valek le ceruse să mă păzească până mă prezentam în biroul lui.

M-am uitat în jur, să mă orientez, însă nu aveam habar în ce direcție se afla camera mea. Eram în castel de optsprezece zile și tot nu îi cunoșteam, cu siguranță, configurația. Până și forma de bază a palatului îmi era necunoscută, pentru că nu îl văzusem niciodată din exterior.

Căruța închisorii, care mă adusese aici, nu fusese altceva decât o ladă pătrată cu găuri pentru aerisire. Refuzasem să mă uit prin orificiile acelea, ca un animal închis în cușcă. Atunci când am ajuns, am închis strâns ochii în încercarea de a îndepărta teroarea stârnită de faptul că eram legată în lanțuri, pipăită și târâtă în temniță. Poate c-ar fi fost mai bine să mă concentrez asupra posibilelor modalități de evadare, însă, când îl omorâsem pe Reyad, îmi acceptasem și pedeapsa.

Oricât aș fi detestat să întreb gărzile care era drumul spre camera mea, nu am avut de ales. M-au condus pe mutește prin castel. Un soldat mergea în fața mea, altul în spate. Mi s-a permis să intru abia după ce bărbatul care ne conducea mi-a inspectat iute camera.

Uniformele mele atârnau, nederanjate, în dulap. Dar, în loc să fie ascuns într-un sertar, jurnalul meu stătea larg deschis pe birou! Cineva îmi citise comentariile despre otrăvuri, precum și pe toate celelalte mâzgălite acolo! Senzația de greață din stomac a fost înlocuită de una de răceală și asprime. Șoricelul murise, ceea ce oglindea perfect proasta mea dispoziție!

L-am bănuit pe Valek. Era suficient de cutezător, încât să fi cotrobăit prin hârtiile mele personale. Probabil că își găsise și o justificare: că era de datoria lui să se asigure că nu puneam la cale vreun complot. În definitiv, nu eram decât un degustător și nu aveam dreptul la niciun fel de intimitate!

Luând jurnalul și uniforma, am ieșit din cameră și m-am îndreptat spre baie. Gărzile au așteptat afară în timp ce mă îmbăiam. Nu m-am grăbit deloc. Valek și testul lui puteau să mai aștepte; nu aveam de gând să-i îndeplinesc ordinele ca o idioată lipsită de voință.

Faptul că fusesem vânată de gărzile lui Brazell, că găsisem otravă în aproape tot ce mâncasem și că se punea rămășag pe mine ca pe un afurisit de cal de curse, ei bine, toate acestea la un loc nu mă înfuriau atât cât mă înfuria ideea că Valek îmi citise jurnalul!

Ajungând în biroul lui, am tăiat din fașă orice remarcă deșteaptă pe care ar fi putut s-o facă, întrebându-l:

— Unde-i testul?

O expresie amuzată a zăbovit o clipă pe chipul lui Valek care s-a ridicat apoi de la birou. Întinzând brațul cu un gest teatral, a arătat spre cele două șiruri de feluri de mâncare și de băuturi de pe masa de conferințe.

— Numai un singur lucru de aici nu este otrăvit, mi-a spus. Găsește-l! Apoi mănâncă sau bea ceea ce ai ales!

Le-am gustat pe fiecare în parte. Le-am mirosit. Am făcut gargară cu ele. M-am ținut de nas. Am luat înghițituri mici din toate. Le-am scuipat din gură. Unele feluri de mâncare se răciseră. Cele mai multe erau fade la gust, ceea ce făcea otrava ușor de sesizat, pe când aromele băuturilor din fructe o camuflau.

Terminând și ultimul lucru de pe masă, m-am întors spre Valek.

— Ticălosule! i-am strigat. Toate sunt otrăvite! Ce păcăleală sinistră! Ar fi trebuit să bănuiesc că-mi vei face una ca asta!

— Ești sigură-sigură? m-a întrebat.

— Bineînțeles! am șuierat. Nu m-aș atinge de nimic din ce se află pe masa aceea.

Privirea lui Valek era necruțătoare când s-a îndreptat spre mine.

— Îmi pare rău, Yelena! Ai picat testul! m-a informat.

Mi-a înghețat inima. Șoricelul mort a înviat pe dată și a început să-mi roadă intestinele. Am verificat din priviri ce se afla pe masă. Ce îmi scăpase?

Nimic! Aveam dreptate. L-am somat pe Valek să-mi demonstreze că greșisem.

Fără să ezite, el a ridicat un pahar.

— Acesta nu are otravă, mi-a spus.

— Atunci bea-l! i-am cerut.

Îmi aminteam bine paharul acela. În el era amestecată o otravă amară.

Mâna lui Valek a șovăit puțin, apoi a sorbit totuși din pahar.

Mi-am mușcat buza. Poate mă înșelam. Poate că era paharul de lângă acesta...

Valek mi-a susținut privirea pe când rostogolea lichidul prin gură. În cele din urmă, l-a scuipat.

Îmi venea să sar în sus de bucurie, să bat din palme, să dansez în cercuri mici în jurul lui. În loc de toate acestea, am spus:

— Otravă de mure!

— Corect, a confirmat Valek.

Apoi, s-a uitat, pe rând, când la paharul din mâna lui, examinându-l, când, absent, la șirurile de mâncare răcită.

— Am trecut testul? l-am întrebat.

A încuviințat cu un gest din cap, dar era tot cu gândul aiurea. Apoi s-a dus la birou și a așezat cu atenție paharul jos. Clătinând din cap, a luat niște hârtii în mână numai ca să le pună la loc fără să le fi citit.

— Ar fi trebuit să știu că vei încerca să mă păcălești! i-am spus.

Tonul meu aprins i-a atras privirea spre mine. Atunci mi-am dorit să nu fi spus nimic.

— Văd că ești supărată rău, a observat. Și nu din cauza testului. Așadar, explică-mi ce-i cu tine!

— Să explic? am sărit ca arsă. De ce ar trebui să dau *eu* vreo explicație? Poate că *tu* ar trebui să mă lămurești de ce mi-ai citit jurnalul!

Ei bine, o spusesem și cu asta, basta!

— Jurnalul? s-a mirat Valek și m-a privit, uimit. Nu am citit nimic din ce era al tău. Dar, chiar dacă aș fi făcut-o, aș fi avut acest drept.

— De ce? l-am întrebat.

O expresie neîncrezătoare s-a așternut pe chipul lui Valek. Gura i s-a deschis și i s-a închis de câteva ori înainte să dea glas gândurilor sale.

— Yelena, tu însăți ai mărturisit că ai comis o crimă, a spus. Ai fost surprinsă stând călare pe cadavrul lui Reyad, cu un cuțit plin de sânge în mână. Am încercat să găsesc în dosarul tău motivul pentru care ai făcut una ca asta. Nu era niciunul. Doar un raport în care scria că refuzaseși să răspunzi la orice întrebare.

Valek s-a apropiat și mai mult de mine. Și-a coborât vocea.

— Din moment ce nu știu ce anume te face să ucizi, nu pot să anticipez dacă vei omorî din nou sau ce te-ar putea determina să faci asta. Sunt obligat să respect *Codul de bună purtare*, așa că trebuia să-ți ofer alternativa de a deveni noul degustător. Te vei afla zi de zi în imediata apropiere a comandantului suprem, a spus el după ce a tras adânc aer în piept. Până când voi putea avea încredere în tine, te voi supraveghea neabătut.

Furia mea s-a risipit pe dată. De ce m-aș fi așteptat ca Valek să aibă încredere în mine, când eu nu aveam încredere în el?

Am redevenit calmă.

— Cum îți pot câștiga încrederea? l-am întrebat.

— Spune-mi de ce l-ai ucis pe Reyad, mi-a cerut.

— Nu ești încă pregătit să îmi dai crezare, l-am asigurat.

Valek și-a abătut privirea spre masa de conferințe. Mi-am acoperit gura cu mâna. De ce folosisem acel cuvânt? „Pregătit" însemna că, la un moment dat, avea să mă creadă. Or, asta nu era decât o iluzie.

— Ai dreptate! a încuviințat el.

Păream să fi ajuns la un impas.

— Am trecut testul, i-am amintit. Vreau să-mi dai antidotul.

Trecând la acțiune, Valek a scos o doză de antidot și mi-a dat-o.

— Iar acum ce urmează? l-am întrebat.

— Prânzul! Și am întârziat, să știi.

Valek m-a zorit să ies pe ușă. Am înghițit din mers lichidul alb.

În timp ce ne ne apropiam de sala tronului, pe coridor a răzbătut până la noi ecoul unor voci care vorbeau în același timp. Doi dintre consilierii comandantului se contraziceau. Ofițerii și soldații se strânseseră pâlcuri-pâlcuri în spatele lor. Conducătorul nostru se sprijinea de un birou din apropiere, ascultând cu atenție.

Grupurile discutau aprins despre cea mai bună modalitate de a găsi și de a captura din nou un evadat. Cei din partea dreaptă insistau asupra folosirii mai multor soldați și a câinilor de vânătoare, pe când cei din partea stângă susțineau că un număr restrâns de soldați isteți ar fi fost de ajuns. Forța brută versus inteligența.

Schimbul de păreri, deși zgomotos, era lipsit de mânie. Gărzile postate prin încăpere stăteau relaxate. Bănuind că acest gen de dezbateri era ceva obișnuit, m-am întrebat dacă fugarul acela era o persoană reală sau doar făcea parte dintr-un exercițiu teoretic.

Valek s-a dus direct lângă comandant. Eu am rămas în spatele lui. Dezbaterea aceea mă făcea să fiu cuprinsă, din ce în ce mai tare, de neliniște, pentru că nu puteam să nu-mi imaginez că eu însămi eram în postura bietei ființe hăituite.

Mi-am închipuit cum fugeam prin pădure, gâfâind și încordându-mi auzul să prind zgomotul urmăritorilor. Nu puteam să mă pierd într-un oraș, pentru că un chip nou i-ar fi alarmat pe soldații care patrulau pe acolo. Pe acei oșteni plictisiți, a căror singură sarcină era să supravegheze totul şi care îi cunoşteau pe locuitorii oraşului.

Fiecare cetăţean din Teritoriul Ixia avea o îndatorire proprie. După preluarea puterii de către comandantul suprem, fiecăruia i se dăduse o ocupaţie. Un cetăţean avea voie să se deplaseze în alt oraş sau în alt district militar, însă îi erau necesare documente adecvate. O cerere de transfer frumos completată trebuia să fie aprobată de un supervizor şi însoţită de dovada că, la noua adresă, persoana respectivă avea să îndeplinească o anumită sarcină. În lipsa documentelor corespunzătoare, un civil descoperit într-o regiune nepotrivită ar fi fost arestat imediat. Vizitarea altor districte era permisă, dar, din nou, atât timp cât se obţineau actele necesare, iar acestea le erau arătate soldaţilor la sosire.

Câtă vreme lucrasem izolată, cu Brazell şi cu Reyad, mă gândisem neîncetat la evadare. Să plănuiesc cum aveam să trăiesc în libertate fusese mai bine decât să-mi petrec viaţa ca un şoarece de laborator. Însă, în lipsa unor membri de familie sau a unor prieteni în afara conacului care să mă ascundă, ţinuturile din sud reprezentau cea mai bună opţiune pentru mine, presupunând, desigur, că aş fi putut trece de graniţa bine păzită.

Născocisem fantezii complicate despre cum să mă furişez în Sitia, să găsesc o familie adoptivă şi să mă îndrăgostesc. Nişte prostii siropoase, sentimentale, dar care reprezentau singurul meu panaceu. În fiecare zi, când începeau experimentele, mintea mea se fixa asupra Sitiei, găsind acolo culori strălucitoare, gesturi pline de iubire şi căldură sufletească. Numai păstrând aceste imagini în minte putusem să îndur experimentele la care mă supunea Reyad. Chiar dacă mi s-ar fi oferit prilejul de a evada, nu ştiu dacă aş fi profitat de acesta. Deşi nu-mi aminteam nimic despre familia mea de origine, aveam totuși o alta care trăia în interiorul conacului: ceilalți copii pierduți care fuseseră primiți acolo. Surorile mele... Frații mei... Copiii mei... Învățasem împreună cu ei, mă jucasem împreună cu ei și avusesem grijă de ei. Cum să-i fi abandonat? Îmi era imposibil, de nesuportat, până și să mă gândesc numai că May sau Carra ar fi fost silite să-mi ia locul în laborator.

Mi-am mușcat degetul până mi-a dat sângele și mi-am târât gândurile spre momentul prezent. Scăpasem de Brazell. Acesta urma să părăsească, peste două săptămâni, castelul și să se întoarcă acasă, la următoarea lui rundă de experimente, probabil, cu un șoarece de laborator diferit. Inima mea era deja plină de compasiune pentru fata aceea, oricine ar fi fost ea. Brazell era brutal. Iar ea avea să treacă prin momente grele. Însă mă bucuram că o salvasem, cel puțin, de Reyad.

Scoțându-mi degetul din gură, am examinat semnul lăsat de mușcătură. Nu era prea adânc și nu avea să lase urme. Am urmărit rețeaua de cicatrice semicirculare care-mi împânzea degetele și încheieturile lor. Când am ridicat privirea, l-am surprins pe Valek privindu-mi mâinile. Mi le-am împreunat la spate.

Comandantul a ridicat mâna și, într-o secundă, s-a făcut liniște.

— Am ascultat puncte de vedere excelente din partea ambelor tabere. Iar acum vă vom testa teoriile. Alcătuiți două echipe! a poruncit el, făcându-le semn principalilor participanți la dezbateri. Apoi a adăugat: Voi veți fi căpitanii. Strângeți-vă echipa și organizați un plan de atac! Recrutați pe oricine credeți că vă va fi de folos! Valek va face rost de un fugar dintre oamenii lui. Aveți la dispoziție două săptămâni să vă pregătiți.

Hărmălaia a crescut, în timp ce comandantul suprem a pornit spre biroul său, urmat îndeaproape de Valek și de mine.

Conducătorul serviciului de pază a închis ușa biroului, înăbușind gălăgia.

— Fuga lui Marrok în Sitia încă vă mai deranjează? a întrebat el.

Comandantul s-a încruntat.

— Da. O treabă de mântuială, urmărirea aceea. Marrok probabil că știa că tu erai în DM-8. Este neapărat nevoie să-i antrenezi pe vreo doi protejați de-ai tăi.

Valek l-a privit, mimând că era îngrozit.

— Bine, dar atunci nu v-aș mai fi indispensabil! a spus el.

Un zâmbet rapid a înfrumusețat fața comandantului înainte ca acesta să mă observe într-un ungher al camerei.

— Ei bine, Valek, ai avut dreptate în privința ei! a spus conducătorul Ixiei. A supraviețuit testului tău. Apoi mi s-a adresat mie: Apropie-te!

Picioarele mele i-au dat ascultare, în pofida inimii care-mi bătea nebunește.

— Ca degustător oficial al meu, trebuie să te prezinți la mine cu micul dejun. Îți voi face cunoscut itinerarul meu zilnic și mă aștept să fii prezentă la fiecare masă. Nu voi tolera întârzierile. S-a înțeles?

— Da, să trăiți! am răspuns.

Comandantul suprem i-a aruncat o privire lui Valek.

— Pare cam delicată, i-a zis. Ești sigur că este destul de puternică?

— Da, domnule!

Comandantul nu părea convins. Ochii lui aurii se plimbau de la mine la Valek în timp ce se gândea la ceva. Speram din toată inima că nu căuta o scuză să mă concedieze.

— Bine! a mormăit, în cele din urmă. Din moment ce am ratat prânzul, Valek, mă vei însoți la o cină luată mai devreme. Yelena, tu vei ocupa postul de degustător începând de mâine-dimineață.

— Da, să trăiți! am spus eu și Valek la unison.

Apoi ni s-a permis să plecăm.

Ne-am întors în biroul lui Valek să-mi iau uniformele de rezervă și jurnalul. El m-a însoțit apoi până la apartamentul său, situat în partea centrală a castelului. Pe când parcurgeam coridoarele principale, am observat că porțiunile din piatră deschise la culoare erau mai numeroase decât cele mai închise. Probabil că fuseseră date jos mai multe tablouri. Am trecut și pe lângă câteva încăperi mari, lipsite, parcă, de orice culoare, a căror destinație fusese schimbată fie în birouri, fie în barăci.

Mi-a trecut prin minte că stilul practic, funcțional, și simplitatea comandantului Ambrose nu făcuseră decât să îi răpească, practic, castelului însuși sufletul său, odată cu stilul. Nu mai rămăsese decât o clădire din piatră moartă, ternă, lipsită de personalitate, căreia îi fuseseră atribuite niște sarcini strict utilitare.

Fusesem prea mică atunci când comandantul suprem preluase puterea, să-mi mai pot aminti cum era viața de dinainte, însă, la orfelinatul lui Brazell, ne învățaseră că monarhia fusese coruptă, iar cetățenii orașelor, foarte nefericiți. Preluarea puterii fusese exact ceea se înțelege prin așa ceva și ar fi fost inexact să poarte denumirea de „război". Cei mai mulți dintre soldații regelui își transferaseră loialitatea către comandant. Le era, oricum, lehamite de promovările făcute doar pe mită și pe legături de rudenie, în loc de strădanie și pricepere. Ordinele de ucidere a oamenilor pentru infracțiuni mărunte sau doar fiindcă îl supăraseră pe vreunul dintre membrii elitei dăduseră demult naștere resentimentelor printre soldați.

Femeile fuseseră recrutate pentru a servi cauzei comandantului suprem și deveniseră niște spioni excelenți. Valek îi asasinase pe principalii susținători ai regelui. Când acesta din urmă a încercat să ridice o armată care să lupte împotriva oștirii comandantului, nu a găsit niciun apărător. Iar Ambrose a cucerit castelul fără luptă și s-a vărsat foarte puțin sânge. Cea mai mare parte a nobilimii a fost ucisă, dar câțiva dintre membrii ei au reușit să fugă în Sitia.

Eu și Valek ajunseserăm la două uși masive din lemn, păzite de doi soldați. El a vorbit cu gărzile, informându-le că aveam să fiu lăsată să intru acolo oricând aveam nevoie. Am pătruns într-un holișor cu două uși situate față în față. Valek a descuiat-o pe cea din dreapta și mi-a spus că, de fapt, cealaltă ducea la apartamentul comandantului.

Încăperile lui Valek s-au dovedit a fi încăpătoare. Venind din holul întunecos, am fost surprinsă de lumina vie din salonul de primire principal, care avea formă de „L". Ferestre subțiri cât foaia de hârtie lăsau să se reverse în interior lumina soarelui.

În fiecare colțișor al camerei și pe masă zăceau nenumărate stive de cărți. Pretutindeni erau răspândite pietre cenușii cât pumnul de mari, brăzdate de dungi albe, precum și cristale multicolore.

Peste tot erau împrăștiate mici statuete negre, reprezentând animale și flori, care scânteiau datorită argintului care le împodobea. Delicate și sculptate cu minuțiozitate, semănau cu panterele de pe biroul lui Valek și erau singurele decorațiuni din încăpere.

O impresionantă colecție de arme era atârnată pe pereți. Unele erau vechi, antichități acoperite de praf care nu fuseseră folosite de ani de zile, pe când altele, noi-nouțe, străluceau. Un cuțit lung și subțire încă mai avea sânge proaspăt pe lamă.

Lichidul purpuriu strălucea în lumina soarelui, făcându-mă să mă cutremur. M-am întrebat cine nimerise în dreptul tăișului.

La stânga intrării erau o scară și trei uși înșirate pe peretele din dreapta al salonului.

Valek mi-a făcut semn cu mâna spre prima ușă din dreapta.

— Aceea va fi camera ta până când Brazell va părăsi castelul. Îți sugerez să te odihnești. A ales apoi trei cărți de pe o măsuță și a adăugat: Mă întorc mai târziu. Nu care cumva să ieși de aici! Îți voi aduce eu cina.

Și, zicând acestea, Valek a plecat, dar s-a întors înainte ca ușa să apuce să se închidă.

— Să încui ușa după mine! mi-a cerut. Deși aici ar trebui să fii în siguranță.

„În siguranță!" m-am gândit eu, trăgând zăvorul.

Numai „în siguranță" nu m-aș fi simțit în locul acela! Oricine știa să spargă o încuietoare ar fi putut pătrunde înăuntru, să apuce o armă și să-mi facă de petrecanie. Am examinat săbiile de pe perete și am oftat oarecum ușurată. Armele erau bine fixate. Am tras tare de o ghioagă, numai așa, să mă asigur.

Dezordinea din jurul ușii mele era mai mare decât în jurul celorlalte două, și când am intrat, am descoperit motivul. Porțiuni curate, de forma unor cutii, se conturau în praful gros care mai era încă așternut pe podea, pat, birou și masă. Încăperea fusese folosită ca spațiu de depozitare! Și, în loc s-o curețe, Margg se mulțumise, probabil, doar să scoată cutiile, considerând că-și făcuse datoria pe deplin astfel.

Lucrul de mântuială pe care-l făcuse era o aluzie nu foarte subtilă la imensa antipatie pe care o avea față de mine. Poate ar fi fost mai bine s-o evit un timp.

În cameră, așternuturile erau murdare. Se simțea miros de mucegai. Am strănutat. Era și o ferestruică acolo, pe care, după ce m-am luptat cu obloanele, am reușit s-o deschid.

Mobila era din mahon scump. Sculpturi complicate de frunze și de viță-de-vie coborau pe picioarele scaunelor și se încolăceau de-a lungul sertarelor. Când am șters praful de pe tăblia patului, am descoperit o scenă delicată, imaginea unei grădini pline de flori și fluturi.

După ce am luat de pe pat așternuturile murdare și m-am întins pe saltea, impresia mea că Margg nu era decât o morocănoasă inofensivă care-mi purta ranchiună a dispărut cu desăvârșire. Pentru că în momentul acela am văzut că pe praful de pe birou era scris un mesaj!

L-am citit: „Ucigașo! Ștreangul te-așteaptă!”

9

AM SĂRIT DIN PAT. Mesajul a dispărut din fața ochilor mei, însă asta nu m-a făcut deloc să mă simt mai bine. Inima îmi era săgetată de mici împunsături de teamă, în timp ce mintea îmi gonea de la un scenariu cumplit la altul.

Oare Margg mă avertiza sau mă amenința? Avea de gând să își recâștige banii pierduți cu pariurile împotriva mea predându-mă, în schimbul unui onorariu, haidamacilor lui Brazell?

„În acest caz, de ce m-ar fi avertizat?" am încercat să mă liniștesc singură.

Reacționasem, din nou, în mod exagerat. Dacă era să judec după tot ce văzusem și auzisem despre Margg, probabil că îmi transmisese acest mesaj numai și numai pentru a avea satisfacția de a mă vedea agitându-mă. Un gest arțăgos, făcut doar pentru că fusese supărată că avea de muncit în plus din cauza mea. Am hotărât că era mai bine să nu-i dau în niciun fel de înțeles că observasem sau că mă necăjise în vreun fel mesajul ei pueril. Dacă mă gândeam mai bine, aș fi putut să pariez că ea fusese aceea care îmi citise și jurnalul, lăsându-l larg deschis pe masă doar ca să mă enerveze.

Valek îmi sugerase să mă odihnesc, dar eram prea neliniștită pentru a face asta. Am intrat în salon. Mesajul lui Margg îmi amintise să fac ceea ce-mi transmiteau și instinctele mele și să nu am încredere în nimeni. Numai astfel toate grijile mele aveau să se limiteze la degustarea hranei pentru a descoperi otrăvurile și la evitarea lui Brazell.

Și ce bine-ar fi fost dacă totul ar fi fost atât de simplu sau dacă eu, una, aș fi fost atât de puternică! Naivitatea și încrederea oarbă poate că-mi fuseseră nimicite de Brazell și de Reyad, însă undeva, într-un ungher al inimii, încă mă mai agățam de speranța că aș putea să dau și eu odată și-odată peste un prieten adevărat.

Până și un șobolan are nevoie de prietenia semenilor lui! Sincer, simțeam o mare simpatie față de aceste rozătoare. La fel ca ele, și eu mă agitam de colo-colo, priveam mereu peste umăr și adulmecam peste tot după curse otrăvite.

În perioada aceea, abia-abia dacă reușeam să rămân în viață de la o zi la alta, dar, la un moment dat, aveam să caut o cale de scăpare. Cunoașterea însemna putere, așa că mi-am propus să stau liniștită, să ascult și să aflu tot ce puteam afla. Am început cu salonul lui Valek.

Luând o piatră de pe una dintre mese, am început să înaintez cu atenție prin dezordinea din apartamentul său, scotocind doar superficial, pentru că bănuiam că Valek pusese capcane în toate sertarele sale.

Am găsit vreo două texte despre otrăvuri care mă interesau, însă conținutul lor se referea, mai ales, la asasinate și intrigi. Unele cărți erau legate într-o piele tocită de atâta utilizare și erau scrise într-un limbaj arhaic pe care nu-l puteam descifra. Valek fie era un colecționar împătimit, fie furase cărțile din biblioteca răposatului rege.

Ajunsesem la baza scărilor, când am dat peste un plan al castelului. Fusese prins în colțul ramei unui tablou atârnat pe peretele din dreapta scărilor. În sfârșit, ceva care îmi putea fi util! În timp ce studiam schema, mă simțeam de parcă mi-ar fi îndepărtat cineva o mască translucidă de pe față, permițându-mi, în sfârșit, să văd limpede castelul.

Amânând explorarea încăperilor de la etajul apartamentului, mi-am recuperat jurnalul. Planul era expus la vedere. Prin urmare, Valek nu avea să se supere că îl studiasem. Urma să se bucure, probabil, că nu mai aveam nevoie să cer îndrumări de fiecare dată când trebuia să mă duc într-un loc necunoscut mie din castel. Am făcut puțin loc pe canapea, m-am așezat într-o poziție confortabilă și am început să îl copiez.

M-am trezit din somn cu o tresărire. Jurnalul meu a căzut cu zgomot pe podea. Clipind des din cauza luminii puternice a lumânării, ochii mei au cercetat încăperea. Visasem numai și numai șobolani! Aceștia căzuseră de pe pereți, năvăliseră de pe podea și de-acum roiau pe mine. O mare de rozătoare mușcătoare care îmi înșfăcau hainele, pielea și părul în dințișorii lor ascuțiți!

Un fior m-a făcut să mă cutremur toată. Mi-am ridicat picioarele de pe podea și-am pornit să explorez încăperea. Nici urmă de șobolani, desigur, asta dacă nu cumva îl includeam pe Valek în categoria rozătoarelor. El aprindea lămpile și ajunsese deja pe la jumătatea încăperii.

Privindu-l cum își termina treaba, mi-am închipuit că el însuși era un șobolan. Ba nu! În mod sigur, nu! El era o felină. Și nicidecum o pisicuță domestică oarecare, ci un ditamai leopardul zăpezilor. Cel mai eficient prădător din tot Teritoriul Ixia. De un alb imaculat, leopardul zăpezilor era de mărimea a doi câini zdraveni contopiți într-unul singur. Rapid, agil și letal, el putea să-și omoare prada chiar înainte ca aceasta să bănuiască existența vreunui pericol. Acești prădători trăiau mai mult în nord, unde zăpada nu se topea niciodată, dar uneori se aventuraseră și în sud atunci când hrana li se împuținase.

De când exista Ixia, nimeni, niciodată nu omorâse vreun leopard al zăpezilor. Fiara simțea imediat mirosul vânătorului, îl auzea sau îl vedea pe acesta înainte chiar ca omul să se apropie suficient de mult, încât să-l poată lovi cu o armă albă. Nu putea folosi nimic altceva, pentru că felinele o luau la goană ca vântul și ca gândul atunci când auzeau șuieratul scos de strunirea coardei unui arc de vânătoare. Cel mai bun lucru pe care-l puteau face oamenii din nord era să hrănească leoparzii zăpezilor în speranța că astfel aveau să îi facă să rămână în tărâmul lor veșnic acoperit cu zăpadă, cât mai departe de regiunile populate.

După ce a aprins și ultima lampă, Valek s-a întors spre mine.

— A fost ceva în neregulă cu dormitorul tău? m-a întrebat, apoi a luat o tavă cu mâncare și mi-a dat-o.

— A, nu! i-am răspuns. N-am putut s-adorm.

Valek a izbucnit în râs, amuzat.

— Înțeleg! a spus și mi-a arătat tava. Îmi pare rău că acum cina ta e deja rece. Am fost reținut cu treburi.

Căutând, din instinct, după otravă, am luat două lingurițe de mâncare. I-am aruncat o privire lui Valek, să văd dacă se simțea ofensat de acest gest. Nici pomeneală, ba chiar dimpotrivă! Chipul lui își păstrase expresia amuzată. Între două înghițituri, l-am întrebat dacă mai avea cineva cheia apartamentului său.

— Doar comandantul Ambrose și Margg, m-a lămurit. Asta o să te ajute să dormi mai bine?

Făcându-mă că nu i-am băgat în seamă întrebarea, l-am chestionat din nou:

— Margg este menajera ta personală?

— A mea și a comandantului. Voiam pe cineva de încredere. Margg era cu noi dinainte de preluarea puterii de către conducătorul Ambrose, așa că loialitatea ei era mai presus de orice îndoială.

Zicând acestea, Valek s-a așezat la masa de scris, dar și-a răsucit scaunul, în așa fel, încât să stea față în față cu mine.

— Îți mai aduci aminte când ai fost în sala de comandă? m-a iscodit.

Derutată de schimbarea subiectului, am aprobat dând din cap.

— În încăpere erau trei generali. Pe Brazell îl cunoșteai deja, dar îi poți numi pe ceilalți doi? și-a continuat el interogatoriul.

— Tesso și Hazal, i-am răspuns, mândră de mine că mi-i amintisem.

— Îi poți descrie? Culoarea părului? A ochilor? a continuat el.

Am ezitat, în timp ce mă străduiam să-mi amintesc. Amândoi purtau uniforme de generali și luau prânzul. Am clătinat din cap.

— Cred că generalul Tesso avea barbă, am murmurat.

— I-ai identificat după uniformele lor și nici nu le-ai privit fețele, așa-i? m-a iscodit.

— Da, am încuviințat.

— Așa m-am gândit și eu! a spus. Asta-i problema când ai obligația de a purta uniformă. Te lenevește. Un om din gardă va vedea o uniformă de menajeră și va deduce, pur și simplu, că persoana respectivă lucrează în castel. Prin urmare, a devenit mult prea ușor să se strecoare cineva înăuntru, motiv pentru care îl țin permanent pe comandant înconjurat numai și numai de oameni care îi sunt loiali. Și de aceea Margg este singura menajeră care are permisiunea de a face curat în apartamentele și birourile comandantului și ale mele.

Tonul lui Valek m-a făcut să simt că ajunsesem într-o sală de clasă, la școală.

— De ce nu dai afară toți servitorii din castel și nu-i înlocuiești cu oamenii tăi? l-am întrebat.

— Majoritatea celor care ne sunt credincioși, a „armatei" noastre, este alcătuită din soldați, mi-a explicat. Civilii care ni s-au alăturat înainte de preluarea puterii au fost numiți consilieri sau li s-au oferit alte posturi importante. Unii dintre servitorii regelui erau deja pe statele noastre de plată, iar celorlalți le-am plătit dublu față de cât câștigau pe când erau în slujba regelui. Căci servitorii bine plătiți sunt niște servitori fericiți.

— Tot personalul castelului este retribuit? l-am întrebat, mirată.

— Da, mi-a răspuns.

— Inclusiv degustătorul? l-am iscodit eu mai departe.

— Nu, el nu primește niciun ban, mi-a spus.

— De ce nu? aproape că m-am răstit.

Nici măcar nu mă gândisem la un salariu, până când Valek nu menționase acest lucru.

— Degustătorul este plătit în avans, m-a lămurit. Cam cât valorează viața ta?

10

FĂRĂ SĂ MAI AȘTEPTE UN RĂSPUNS, Valek s-a întors cu tot cu scaun spre biroul lui.

Ei bine, da, trebuia să recunosc că avea dreptate! Mi-am terminat de mâncat hrana mea rece. Când am dat tava deoparte, să mă duc în camera mea, Valek s-a întors din nou spre mine.

— Ce ai cumpăra cu banii pe care i-ai primi? m-a descusut.

O întreagă înșiruire mi-a zburat de pe buze, ceea ce m-a surprins până și pe mine.

— O perie de păr, niște pijamale și aș mai cheltui ceva bani în timpul sărbătorilor, am turuit.

Voiam pijamale pentru că mă plictisisem să dorm în uniformă. Nu avusesem curajul să mă culc în lenjeria de corp, de teamă că s-ar fi putut să fiu nevoită să fug în toiul nopții, să-mi salvez viața. Și se apropiau Sărbătorile Focului, care se desfășurau an de an. Și care deveniseră un fel de aniversare pentru mine. Findcă în timpul festivităților precedente îl omorâsem pe Reyad.

Deși comandantul interzisese toate manifestările religioase care se desfășurau în public, încuraja, totuși, organizarea serbărilor, pe care le considera niște grozave modalități de ridicare a moralului cetățenilor. Însă nu erau permise decât două astfel de solemnități pe an.

Iar eu, una, fusesem închisă în temniță în timpul celei mai recente Serbări a Gheții, pierzând evenimentele care se desfășurau într-un spațiu închis în care artiștii și meșteșugarii își expuneau lucrările. Serbarea Gheții avea loc întotdeauna în anotimpul geros, când nu aveai altceva de făcut decât să te ghemuiești lângă foc și să meșterești obiecte de artizanat. Era un eveniment local și fiecare oraș își găzduia propriile ceremonii.

Sărbătorile Focului erau, de fapt, un iarmaroc uriaș, a cărui caravană călătorea din oraș în oraș în sezonul cald. Începea în nordul îndepărtat, unde vremea caldă nu ținea decât vreo câteva săptămâni, și se îndrepta spre sud.

În mod tradițional, la castel erau programate reprezentații și concursuri suplimentare, iar petrecerile țineau o săptămână întreagă, chiar în mijlocul anotimpului cald, iar eu speram că avea să mi se permită să particip. Valek mă anunțase că urma să mă mai învețe niște metode de degustare în plus după-amiezele, dar timpul care mai rămânea între mese fusese, până acum, numai al meu.

Îmi plăcuse întotdeauna să merg la Sărbătorile Focului. Brazell le dădea copiilor din orfelinatul lui o sumă mică de bani, astfel încât aceștia se puteau duce în fiecare an. Era evenimentul cel mai așteptat de la conacul generalului. Exersam pe tot parcursul anului pentru a ne califica la diverse competiții și economiseam fiecare bănuț pentru a ne plăti taxa de intrare.

Vocea plină de simț practic a lui Valek mi-a întrerupt șirul gândurilor.

— Pijamale poți lua de la croitoreasă, de la Dilana, mi-a spus. Ar fi trebuit să ți le dea odată cu uniformele. Cât despre restul, va trebui să te descurci cu ce vei găsi.

Cuvintele lui Valek m-au readus cu picioarele pe pământ, la realitățile din viața mea. Asta însemna că Sărbătorile Focului nu aveau să mai facă parte din ea! S-ar putea să am șansa să văd ceva-ceva din iarmaroc, însă nu aveam nici să mai pot mânca friptura condimentată de pui, nici gusta vinul care se vindea numai și numai la tarabele participanților.

Suspinând, mi-am luat jurnalul și m-am dus în camera mea. O adiere uscată și caldă mi-a mângâiat fața. Curățasem praful rămas, însă ștersesem numai jumătate din mesajul lui Margg. Într-un fel, avea dreptate. Chiar mă aștepta ștreangul. În viitorul meu nu se întrezărea nimic care să semene, cât de cât, cu o viață normală. Mesajul ei avea să îmi servească drept memento, astfel încât să nu ajung să mă simt niciodată prea confortabil.

Pentru că fie aveam s-o zbârcesc în vreun fel, și-atunci urma să fiu înlocuită ca degustător, fie aveam să zădărnicesc vreo tentativă de asasinat, ceea ce urma să îmi aducă moartea. Practic vorbind, poate că nu aveam să pier din cauza gâtului rupt de spânzurătoare, însă imaginea obsedantă a unui ștreang gol urma să mă bântuie de-a pururi.

A doua zi dimineață am dat o raită pe la ușa atelierului Dilanei. Aceasta ședea într-un mic petic însorit, fredonând și cosând. Buclele blonde îi străluceau. Nedorind s-o deranjez, am dat să plec.

— Yelena? m-a chemat ea înapoi.

Așa că m-am întors.

— Doamne, fato, da' intr-odată, ce mai aștepți! m-a poftit. La mine ești întotdeauna bine-venită!

Dilana a dat deoparte ceea ce cosea și a bătut ușor cu palma în scaunul de lângă ea, pentru a mă îndemna să stau acolo. Când m-am așezat și eu în lumina soarelui, a exclamat.

— Eşti plăpândă precum cel mai fin şi mai subţirel firişor cu care cos eu. Ia loc, ia loc! m-a poftit din nou. Dă-mi voie să-ţi ofer ceva de mâncare!

Protestele mele nu au oprit-o să-mi aducă o felie mare de pâine cu unt.

— Rand al meu îmi trimite în fiecare dimineaţă o felie de pâine caldă unsă cu miere.

Zicând acestea, am văzut cum ochii ei căprui-deschis au strălucit de afecţiune.

Ştiam că o să mă tot bată la cap până când aveam să muşc din felie. Nedorind s-o supăr, mi-am înăbuşit dorinţa de a gusta pâinea, să verific dacă nu cumva era otrăvită. Dilana s-a arătat mulţumită numai când mi-am umplut gura cu mâncare.

— Cu ce-ţi pot fi de folos? m-a întrebat apoi.

Între două înghiţituri, am întrebat-o dac-aş putea primi nişte pijamale.

— Of, Doamne! Cum de-am uitat? Biata de tine! a strigat ea şi-a început să alerge de colo-colo prin încăpere, încropindu-mi o adevărată colecţie.

— Dilana! am strigat-o eu, încercând s-o mai temperez puţin. Nu am nevoie decât de vreo câteva lucruşoare.

— De ce n-ai venit mai repede? m-a dojenit ea. Margg ar fi trebuit să-mi spună!

Croitoreasa părea să fie necăjită, în mod sincer.

— Margg..., am început, dar am renunţat apoi să-mi mai duc gândul până la capăt.

Nu prea ştiam cu siguranţă care erau sentimentele Dilanei faţă de vlăjgană.

— Margg este o bătrână rea şi ţâfnoasă, o cotoroanţă ranchiunoasă şi o tirană de prima clasă! mi-a declarat croitoreasa.

Am privit-o, surprinsă.

— Orice persoană nouă îi displace pe loc lui Margg, care-i o adevărată pacoste pentru noi toți, a continuat.

— Dar cu tine s-a purtat frumos! mi-am exprimat eu uimirea.

— Da, acum, așa face, dar, la început, când abia ajunsesem aici, m-a hărțuit săptămâni întregi, mi-a explicat. Pe urmă, m-am strecurat în garderoba ei și i-am strâmtat toate fustele. După două săptămâni de chin, și-a dat seama, în sfârșit, ce se-ntâmplase.

Zicând acestea, Dilana s-a aplecat, brusc, spre mine, zâmbindu-mi.

— Margg nu se pricepe nici să bage ața-n ac, așa c-a trebuit să-și înghită mândria și să-mi ceară ajutorul. De atunci mă tratează cu respect.

Dilana mi-a luat mâinile în ale sale.

— Din păcate, tu ești noua ei victimă, mi-a spus. Dar n-o lăsa să te mâhnească! Dacă se poartă urât cu tine, poartă-te și tu urât cu ea! Când va vedea că nu ești o pradă ușoară, își va pierde interesul.

Îmi venea greu să cred că femeia aceea drăguță era capabilă de asemenea matrapazlâcuri, însă în zâmbetul ei parcă deslușeam totuși o urmă de maliție.

Croitoreasa a împăturit un maldăr de pijamale pe care mi le-a pus în brațe, adăugând și o mulțime de panglici viu colorate.

— Pentru Sărbătorile Focului, draga mea! m-a lămurit, ca răspuns la privirea mea întrebătoare. Ca să-ți scoată în evidență frumosul tău păr negru.

— Ai găsit un fugar pentru exercițiul tactic? l-a întrebat comandantul suprem pe Valek de îndată ce acesta a ajuns în biroul său pentru masa de prânz.

Eu, una, tocmai îi gustam mâncarea conducătorului Ixiei când Valek - pentru a câta oară? - mi-a distrus firava mea stare de bine. Este adevărat, lucram deja ca degustător oficial de vreo zece zile și izbutisem, în sfârșit, să-mi fac stomacul să nu mi se mai contracte atât de dureros ori de câte ori mă aflam în preajma comandantului suprem.

— Da, știu cine-ar fi persoana ideală pentru acest rol, a răspuns Valek care se instalase pe un scaun, în fața lui Ambrose.

— Cine anume? s-a mirat conducătorul Ixiei.

— Yelena.

— Ce? am sărit ca arsă, renunțând să mă mai prefac că-mi vedeam de treaba mea fără să-i ascult.

Exclamația mea s-a suprapus peste aceea a comandantului.

— Explică-mi ce vrei să spui! i-a poruncit acesta.

Valek a zâmbit văzându-i reacția, ca și când ar fi știut de la bun început ce avea să spună.

— Oamenii mei sunt, cu toții, antrenați să evite să fie prinși, și-a început el lămuririle. Așadar, nu ar fi corect față de echipa de căutare să-l aleg pe unul dintre ei în rolul fugarului. De aceea avem nevoie de o persoană care nu este pricepută în arta evadării, dar care e suficient de inteligentă, încât să facă exercițiul să devină mai interesant.

Valek s-a ridicat în picioare, continuându-și discursul.

— Fugarul are nevoie de un stimulent pentru a face astfel încât urmărirea să fie cât mai bună și trebuie, totuși, să vrea să se întoarcă la castel. Prin urmare, nu pot folosi un prizonier adevărat. Niciunul dintre servitori nu este dotat cu vreun dram de imaginație. Un timp, am avut-o în vedere pe doctoriță, însă este nevoie de ea la castel în caz de urgență. Și tocmai eram pe punctul să-l aleg pe unul din soldații dumneavoastră, când m-am gândit la Yelena.

Valek m-a arătat cu degetul.

— E foarte isteață, l-a asigurat el, numărându-și pe degete argumentele, pentru a da mai multă importanță spuselor sale. Va avea un motiv grozav să facă o treabă bună și unul încă și mai mare să revină la castel.

— Ce fel de motive? Ce fel de imbolduri? s-a mirat comandantul Ambrose, încruntându-se.

— Știți doar că degustătorul nu primește niciun salariu, i-a explicat Valek. Dar, pentru această sarcină suplimentară și pentru altele asemănătoare, ea va putea fi plătită. Cu cât Yelena reușește să evite mai mult timp să fie capturată, cu atât îi va fi mai mare răsplata. Cât despre stimulentul care o va face să se întoarcă, acesta ar trebui să fie evident.

Pentru mine, era. Doar antidotul pulberii-de-fluturi pe care mi-l oferea zilnic mă păstra în viață. Dacă nu mă întorceam la castel până a doua zi dimineață, n-aveau să mai caute decât un cadavru.

— Și dacă refuz? l-am întrebat pe Valek.

— Atunci îl voi recruta pe unul dintre soldați, mi-a răspuns. Dar voi fi dezamăgit. Am crezut că-ți va plăcea provocarea.

— Poate că nu-mi place..., am început, fără să-mi duc însă gândul până la capăt.

— Destul! a strigat comandantul suprem pe un ton tăios. Este complet absurd totul, Valek!

— Păi, tocmai asta-i și ideea! s-a repezit tânărul. Un soldat ar face doar mișcări previzibile. Ea reprezintă însă o necunoscută.

— *Tu* poate c-ai izbuti să ghicești ce va face fugarul, însă oamenii pe care i-am desemnat să efectueze exercițiul nu sunt chiar atât de perspicace, a spus conducătorul Ixiei. Sper să găsesc pe cineva care să poată fi pregătit ca asistent al tău. Înțeleg ce aştepţi şi cum ar trebui să fie cel pe care-l doreşti, însă nu cred că acesta o să apară prea curând. Iar nouă ne trebuie cineva acum.

Comandantul a oftat. Iar suspinul acela a fost cea mai puternică manifestare a vreunei emoţii pe care o observasem la el până atunci, de când îl slujeam.

— Valek, de ce-mi subminezi tot timpul ordinul de a-ţi pregăti un asistent? l-a întrebat comandantul Ambrose pe mai-marele spionilor.

— Pentru că nu mi-au fost deloc pe plac alegerile pe care le-aţi făcut până acum, i-a răspuns conducătorul serviciului de pază şi protecţie. Când se va ivi candidatul potrivit, voi face toate eforturile necesare pentru a-l pregăti.

Comandantul a aruncat o privire spre tava cu mâncare din mâinile mele. Luând-o, mi-a ordonat să aduc nişte ceai fierbinte. Era un şiretlic abia-abia mascat menit să-l ajute să scape de mine cât timp aveau să discute în contradictoriu. Iar eu, una, eram mai mult decât fericită să îi fac pe plac.

În drum spre bucătărie, am reflectat asupra posibilităţii de a face pe fugara pentru Valek. Prima mea reacţie fusese negativă, pentru că, sincer, chiar nu aveam nevoie de nişte probleme în plus. Dar, pe măsură ce mă gândeam la provocarea de a mă ascunde de căutători, combinată cu prilejul de a câştiga nişte bani, exerciţiul a început să-mi pară, din ce în ce mai mult, a fi o oportunitate excelentă. Până am ajuns la bucătărie, deja speram ca Valek să aibă câştig de cauză. Mai ales pentru că urma să ies din castel pentru o zi întreagă şi toate abilităţile noi pe care-aş fi urmat să le deprind jucând rolul unui fugar mi s-ar fi putut dovedi utile în viitor.

— Aoleu, e ceva în neregulă cu prânzul? m-a întrebat Rand, grăbindu-se să vină spre mine.

Din cauza îngrijorării care îl cuprinsese, i se făcuse gura pungă.

— Nu, l-am liniştit. Am doar nevoie de nişte ceai fierbinte.

Uşurarea i-a îmblânzit chipul. M-am întrebat de ce era atât de îngrijorat dacă prânzul fusese satisfăcător sau nu. Mi-a trecut fulgerător prin minte imaginea unui Rand mai tânăr, care se revolta împotriva comandantului spurcându-i mâncarea, într-o formă de sabotaj aparte. Am alungat însă iute gândul acesta. Bucătarul nu ar fi servit niciodată o mâncare proastă, căci tot orgoliul lui se clădise în jurul creațiilor sale culinare. Trebuia să fie altceva între el și comandantul suprem! Nefiind sigură dacă noua noastră relație ar fi supraviețuit în cazul în care i-aş fi pus nişte întrebări personale și, poate, foarte delicate, m-am mulțumit să-mi țin gura.

Îl cunoşteam pe Rand de aproape două săptămâni, însă tot nu reușisem să-l descifrez. Stările lui de spirit parcurgeau toată gama și se schimbau fără niciun preaviz. Bucătarului îi plăcea foarte mult să vorbească. Domina majoritatea conversațiilor și punea foarte puține întrebări personale. Mă îndoiam că-mi auzea cu adevărat răspunsurile înainte de a începe să vorbească iar vrute și nevrute.

— Dacă tot ești aici, poți să guști din asta? m-a rugat Rand, luând un tort alb de pe unul dintre stativele de răcire care stăteau agățate de perete, precum rafturile. Spune-mi cum ți se pare.

Apoi mi-a tăiat o felie. Între straturile de vanilie ale tortului acoperit cu frișcă era un amestec de zmeură și frișcă.

Am încercat să maschez faptul că prima mea îmbucătură încerca să descopere vreo otravă.

— Foarte reușită-i combinația asta de gusturi! i-am spus.

— Dar încă nu-i perfectă și nu izbutesc să identific problema, mi s-a plâns.

— Crema este puțin prea dulce, am remarcat, luând încă o înghițitură. Iar blatul este puțin cam uscat.

— Voi încerca din nou! mi-a promis. Treci pe aici și diseară?

— De ce? l-am întrebat.

— Am nevoie de o părere avizată, mi-a spus, zâmbindu-mi. Pentru înscrierea mea la concursul culinar care se va desfășura în cadrul Sărbătorilor Focului. Vei veni și tu?

— Nu sunt sigură, am murmurat.

Alaltăseară, când îi amintisem de iarmaroc, Valek nu îmi spusese fățiș că nu aș fi avut voie să merg.

— Mai mulți dintre noi, cei care slujim în bucătărie, ne vom duce, m-a informat. Poți să vii cu noi, dacă dorești.

— Mulțumesc. Te voi anunța! i-am promis.

În timp ce mă întorceam spre biroul comandantului, un gând neplăcut și-a făcut loc în mintea mea. Stătusem în apropierea lui Valek pentru că Brazell se afla încă în castel și nu avea să plece decât după Sărbătorile Focului. Dacă aș fi făcut pe evadata, ce s-ar fi putut întâmpla dac-ar fi aflat Brazell? Dar dacă l-aș fi întâlnit, întâmplător, la iarmaroc?

Ajungând la concluzia că, până la plecarea generalului, eram mai în siguranță în interiorul castelului, m-am hotărât să refuz și oferta lui Valek, și pe aceea a lui Rand. Numai că, până am ajuns eu cu ceaiul comandantului, Valek deja câștigase dezbaterea. Înainte de-a apuca să rostesc vreo vorbă, el îmi și vorbea despre stimulentele financiare.

Iar suma pe care mi-ar fi oferit-o dac-aș fi rămas „în libertate" o zi întreagă era una foarte, foarte mare!

— Exercițiul este programat să aibă loc în timpul Sărbătorilor Focului. Iar aceea este, oricum, o perioadă tare aglomerată pentru soldați. Să-l amânăm, oare, pentru mai târziu? l-a întrebat Valek pe comandant.

— Nu, a răspuns conducătorul Ixiei. Vânzoleala sporită din timpul serbărilor va crește nivelul de dificultate pentru urmăritorii noștri.

— Ei bine, Yelena, asta înseamnă că nu ai decât vreo câteva zile pentru a te pregăti. E destul de corect, ținând cont de faptul că unii prizonieri plănuiesc mai multă vreme cum și pe unde să evadeze, pe când alții profită de primul prilej ca să o ia la goană. Te interesează această provocare? m-a întrebat Valek.

— Da! am răspuns fulgerător.

Cuvântul se năpustise de pe buzele mele înainte ca acel „nu", mai rațional, din mintea mea să poată ieși la lumină.

— Cu condiția ca Brazell să nu fie înștiințat de faptul că voi participa, am adăugat.

— Faptul că ți-am oferit o cameră în apartamentul meu personal nu este o dovadă că mă preocupă siguranța ta și încă într-un mod corespunzător?

În vocea lui Valek se simțea mânia. Mi-am dat seama că îl insultasem.

Când îl jignisem pe Rand, încercasem să îndrept lucrurile cât mai repede. Cu Valek, m-am străduit să găsesc un comentariu care să-l deranjeze și mai tare, însă nu am reușit să inventez unul suficient de repede.

— Dacă tot vorbim de Brazell..., ne-a întrerupt conducătorul Ixiei. Mi-a făcut un cadou. Un nou desert, inventat de bucătarul său. S-a gândit că s-ar putea să-mi placă.

Și comandantul Ambrose ne-a arătat o cutie din lemn plină cu bucățele pătrate, groase, maronii, aranjate unele deasupra celorlalte ca țiglele pe o casă. Erau netede și lucioase, dar marginile arătau de parcă ar fi fost tăiate cu un cuțit tocit, căci erau zdrențuite și din ele atârnau fulgi maronii.

Valek a luat o bucată și a mirosit-o.

— Sper că nu ați gustat vreuna! a spus.

— Ar fi prea ostentativ, chiar și pentru Brazell, să fie otrăvite, i-a răspuns conducătorul Ixiei. Dar, nu, fii liniștit! Nu le-am gustat.

Valek mi-a dat cutia.

— Yelena, ia câteva bucăți la întâmplare și gustă-le! mi-a cerut.

Am căutat printre pătrățele și am ales patru. Erau mari cât unghia și toate patru îmi încăpeau în palmă. Dacă nu mi s-ar fi spus că erau dulciuri, aș fi crezut că erau bucăți de ceară maronie. Unghia mea a lăsat un semn pe partea lor superioară, iar vârfurile degetelor mi-au devenit ușor unsuroase după ce le-am atins.

Am ezitat. Erau din partea lui Brazell și nu-mi aminteam ca bucătarul lui să fi fost din cale-afară de creativ. Mi-am înăbușit neliniștea. Nu aveam de ales.

Cu gândul la ceară, mă așteptam să mănânc ceva cu gust de ceară. Am mușcat din cubul tare, bănuind că acesta avea să mi se sfărâme în dinți. Expresia de pe fața mea trebuie să fi fost aceea care l-a făcut pe comandant să se ridice în picioare, pentru că eu nu am rostit niciun cuvânt. Senzațiile pe care le simțeam în gură mă vrăjiseră, de-a dreptul.

În loc să se fărâmițeze, desertul s-a topit, învăluindu-mi limba într-o cascadă de gusturi. Dulce, amar, gust de nucă, de fructe, toate s-au succedat. Când mă gândeam că aș fi putut să identific un gust, le simțeam din nou pe toate celelalte. Era ceva diferit de tot ce întâlnisem vreodată. Înainte de a-mi da bine seama, toate cele patru bucăți dispăruseră din mâna mea. Și tânjeam după mai multe.

— Incredibil! am exclamat. Ce-i asta?

Valek și comandantul schimbau priviri uimite.

În cele din urmă, comandantul a spus:

— Brazell îl numește „criollo". De ce? E otrăvit?

— Nu. Nu are nicio otravă. Doar că...

Am tot încercat, dar nu reușeam să găsesc cuvintele potrivite care să îl descrie.

— Gustați-l numai! a fost tot ce-am reușit să spun.

Am urmărit fața comandantului în timp ce mușca dintr-un pătrat de criollo. A făcut ochii mari și a ridicat din sprâncene, surprins. Limba i s-a plimbat pe buze și pe dinți, încercând să savureze până și ultima fărâmă de aromă care se mai ascundea pe acolo. A mai luat încă o bucată.

— E dulce. E diferit. Dar nu mi se pare că ar avea un gust ieșit din comun, a remarcat Valek, ștergându-și fulgii maronii de pe mâini.

Era rândul meu să schimb priviri uimite cu comandantul. Spre deosebire de Valek, el, unul, aprecia bucătăria fină. Recunoștea perfecțiunea, atunci când o gusta.

— Pun pariu că șobolanul ăla mic nu va rezista nici măcar o oră, spunea vocea înăbușită a lui Margg prin ușa bucătăriei.

Tocmai dădeam să intru când o auzisem.

— Pariez cincizeci la unu cu oricine e destul de prost să creadă că șobolanul ăla va rezista o zi întreagă, a continuat vlăjgana. Și o sută la unu cu fraierul care crede că n-o să fie prinsă.

După ce Margg a stabilit sorții de izbândă, în încăpere a izbucnit larma pariurilor.

Am ascultat, iar groaza mea creștea tot mai mult. Nu era posibil ca Margg să se fi referit la mine, nu? De ce i-ar fi povestit Valek despre exercițiu? Iar de-acum, era limpede că, până a doua zi, avea să afle tot castelul. Inclusiv Brazell.

— Eu pun pariu pe salariul meu pe o lună că Yelena va rămâne în libertate, că nu va fi prinsă o zi întreagă, a bubuit vocea lui Rand.

Ceilalți slujitori de la bucătărie au rămas tăcuți.

Emoțiile mele se succedau cu repeziciune: de la senzația că fusesem trădată, până la mândrie și înapoi. Pariau pe mine și nu-mi venea să cred că Rand pusese rămășag tot salariul lui pe o lună. Se vedea treaba c-avea mai multă încredere în mine decât aveam eu însămi. Fiindcă, sincer, înclinam să fiu de acord cu Margg în privința șanselor mele.

Râsul vlăjganei a răsunat în încăperea cu pereții placați cu faianță.

— Stai în bucătăria asta de mult prea mult timp, Rand, așa să știi! i-a spus Margg, hohotind. Căldura ți-a copt creierul până l-a făcut terci, zău așa! Cred că-ncepe să-ți cam placă șobolanul ăla mititel. Ai face mai bine să-ți încui cuțitele când e și ea pe-aici, prin preajmă, pentru că s-ar putea să...

— Gata, destul! a repezit-o Rand. Cina a luat sfârșit. Toată lumea, marș, afară din bucătăria mea!

Am făcut câțiva pași pe hol, ajungând undeva unde nu m-ar fi putut vedea nimeni. Pentru că îi promisesem lui Rand că aveam să-i gust tortul, am făcut un ocol și m-am întors în bucătărie după ce toată lumea plecase. Bucătarul ședea la una dintre mese și toca nuci. Tot acolo era și o felie din tortul lui cu zmeură și frișcă.

Mi-a întins farfuria, fără un cuvânt. Am gustat.

— Mult mai bine! l-am încurajat. Tortul este incredibil de bine însiropat. Ce ai schimbat la el? l-am întrebat.

— Am pus niște șarlotă în aluat.

Rand era neobișnuit de tăcut. Nu mi-a pomenit de pariu. Iar eu n-aveam de gând să-l descos.

A terminat de tocat nucile. După ce a sfârşit şi-a făcut şi curat, mi-a spus:

— Ar fi mai bine să mă duc să mă culc. Mâine-seară mergem la iarmaroc. Vii şi tu?

— Cine mai merge cu voi? l-am întrebat, încercând să trag de timp.

Nu-mi plăcea deloc că urma să pierd prima noapte a serbărilor. Şi detestam teribil faptul că trebuia să-l las pe Brazell să-mi distrugă singura distracţie pe care o mai aveam. Cu toate că, dacă avea să meargă şi Margg, preferam să îmi respect hotărârea iniţială.

— Porter, Sammy, Liza şi, poate, Dilana, mi-a răspuns bucătarul şi ochii lui obosiţi s-au luminat puţin când a rostit numele croitoresei. De ce întrebi?

— Când veţi pleca?

Inima mea era din nou gata să nesocotească alegerea cea mai logică şi mai sigură.

— După cină, mi-a răspuns. Este singurul interval de timp când este liberă toată lumea. Comandantul Ambrose cere întotdeauna o masă uşoară în prima noapte a Sărbătorilor Focului, aşa că personalul de la bucătărie poate pleca mai devreme. Dacă vrei să vii, hai să ne întâlnim cu toţii aici!

Rand s-a îndreptat apoi spre camera lui, care se învecina cu bucătăria, iar eu m-am întors în apartamentul lui Valek.

Încăperile întunecate erau pustii toate. Încuind uşa, am bâjbâit prin jur şi am găsit nişte cremene. Am aprins lămpile, am trecut pe lângă biroul lui Valek şi pe el am observat o hârtie. Aruncând o privire în jur, să mă asigur că profesorul meu în studierea otrăvurilor nu se ascundea în întuneric, m-am uitat pe hârtie. Pe ea fuseseră scrise nişte nume, mai întâi, apoi toate fuseseră şterse. Numele meu era încercuit. Dedesubtul lui era trecut comentariul că aş fi fost fugarul perfect pentru exerciţiu.

Probabil că așa aflase Margg! Mi-am amintit că o mai văzusem și înainte citind diverse hârtii de pe biroul lui Valek. În funcție de cât de mult stătuseră acolo, era posibil ca ea să fi știut de ceva vreme! Femeia aceea chiar avea de gând să-mi facă de petrecanie! Dacă urma să supraviețuiesc, aveam să fiu obligată s-o înfrunt, odată și-odată. Din nefericire, trebuia să aștept până după ce o făceam pe evadata pentru Valek.

Cât despre planul meu de scăpare, am căutat prin stivele de cărți. Mi-am amintit că văzusem niște titluri potrivite și căutarea mi-a fost răsplătită, căci am dat peste două cărți despre metodele de urmărire și una cu cele mai bune căi de evitare a capturării. Nu pomenise nimeni faptul că, în prealabil, nu puteam să fac o micuță cercetare. Împrumutând cărțile lui Valek, am luat una dintre lămpi și m-am retras în camera mea.

Am studiat cărțile până ce oboseala mi-a împăienjenit vederea. După ce m-am schimbat în pijamaua mea cea nouă, am stins lampa și am căzut lată în pat.

M-am trezit cu o tresărire, căci mi-am dat seama, înspăimântată, că se mai afla cineva în încăpere. M-a cuprins, subit, o teamă care m-a făcut s-ajung, fulgerător, lac de sudoare. O siluetă neagră s-a aplecat deasupra mea. Smulsă din pat, am fost lovită de perete.

Una, două, trei respirații...

Apoi nu s-a mai întâmplat nimic. Atacul încetase, dar eu am rămas pironită locului.

Ochii mi s-au obișnuit cu întunericul. Și atunci am recunoscut chipul celui care mă atacase!

— Valek? am exclamat, uluită.

II

FAȚA LUI VALEK, AFLATĂ LA DOAR câțiva centimetri de a mea, semăna cu o statuie – tăcută, rece și lipsită de orice emoție. Ușa camerei mele fusese lăsată întredeschisă și nici măcar lucirea slabă a luminii lămpii, care se strecura pe sub prag, nu reușea să împrumute ochilor lui albaștri vreun strop de căldură.

— Valek, ce s-a întâmplat? I-am întrebat.

Fără niciun avertisment, mi-a dat drumul. Iar eu am priceput prea târziu că mă ținuse suspendată deasupra podelei. Așa c-am căzut grămadă la picioarele lui. Și-atunci, fără niciun cuvânt, el a părăsit camera. M-am ridicat în picioare, clătinându-mă, de parc-aș fi avut niște brațe și picioare în plus, apoi am reușit să-l ajung din urmă în salon. Stătea în fața biroului.

— Dacă asta a fost din cauza cărților..., i-am spus.

El a rămas cu spatele, așa c-am bănuit că era supărat pe mine pentru că-i împrumutasem manualele.

S-a întors spre mine.

— Cărți? s-a mirat. Tu ai crezut că asta a fost din cauza unor cărți? Vocea lui a părut uimită pentru o clipă, înainte de a deveni aspră și tăioasă: Mi-am dat seama c-am fost un prost.

Tot timpul ăsta ţi-am admirat instinctul de supravieţuire şi inteligenţa. Dar acum...

Valek a făcut o pauză, apoi s-a uitat prin încăpere, ca şi când şi-ar fi căutat cuvintele potrivite.

— Am auzit, din întâmplare, nişte servitori care discutau despre tine ca despre fugarul pe care l-am ales. Făceau pariuri! Cum ai putut fi atât de proastă, atât de indiscretă? M-am gândit serios să te omor acum câteva clipe, să mă scutesc de deranjul de a-ţi căuta cadavrul mai târziu.

— Dar eu, una, nu am spus nimic nimănui! i-am strigat, lăsând să mi se simtă furia în voce. Cum poţi crede că mi-aş pune în pericol propria viaţă?

— De ce te-aş crede? mi-a replicat el. Singura persoană care mai ştia despre asta era comandantul suprem însuşi.

— Ei bine, Valek, doar *tu* eşti mai-marele spionilor, nu eu. Chiar crezi că nu putea cineva să tragă cu urechea la conversaţia voastră? Cine mai are acces în această încăpere? Ţi-ai lăsat notiţele la vedere, pe birou. Şi, înainte ca el să tragă vreo concluzie greşită, m-am grăbit să continui: Săreau în ochi. Dacă eu le-am observat doar aruncându-mi repede privirea, atunci, pentru cineva în căutare de informaţii, află că hârtiile acelea implorau să fie citite.

— Ce tot spui acolo? Pe cine acuzi tu, de fapt? m-a întrebat.

Şi Valek s-a încruntat atât de tare, încât deasupra nasului i-a apărut o cută când şi-a unit sprâncenele. Fulgerător, pe chipul lui s-a zugrăvit panica, înainte de-a fi înlocuită de masca lui împietrită. Expresia aceea fugitivă mi-a transmis foarte multe. Fie fusese atât de convins că eu pălăvrăgisem cu servitorii, încât nu se gândise şi la alte variante, fie nu putea să accepte posibilitatea existenţei unei fisuri în sistemul lui de pază şi protecţie! Într-o bună zi, chiar că mi-ar fi plăcut la nebunie să-l văd căzut grămadă la picioarele mele!

— Am bănuielile mele, mi-a mărturisit. Însă nu voi acuza pe nimeni în lipsa unor dovezi. Ar fi incorect și, de altfel, cine m-ar crede?

— Nimeni, i-am răspuns.

Replica mea l-a supărat atât de tare, încât Valek a luat o piatră cenușie de pe birou și a azvârlit-o spre mine.

Șocată, am încremenit când piatra a șuierat pe lângă mine și s-a izbit cu forță de peretele din spatele meu. Resturi cenușii de rocă mi-au bombardat umărul și au căzut, în ploaie, pe podea.

— Nimeni în afară de mine, a completat el, în timp ce se lăsa să cadă într-un fotoliu. Fie sunt eu dependent de asumarea riscurilor, fie tu începi să vorbești cu noimă și asta-nseamnă c-avem o scurgere de informații. Cauzată de un informator, de „un ciripitor", de „o cârtiță". Oricine ar fi, trebuie să-l găsim!

— Sau s-o găsim, am completat.

Valek s-a încruntat.

— Să fim prudenți și să găsim un alt fugar? s-a mirat. Adică să anulăm exercițiul? Sau să continuăm conform planului, iar tu să fii atât fugar, cât și momeală, ademenindu-l pe spionul nostru să se trădeze de unul singur? Valek s-a strâmbat, în timp ce adăuga: Sau de una singură?

— Nu crezi că Brazell mă va urmări? l-am întrebat.

— Nu, mi-a răspuns. Este prea devreme. Nu mă aștept să încerce să te omoare înainte ca fabrica lui să intre în funcțiune. Abia după ce va primi ceea ce-și dorește, lucrurile vor începe să devină interesante pe aici.

— O, minunat! Pentru că, într-adevăr, acum abia dacă pot sta trează de plictiseală! i-am replicat, pe un ton plin de sarcasm.

Numai Valek ar fi putut considera un atentat la viața mea drept o distracție fascinantă.

El a ales să-mi ignore remarca.

— Alegerea îți aparține, Yelena! m-a asigurat.

Alegerea mea nu apărea în niciunul dintre scenariile lui Valek. Alegerea mea era să mă aflu într-un loc unde viața să nu-mi fie în pericol. Alegerea mea era să mă aflu acolo unde șeful meu să nu fie un asasin, iar o persoană necunoscută să se străduiască să-mi facă viața, oricum agitată, și mai complicată decât era. Alegerea mea era să îmi capăt libertatea.

Am oftat. Cel mai prudent plan de acțiune era și cel mai tentant, numai că asta nu ar fi rezolvat nimic. Învățasem pe propria piele că evitarea problemelor nu era o soluție. Să fug și să mă ascund erau impulsurile care mă caracterizau, însă, dacă le-aș fi urmat, nu m-ar fi dus decât la a fi încolțită undeva, fără altă soluție decât să atac orbește.

Rezultatele alegerilor mele nu erau întotdeauna favorabile. Lipsa de control era enervantă. Instinctul meu de supraviețuire părea să aibă o voință proprie. Magia! Cuvântul acesta plutea undeva, prin cotloanele minții mele. Nu! Cineva ar fi observat până acum. Și m-ar fi denunțat, desigur. Chiar dacă acel cineva ar fi fost Brazell? Sau Reyad?

Mi-am scuturat capul, să alung acele gânduri. Totul ținea de trecut. Acum aveam probleme mai presante.

— Bine, am încuviințat. Voi atârna de cârligul undiței, să văd ce pește înoată până la mine. Dar cine va ține năvodul?

— Eu, mi-a zis.

Am respirat adânc. Nodul din stomac, apăsarea pe care-o simțisem acolo, parc-au mai cedat puțin.

— Nu-ți schimba în niciun fel planurile! Voi avea eu grijă de tot, m-a sfătuit.

Apoi Valek a ridicat hârtia pe care era scris și numele meu. A înclinat colțul paginii spre o lampă, dându-i foc.

— Probabil c-ar trebui să te urmăresc până la Sărbătorile Focului, mâine-seară, a adăugat. Dacă nu cumva rațiunea te-a făcut să refuzi oferta lui Rand și să rămâi în castel.

A lăsat hârtia care ardea să cadă pe podea.

— De unde ai..., am început.

Dar m-am oprit brusc. Nu aveam de gând să-l întreb. Se știa că nu avea încredere în Rand, așa că nu ar fi trebuit să fiu surprinsă că Valek avea un informator la bucătărie.

Nu afirmase însă că nu puteam să mă duc la iarmaroc, așa c-am luat o decizie subită.

— Mă voi duce, l-am asigurat. Există un risc. Și ce-i cu asta? Îmi asum un risc de fiecare dată când iau o înghițitură din ceaiul comandantului. Cel puțin, de data asta, aș avea șansa să mă și distrez.

— Este greu să te distrezi la Sărbătorile Focului dacă n-ai bani, a spus Valek, în timp ce fărâmița cu gheata hârtia carbonizată.

— Mă voi descurca eu cumva.

— Dorești să-ți dau un avans din banii pe care îi vei primi pentru că vei juca rolul de evadată? m-a întrebat.

— Nu, i-am răspuns. Voi câștiga banii de care am nevoie, i-am declarat.

Chiar nu voiam ca Valek să-mi facă vreo favoare. Nu eram pregătită să-i accept bunăvoința. Dacă el s-ar fi îmblânzit oricât de puțin, asta ar fi distrus relația ciudată de continuă încontrare dintre noi și nu prea aveam chef ca aceasta să se schimbe în vreun fel. Pe lângă asta, putea fi extrem de periculos să nutresc gânduri bune față de Valek. Puteam să-i admir aptitudinile și să mă simt ușurată atunci când, într-o luptă, era de partea mea. Dar ca unui șobolan să-i placă de o pisică? Scenariul acesta se putea sfârși într-un singur fel. Cu șobolanul ajungând să fie omorât.

— Cum dorești, a încuviințat Valek. Dă-mi, însă, de știre dacă te răzgândești. Și nu-ți face probleme în legătură cu cărțile. Poți să citești oricâte dorești.

Îndreptându-mă spre camera mea, am zăbovit o clipă, cu mâna pe clanță.

— Mulțumesc! am spus eu, mai mult spre ușă, căci nu doream să mă uit la Valek.

— Pentru cărți? s-a mirat.

— Nu. Pentru ofertă, l-am lămurit.

Ochii mei studiau textura lemnului.

— Cu plăcere, mi-a răspuns.

Castelul zumzăia de atâta vânzoleală. Servitori zâmbitori se grăbeau pe culoare, iar pereții de piatră făceau să răsune râsetele. Era prima zi a Sărbătorilor Focului și tot personalul castelului se grăbea să-și ducă la îndeplinire sarcinile ca să poată participa la festivitatea de deschidere. Entuziasmul servitorilor era contagios și, chiar după o noapte de somn agitat, începeam să mă simt din nou ca un copil. Hotărâtă să alung într-un colț îndepărtat și întunecat al minții imaginea neplăcută a unei persoane care m-ar fi putut urmări, mi-am îngăduit să mă bucur de anticiparea evenimentelor din acea seară.

Pe parcursul lecției de după-amiază cu Valek, m-am tot foit. El încerca să mă învețe cum să-mi dau seama dacă eram urmărită sau nu. Erau mai mult sfaturi de bun-simț și unele metode despre care deja citisem într-una din cărțile lui, așa că gândul îmi zbura aiurea. Nu plănuiam să mă uit peste umăr o noapte întreagă. Intuind dispoziția în care mă aflam, el și-a încheiat lecția mai devreme.

Curând după aceea, am luat o uniformă curată, panglicile colorate pe care mi le dăduse Dilana și m-am îndreptat spre baie. În momentul acela al zilei, bazinele cu apă fierbinte erau pustii. M-am spălat repede și m-am cufundat într-una dintre căzi. Instalându-mă în lichidul fierbinte, am lăsat să mi se relaxeze fiecare mușchi, gemând de plăcere când apa mi-a ajuns la gât.

Abia când pielea de pe degete a început să mi se zbârcească, m-am îndurat să ies din apă. Evitam să mă privesc în oglindă de vreo lună de zile. Acum, însă, curioasă, mi-am examinat imaginea. Nu mai eram chiar atât de scheletică, dar tot mai trebuia să pun vreo câteva kilograme pe mine. Aveam obrajii scofâlciți, iar coastele și oasele șoldurilor mai-mai că îmi ieșeau prin piele. Părul meu negru, cândva lipsit de viață și imposibil de pieptănat, strălucea acum. Cicatricea de pe cotul drept devenise, din roșu aprins, stacojie.

Înghițind în sec, m-am uitat adânc în apele oglinzii. Oare mi se întorsese și sufletul? Nu. În locul lui, am văzut doar stafia lui Reyad plutind în spatele meu și rânjind. Însă, când m-am întors, spectrul a dispărut. M-am întrebat ce voia. Răzbunare, cel mai probabil, dar cum poți, oare, să te lupți cu o fantomă? M-am hotărât să nu-mi mai bat capul cu așa ceva în seara aceea.

Schimbându-mă într-o uniformă curată, mi-am împletit în păr panglicile viu colorate, lăsând capetele libere să-mi treacă ușor de umeri și să-mi cadă pe spate.

Când m-am prezentat la comandantul suprem, să-i gust cina, mă așteptam să aud vreun comentariu mușcător referitor la coafura mea deloc milităroasă. Nu am avut parte decât de o sprânceană ridicată în semn de uimire.

După cină, am alergat la bucătărie. Rand m-a întâmpinat cu un zâmbet larg. Personalul încă mai făcea curat, așa că am ajutat la curățarea blaturilor și a podelei, ca să evit situația jenantă de a sta doar acolo, așteptându-i pe oameni să termine. Rand domnea asupra unei bucătării imaculate și numai atunci când aceasta a fost curată lună, le-a dat liber ajutoarelor sale.

Pe când se schimba de uniforma lui pătată, am urmărit un grupuleț de persoane care discutau între ele în timp ce-l așteptau. Le cunoșteam pe toate din vedere și din auzite, însă nu vorbiserăm niciodată. Din când în când, una sau două dintre ele aruncau câte o privire precaută spre mine. Mi-am înăbuşit un suspin, încercând să nu las ca sentimentele lor să mă deranjeze. Nu le puteam învinui. Nu era niciun secret că eu îl omorâsem pe Reyad.

Porter era cel mai în vârstă din grup. El răspundea de padocurile pentru câini ale comandantului. O altă relicvă păstrată din perioada domniei regelui, Porter fusese considerat prea valoros ca să fie înlocuit. Se încrunta mai des decât zâmbea, iar Rand era singurul său prieten. Bucătarul îmi spusese tot soiul de poveşti despre bătrân pe un ton care transmitea că el se gândea: „Nu-mi vine să cred că ar putea cineva da crezare unor asemenea absurdităţi". Circulau însă şi nişte zvonuri mai neobişnuite, cum că Porter ar fi putut să comunice cu toţi câinii lui pe cale mintală, iar acestea făcuseră din el un paria.

Modul ciudat în care câinii îi răspundeau şi îl înţelegeau părea nefiresc. Magic, aproape. Bănuiala că ar fi posedat puteri tainice era suficientă pentru ca oricine să se poarte cu Porter de parcă acesta ar fi suferit de vreo boală contagioasă. Nimeni nu avea, totuşi, nicio dovadă, iar relaţia lui cu animalele era folositoare. Cel puţin, aşa considera comandantul suprem.

Sammy era băiatul bun la toate al lui Rand. Era un copil slăbuţ de doisprezece ani, a cărui unică îndatorire era să facă rost de tot ce avea nevoie bucătarul. Pe care îl văzusem de nenumărate ori ţipând la Sammy, doar pentru ca apoi să-l îmbrăţişeze, peste nici un minut.

Liza era o femeie tăcută, cu numai patru ani mai mare decât mine. Ea era chelăreasa castelului, care era responsabilă de tot ce se afla în cămările acestuia. Liza îşi tot culegea scamele de pe mâneca uniformei, ca şi când ar fi avut emoţii, dar am bănuit că ar fi preferat să vorbească cu Porter, decât să se afle în preajma mea.

Când bucătarul a ieșit din apartamentul său, am părăsit castelul cu toții. Sammy o luase înaintea noastră, prea entuziasmat să mai poată sta prea mult alături de noi. Porter și Liza își continuau discuția, iar eu și Rand mergeam în urma lor.

Aerul nopții era înviorător. Simțeam mireasma curată de pământ reavăn, amestecată cu mirosul îndepărtat al focului de lemne. Era prima mea ieșire în aer liber după aproape un an și, înainte de a trece de poartă și de a pătrunde în imensul zid din piatră cu contraforți care înconjura tot castelul, am aruncat o privire înapoi. Deoarece luna nu răsărise încă, era prea întuneric să pot observa și alte detalii, în afara câtorva ferestre luminate și zidurilor înalte. Toate clădirile păreau părăsite. Dacă Valek mă urmărea, într-adevăr, eu, una, nu am reușit să-l depistez.

Când am trecut de poartă, ne-a întâmpinat o adiere, pentru că aerul fierbinte al zilei se răcea tot mai mult. Am mers cu brațele ușor îndepărtate de corp, lăsând boarea să adie peste mine. Uniforma mi se înfoia, iar părul îmi flutura în vânt. Am tras adânc aer în piept, bucurându-mă de mireasma proaspătă a serii. Am mers prin câmpul înierbat care înconjura zidurile de apărare. Nu era permisă construirea niciunei clădiri la mai puțin de un kilometru și jumătate distanță de castel. Orașul, care purtase cândva numele bijuteriilor reginei, fusese redenumit Orașul-Castelului[1] după ce comandantul suprem preluase puterea. Orașul-Nestematelor[2] fusese construit de rege în valea din sudul castelului, ca un dar pentru soția sa.

Corturile pentru Sărbătorile Focului fuseseră ridicate pe câmpul din vestul Orașului-Castelului.

— Dilana nu vine? l-am întrebat pe Rand.

---

[1] *Castletown* (engl.) (n. tr.).

[2] *Jewelstown* (engl.) (n. tr.).

— Este deja acolo, m-a lămurit. O urgență de mari proporții a intervenit în după-amiaza asta. Când dansatorii și-au deschis lăzile cu costume, au descoperit că nu știu ce insectă le găurise toate ținutele. Au chemat-o pe Dilana să-i ajute să le repare înaintea ceremoniei de deschidere.

Și, zicând acestea, bucătarul a izbucnit în râs.

— Pot să pun pariu că spaima care i-a cuprins după ce au deschis lăzile probabil c-a fost tare amuzant de urmărit.

— Amuzant pentru tine, poate, dar nu și pentru biata femeie care răspundea de costume, l-am dojenit.

— Adevărat, adevărat, a încuviințat el.

Rămas tăcut de-acum, Rand a continuat să șchiopăteze alături de mine. Din cauza mersului nostru mai lent, rămăseserăm destul de mult în urma celorlalți.

— Unde ți-e tortul? l-am întrebat.

Speram că nu-i stricasem buna dispoziție.

— Sammy l-a dus încă de azi-dimineață, mi-a răspuns. Concursul culinar se desfășoară chiar în prima zi a iarmarocului, astfel încât să se poată vinde toate exponatele participanților cât sunt încă proaspete. Doresc să văd rezultatele. Cum se face că tu nu participi la nicio competiție?

Era o întrebare simplă. Una dintre multele despre serbări pe care le evitasem cu un oarecare succes de când eu și bucătarul ne împrieteniserăm. La început, bănuisem că interesul lui era doar o încercare de a obține niște informații „din interior" pentru următoarea rundă de pariuri. Acum, când nu se mai puneau rămășaguri, mi-am dat seama că interesul lui față de mine era sincer.

— N-am avut bani pentru taxele de participare, i-am spus.

Acesta era adevărul, dar nu reprezenta chiar întreaga poveste. Simțeam că trebuia să pot avea o încredere totală în

Rand înainte de a-i vorbi despre trecutul meu şi despre ce făcusem la Sărbătorile Focului trecute.

Bucătarul a scos un pocnet, plesnindu-și limba de cerul gurii, în semn de dezgust.

— Este lipsit de sens să nu-l plătești pe degustător, mi-a spus. Pe de altă parte, ce modalitate mai bună de-a obţine informaţii despre comandant ar putea exista, decât să îi mituiești degustătorul?

Spunând acestea, a făcut o pauză, apoi s-a întors spre mine cu o mină nespus de serioasă.

— Ai fi dispusă să vinzi informaţii pe bani? m-a iscodit.

12

M-AM CUTREMURAT CÂND AM AUZIT întrebarea lui Rand. Mă iscodea doar de dragul de a mă iscodi sau se oferea să mă plătească în schimbul unor informații? Mi-am imaginat reacția lui Valek dacă ar fi descoperit că luasem mită. Era de preferat să rămân lefteră decât să-i înfrunt mânia.

— Nu, n-aş face una asta, i-am răspuns.

Rand a scos un soi de mormăit. Am mers, un timp, într-o tăcere nefirească. M-am întrebat dacă Oscove, vechiul degustător, acceptase bani în schimbul unor informații. Asta ar fi explicat de ce Valek nu-l plăcuse și de ce bucătarul îl bănuia pe mai-marele spionilor că îl ucisese pe nefericit.

— Dacă dorești, îți plătesc eu taxa de înscriere. Ajutorul tău a fost de neprețuit și este cert că am câștigat destui bani datorită ingeniozității tale, mi-a propus Rand.

— Mulțumesc, dar nu mă simt pregătită, l-am refuzat. Te-aş face să-ți pierzi banii degeaba.

În plus, eram hotărâtă să mă bucur de serbări și în lipsa banilor, numai ca să-i dovedesc lui Valek că așa ceva era posibil.

În ciuda faptului că-mi promisesem că nu aveam să fac una ca asta, am privit peste umăr. Nimic! Am încercat să mă conving că era un lucru bun faptul că nu-l vedeam pe mai-marele spionilor. Dacă eu l-aș fi putut depista, ar fi putut-o face oricine! Și totuși nu reușeam deloc să alung sentimentul neplăcut că el ar fi putut decide să mă lase să-mi încerc norocul singură-singurică.

„Încetează!" mi-am spus. „Nu-ți mai face atâtea griji!"

Pe de altă parte, aș fi fost o mare tâmpită dacă m-aș fi fâțâit printre corturi, ignorând orice pericol.

Mă simțeam ca și când aș fi mers în echilibru pe sârmă, la înălțime, încercând să nu cad. Oare puteam fi atentă la pericole și să mă distrez în același timp? Nu știam, însă eram hotărâtă să încerc.

— La ce competiție te-ai fi înscris? m-a întrebat Rand.

Înainte de a putea să-i răspund, el și-a fluturat mâinile prin fața mea.

— Nu, nu-mi spune! m-a oprit. Vreau să ghicesc!

Am zâmbit.

— Haide, ghicește! l-am îndemnat.

— Să vedem. Mititică, subțirică și grațioasă... Ești, cumva, dansatoare?

— Mai încearcă!

— Bine, s-a învoit. Mie îmi sugerezi o pasăre frumoasă, care ar vrea să zăbovească pe pervazul ferestrei atâta vreme cât nu se apropie nimeni prea mult de ea, dar care este gata să-și ia zborul dacă vine cineva. O pasăre... cântătoare. Ești cântăreață, poate?

— Se vede că nu m-ai auzit cântând, l-am tachinat. Dar toate încercările tale de a ghici vor veni însoțite de o lungă discuție despre personalitatea mea? l-am întrebat.

— Nu! Dar taci acum, încerc să mă gândesc!

Strălucirea care venea dinspre locul unde se țineau serbările era tot mai intensă. Am auzit zumzetul îndepărtat al muzicii, animalelor și oamenilor – toate deodată.

— Degete lungi, fine... Poate că faci parte din vreo echipă de toarcere? a încercat iar Rand să ghicească.

— Ce-i aia „o echipă de toarcere"? m-am minunat.

— Una alcătuită, de regulă, dintr-un tunzător, un dărăcitor, o torcătoare și o țesătoare. Știi doar: de la oaie la șal. Echipele se întrec, să vadă care poate să tundă lâna de pe o oaie și s-o transforme într-un obiect vestimentar înaintea celorlalte. E destul de spectaculos de privit.

Rand m-a studiat un moment. Începeam să mă întreb dacă nu cumva rămăsese fără opțiuni.

— Poate că ești... jocheu? și-a încercat bucătarul din nou norocul.

— Chiar crezi că mi-aș permite să cumpăr un cal de curse? l-am întrebat, uimită.

Numai cetățenii foarte bogați aveau cai pe care să-i înscrie la curse. Armata folosea caii exclusiv pentru transportul ofițerilor de rang înalt și al consilierilor. Oricine altcineva mergea pe jos.

— Persoanele care dețin cai de curse nu-i încalecă. Angajează jochei, a explicat. Iar tu ai statura potrivită, așa că nu te mai uita la mine ca la un țicnit!

Când am ajuns la primul dintre uriașele corturi multicolore, am pus capăt discuției noastre, absorbiți fiind de activitatea frenetică și de priveliștile panoramice care ne-au asaltat dintr-odată. Când eram mai tânără, obișnuiam să stau în mijlocul harababurii și să mă bucur de energia Sărbătorii Focului. Crezusem întotdeauna că această denumire era foarte potrivită, nu pentru că se desfășura în timpul sezonului cald, ci pentru că sunetele și mirosurile pulsau asemenea valurilor de căldură, făcându-mi sângele să fiarbă în vene. Acum, după ce petrecusem aproape un an închisă într-o temniță, am simțit cum toată forța iarmarocului se izbea, parcă, de mine ca și când aş fi fost un zid de cărămidă. Un zid al cărui mortar risca să se fărâmiţeze din cauza excesului de senzaţii.

Făcliile îşi revărsau lumina, focurile încinse în aer liber ardeau... Am intrat într-o porţiune luminată parcă de astrul zilei. Corturile pentru spectacole şi competiţii erau răspândite pretutindeni, adăpostind în interiorul sau în jurul lor mici tarabe, care semănau cu nişte copilaşi agăţaţi de fustele mamelor. De la giuvaiere exotice şi până la pliciuri de muşte, negustorii vindeau o mare varietate de produse. Mireasma mâncării gătite mi-a făcut stomacul să-mi chiorăie pe când treceam pe lângă câteva grătare încinse şi mi-a părut rău că sărisem peste cină în graba mea de a ajunge aici.

Artişti, concurenţi, spectatori şi copii care râdeau, cu toţii treceau în sus şi în jos pe lângă noi. Uneori, presiunea oamenilor ne împingea din spate, grăbindu-ne mersul, alteori ne croiam cu greu drum înainte. Pe ceilalţi din grup îi pierdusem. Dacă Rand nu şi-ar fi petrecut braţul pe sub al meu, probabil că aş fi fost separată şi de el. Distracţiile erau sarea şi piperul serbărilor. Mi-ar fi plăcut să urmez sunetul vesel al muzicii până la sursa din care venea sau să zăbovesc, să urmăresc un scheci, dar Rand îşi pusese în minte să afle rezultatele concursului culinar.

Examinam din mers chipurile din mulţime, în căutarea uniformelor verzi cu negru, chiar dacă Valek îmi spusese că Brazell nu avea să reprezinte, acum, o ameninţare. Am considerat că era mai prudent să-l evit şi pe el, şi pe gărzile sale. Nefiind sigură pe cine să caut, eram atentă la chipurile mai neobişnuite. Ceea ce era tocmai modalitatea greşită de a depista un urmăritor. Mai-marele spionilor mă învăţase că agenţii cei mai buni nu se făceau remarcaţi în niciun fel după înfăţişare şi că nu atrăgeau deloc atenţia asupra lor. M-am gândit, însă, că, dacă m-ar fi urmărit un spion priceput, şansele mele de a-l depista sau de a o depista erau mici.

Ne-am întâlnit cu Porter și Liza într-un cortuleț plin de o mireasmă dulce care a făcut să mă doară stomacul de foame. Vorbeau cu un bărbat voinic, îmbrăcat în uniformă de bucătar, dar au tăcut când am intrat noi. Înconjurându-l pe Rand, l-au felicitat pentru câștigarea locului întâi. Bărbatul voinic afirma că bucătarul castelului bătuse recordul Sărbătorilor Focului, câștigând acest premiu cinci ani la rând.

Pe când Rand examina șirul de prăjituri aliniate pe rafturi, l-am întrebat pe bărbat cine câștigase concursul în Districtul Militar 5. Eram curioasă dacă bucătarul lui Brazell cucerise vreun premiu cu rețeta sa de criollo. Bărbatul s-a încruntat atât de tare concentrându-se să-și aducă aminte, încât părul lui negru, scurt și cârlionțat, mai-mai că-i atingea sprâncenele groase.

— A câștigat Bronda, cu o tartă de lămâie nemaipomenită. De ce? s-a mirat.

— Am crezut că Ving, bucătarul generalului Brazell, ar putea câștiga concursul, l-am lămurit. Știți, eu am lucrat cândva la conac.

— Ei bine, Ving a câștigat cu doi ani în urmă cu o tartă cu cremă, iar acum concurează cu aceeași tartă în fiecare an, în speranța că va câștiga din nou.

M-am gândit că era ciudat că nu participase cu criollo, dar, înainte de a reuși să găsesc o explicație, Rand ne-a scos, triumfător, pe toți din cort. Voia să ne cumpere câte un pahar cu vin, să-și sărbătorească victoria.

Ne-am sorbit vinul și ne-am plimbat printre corturile cu atracțiile iarmarocului. Sammy își făcea din când în când apariția din mulțime să ne povestească, foarte încântat, despre vreo minunăție, doar ca s-o zbughească apoi din nou.

De două ori am observat o femeie pe chipul căreia era așternută o expresie serioasă. Părul ei negru era coafat într-un coc strâns. Purta uniforma unei îmblânzitoare de șoimi și mergea cu grația cuiva obișnuit cu exercițiul fizic. A doua oară când am văzut-o, era mult mai aproape de mine, așa că am privit-o în ochii ei migdalați și verzi pe care și i-a mijit imediat, susținându-mi privirea cu îndrăzneală până când eu m-am uitat în altă parte. Avea un aer familiar și a trecut un timp până când mi-am dat seama de ce-mi părea familiară.

Îmi amintea de copiii de care avea grijă Brazell, iar culoarea pielii îi semăna mai mult cu a mea, decât cu fildeșul pal al majorității locuitorilor din Teritoriul Ixia. Căci avea pielea măslinie, bronzată. Nu datorită soarelui, ci datorită pigmentației naturale.

Grupul nostru, care hoinărea fără țintă, a fost, la un moment dat, prins într-un șuvoi de spectatori care se îndreptau spre un cort mare cu dungi roșii și albe. Era cortul acrobaților, în care trambulinele, frânghiile și covorașele de pe jos erau înțesate de bărbați și femei în costume viu colorate. Toți încercau să treacă de etapa de calificare. Am urmărit un bărbat care executa o frumoasă serie de salturi pe sârmă, dar care a fost descalificat când a căzut la săriturile la sol din alergare.

Cu coada ochiului, l-am văzut pe Rand urmărindu-mă. Avea o expresie triumfătoare.

— Ce-i? l-am întrebat.

— Ești acrobată! a exclamat, încântat.

— *Am fost* acrobată, l-am corectat.

Rand și-a fluturat mâinile.

— Nu contează! a spus. Am avut dreptate!

Pentru mine conta. Reyad pângărise acrobația pentru mine. Perioada în care simțeam satisfacție și bucurie practicând-o apusese demult și de-acum nu-mi mai puteam închipui că m-ar mai fi putut face vreodată fericită.

Micul nostru grup, al prietenilor bucătarului, i-a urmărit pe concurenți de pe băncile din cort. Icnetele de efort, costumele scăldate în sudoare și bătăile din picioare m-au făcut să tânjesc după zilele în care singura mea preocupare era să găsesc timpul necesar ca să mă antrenez.

Din orfelinatul lui Brazell, patru dintre noi optaserăm pentru acrobație. Căutaserăm prin gunoaie și ne milogiserăm să căpătăm materiale ca să ne amenajăm o zonă de antrenament în spatele grajdurilor. Greșelile noastre ne făceau să cădem direct pe iarbă, până ce grăjdarului-șef i s-a făcut milă de trupurile noastre învinețite. Într-o zi, am găsit un strat gros de paie, cu miros de bălegar, care căptușea zona de antrenament.

Profesorii lui Brazell ne încurajaseră să descoperim o activitate la care să devenim buni. Cei mai buni. Pe când unii își găsiseră vocația în dans sau cântat, eu fusesem fascinată de spectacolele de acrobație încă de la primele Sărbători ale Focului la care participasem.

În pofida numeroaselor ore de practică, am eșuat însă la etapa de calificare din cadrul competiției mele inaugurale. Dezamăgirea îmi frânsese inima, însă mi-am vindecat durerea cu ajutorul dârzeniei și hotărârii. Mi-am petrecut anul următor plină de vânătăi, îngrijindu-mi luxațiile prea numeroase ca să le mai țin șirul. La următoarea ediție a serbărilor, am trecut de etapa de calificare și de cea inițială, dar am căzut de pe sârmă la etapa a doua. Am lucrat pe brânci în fiecare an și am progresat în mod constant. Am reușit să ajung în finală în anul în care Brazell și Reyad m-au luat ca să le fiu șoarece de laborator.

Generalul și fiul său nu mi-au mai permis să practic acrobația, însă asta nu m-a oprit să mă strecor afară atunci când Reyad era plecat în vreo misiune, la cererea tatălui său. M-a oprit faptul că am fost surprinsă de el cu o săptămână înainte de serbări, când s-a întors mai devreme acasă dintr-o călătorie. Eram atât de concentrată asupra a ceea ce făceam, încât nu l-am observat sosind călare până ce nu mi-am terminat seria de tumbe. Expresia de pe fața lui, un amestec de furie și de exaltare, a preschimbat stropii de transpirație de pe pielea mea în cristale de gheață.

Pentru că-i nesocotisem ordinele, mi s-a interzis să merg la Sărbătorile Focului în anul acela. Iar ca să mă descurajeze să mai fiu vreodată neascultătoare, am fost pedepsită pe întreaga durată a festivalului. În fiecare seară, cinci seri la rând, Reyad m-a silit să mă dezbrac. Cu un rânjet crud pe chip, mă privea cum tremuram în ciuda căldurii nopții. Mă prinsese în lanțuri grele, care îmi veneau de la zgarda de metal din jurul gâtului, până la cătușele din metal de la încheieturile mâinilor și picioarelor. Voiam să țip, să-l lovesc cu pumnii, însă eram prea îngrozită de ce mi s-ar fi putut întâmpla dacă l-aș fi înfuriat și mai tare.

Satisfacția pe care o simțea la vederea furiei și a umilinței mele îi înroșea fața în timp ce mă silea, cu un bici scurt, să fac acrobații născocite de el. Un șfichiuit usturător pe piele era pedeapsa pentru că mă mișcam prea încet. Lanțurile îmi loveau trupul când se smuceau odată cu mișcările pe care le făceam. Greutatea lor îmi afecta încheieturile, făcând din fiecare tumbă un supliciu epuizant. Cătușele începuseră să-mi intre în carnea încheieturilor de la mâini și în aceea a gleznelor. Sângele îmi curgea pe brațe și pe picioare.

Când participa și Brazell la experimente, Reyad urma cu meticulozitate indicațiile tatălui său, dar, când rămânea numai cu mine, exercițiile inofensive deveneau violente. Uneori își invita prietenul, pe Mogkan, să-l ajute și-mi făceau viața un adevărat calvar, întrecându-se să vadă care din ei putea să născocească, în cele din urmă, cea mai bună metodă pentru a-mi testa rezistența.

Mi-era tot timpul teamă că aveam să-l înfurii odată atât de tare pe Reyad, încât urma să depășească singura limită pe care părea să și-o fi impus-o. Indiferent de tortura și de suferința la care mă supunea, nu mă violase niciodată. Așa că făceam tumbe și roata legată în lanțuri, doar ca să-l împiedic să depășească limita aceea.

Brațul greu al lui Rand s-a sprijinit pe umerii mei. Cu o tresărire, am revenit în prezent.

— Yelena! Ce-ai pățit? m-a întrebat bucătarul și ochii lui, plini de îngrijorare, i-au căutat pe ai mei. Arătai de parcă ai fi avut un coșmar cu ochii deschiși.

— Îmi cer scuze! i-am spus.

— Nu te scuza față de mine! m-a liniștit. Poftim..., a adăugat, întinzându-mi o plăcintă cu carne aburindă. Le-a adus Sammy pentru noi toți.

I-am mulțumit puștiului. Când mi-am concentrat atenția asupra lui, ochii i s-au mărit și fața lui tinerească a devenit lividă de-a dreptul. Și-a ferit privirea. Fără să mă gândesc, am luat o îmbucătură mică și am gustat-o, să văd dacă nu cumva era otrăvită. Negăsind nimic anormal, am mâncat și m-am întrebat ce povești nebunești se spuneau despre mine, astfel încât să-i provoace lui Sammy o asemenea teamă. Copiilor de vârsta lui le plăcea, de regulă, să se sperie unul pe celălalt cu povești de groază închipuite.

Și noi obișnuiam să ne băgăm în sperieți la orfelinat, după stingerea lămpilor, când stăteam întinși în pat și așteptam să adormim. Povești îndrugate pe șoptite, despre căpcăuni dezlănțuiți și blesteme vrăjitorești care ne făceau să exclamăm și să chicotim. Spuneam istorioare înspăimântătoare despre „absolvenții" mai mari ai orfelinatului, care tot păreau să dispară. Nu ni se dădea nicio explicație privind locul în care lucrau și nu-l întâlneam niciodată pe vreunul dintre ei prin oraș sau la conac. Așa că inventam scenarii cumplite despre destinele lor.

Cât îmi lipseau nopțile acelea petrecute împreună cu ceilalți orfani, când aş fi putut, în sfârşit, să mă odihnesc după ce petrecusem o zi cu Reyad! Însă acesta mă izolase de toți ceilalți. Luată din dormitorul fetelor, mi se dăduse o cămăruță lângă apartamentul lui Reyad. Noaptea, cu trupul îndurerat și cu moralul la pământ, stăteam trează în pat și reluam în gând poveștile acelea până când adormeam.

— Yelena, putem să plecăm acum, mi-a spus bucătarul.

— Ce spui? l-am întrebat, privindu-l fix în ochi, pe Rand.

— Dacă tot ce vezi te deranjează, putem pleca. În curând o să se desfăşoare un nou dans al focului absolut spectaculos.

— Putem rămâne, l-am asigurat. Eu doar... mă lăsasem în voia amintirilor. Dar, dacă vrei să vezi dansul focului, vin cu tine.

— Te-ai lăsat în voia amintirilor? s-a mirat Rand. Trebuie să fi urât foarte tare să fii acrobată!

— O, nu! l-am contrazis. Îmi plăcea tot ce ținea de această îndeletnicire. Zborul prin aer, controlul desăvârşit asupra corpului în timp ce mă roteam și mă răsuceam... Emoția stârnită de faptul că știam că urma să reușesc o aterizare perfectă chiar înainte de a atinge pământul...

M-am oprit brusc. Zăpăceala de pe fața lui Rand mă făcea să-mi vină să râd și să plâng, în același timp. Cum să-i fi explicat că nu exercițiile de acrobație erau cele care mă deranjau, ci evenimentele pe care acestea le declanşaseră? Pedeapsa nemiloasă a lui Reyad pentru că mă antrenasem... Furişarea mea din conac ca să particip la serbările din anul următor, care dusese la moartea tânărului meu călău...

M-am înfiorat. Amintirile cu Reyad erau ca o capcană aşezată într-un cotlon al minții mele pe care nu eram, nici pe departe, pregătită să o declanşez.

— Într-o bună zi, te voi lămuri, Rand, i-am promis. Dar acum aş dori să văd dansul focului.

N-a mai spus nimic, ci s-a mulțumit să-și treacă brațul pe după al meu când grupul nostru a părăsit cortul, alăturându-se mulțimii de oameni care se preumblau de colo-colo. Sammy o luase la goană înaintea noastră, strigându-ne peste umăr că urma să ne păstreze niște locuri grozave. Un bărbat beat s-a lovit de mine și m-am împiedicat. Individul a mormăit o scuză și m-a salutat, ridicându-și halba de bere. Încercând să-mi facă și o plecăciune, a căzut grămadă la picioarele mele. M-aș fi oprit să-l ajut, însă atenția mi-a fost atrasă de apariția bastoanelor din lemn aprinse. Am simțit o pulsație ritmică vibrându-mi în tălpile picioarelor când dansatorii focului au început să-și învârtă bastoanele cuprinse de flăcări deasupra capetelor și au intrat în cort în pas de paradă. Uimită de mișcările lor complexe, am călcat peste bețiv.

Din cauza entuziasmului și a presiunii oamenilor buluciți la intrarea în cort, m-am desprins de brațul lui Rand. Nu mi-am făcut griji însă, până când nu m-am trezit înconjurată de patru haidamaci. Doi aveau uniforme de fierari, ceilalți doi le purtau pe ale unor servitori care lucrau la fermă. Cerându-mi scuze, am încercat să mă strecor pe lângă ei, dar s-au strâns și mai mult unul lângă celălalt, prinzându-mă ca într-o adevărată capcană.

13

MI S-A PUS UN NOD ÎN GÂT DE GROAZĂ. Era limpede că dădusem de bucluc. Am strigat după ajutor, însă o mână înmănușată mi-a acoperit fulgerător gura. Mușcând pielea mănușii, am simțit gust de cenușă, dar nu am reușit să dau de mână. Fierarii m-au apucat de brațe și m-au împins înainte, pe când fermierii mergeau în față, să nu pot fi văzută. Cu toată agitația din jurul cortului cauzată de dansul focului, nimeni nu a observat că fusesem răpită.

M-am luptat, mi-am târât picioarele pe jos și i-am lovit. Însă nimic nu i-a făcut să-și încetinească ritmul nicio clipă. Eram purtată din ce în ce mai departe de luminile și siguranța iarmarocului. Întinzând gâtul, am căutat o cale de scăpare. Fierarul de lângă mine a venit mai aproape, să-mi blocheze și bruma de priveliște pe care o aveam. Barba lui stufoasă era plină de funingine și jumătate din ea era pârlită.

Ne-am oprit în spatele unui cort întunecat. Fermierii s-au dat la o parte și am văzut o umbră care parcă s-a desprins din materialul cortului.

— A observat cineva ceva? V-a urmărit cineva? a întrebat umbra cu glas de femeie.

— Totul a mers perfect, i-a răspuns fierarul cu mănuşi de piele. Toată lumea era atentă la dansatori.

— Bine! Omorâţi-o acum! a poruncit femeia.

Un cuţit a apărut dintr-odată în mâna lui Mănuşi-de-Piele. Am început din nou să mă zbat, reuşind, pentru o clipă, să mă eliberez. Dar fermierii mi-au imobilizat braţele, în timp ce Barbă-Pârlită m-a prins de picioare. M-au ţinut suspendată deasupra pământului. Mănuşi-de-Piele şi-a ridicat arma.

— Fără cuţite, tâmpitule! Gândeşte-te la tot sângele ăla care va face mizerie pe aici! Foloseşte asta! i-a strigat femeia lui Mănuşi-de-Piele, dându-i o cureluşă lungă şi subţire.

Într-o clipită, cuţitul s-a făcut nevăzut. Bărbatul mi-a înfăşurat ştreangul în jurul gâtului.

— Nuuu...! am ţipat eu, însă protestul mi-a fost sugrumat odată cu sursa mea de aer, fiindcă el începuse deja să strângă cureluşa.

Simţeam o apăsare puternică de jur-împrejurul gâtului. În van mi-am smucit mâinile şi picioarele. Puncte albe au început să-mi joace în faţa ochilor. Un zumzet slab mi-a ieşit de pe buze. Prea slab! Instinctul de supravieţuire care mă salvase de gărzile lui Brazell şi de tortura lui Reyad era, de data aceasta, prea firav.

Peste vuietul sângelui din urechile mele, am auzit-o pe femeie spunând:

— Grăbiţi-vă! Începe să proiecteze energie.

Când eram pe punctul de a-mi pierde cunoştinţa, o voce de om beat a întrebat:

— Scuzaţi-mă, domnilor, ştiţi cumva de unde pot să mai capăt o halbă?

Apăsarea asupra gâtului meu a slăbit când Mănuşi-de-Piele şi-a scos cuţitul. Mi-am lăsat corpul moale şi gestul mi-a fost răsplătit prin aruncarea mea la pământ. Ceilalţi trei bărbaţi au pășit peste mine, să-l înfrunte pe intrus. Suprimându-mi nevoia imperioasă de a gâfâi după aer, am inspirat cu disperare. Mi-am camuflat efortul, nedorind să se afle că încă mai respiram.

Din noua mea poziție, l-am văzut pe Mănuși-de-Piele năpustindu-se asupra bețivului. În aer a răsunat zăngănitul metalului când cuțitul a pătruns în halba de bere din cositor a omului, în loc să-i atingă acestuia pieptul. Cu o smucitură puternică din încheietură, halba s-a pus în mișcare. Cuțitul a zburat prin aer, înfigându-se în pânza cortului. Apoi bețivul l-a pocnit în cap cu halba pe Mănuși-de-Piele. Acesta a căzut grămadă la pământ.

Ceilalți, aflați la doar câțiva pași distanță când tovarășul lor s-a prăbușit, s-au repezit asupra intrusului. Fermierii i-au prins partea de sus a brațelor și umerii, în timp ce Barbă-Pârlită i-a dat două lovituri în față. Folosindu-se de fermieri ca să-i susțină greutatea, bețivul și-a ridicat picioarele de la pământ și și le-a înfășurat în jurul gâtului lui Barbă-Pârlită. Cu un pârâit zgomotos, acesta a căzut la pământ.

Ținând încă halba de bere strâns în mână, bețivul a lansat-o spre dreapta și a izbit-o în nasul unui fermier. Cu sângele țâșnindu-i din nas, acesta a scâncit de durere și l-a eliberat din strânsoare. El a lansat o a doua lovitură în tâmpla celuilalt fermier. Acesta s-a prăbușit la pământ, fără să mai scoată un sunet.

Lupta durase doar câteva secunde. Femeia nu se mișcase deloc, privirea ei intensă stând pironită asupra încăierării. Recunoscând-o drept femeia cu ten măsliniu pe care o mai zărisem de două ori prin iarmaroc, m-am întrebat ce avea să facă acum, când haidamacii îi fuseseră învinși.

Prinzând puțină putere, m-am întrebat ce sorți de izbândă aveam să ajung înaintea ei la cuțitul înfipt în cort. Bețivul își ștergea sângele de pe față. În jurul lui zăceau îngrămădite cele patru trupuri.

Am încercat să mă ridic pe picioarele care-mi tremurau. Capul femeii s-a răsucit iute spre mine, ca și când ar fi uitat că mai eram și eu pe acolo. Apoi a început să cânte.

Vocea ei dulce, melodioasă, s-a insinuat în mintea mea.

„Relaxează-te!" îmi spunea aceasta. „Întinde-te pe jos, stai nemișcată!"

„Da", m-am gândit, chiar când mă lăsam să cad din nou la pământ.

Trupul mi-a fost cuprins de moleșeală. Mă simțeam ca și când m-ar fi dus în pat și m-ar fi învelit cu grijă, trăgându-mi pătura până la bărbie. Numai că imediat după aceea pătura mi-a fost trasă peste cap și împinsă peste gură și nas, sufocându-mă.

M-am zvârcolit, apucându-mi fața cu mâinile, să îndepărtez pătura imaginară. Valek a apărut de nicăieri în fața mea, țipându-mi în urechi și zgâlțâindu-mă de umeri. Prostește, cu întârziere, mi-am dat seama că el fusese bețivul. Cine altcineva, dacă nu mai-marele spionilor, ar fi putut câștiga lupta împotriva a patru zdrahoni înarmat doar cu o halbă de bere?

— Enumeră-ți toate otrăvurile în gând! mi-a strigat Valek.

Nu l-am băgat în seamă. Moleșeala mă copleșise. Am încetat să mai lupt. Tot ce-mi doream acum era să mă cufund în întuneric și să urmez muzica aceea până în genuni.

— Spune-le! Acum! Este un ordin! a țipat el din nou.

Obișnuința m-a salvat. Fără să mă gândesc, i-am dar ascultare lui Valek. Denumirile otrăvurilor mi s-au perindat prin minte. Muzica s-a oprit. Presiunea de pe fața mea a încetat și am putut din nou să respir. Am tras cu zgomot aer în piept.

— Continuă să le enumeri! mi-a cerut el.

Femeia și cuțitul dispăruseră. Valek m-a tras în picioare. M-am clătinat, însă el m-a sprijinit, trecându-și brațul pe după umărul meu. I-am strâns mâna cu putere pentru o clipă, înăbușindu-mi impulsul de a mă arunca, plângând în hohote, în brațele lui. Îmi salvase viața! Când mi-am regăsit echilibrul, Valek s-a întors la cei patru bărbați. Știam că Barbă-Pârlită era mort, dar de ceilalți nu eram sigură.

El l-a întors pe unul dintre ei cu fața în sus și a înjurat.

— Sunt meridionali, a spus el cu dezgust.

Apoi a mers de la unul la celălalt, palpându-le încheieturile, să le simtă pulsul.

— Doi dintre ei mai sunt încă în viață, mi-a spus. Voi cere să fie duși la castel pentru interogatorii.

— Și femeia? am întrebat, cu o voce răgușită.

Îmi era tare greu, dureros, să vorbesc.

— A dispărut, m-a informat.

— O vei căuta? l-am întrebat.

Valek mi-a aruncat o privire ciudată.

— Yelena, este o magiciană din sud, m-a lămurit el. Am scăpat-o din vedere, așa că îmi este cu neputință s-o mai găsesc de-acum.

M-a apucat de mână și m-a condus către iarmaroc.

Mușchii îmi tremurau pe măsură ce șocul atacului suferit își făcea loc prin corp. A durat ceva timp până am prins înțelesul cuvintelor sale.

— O magiciană? l-am întrebat. Credeam că au fost alungate toate din Ixia.

„Omorâte pe loc" ar fi fost mai aproape de adevăr, însă nu reușeam să mă conving să spun cuvintele acelea cu voce tare.

— Cu toate că nu sunt deloc bine-venite, unele mai sosesc, oricum, în vizită, mi-a explicat.

— Dar credeam...

— Nu acum! m-a oprit. Te voi lămuri mai târziu. În momentul ăsta, vreau să-i ajungi din urmă pe Rand și pe prietenii săi. Prefă-te că nu s-a întâmplat nimic! Mă îndoiesc că femeia va mai încerca totuși ceva în noaptea asta.

Lumina strălucitoare a focului îmi îndurera privirea. Valek și cu mine am rămas în umbră, până l-am reperat pe Rand lângă cortul acrobaților. El mă căuta și mă striga pe nume. Valek mi-a făcut semn să merg să mă alătur prietenului meu.

Abia făcusem doi pași, când Valek a spus:

— Yelena, așteaptă!

M-am întors. Valek mi-a făcut semn să mă apropii. Când am ajuns lângă el, și-a îndreptat mâna spre gâtul meu. M-am dat înapoi, însă după aceea mi-am revenit și am rămas nemișcată. Mâna lui mi-a atins ușor pielea când mi-a îndepărtat cureluşa sugrumătoare de la gât. Mi-a dat-o apoi, ca și când ar fi fost un șarpe veninos. Tremurând de silă, am azvârlit-o pe jos.

Ușurarea, când m-a văzut apărând din mulțime, l-a năpădit pe Rand ca un val care se spărgea. Am șovăit. De ce o fi fost atât de îngrijorat? Din câte știa el, eu doar mă rătăcisem. Am surprins un damf dulceag de vin pe măsură ce se apropia de mine.

— Yelena, unde ai fost? m-a întrebat bucătarul, vorbind cam bălmăjit.

Nu-mi dădusem seama că băuse atât de mult, ceea ce ar fi explicat faptul că fusese atât de disperat să mă găsească. Alcoolul îi otrăvea mintea, îi exacerba emoțiile.

— Cortul era prea aglomerat, i-am explicat. Simțeam nevoia să iau puțin aer.

Vocea mi s-a oprit brusc când am rostit cuvântul „aer", căci m-a cuprins din nou groaza de a fi strangulată. Am aruncat o privire în urmă, spre tenebre. Oare Valek încă mai veghea sau plecase să-i aresteze pe bărbații aceia? Și unde era femeia cu pielea smeadă? Mai devreme, fusesem atât de fericită să ies din castel, iar acum nu-mi doream decât să am în jur ziduri solide de piatră și să mă întorc în siguranță în apartamentul lui Valek. Bine, dar *asta* era o combinație ciudată - cuvintele „Valek" și „în siguranță" unite în același gând!

— Mi-am zis că te voi prinde din urmă mai târziu, l-am mințit pe Rand, pe când examinam mulțimea adunată la festival.

Nu-mi plăcea să-i torn gogoși. În definitiv, era prietenul meu. Poate chiar un bun prieten, care fusese destul de îngrijorat, încât să mă caute atunci când fusesem despărțită de el și care ar fi fost, poate, singura persoană mâhnită de moartea mea. În ciuda faptului că se luptase pentru mine, eram convinsă că Valek ar fi fost deranjat doar că trebuia să pregătească un nou degustător.

Dansul focului tocmai luase sfârșit și oamenii se revărsau din cort. Restul celor din grupul prietenilor bucătarului așteptau afară. Li se alăturase și Dilana. Rand mi-a lăsat brațul să cadă ca pe o bucată de aluat și s-a dus la ea. Croitoreasa i-a zâmbit, tachinându-l că se ținea după degustător, deși îi promisese că avea să se întâlnească doar cu ea.

Cu o voce de bețiv, el a implorat-o să-l ierte, explicându-i că nu-și putea permite să mă piardă, din moment ce-l ajutasem să câștige concursul culinar. Ea a izbucnit în râs. Aruncându-mi unul dintre zâmbetele ei pline de căldură, Dilana l-a îmbrățișat pe Rand și, braț la braț, au pornit-o pe drumul de întoarcere la castel.

Noi, ceilalți, i-am urmat. M-am trezit din nou în coada procesiunii, însă de data asta tovarășa mea de drum era Liza.

Care s-a încruntat la mine.

— Nu înțeleg ce vede Rand la tine, mi-a mărturisit ea.

Nu era chiar cel mai prietenos mod de a începe o conversație!

— Te rog să mă scuzi, i-am răspuns, păstrând un ton neutru.

— A pierdut dansul focului, tot căutându-te, m-a informat. Și chiar de când ai apărut tu, tot programul din bucătărie a fost dat peste cap. Personalul este agitat.

— Ce tot spui acolo? m-am mirat.

— Înainte de a veni tu, schimbările de dispoziție ale lui Rand erau previzibile, mi-a explicat. Era vesel și mulțumit când Dilana era fericită, iar el câștiga la pariuri, indispus și ursuz când lucrurile astea stăteau pe dos. *Apoi...*, și Liza a accentuat cuvântul.

Fața ei comună, neîngrijită, s-a schimonosit într-o expresie urâtă care îmi era adresată.

— Te-ai împrietenit *tu* cu el! a strigat aproape. Și a început să mârâie la servitorii angajați la bucătărie fără niciun motiv. Chiar și după ce a câștigat o sumă mare de bani, Rand continuă să fie deprimat. E frustrant! Noi am ajuns la concluzia că încerci să i-l furi Dilanei. Vrem să încetezi, să-l lași în pace și să stai cât mai departe de bucătărie!

Liza își alesese cel mai prost moment să mă abordeze. Faptul că abia scăpasem după ce dădusem ochii cu moartea mă făcea să văd totul într-o altă lumină. Nu eram în cea mai bună stare de spirit. O furie cumplită s-a dezlănțuit atunci în mine, așa că am apucat-o de braț și am întors-o spre mine. Stăteam față în față.

— *Voi* ați ajuns la concluzia asta? am întrebat-o. „Strălucirea" intelectuală însumată a personalului de la bucătărie probabil că n-ar reuși să se compare nici măcar cu a unei amărâte de lumânări. *Prietenia* noastră nu te privește în niciun fel. Așa că îți sugerez să-ți regândești teoria. Dacă aveți vreo problemă la bucătărie, atunci ocupați-vă de ea! Îți pierzi timpul plângându-mi-te mie din cauza asta.

Apoi i-am dat brânci. Îmi dădeam seama, după expresia ei șocată, că nu se așteptase la un răspuns atât de îndârjit.

„Cu atât mai rău pentru ea!" m-am gândit, pe când mă grăbeam să-i ajung pe ceilalți din urmă, lăsând-o pe Liza să meargă singură. Ce-ar fi vrut să fac? Crezuse că voi consimți, supusă, să nu mai vorbesc cu Rand doar ca să îmbunătățesc starea de spirit a celor de la bucătărie? Nu aveam de gând s-o las să-mi pună mie în cârcă problemele ei, doar eram deja plină până la refuz de ale mele. De exemplu, una dintre acestea era de ce ar dori o magiciană din Sitia să mă omoare tocmai pe mine.

Odată ajunși la castel, le-am urat noapte bună lui Rand și Dilanei și m-am grăbit să ajung în apartamentul lui Valek. Oricât de mult îmi doream să mă văd înăuntru, înainte de a intra, l-am lingușit pe unul din soldații care făceau de gardă la ușă, să verifice dacă nu cumva pătrunseseră intruși. Tentativele de asasinat, în combinație cu o imaginație exagerat de activă, mă făceau să fiu foarte tensionată și să mă tem de o ambuscadă. Nu m-am simțit în siguranță nici stând pe canapeaua din mijlocul salonului, cu toate lămpile aprinse, ci numai când a sosit Valek, odată cu mijirea zorilor.

— Nu ai dormit deloc? m-a întrebat el.

Pe maxilarul lui se zărea o vânătaie stacojie de mărimea unui pumn, care contrasta cu tenul său palid.

— Nu. Dar nici tu, am spus, arțăgoasă.

— Eu pot dormi întreaga zi, mi-a amintit. Dar, peste o oră, tu trebuie să deguști micul dejun al comandantului.

— Ceea ce îmi trebuie *mie* acum sunt niște răspunsuri, m-am rățoit.

— Și care sunt întrebările? m-a întrebat Valek, începând să stingă lămpile.

— De ce ar încerca să mă omoare o magiciană din sud? am vrut să aflu.

— Bună întrebare! a exclamat. Exact aceea pe care voiam să ți-o pun și eu.

— De unde să știu? am ridicat din umeri, frustrată. Pe gărzile lui Brazell le mai înțelegeam. Dar magicieni! Că doar nu m-am fâțâit de colo-colo, supărându-i pe magicienii din sud!

— Ah... ce păcat! Pentru că ai un adevărat talent să superi oamenii.

Zicând acestea, Valek s-a așezat la biroul lui și și-a sprijinit capul în mâini.

— O magiciană din sud, Yelena, o *magiciană* din sud care părea să fie la nivel de maestru! Tu știi că în Sitia nu sunt decât patru maeștri magicieni? *Patru*! Și, de la preluarea puterii, au rămas în Sitia cu toții. Din când în când, își mai trimit în teritoriu câte un protejat sau doi, unii cu minime abilități în magie, să vadă ce mai punem la cale. Până acum, fiecare dintre acești spioni a fost capturat și pedepsit. Comandantul Ambrose nu tolerează practicarea magiei în Ixia.

Magicienii de pe vremea regelui fuseseră considerați ca făcând parte din elită. Fuseseră tratați asemenea membrilor familiei regale și avuseseră o influență destul de mare pe lângă rege. Istoria preluării puterii consemna că Valek îi asasinase pe toți. M-am întrebat cum făcuse, mai ales că în noaptea asta nu reușise nici măcar s-o captureze pe femeia aceea.

Mai-marele spionilor s-a ridicat în picioare. A luat o piatră cenușie de pe biroul lui. Trecându-și-o dintr-o mână într-alta, a început să facă înconjurul salonului.

Amintindu-mi că aproape mă nimerise ultima oară când ținuse o piatră în mână, mi-am tras picioarele sub mine și mi-am ridicat genunchii la piept, în speranța că astfel voi deveni o țintă mai mică.

— Pentru ca meridionalii să-și riște unul din maeștrii magicieni, motivul ar trebui să fie..., a început Valek, clătinând piatra din mână, în căutarea cuvântului potrivit. Spectaculos! Așadar, de ce sunt pe urmele tale? m-a întrebat, scoțând un oftat și cufundându-se în pernele canapelei, lângă mine. Ei bine, să încercăm să ne dăm seama. Este evident că ai moștenit ceva sânge meridional.

— Ce?

Nu mă gândisem niciodată la ceea ce moștenisem. Fusesem găsită pe străzi, fără adăpost, și Brazell mă luase în orfelinatul lui. Singurele speculații pe care le făcusem despre părinții mei fuseseră dacă aceștia erau morți sau dacă mă abandonaseră doar. Nu aveam niciun fel de amintiri despre viața mea dinainte de sosirea la orfelinat. În cea mai mare parte, fusesem recunoscătoare că Brazell îmi oferise un adăpost. Faptul că Valek făcuse o afirmație atât de concretă, mă uimise.

— Ai o culoare puțin mai închisă decât cea a nordicilor tipici. Trăsăturile tale au caracteristici meridionale. Ochii verzi sunt foarte rar întâlniți în Ixia, fiind mai frecvenți în Sitia. Valek mi-a interpretat greșit expresia de-a dreptul glacială: Nu este ceva de care să-ți fie jenă. Când regele era la putere, granița cu Sitia era deschisă comerțului și schimburilor. Oamenii se deplasau liber între regiuni, iar căsătoriile erau inevitabile. Bănuiesc că ai fost lăsată în urmă imediat după preluarea puterii, când mulți oameni au fost cuprinși de groază și au fugit spre sud înainte ca noi să închidem granița. A fost o debandadă totală atunci. Nu știu la ce se așteptau când a venit comandantul la putere. La omoruri colective? Tot ce am făcut a fost să le dăm tuturor o uniformă și un loc de muncă.

Gândurile mi se învârtejeau haotic. De ce nu fusesem mai curioasă, de ce nu pusesem mai multe întrebări despre familia mea? Nu știam nici măcar în ce oraș fusesem găsită. Ni se spunea în fiecare zi cât de norocoși eram, ni se reamintea că aveam mâncare, haine, adăpost, profesori și chiar o mică sumă de bani de buzunar. Ni se atrăgea în mod repetat atenția că mulți dintre copiii care aveau părinți nu o duceau atât de bine ca noi. Să fi fost doar un mod de a ne spăla pe creier?

— În fine, am deviat de la subiect! a spus Valek în tăcerea care se lăsase, apoi s-a ridicat în picioare și și-a reluat mersul prin încăpere. Mă îndoiesc că aceia care te-au atacat au fost niște membri ai familiei tale cărora le lipseai. Fiindcă, în cazul ăsta, n-ar mai fi vrut să te omoare. În trecut ai mai făcut și altceva, în afară de faptul că l-ai ucis pe Reyad? Ai fost martoră la vreo crimă? Ai auzit, fără să vrei, că se plănuia o revoltă? Ceva, orice?

— Nu. Nimic.

Valek și-a lovit ușurel fruntea cu piatra, dus pe gânduri.

— Să presupunem, atunci, că are de-a face cu Reyad. Poate că intrase în cârdășie cu niște oameni din sud, iar faptul că l-ai omorât le-a stricat planurile. Poate că uneltesc să ia Ixia înapoi. Sau probabil cred că tu știi ceva despre acest complot. Dar nu am auzit cum că Sitia ar vrea să ne atace. Și de ce ar face-o? Comandantul este mulțumit să rămână în partea de nord și viceversa, iar Sitia știe asta.

Mai-marele spionilor și-a trecut mâna peste față înainte de a continua.

— Poate că Brazell a devenit ingenios la bătrânețe și a angajat niște oameni din sud să te ucidă, îndeplinindu-și astfel dorința de a te vedea moartă fără ca el să fie implicat. Nu, asta n-are niciun sens! Brazell ar fi angajat mardeiași, n-avea nevoie de un magician. Decât dacă are niște relații despre care eu n-am habar, lucru de care mă îndoiesc foarte tare.

Zicând acestea, Valek a aruncat o privire prin salon. Numai jumătate din lămpi fuseseră stinse. Lăsând piatra jos, a terminat de stins și restul lămpilor chiar când lumina sfioasă dinaintea zorilor a început să se răspândească în încăpere.

S-a oprit, ca și când tocmai i-ar fi venit în minte un gând, și s-a încruntat la mine.

— Ce-i? l-am întrebat.

— Magicienii ar veni în nord să-l ia pe furiș pe unul de-al lor și să-l ducă la loc sigur! a spus Valek, cercetându-mă cu atenție.

Înainte de-a avea timp să protestez, m-a întrebat:

— Dar, dac-ar fi așa, de ce ar încerca să te omoare? N-ar vrea să mori decât dacă ai fi un găsitor-de-suflete.

Valek a căscat și și-a pipăit cu grijă vânătaia de pe față.

— Sunt prea obosit să mai pot gândi limpede, a adăugat. Mă duc la culcare.

Și s-a îndreptat spre scări.

„Găsitor-de-suflete?" m-am mirat în sinea mea.

Habar n-aveam ce ar fi putut fi un astfel de om, dar trebuiau rezolvate probleme mai presante.

— Valek!

El s-a oprit cu piciorul pe prima treaptă.

— Antidotul meu! i-am amintit.

— Desigur, desigur, a încuviințat, dar a continuat să urce scările.

În timp ce se afla la etaj, m-am întrebat de câte ori aveam să-i cer, în viitor, antidotul. Simplul fapt că știam că numai el mă ținea în viață îmi otrăvise mintea, tot atât de sigur precum pulberea-de-fluturi îmi otrăvise trupul.

Pe când lumina zorilor începea să strălucească, mă gândeam cu jind la patul meu. Valek putea să doarmă, însă eu trebuia să gust în scurt timp micul dejun al comandantului.

Conducătorul pazei comandantului a coborât, în cele din urmă, scările.

— Astăzi poate că vei dori să porți părul lăsat pe umeri, a spus în timp ce îmi dădea antidotul.

— De ce? m-am mirat, plimbându-mi degetele prin păr. Panglicile pe care mi le pusesem erau rupte și înnodate.

— Ca să-ți acoperi semnele de pe gât, m-a lămurit.

Înainte de a merge spre biroul comandantului, m-am grăbit până la baie. Aveam exact timpul necesar să mă spăl și să mă schimb într-o uniformă curată înainte de a-mi face apariția la micul dejun. Cureluşa care mă strânsese de gât îmi lăsase un cerc roşu aprins, pe care nu reuşeam să-l acopăr indiferent cum mi-aş fi aranjat părul.

În drum spre biroul comandantului, m-am întâlnit cu Liza. Când a trecut pe lângă mine, și-a strâns cu fermitate buzele și a privit în altă parte.

„Ei bine", m-am gândit eu, „iată încă o persoană pe care am supărat-o."

Îmi părea rău că-mi revărsasem furia asupra ei, însă n-aveam de gând să-mi cer iertare. În definitiv, Liza începuse cearta.

În majoritatea diminețílor, comandantul îmi ignora sosirea. Îi gustam micul dejun, după care căutam prin cutia cu criollo, alegând, la întâmplare, o bucată, să verific dacă nu cumva fuseseră otrăvite în decursul nopții. În fiecare dimineață, îmi lăsa gura apă la anticiparea gustului dulce-amărui al desertului. Savoarea ce îmi învăluia gura era singurul lucru plăcut la care mă puteam aştepta pe tot parcursul zilei. Mă contrazisesem cu Valek dacă trebuia sau nu să îl gust de fiecare dată când comandantul voia niște criollo, însă acesta din urmă făcea economie. Își stabilise porția la o bucățică după fiecare masă. Și aflasem, prin intermediul lui Rand, că deja comandantul îi mai ceruse niște criollo lui Brazell, împreună cu o copie a rețetei lui Ving, bucătarul generalului.

În fiecare dimineață, după ce aşezam pe biroul conducătorului tava cu micul dejun, luam programul său zilnic și plecam fără să schimbăm niciun cuvânt. În acea dimineață, însă, când i-am aşezat tava pe masă, mi-a cerut să mă aşez.

Cocoțată pe marginea scaunului tare de lemn din fața biroului său, am simțit o urmă de teamă care mi-a făcut stomacul ghem. Mi-am împletit strâns degetele, să-mi păstrez fața cât mai lipsită de orice expresie și mai greu de citit.

— Valek m-a informat că ai avut un incident noaptea trecută. Sunt îngrijorat că o altă tentativă de omor ar putea periclita exercițiul nostru, mi-a spus.

Ochii aurii ai comandantului mă priveau în timp ce-și sorbea ceaiul.

— Pentru Valek reprezinți o enigmă, iar el *m-a asigurat* că menținerea ta în viață va ajuta la rezolvarea ei rapidă, a continuat. Convinge-mă că vei fi capabilă să joci rolul fugarului fără să fii omorâtă! Dac-ar fi să mă iau după șeful serviciului meu de pază, se pare că n-ai reușit să-l recunoști nici măcar după ce s-a ciocnit de tine.

Gura mea s-a deschis și s-a închis la loc, în timp ce reflectam la ce-mi spusese. Un argument adus în grabă sau lipsit de logică nu l-ar fi influențat pe comandant. În plus, mi se oferise o cale ușoară de scăpare. De ce să-mi risc capul pentru exercițiul acela? Nu eram vreun spion experimentat; nu reușisem să-l identific pe Valek nici atunci când eram convinsă că mă urmărea. Pe de altă parte, niște criminali erau hotărâți să-mi ia capul. Dacă nu încercam să-i scot la lumină în condițiile mele, aveau să aleagă ei timpul și locul. Am cântărit argumentul în minte, simțind că parcă stăteam la nesfârșit pe o sârmă, incapabilă să hotărăsc care direcție ar fi dus la coborârea perfectă. Era ca și când aș fi mers înainte și înapoi, până ce o forță din exterior m-ar fi împins într-o direcție sau alta.

— Nu sunt obișnuită cu jocul ăsta de-a șoarecele și pisica, i-am spus comandantului. Pentru cineva lipsit de pregătire, ca mine, a încerca să surprindă un urmăritor în toiul unei sărbători aglomerate și zgomotoase este o sarcină dificilă. E ca și când i-ai cere unui copil să alerge, când el abia a învățat să meargă. Singură, în pădure, și încercând să-i evit pe toți, îmi va fi mai ușor să observ un urmăritor și asta va fi în limitele abilităților mele.

M-am oprit. Niciun răspuns nu a venit din partea comandantului suprem, așa că am continuat:

— Dac-aș putea s-o ademenesc pe magiciana asta să iasă la vedere, poate că voi descoperi și de ce vrea să mă omoare.

Ambrose stătea nemișcat ca un broscoi ce urmărea și aștepta o muscă să vină mai aproape.

Mi-am jucat și ultima carte.

— Iar Valek *m-a asigurat* că ea o să mă urmărească, am spus, în încheiere.

Faptul că folosisem același cuvânt pe care-l utilizase comandantul nu a fost în zadar.

— Atunci vom acționa conform planului, a conchis conducătorul Ixiei. Nu mă aștept să ajungi prea departe, așa că mă îndoiesc că o vei vedea pe magiciana aceea.

Rostise cuvântul „magiciană” ca și când i-ar fi lăsat un gust neplăcut în gură.

— Mă aștept să păstrezi tăcerea asupra întregii chestiuni, a ținut să sublinieze comandantul Ambrose. Ia-o ca pe un ordin. Și-acum poți pleca!

— Da, să trăiți! am spus și am părăsit biroul.

Mi-am petrecut restul zilei strângând sau împrumutând provizii pe care să le folosesc în timpul exercițiului care fusese programat să înceapă în dimineața următoare, în zori. Am trecut pe la atelierul Dilanei și pe la fierărie. Simpla menționare a numelui lui Valek a avut rezultate remarcabile în ceea ce-i privea pe fierari, care s-au grăbit să facă rost de obiectele de care spusesem că avea el nevoie.

Dilana mi-ar fi dat orice i-aş fi cerut. Părea dezamăgită că nu voiam să împrumut decât un rucsac din piele.

— Păstrează-l! mi-a spus. Nu a venit nimeni să-l ceară. Mă încurcă pe aici încă de când am început să lucrez.

I-am ţinut tovărăşie în timp ce repara uniforme, îmi povestea ultimele bârfe şi făcea caz de faptul că ar fi trebuit să mănânc mai mult.

Ultima mea oprire a fost la bucătărie. În speranţa de a-l găsi singur pe Rand, am aşteptat până ce personalul a făcut curat după cină. El stătea la o masă, lucrând la meniuri. Fiecare meniu săptămânal trebuia aprobat de comandantul suprem înainte ca Rand să i-l poată da Lizei, care se asigura că alimentele şi ingredientele necesare aveau să fie disponibile.

— Arăţi mai bine decât mă simt eu, a spus Rand pe un ton blând.

Îşi ţinea capul sus cu multă grijă, ca şi cum ar fi fost o cană plină cu apă, şi şi-l mişca încet, încet de tot, ca şi când n-ar fi vrut să se verse.

— Astăzi nu am ce să-ţi dau să guşti, m-a informat. Nu am avut energia necesară.

— Nu face nimic!

Am observat că avea chipul gălbejit şi cearcăne negre.

— Nu te reţin, am adăugat. Nu vreau decât să împrumut câte ceva.

Interesat, Rand aproape că a redevenit omul jovial dintotdeauna.

— Cum ar fi...? a încercat să mă tragă de limbă.

— Pâine, i-am răspuns. Şi nişte lipici din acela pe care l-ai inventat tu. Mama-Felceriţă l-a folosit să închidă o tăietură pe care o aveam pe braţ. Este o chestie minunată!

— Lipiciul! a exclamat el, uimit. Una dintre cele mai bune reţete ale mele de până acum! Ţi-a povestit cum l-am descoperit?

Încercam să fac un adeziv comestibil pentru un colos, un tort de nuntă cu zece etaje şi...

— Rand, l-am întrerupt eu, mi-ar plăcea să-ţi ascult povestea şi trebuie să-mi promiţi că mi-o vei spune cu altă ocazie. Dar suntem amândoi cam în urmă cu somnul.

— O, da! Ai dreptate! a fost el de acord şi mi-a arătat cu mâna un maldăr de pâini. Ia de aici ce îţi trebuie! m-a îndemnat.

Pe când luam pâine, el a cotrobăit printr-un sertar şi mi-a dat un borcan cu lipici alb.

— Nu e permanent, m-a atenţionat. Lipiciul rezistă vreo săptămână, după care îşi pierde aderenţa. Altceva?

— Hm... Da! am ezitat, căci şovăiam să îi adresez şi această ultimă cerere care era, de fapt, motivul principal pentru care dorisem să fiu singură cu Rand.

— Ce-i?

— Am nevoie de-un cuţit, am murmurat.

A clătinat din cap. Desluşeam scânteia din ochii lui, pe când amintirea modului în care-l omorâsem pe Reyad îi fulgera prin minte. Am văzut aproape cum întorcea pe toate părţile în minte cererea mea, în timp ce punea în balanţă prietenia noastră aflată la început, pe de-o parte, şi solicitarea mea neobişnuită, de cealaltă.

Mă aşteptam, mai mult ca sigur, ca el să se intereseze de ce aveam nevoie de un cuţit. În schimb, m-a întrebat doar:

— Ce fel de cuţit?

— Cel mai înfricoşător pe care-l ai, i-am răspuns.

14

ÎN DIMINEAȚA URMĂTOARE, m-am îndreptat spre poarta de sud chiar pe când soarele aurea crestele Munților Sufletului. În curând, un mănunchi de raze s-a abătut și asupra văii, marcând începutul exercițiului propus de comandant. Inima mi se zbătea în piept de exaltare și de teamă. Un amestec ciudat de sentimente care, însă, îmi stimula teribil mersul. Abia dacă mai simțeam greutatea rucsacului.

Mă temusem că lucrurile din el ar fi putut fi considerate drept o încercare de a trișa. După multă chibzuire, am hotărât că un prizonier care-și pusese în gând să evadeze din temniță probabil că și-ar fi pus deoparte câte ceva din rațiile de pâine, ar fi luat pe furiș o armă din camera de gardă și ar fi furat restul obiectelor de la fierari. Și ce dacă forțam puțin lucrurile? Nu-mi spusese nimeni că trebuia să fug fără nimic la mine.

Hotărârea mea de „a evada" devenise mai fermă începând de la prima expunere a planului. Banii nu mai erau principalul motiv pentru care făceam asta în acel moment, ci doar un premiu. Voiam să-i dovedesc comandantului suprem însuși că greșise. Conducătorului nostru, care crezuse că nu aveam să ajung prea departe, care fusese îngrijorat că *moartea mea* i-ar putea periclita *lui* exercițiul.

Înainte de a părăsi castelul, mă oprisem pentru o clipă să-i admir corpul principal în lumina zilei. Prima mea impresie era că palatul fusese construit de un copil care-și folosise, în acest scop, cuburile de jucărie. Baza castelului era dreptunghiulară. Pe aceasta se suprapuneau niveluri superioare în formă de pătrate, triunghiuri și cilindri, așezate cam la întâmplare. Singurele încercări de a aduce o oarecare simetrie erau superbele turnuri din fiecare colț. Pline de ferestre viu colorate, cele patru turnuri se înălțau, semețe, spre cer.

Modelul geometric neobișnuit al castelului mă intriga și mi-ar fi plăcut să-l văd din alte unghiuri, însă Valek îmi ceruse să părăsesc incinta în zori, pentru că nu aveam decât un avantaj de o oră față de urmăritorii mei. După aceea, soldații și câinii plecați în urmărire aveau să încerce să descopere prin care poartă ieșisem și să îmi adulmece urmele din acel loc. Valek îmi luase una din bluzele de uniformă pentru a le-o da câinilor s-o miroasă. Îl întrebasem cine urma să deguste mâncarea comandantului cât timp aveam să fiu plecată și-mi dăduse un răspuns vag, cum că mai antrenase și alte persoane în arta depistării otrăvurilor, doar că erau prea valoroase ca să fie folosite în mod obișnuit. Spre deosebire de mine.

Drumul spre sud era direcția evidentă în care urma să mă îndrept, însă nu aveam de gând să o păstrez pentru mult timp. Speram că soldații urmau să creadă că aveam să mă duc drept spre graniță. Castelul și toate acareturile lui se aflau în Districtul Militar 6, destul de aproape de ținuturile sudice, înfipt între DM-7, la vest, și DM-5, la est. Regele decedat, acela care construise castelul, preferase o vreme mai blândă.

Când alergând, când mergând la pas, nu mi-a luat mult până ce am intrat în Pădurea Şerpilor, evitând Oraşul-Castelului. Cu o noapte înainte, când examinasem unele dintre hărţile lui Valek, observasem că pădurea înconjura Oraşul-Castelului pe trei laturi. Partea de nord dădea cu faţa spre castel. Pădurea Şerpilor se întindea spre est şi vest, ca o centură îngustă de verdeaţă.

La graniţa de sud oficială, soldaţii comandantului Ambrose desţeleniseră o fâşie lată de vreo treizeci de metri, de la Munţii Sufletului, în est, şi până la Oceanul Apusului[1], în vest. De la preluarea puterii încoace, era considerată o infracţiune pentru orice cetăţean, fie el din Ixia sau din Sitia, să treacă de această frontieră.

Am alergat prin pădure, lăsând o potecă vizibilă. Rupând crenguţe şi întipărindu-mi urmele încălţărilor în pământ, m-am îndreptat spre sud până am dat de un pârâiaş. Avantajul meu de o oră aproape că se terminase. Am îngenuncheat pe malul lui şi m-am întins spre apă. Scoţând o mână de noroi, am lăsat apa să mi se scurgă printre degete. M-am aplecat deasupra pârâiaşului şi mi-am întins nămolul ud pe faţă şi pe gât. Pentru că îmi ridicasem părul în coc, mi-am frecat cu nămol şi urechile, şi ceafa. Am sperat ca urmăritorii să creadă că îngenuncheasem în acel loc să beau apă. După ce am mai lăsat nişte urme de paşi pe mal ca să-i induc în eroare şi să-i fac să-şi închipuie că intrasem în apă, mi-am croit drum înapoi până când am găsit copacul perfect.

La vreo doi metri de poteca pe care eram, se înălţa mult în sus trunchiul neted al unui copac velvatt. Prima ramură zdravănă care se desprindea din trunchiul principal era la vreo patru metri şi jumătate deasupra capului meu. Încercând să nu deranjez poteca de pământ care-mi purta mirosul, mi-am dat jos rucsacul şi am scos din el unul dintre obiectele pe care

[1] *Sunset Ocean* (engl.) (n. tr.).

le împrumutasem de la fierari. Era un cârlig mic de cățărare. L-am legat de capătul unei frânghii subțiri care era încolăcită înăuntrul rucsacului.

Cu avansul meu de timp pe sfârșite, imaginea bruscă a gărzilor și a câinilor ieșind în trombă din castel mi-a trecut fulgerător prin minte. Am aruncat, grăbită, cârligul spre ramura aceea. Și n-am nimerit-o! L-am prins în timp ce cădea spre pământ. Cuprinsă deja de disperare, l-am aruncat din nou. Iar am ratat. Am încercat să-mi domolesc bătăile inimii, care o luase razna de tot, și m-am concentrat asupra a ceea ce aveam de făcut. Cârligul s-a agățat de ramură. Convinsă că era bine prins, mi-am legat restul frânghiei de încheietura mâinii, astfel încât să nu atârne, și mi-am pus rucsacul în spate. Apucând funia cu ambele mâini, m-am ridicat de la pământ și mi-am încolăcit picioarele în jurul ei.

Trecuse mult timp de când nu mă mai cățărasem în felul acesta. Pe tot parcursul ascensiunii, brațele, umerii și mușchii spatelui mi-au tot protestat de durere din cauza inactivității mele din ultimul an. Odată ce am ajuns sus, m-am așezat călare pe ramură și am pus în rucsac frânghia și cârligul de cățărare.

Bătea un vânt destul de puternic din vest. Dorind să rămân contra vântului, să nu mă poată adulmeca deloc câinii, mi-am petrecut următoarea jumătate de oră cățărându-mă spre est, prin copaci, până ce am ajuns suficient de departe de cărarea pe care venisem inițial. Măcar o dată, statura mea măruntă și abilitățile acrobatice s-au dovedit a reprezenta un avantaj.

Când am dat peste un arbore cheketo, am găsit un ascunziș bun lângă trunchi și mi-am desfăcut rucsacul. Frunzele arborelui cheketo erau cele mai mari dintre toate cele care creșteau în Pădurea Șerpilor. Verzi și rotunde, presărate cu puțin cafeniu, erau ideale pentru ce-mi trebuia mie. Am stat puțin liniștită, ascultând zgomotele urmăririi. Păsările ciripeau, insectele bâzâiau. Am auzit apoi foşnetele frunzelor mişcate iute de trecerea unui cerb. Am desluşit lătratul slab al unor câini, dar poate că asta nu se întâmpla decât în imaginaţia mea. Nici urmă de Valek! Din cât ajunsesem să-l cunosc, probabil că era pe aproape, în urma mea.

Scoţând din rucsac lipiciul lui Rand, am început să rup frunze din copac. Când am cules suficiente, mi-am scos cămaşa şi am lipit frunzele pe ea. Simţindu-mă stânjenită doar cu maioul pe mine, am lucrat repede.

Mi-am acoperit cămaşa, apoi pantalonii, ghetele şi rucsacul cu frunze. Când am terminat, mi-am lipit o frunză mare pe păr şi două mai mici pe mâini, lăsându-mi degetele libere. Mi-a trecut prin minte atenţionarea lui Rand că lipiciul nu ţinea decât o săptămână şi am zâmbit, imaginându-mi reacţia lui când avea să mă vadă mergând prin castel cu frunze lipite pe cap şi pe mâini.

Nu aveam oglindă, dar am sperat că-mi camuflasem tot corpul în verde şi cafeniu. Nu-mi făceam deloc griji în legătură cu micile pete negre care s-ar mai fi putut vedea, doar roşul-deschis al bluzei de la uniformă era acela care m-ar fi dat imediat de gol.

Prea neliniştită ca să rămân într-un loc mai multă vreme, am continuat să mă caţăr prin copaci, îndreptându-mă spre est cât de repede şi cât de silenţios puteam. La un moment dat, n-am mai putut să mă îndrept direct spre est, ca până atunci. Din moment ce nu voiam ca mirosul meu să ajungă aproape de pământ, pentru a nu putea fi adulmecat, trebuia să ocolesc la răstimpuri fie spre nord, fie spre sud. M-am folosit de cârligul de căţărare şi de frânghie de multe ori, pentru că le foloseam să apropii ramurile de mine sau să trec prin aer de la un copac la altul. Muşchii mă dureau din cauza acestui abuz, însă i-am ignorat. Râzând în sinea mea ori de câte ori depăşeam un obstacol dificil, m-am bucurat de libertatea deplină de a călători deasupra pământului. Am zâmbit larg, deşi asudasem întreaga dimineaţă. Ştiam că, odată şi-odată, urma să fiu nevoită să mă îndrept din nou spre sud, pentru că era singurul loc unde un fugar ar fi găsit siguranţă şi adăpost.

Sitia îi primea cu braţele deschise pe refugiaţii din Ixia. Guvernul ei avusese relaţii grozave cu regele, căruia îi oferea mirodenii exotice, ţesături și alimente, în schimbul metalelor, pietrelor preţioase şi cărbunelui. Când comandantul suprem pusese capăt acestor schimburi, Ixia îşi pierduse majoritatea articolelor de lux, iar resursele ţării vecine deveniseră limitate. Îngrijorarea că Sitia ar fi încercat să cucerească nordul pentru resursele de care avea nevoie se risipise atunci când geologii meridionali descoperiseră că Munţii lor de Smarald, o continuare a Munţilor Sufletului din nord, erau bogaţi în minereuri şi minerale. După cât se părea, în prezent, Sitia se mulţumea să ţină nordul sub o supraveghere precaută.

În curând, tot căţărându-mă dintr-un copac într-altul, am întâlnit o cale destul de umblată prin pădure. Am văzut urmele adânci ale roţilor de căruţă în pământul bătătorit. Drumul făcea, probabil, parte din principala rută comercială dintre est şi vest, care cotea spre nord câţiva kilometri pentru a ocoli Lacul Keyra, înainte de a-şi relua drumul spre est. Lacul era situat chiar la graniţa cu DM-5.

Instalându-mă pe o ramură groasă, cu vedere la drum, m-am sprijinit de trunchiul copacului, m-am odihnit şi am luat prânzul, în timp ce alegeam direcţia în care să o apuc în continuare. După un timp, zgomotele liniştitoare ale pădurii aproape că m-au adormit.

— Tu vezi ceva?

Vocea unui bărbat aflat dedesubt întrerupsese liniştea.

Speriată, m-am prins de creangă, să nu cad. Fusesem descoperită și am înghețat din cauza șocului.

— Nu! Nu văd pe nimeni, a răspuns vocea altui bărbat, aflat la oarecare distanță, al cărui ton era aspru, din cauza supărării.

Nu auzisem niciun lătrat care să mă avertizeze, probabil că acești doi urmăritori făceau parte din cea de-a doua echipă. Îmi făcusem atâtea griji din cauza câinilor, încât uitasem de echipa mai puțin numeroasă!

„Am fost prea încrezută", m-am gândit. „Meritam să fi fost prinsă mai repede de-atât!"

Am așteptat să-mi ceară să cobor, însă bărbații au rămas tăcuți. Privind în jos, am căutat prin pădure, dar nu am reușit să descopăr unde se aflau. În definitiv, poate că nici nu mă văzuseră. După ce s-a auzit un foșnet, doi bărbați și-au făcut apariția din tufișurile dese. Și ei purtau uniforme de camuflaj în verde și cafeniu, deși ținuta lor confortabilă și vopseaua de pe față erau mult mai profesionale decât costumul meu lipit bucată cu bucată.

— Ce idee tâmpită, să venim spre est! Probabil că ea a ajuns între timp la frontiera sudică, a bombănit Voce-Aspră către colegul său.

— Așa s-au gândit și băieții cu câinii, chiar dacă dulăii i-au pierdut urma, a răspuns al doilea bărbat.

Am zâmbit. Vasăzică, îi păcălisem, totuși, pe dulăi! Reușisem măcar atât.

— Nu prea înțeleg logica mersului spre est, a spus Voce-Aspră.

Celălalt bărbat a oftat.

— Nu este nicio logică pe care să fii nevoit s-o înțelegi, a explicat. Căpitanul ne-a ordonat să mergem spre est, așa că mergem spre est. Pare să creadă că fata se va duce, cât va putea de mult, către DM-5. Pentru ea, este un teritoriu cunoscut.

— Bine, şi dacă nu se mai întoarce? Înc-o idee tâmpită, să-l foloseşti ca fugar pe degustător, s-a plâns Voce-Aspră. Fata aia e o criminală.

— Asta nu-i problema noastră. E a lui Valek. Sunt sigur că, dac-ar evada, ar avea el grijă de ea.

M-am întrebat dacă Valek asculta ce se spunea aici. Ştiam amândoi că nu era nevoie să mă vâneze; nu trebuia decât să aştepte ca otrava să-şi facă efectul. Conversaţia mi s-a părut utilă, în special, informaţia că nu toată lumea avea habar că fusesem otrăvită.

— Să mergem! Trebuie să ne întâlnim cu căpitanul la lac. O, şi încearcă să nu mai faci atât zgomot! Parc-ai fi un elan speriat care a luat-o la goană prin pădure, l-a mustrat insul mai deştept pe tovarăşul său.

— Ei, da! De parcă tu m-ai putea auzi din cauza mersului tău special antrenat de „animal de pădure", i-a întors-o Voce-Aspră. Când păşeşti, parc-aş asculta un cerb şi-o căprioară călărindu-se.

Bărbaţii au izbucnit în râs şi au dispărut într-o clipită în tufişuri, câte unul de fiecare parte a drumului. Mi-am încordat auzul, să le prind mişcările, dar nu mi-am dat seama dacă plecaseră sau nu. Am aşteptat până când nu am mai reuşit să suport lipsa de activitate. Bărbaţii îmi stabiliseră următoarea mişcare. Lacul se afla la est. Căţărându-mă prin copaci, m-am îndreptat spre sud.

Pe când îmi croiam drum în această direcţie, un sentiment ciudat, înspăimântător, şi-a făcut loc în mintea mea. Cine ştia cum, fusesem convinsă că bărbaţii pe care-i văzusem pe potecă mă urmăreau, mă vânau. Un impuls incontrolabil de a mă mişca foarte repede mă împingea ca o mână puternică pusă pe ceafă, mă gonea înainte. Când nu am mai putut să suport senzația, am abandonat orice precauție de a rămâne ascunsă și de a nu face zgomot. M-am lăsat să cad pe pământ și am luat-o la goană.

Când m-am năpustit în micul luminiș dintre copaci, m-am oprit. Senzația copleșitoare de panică dispăruse. Mă înțepau coastele de durere. Lăsându-mi rucsacul să cadă pe jos, m-am prăbușit la pământ, gâfâind. M-am blestemat pentru comportarea mea de animal cuprins de panică.

— Ce ținută frumoasă! a exclamat o voce cunoscută.

Groaza și frica mi-au dat energia necesară să sar în picioare.

Nu se vedea nimeni. Pentru moment. Am rupt rucsacul în graba de a-l deschide și am scos cuțitul. Inima îmi bătea să-mi sară din piept. M-am răsucit în cercuri lente pe când cercetam pădurea, în căutarea vocii aducătoare de moarte.

15

HOHOTELE DE RÂS M-AU ÎNCONJURAT de pretutindeni.

— Arma nu-ți va folosi la nimic. Te-aș putea convinge cu ușurință că vrei să înfigi cuțitul acela în inima ta și nu într-a mea.

Am zărit-o de partea cealaltă a luminișului. Îmbrăcată într-o cămașă largă și verde de camuflaj prinsă strâns în talie, cu pantaloni de aceeași culoare, magiciana din sud se sprijinea de un copac cu brațele încrucișate la piept, într-o poziție relaxată.

Așteptându-mă ca haidamacii magicienei să mă atace din pădure, am păstrat cuțitul în fața mea, tot învârtindu-mă.

— Relaxează-te! mi-a cerut ea. Suntem singure.

Am încetat să mă mai rotesc în cerc, dar am continuat să țin arma strâns în mână.

— De ce aș avea încredere în ceea ce-mi spui? m-am rățoit la ea. Data trecută când ne-am întâlnit, ai poruncit să fiu omorâtă. Ai oferit chiar și curelușa aceea din piele, atât de potrivită.

Mi-am dat, brusc, seama că nu avusese în niciun fel nevoie de haidamacii aceia.

Am început să-mi spun, în minte, numele otrăvurilor.

Magiciana a izbucnit în râs asemenea cuiva care se amuză de năzbâtiile unui copilaş neştiutor.

— N-o să te ajute cu nimic. Singurul motiv pentru care pomelnicul ăsta a avut efect la iarmaroc, a fost pentru că era şi Valek acolo, m-a lămurit.

S-a apropiat vreo câţiva paşi. Am fluturat cuţitul spre ea într-un gest ameninţător.

— Relaxează-te, Yelena! mi-a cerut. Am proiectat nişte gânduri în mintea ta ca să te aduc aici. Dac-aş fi vrut să te omor, te-aş fi împins jos din copaci. Accidentele pun mai puţine probleme în Ixia decât omorurile. Un fapt pe care-l ştii şi tu.

I-am ignorat persiflarea.

— Atunci de ce nu am avut un „accident" la Sărbătorile Focului? Sau altcândva?

— Pentru că trebuie să fiu în preajma ta. Este nevoie de multă energie ca să omori un om; prefer să recurg la metodele obişnuite, dacă se poate. Serbările au fost primul prilej în care m-am putut apropia de tine fără ca Valek să fie prin preajmă sau, cel puţin, aşa am crezut.

Şi, zicând acestea, şi-a clătinat capul, cuprinsă de frustrare.

— De ce nu l-ai ucis pe Valek, cu magia ta, la iarmaroc? am întrebat-o. Atunci aş fi fost şi eu o pradă uşoară.

— Magia nu dă rezultate asupra lui Valek. Este rezistent la efectele ei.

Înainte să apuc să-i mai pun şi alte întrebări, s-a grăbit să spună:

— Nu am timp să-ţi explic totul acum. Valek va ajunge aici în curând, aşa că voi fi concisă. Yelena, mă aflu aici să-ţi fac o ofertă.

Mi-am amintit ultima ofertă care mi se făcuse, aceea de a deveni degustător sau de a fi executată.

— Ce ai putea tu să-mi oferi? m-am mirat. Am o slujbă, am uniforme în culorile stabilite şi un şef pentru care merită să-ţi dai viaţa. Ce altceva mi-aş mai putea dori?

— Să primeşti azil în Sitia, mi-a răspuns ea pe un ton ferm. Ca să înveţi să-ţi controlezi şi să-ţi foloseşti puterea.

— „Puterea"? am exclamat.

Cuvântul îmi scăpase de pe buze înainte de a-l putea opri.

— Care putere? am adăugat.

— Ei, haide odată! Cum să nu ştii? Ai folosit-o la castel de cel puţin două ori.

Gândurile au prins din nou să mi se învârtejească, ameţindu-mă. Ea se referea la instinctul meu de supravieţuire. Zumzetul acela ciudat care punea stăpânire pe mine ori de câte ori viaţa îmi era pusă, cu adevărat, în pericol. Trupul mi-a amorţit de groază. Parcă tocmai mă anunţase că sufeream de o boală mortală aflată în ultimul stadiu.

— Lucram sub acoperire prin apropiere când am fost copleşită de puterea ta grozavă, în stare brută, mi-a explicat. Odată ce-am reuşit să localizez sursa ca fiind degustătorul comandantului Ambrose, am ştiut că orice strădanie de a te aduce pe furiş în sud ar fi fost imposibilă. Fie eşti în preajma lui Valek, fie este el cu un pas în urma ta. Chiar şi acum, îmi asum un risc extrem de mare. Dar este prea periculos să lăsăm un magician extraordinar în nord. Este uimitor că ai rezistat atât timp fără să fii descoperită. Singura opţiune care ne mai rămânea era să te ucidem. O sarcină care s-a dovedit mai dificilă decât îmi imaginasem iniţial. Dar nu imposibilă.

— Şi acum eu ar trebui să am încredere în tine? Crezi că te-aş urma supusă până în Sitia, ca un miel dus la tăiere? am întrebat-o, pe nerăsuflate.

— Yelena, dacă nu ai fi jucat rolul fugarului, care te-a scos afară din castel şi te-a îndepărtat de Valek, acum ai fi deja moartă.

Nu eram convinsă că o credeam. Ce ar fi avut de câştigat, ajutându-mă? De ce să fi făcut tot acest efort, dacă îi stătea în putere să mă omoare? Probabil că mai avea un motiv.

— Nu mă crezi! a remarcat şi s-a încruntat, nemulţumită. Bine, ce-ai zice atunci de o mică demonstraţie?

Şi, zicând acestea, şi-a înclinat capul într-o parte şi şi-a strâns buzele.

O durere mistuitoare, fierbinte, mi-a şfichiuit mintea asemenea unui fulger. Înfăşurându-mi braţele în jurul capului pe care mi-l strângeam cât puteam de tare, am încercat în van să opresc atacul. Apoi ceva, ca o minge de energie de mărimea unui pumn, m-a izbit drept în frunte. Am făcut un salt înapoi şi am căzut la pământ. Întinsă pe spate, am simţit cum durerea îmi dispărea tot atât de repede precum apăruse. Cu vederea tulburată din cauza lacrimilor, mi-am mijit ochii spre magiciană. Ea stătea în continuare lângă marginea luminişului. Nici nu mă atinsese - cel puţin, nu fizic. Simţeam apăsarea legăturii ei mintale ca pe un şal de lână care mi-ar fi învăluit capul.

— Ce naiba a fost asta? am întrebat-o. Ce s-a întâmplat cu cântatul?

Eram năucită de atacul ei, căci mă simţeam de parcă tot aerul din jurul meu fusese lichefiat şi, când m-am aşezat în capul oaselor, a început să se învârtejească şi să se lovească de pielea mea.

— La Sărbătorile Focului am cântat pentru că-ncercam să mă port cu blândeţe, m-a lămurit. Iar acum am făcut un efort să te conving că, dac-aş fi vrut să te omor, nu mi-aş mai pierde timpul stând acum de vorbă cu tine. Şi, cu siguranţă, nu aş aştepta pân-ai ajunge în Sitia.

Dintr-odată, şi-a înălţat capul de parcă ar fi ascultat cum o fiinţă nevăzută îi şoptea ceva la ureche.

— Valek a renunțat la orice încercare de a se face nevăzut. Merge cu viteză. Îl urmăresc doi bărbați, însă ei cred că te vânează pe tine. S-a oprit și și-a pungit din nou gura, în timp ce se concentra: Îi pot face pe cei doi să încetinească, dar nu și pe Valek. Și-a ațintit asupra mea privirea care îi păruse să privească în depărtări și m-a întrebat: Vii cu mine?

Nu puteam să rostesc niciun cuvânt. Gândul că bunătatea însemna, pentru ea, să cânți până omorai un om mă lăsase oarecum descumpănită. Am privit-o fix, complet uluită.

— Nu! i-am răspuns.

A trebuit să fac un efort să rostesc cuvântul.

— Poftim? s-a mirat.

În mod clar, nu acesta fusese răspunsul pe care-l așteptase.

— Adică îți place să fii degustător? m-a întrebat.

— Nu, nu-mi place, dar, dacă voi veni cu tine, voi muri, am lămurit-o.

— Vei muri și dacă rămâi, a spus.

— Îmi voi asuma riscul.

Și, zicând acestea, m-am ridicat în picioare, m-am scuturat de praf și am intrat din nou în posesia cuțitului. Ultimul lucru pe care mi-l doream era să-i explic magicienei cum stătea treaba cu otrava din sângele meu. De ce să-i fi dat încă o armă pe care s-o folosească împotriva mea? Dar, datorită legăturii mintale pe care o stabilise cu mine, nu trebuia decât să mă gândesc la pulberea-de-fluturi pentru ca ea să afle.

— Pentru asta există antidoturi, mi-a zis.

— Poți să faci rost de unul până mâine-dimineață? am întrebat-o.

Ea a clătinat din cap.

— Nu, mi-a mărturisit. Am avea nevoie de mai mult timp. Vindecătorii noștri trebuie să înțeleagă unde se ascunde otrava.

Ar putea fi în sângele tău, în mușchi sau oriunde altundeva și ei trebuie să știe cum ucide pentru a o izgoni.

Când a văzut că nu pricepusem absolut nimic din ce-mi spusese, magiciana a adăugat:

— Sursa puterii noastre - ceea ce tu numești „magie" - este ca un fel de înveliș care înconjoară lumea. Mintea noastră interceptează sursa aceasta și scoate din ea un firicel, pe care-l coboară până aici, jos, ca să ne amplifice puterile magice, să le pună în funcțiune. Oricine are capacitatea de a citi gândurile și de a influența lumea fizică fără să o atingă, însă nu toți se pot conecta la sursa acestei forțe.

A suspinat. Părea nefericită.

— Yelena, nu ne putem permite să îngăduim ca puterea ta brută să se manifeste în mod necontrolat. Fără să-ți dai seama, tu acumulezi încontinuu putere. Numai că, în loc de un firicel, tu apuci bucăți întregi și înfășori învelișul de putere în jurul tău. Pe măsură ce vei înainta în vârstă, vei acumula atât de multă forță, încât aceasta va exploda sau va izbucni în flăcări. Combustia nu numai că te va omorî pe tine, dar va deforma și va vătăma însăși sursa puterii, perforându-i învelișul. Nu putem risca apariția unui astfel de dezastru și, în curând, vei fi imposibil de instruit. De aceea nu avem altă soluție decât să te eliminăm înainte să ajungi în punctul acela.

— Cât timp mai am? am întrebat-o.

— Un an, mi-a răspuns. Poate ceva mai mult, dacă te poți controla. După aceea, ne va fi imposibil să te mai ajutăm. Și avem nevoie de tine, Yelena. Magicieni puternici se întâlnesc rar în Sitia.

Mintea mea a început să analizeze repede opțiunile. Demonstrația ei de forță mă convinsese că femeia era o amenințare mai mare decât îmi imaginasem vreodată și că aș fi fost o mare idioată să am încredere în ea. Dacă nu m-aş fi dus cu ea, însă, m-ar fi omorât pe loc.

Aşa că am amânat inevitabilul.

— Oferă-mi un an! i-am cerut. Într-un an veţi găsi un antidot care să aibă o acţiune permanentă, precum şi o cale de a fugi în Sitia. Un an în care să nu fiu îngrijorată că îmi plănuieşti moartea.

M-a privit adânc în ochi. Contactul ei mintal mi-a scotocit şi mai insistent mintea, în căutarea unui semn că aş putea s-o păcălesc.

— Bine, a încuviinţat. Un an. Este angajamentul pe care mi-l iau faţă de tine.

Şi a făcut o pauză.

— Continuă! i-am spus. Ştiu că doreşti să închei întâlnirea cu un fel de ameninţare. Poate cu un avertisment grav? Poţi s-o faci! Sunt obişnuită cu aşa ceva. Nici n-aş şti cum să port o conversaţie care să nu le conţină.

— Încerci să pari atât de curajoasă! s-a mirat. Însă eu ştiu că, dac-aş face fie şi numai un pas spre tine, ţi-ai uda pantalonii.

— Cu sângele tău, desigur, i-am răspuns, sfidătoare, fluturându-mi cuţitul.

Dar n-am reuşit să rămân serioasă, căci lăudăroşenia aceea mi se păruse ridicolă până şi mie. Aşa c-am chicotit. Eliberarea de tensiune mă făcuse euforică şi, în curând, râdeam şi plângeam în acelaşi timp.

Atunci expresia magicienei a devenit serioasă. Înălţându-şi capul din nou, a părut să-şi asculte din nou tovarăşul invizibil.

— Valek este pe aproape, m-a informat. Trebuie să plec.

— Mai spune-mi un singur lucru! am rugat-o.

— Ce anume?

— De unde ai ştiut că eu voi fi fugarul? Ai aflat tot cu ajutorul magiei? am interogat-o.

— Nu. Am nişte surse de informaţii pe care nu pot să le dezvălui, mi-a răspuns.

Am dat din cap, cu înţelegere. Meritase să-ncerc să cer mai multe detalii.

— Ai grijă, Yelena! m-a sfătuit, în timp ce se făcea nevăzută în pădure.

Mi-am dat seama că nu ştiam nici măcar cum o chema.

„Irys", mi-a șoptit ea în minte, iar apoi legătura mintală dintre noi s-a destrămat.

Pe măsură ce mă gândeam la tot ce-mi spusese, am priceput că aveam mult mai multe întrebări de pus, toate mai importante decât aceea despre cine lăsase să-i scape nişte informaţii. Ştiind că plecase, mi-am înăbuşit dorinţa de a o chema. În schimb, m-am aplecat la pământ.

Tremurând, mi-am pus cuţitul la loc în rucsac. Am scos plosca de apă și am luat o înghițitură mare, dorindu-mi ca recipientul să fi fost umplut cu o băutură ceva mai tare. Una care să-mi fi ars gâtul în timp ce s-ar fi dus la vale şi să-mi ofere ceva asupra căruia să mă concentrez, în afară de sentimentele de incoerenţă și de pierdere care ameninţau să mă mistuie.

Aveam nevoie de timp de gândire înainte ca Valek și cei doi bărbaţi să mă ajungă din urmă. Scoţând frânghia și cârligul de căţărare, am căutat din nou un copac potrivit și am pătruns iar sub coronamentul pădurii. Deplasându-mă spre sud, am lăsat ca efortul fizic al căţărării să-mi ţină corpul ocupat, pe când treceam în revistă toate informaţiile pe care mi le dăduse magiciana.

Când am ajuns la altă potecă din pădure, am găsit o poziţie confortabilă pe ramura unui copac de unde puteam să văd cine trecea pe acolo. M-am prins bine de trunchi cu funia. Magiciana îmi promisese un an de zile, însă nu voiam s-o ademenesc fiind o țintă ușoară. În definitiv, se putea răzgândi! Ce știam eu despre magicieni și despre angajamentele pe care și le luau?

Afirmase că aveam „putere". Că dețineam puterea magiei, despre care crezusem întotdeauna că fusese doar instinctul meu de supraviețuire. Când mă aflasem în situații critice, mă simțisem ca o posedată. Ca și când cineva, mult mai capabil să se descurce într-o situație de criză, ar fi pus, temporar, stăpânire asupra trupului meu, doar pentru a mă salva de la moarte și a mă părăsi apoi.

Oare zumzetul acela ciudat, care irupsese din gâtul meu și-mi salvase viața, chiar putea fi același lucru cu puterea pe care o deținea Irys? În acest caz, trebuia să păstrez secretul despre magia mea. Și să încerc să dobândesc un oarecare control asupra acestei forțe, ca s-o împiedic să izbucnească în flăcări. Dar cum? Probabil, evitând situațiile care-mi puneau viața în pericol. Am luat imediat în derâdere ideea că aș fi putut evita necazurile. Pentru că păreau să mă găsească ele pe mine, în ciuda strădaniilor mele de a le evita. Orfană. Torturată. Otrăvită. Blestemată să am puteri magice. Lista se lungea de la o zi la alta.

Nu aveam timp să rezolv problemele complicate care mi se învârteau la nesfârșit în minte. Concentrându-mă asupra prezentului, am cercetat poteca de sub mine. Puieți firavi amenințau să ia din nou în stăpânire cărarea îngustă din pădure. Probabil că era unul dintre drumeagurile abandonate, folosite cândva pentru a face comerț cu Sitia.

L-am așteptat pe Valek. Urma să îmi ceară o explicație pentru întâlnirea cu magiciana și eram pregătită să-i ofer una.

Singura mea atenționare cu privire la sosirea lui a fost un foșnet blând al ramurii de deasupra celei pe care eram așezată. Am privit în sus și l-am văzut desprinzându-se de pe ramura de deasupra, ca un șarpe. Și-a dat drumul, fără niciun zgomot, și-a căzut lângă mine.

Camuflajul verde părea să fie ținuta preferată a zilei. Costumul lui Valek era mulat pe corp și avea o glugă care să-i acopere părul și gâtul. Vopseaua verde și cafenie îi brăzda fața, făcându-i ochii de un albastru-deschis să iasă foarte mult în evidență.

M-am uitat la ținuta mea jerpelită. Unele frunze se zdrențuiseră pe margini, iar uniforma avea numeroase rupturi din cauza cățărării prin copaci. Data viitoare când urma să vreau să fug prin pădure, aveam să o conving pe Dilana să-mi croiască un costum ca al lui Valek.

— Ești grozavă! m-a felicitat mai-marele spionilor.

— Asta e de bine sau e de rău? l-am întrebat.

— De bine, desigur, m-a liniștit. Am intuit că le vei oferi soldaților o urmărire palpitantă și așa a fost. Dar nu m-am așteptat nicidecum la așa ceva! a spus, arătând spre cămașa mea acoperită cu frunze și desfăcându-și larg brațele, pentru a face semn spre copaci. Și, colac peste pupăză, te-ai mai întâlnit și cu magiciana și, cine știe cum, ai reușit să supraviețuiești!

În vocea lui Valek am reușit să simt sarcasmul la acest ultim comentariu.

Era felul lui de a cere o explicație, presupun.

— Nu prea știu ce s-a întâmplat, i-am declarat. Am înaintat prin pădure până am ajuns la un luminiș, unde mă aștepta ea. Tot ce mi-a spus a fost că i-am stricat planurile omorându-l pe Reyad, după care m-a pocnit o durere atroce de cap.

Amintirea atacului magicienei era încă proaspătă în mintea mea, așa că am lăsat să mi se citească pe chip toată grozăvia prin care trecusem. Dacă Valek ar fi bănuit ce se întâmplase cu adevărat, n-aș mai fi ajuns să trăiesc anul pe care mi-l garantase magiciana. Iar menţionarea numelui lui Reyad confirma una dintre teoriile lui Valek despre motivul pentru care se afla ea pe urmele mele.

Am respirat adânc.

— Am început să spun în gând numele otrăvurilor, am adăugat. Am încercat să alung durerea. Apoi atacul s-a oprit, iar ea a spus că tu erai foarte aproape. Când am deschis ochii, dispăruse deja.

— De ce nu m-ai aşteptat în luminiş?

— Nu ştiam unde a dispărut. M-am simţit mai în siguranţă în copaci, ştiind că vei reuşi să mă găseşti.

Valek mi-a analizat explicaţia. Mi-am ascuns nervozitatea, scotocind prin rucsac.

După destul de mult timp, a zâmbit.

— În orice caz, i-am dovedit comandantului că s-a înşelat, a spus. El a crezut că vei fi prinsă în prima parte a dimineţii.

Am zâmbit uşurată. Profitând de buna lui dispoziţie, l-am iscodit:

— De ce îi urăşte comandantul atât de tare pe magicieni? l-am întrebat.

Expresia de satisfacţie de pe chipul lui Valek s-a şters imediat.

— Are o sumedenie de motive, mi-a răspuns. Au fost colaboratorii regelui. Sunt aberaţii ale naturii, care îşi folosesc puterea din motive pur egoiste şi din lăcomie. Au strâns averi şi bijuterii preţioase, vindecând bolnavii numai dacă familia muribundului îşi permitea să le achite onorariile exorbitante. Magicienii regelui jucau jocuri ale minţii cu toată lumea, plăcându-le să provoace haos. Comandantul nu vrea să aibă nimic de-a face cu ei.

Curioasă, am insistat.

— Dar nu i-ar putea folosi ca să-şi atingă propriile scopuri?

— Ambrose e de părere că nu se poate avea încredere în magicieni, însă eu nu prea știu ce să cred în privința asta, a spus Valek, privind spre solul pădurii în timp ce vorbeam. Înțeleg îngrijorarea comandantului, cred că uciderea magicienilor regelui a fost o stratagemă bună, dar cred și că generațiile mai tinere care s-au născut cu acest gen de puteri ar putea fi recrutate în beneficiul rețelei noastre de spionaj. Suntem în dezacord în această privință și, în pofida argumentelor mele, comandantul a...

Valek s-a oprit din vorbit. Părea să șovăie dacă să continue sau nu.

— Ce a făcut? l-am iscodit.

— A ordonat ca toți aceia născuți fie și cu cea mai vagă urmă de putere magică să fie uciși pe loc, mi-a explicat.

Știam despre executarea spionilor din sud și a magicienilor din epoca regelui, însă, când mi-am imaginat copilași smulși din brațele mamelor, m-am înfiorat de groază.

— Toți acei bieți copii..., am îngăimat.

— Este un act brutal, dar nu chiar atât de brutal, a spus Valek. Tristețea îi îmblânzea privirea: Capacitatea de conectare la sursa puterii nu apare decât după pubertate, adică în jurul vârstei de șaisprezece ani. De regulă, mai trece încă un an până când cineva din afara familiei să observe fenomenul și să îi denunțe pe copii. Apoi, aceștia fie fug în Sitia, fie dau eu peste ei.

Cuvintele lui aveau greutatea unei bârne de lemn care îmi strivea umerii. Începeam să respir cu dificultate. Brazell mă recrutase la șaisprezece ani! Atunci începuse să se manifeste „instinctul meu de supraviețuire”, ca un mecanism de apărare împotriva torturii la care mă supuneau Brazell și Reyad. Încercaseră, oare, să verifice dacă aveam puteri magice? Dar de ce nu mă denunțaseră? De ce nu venise Valek după mine?

Nu aveam nici cea mai vagă idee despre ce dorise Brazell. Iar faptul că acum aflasem despre puterea pe care o posedam nu făcea decât să adauge o modalitate în plus care să mă ducă la moarte. Dacă Valek descoperea că aveam abilități magice, aş fi murit. Dacă nu găseam o cale de a pleca în Sitia, aş fi murit. Dacă ar fi otrăvit cineva mâncarea comandantului, aş fi murit. Dacă Brazell își construia fabrica şi după aceea voia să răzbune uciderea fiului său, aş fi murit.

Moartă, moartă, moartă şi iar moartă!

Moartea prin intermediul pulberii-de-fluturi începea să pară chiar atrăgătoare. Era singura variantă în care puteam alege când, unde şi cum aş fi pierit.

Îmi venea să mă cufund într-o stare de profundă şi deprimantă autocompătimire, însă Valek m-a apucat de braț şi şi-a dus degetul la buzele lui verzi.

Zgomote îndepărtate de copite şi de bărbați care vorbeau mi-au ajuns la urechi. Primul gând a fost că era o halucinație trimisă de magiciană. Curând am văzut, însă, nişte catâri înhămați la căruțe care ocupau întreaga potecă, puieții şi tufişurile lovindu-le roțile. Doi catâri trăgeau o căruță şi un bărbat îmbrăcat în uniformă cafenie de negustor îi mâna. Erau şase căruțe şi şase bărbați care vorbeau între ei în timpul mersului.

Din locul meu din copac, vedeam că primele cinci căruțe erau încărcate cu saci din pânză groasă care puteau fi plini cu grâne sau cu făină. În ultimul car erau nişte păstăi ciudate, galbene, de formă ovală.

„Pădurea Şerpilor chiar că forfoteşte de activitate astăzi", m-am gândit mirată. „Nu mai lipseşte decât ca dansatorii focului să vină şi să țopăie dintr-un copac în altul, să ne distreze pe toți."

Și eu, și Valek am rămas nemișcați la locurile noastre când oamenii au trecut pe sub noi. Uniformele le erau scăldate în sudoare și am observat că unii își suflecaseră manșetele pantalonilor, să nu se împiedice. Cureaua unui bărbat era foarte strânsă, făcând ca excesul de material să i se îngrămădească în jurul taliei, în timp ce burta altuia amenința să iasă afară din cămașă, rupându-i nasturii. Se vedea că acești negustori săraci nu aveau o locuință permanentă. În caz contrar, croitoreasa lor nu i-ar fi lăsat niciodată să meargă arătând în halul acela.

Când au dispărut vederii noastre și nu ne mai puteau auzi, Valek mi-a șoptit:

— Nu te mișca de aici! Voi veni imediat înapoi!

Și, zicând acestea, s-a lăsat să cadă la pământ și a pornit în urmărirea caravanei.

M-am foit pe creanga mea, întrebându-mă dacă nu cumva ceilalți doi bărbați, despre care Irys spusese că-l urmăreau pe Valek, aveau să mă găsească înainte de întoarcerea lui. Soarele dispărea spre apus și un aer mai răcoros lua locul arșiței zilei. Mușchii mei, țepeni de inactivitate, îmi zvâcneau pe măsură ce mă părăseau și ultimele rămășițe de energie. Începeam să resimt oboseala acelei zile istovitoare de cățărat prin copaci. Pentru prima oară, eventualitatea de a petrece o noapte întreagă singură în pădure mă speria; nu-mi imaginasem niciodată că aveam să rămân liberă un timp atât de îndelungat.

În cele din urmă, Valek s-a întors și mi-a făcut semn să cobor din copac. M-am mișcat cu atenție, bâjbâind neîndemânatică din cauza funiei din jurul taliei, pentru că mușchii îmi tremurau de oboseală.

Adusese cu el un săculeț, pe care mi l-a dat. În acesta se aflau cinci dintre păstăile galbene care erau încărcate în ultima căruță. Am scos una. Acum, când o puteam observa mai de aproape, am văzut că păstaia lunguiață, de formă ovală, avea cam douăzeci de centimetri lungime şi vreo zece nervuri care o străbăteau dintr-un capăt într-altul. Era groasă la mijloc. Ţinând-o cu ambele mâini de circumferinţă, degetele abia dacă mi se suprapuneau.

Eram uimită de priceperea lui Valek de a le şterpeli în plină zi, dintr-o căruţă în mers.

— Cum ai făcut rost de astea? l-am întrebat.

— Secretele meseriei, mi-a spus Valek, cu un zâmbet. A fost uşor să iau păstăile, dar, ca să văd ce era în sacii de pânză, a trebuit să aştept ca oamenii să-şi adape catârii.

Când am strecurat păstaia înapoi lângă celelalte, am văzut că în fundul sacului era o grămăjoară de pietricele maro-închis. Scotocind mai adânc, am scos o mână din ele şi le-am privit în lumina din ce în ce mai slabă a zilei. Semănau cu nişte boabe.

— Ce sunt astea? am întrebat.

— Sunt tot din saci, mi-a explicat Valek. Vreau să le duci pe toate comandantului Ambrose. Spune-i că nu ştiu nici ce sunt, nici de unde provin şi că eu urmăresc caravana, să văd încotro se îndreaptă.

— Oamenii aceia fac ceva ilegal? l-am iscodit.

— Nu sunt sigur, mi-a mărturisit. Dacă păstăile şi boabele provin din Sitia, atunci, da, desigur. Este ilegal să faci comerţ cu sudul. Un singur lucru ştiu, însă, şi anume că oamenii ăia nu-s negustori.

Eram pe punctul de a-l întreba de unde ştia asta, când răspunsul mi s-a ivit în minte.

— Uniformele nu li se potriveau! am exclamat. Poate că erau împrumutate? Sau furate?

— Cel mai probabil, furate, a încuviinţat el. Dacă ai împrumuta o uniformă, mă gândesc c-ai alege una care să ţi se potrivească, totuşi.

Şi Valek a rămas tăcut un moment, ascultând zgomotele pădurii. Auzeam cum bâzâitul insectelor devenea mai insistent pe măsură ce apunea soarele.

— Yelena, vreau să-i găseşti pe cei doi bărbaţi pe care i-ai văzut în după-amiaza aceasta şi să le ceri să te conducă înapoi, la castel! mi-a poruncit. Nu vreau să rămâi singură. Dacă magiciana aceea se gândeşte să te atace din nou, va avea de înfruntat încă doi oameni şi mă îndoiesc că va dispune de energia necesară. Să nu-i spui nimănui că te-ai urcat în copaci, că ai văzut-o pe magiciană sau c-am urmărit caravana. Doar comandantului să-i dai raportul complet.

— Şi cu antidotul meu cum rămâne? l-am întrebat.

— Comandantul are o rezervă la îndemână, m-a asigurat. Ţi-l va da el. Şi nu-ţi face griji în privinţa recompensei! Meriţi fiecare bănuţ. Când mă voi întoarce, mă voi asigura că o vei primi. Acum trebuie să mă pun în mişcare, altfel voi petrece tot restul nopţii încercând să ajung din urmă caravana.

— Valek, aşteaptă! i-am cerut.

Pentru a doua oară în aceeaşi zi, cineva voia să dispară înainte de a-mi da toate lămuririle necesare şi mă cam săturasem de asta.

El s-a oprit.

— Cum îi voi găsi pe ceilalţi? l-am întrebat.

În lipsa soarelui, simţul orientării mă lăsase baltă. Nu eram convinsă că aş fi reuşit să ajung din nou în luminiş şi cu atât mai puţin la castel, de una singură.

— Nu trebuie decât să urmezi poteca asta, mi-a zis şi mi-a arătat în direcţia din care veniseră căruţele. Eu am reuşit să scap de cei doi soldaţi care mă urmăreau înainte de a ajunge la tine. Se îndreptau spre sud-vest; probabil că supraveghează cărarea. Tehnic vorbind, este strategia cea mai bună.

Valek s-a îndepărtat, luând-o la fugă pe potecă. L-am urmărit din priviri. Se deplasa cu grația lină și cu viteza unui cerb, mușchii reliefându-i-se datorită costumului de camuflaj mulat pe corp.

Când l-am pierdut din vedere, mi-am târșâit picioarele pe pietrișul potecii, făcând zgomot. Amurgul răpea culorile copacilor pe măsură ce cobora întunericul. M-a cuprins o stare de neliniște. Orice foșnet îmi făcea inima să tresară și m-am surprins aruncând priviri peste umăr, dorindu-mi ca Valek să fi fost acolo.

Chiar în clipa aceea un strigăt a străpuns aerul. Înainte de a fi putut să reacționez, o siluetă imensă s-a năpustit asupra mea și m-a doborât la pământ.

16

— TE-AM PRINS! A EXCLAMAT BĂRBATUL care stătea deasupra mea.

Chiar și cu fața apăsată în pietriș și gura plină de praf, am reușit să-i recunosc vocea, pe care o auzisem ceva mai devreme în aceeași zi. Mi-a prins brațele la spate. Am simțit cum metalul rece parcă îmi mușca încheieturile chiar când am auzit clănțănitul și clinchetul cătușelor.

— Nu crezi că exagerezi puțin, Janco? l-a întrebat partenerul lui.

Janco s-a dat jos de pe mine și am fost săltată în picioare. În penumbră, am deslușit că bărbatul care mă imobilizase era slab și avea barbișon. Își purta părul negru tuns scurt, în maniera care le era caracteristică militarilor. Avea o cicatrice groasă de la tâmpla dreaptă până la ureche. Jumătatea inferioară a urechii drepte îi lipsea.

— A fost mult prea greu de găsit. Nu vreau să ne scape, a mormăit Janco.

Camaradul lui avea aproape aceeași înălțime, însă era de două ori mai lat. Mușchi bine dezvoltați, sculpturali, i se încordau prin îmbrăcămintea de camuflaj. Cârlionții mici și umezi îi stăteau lipiți de cap, iar de la distanța aceasta ochii lui nu păreau să aibă nicio culoare, cu excepția negrului pupilelor.

Am vrut să fug. Era aproape întuneric; eram încătușată și singură cu doi bărbați necunoscuți. Logic vorbind, știam că erau soldații comandantului și niște profesioniști, însă asta nu a făcut ca inima să nu mi-o ia la trap de frică.

— Ne-ai pus într-o lumină proastă, mi-a mărturisit Janco. Fiecare soldat care te caută acum pe afară va fi, probabil, transferat. O să curățăm cu toții latrine din cauza ta!

— Ajunge, Janco! l-a repezit Ochi-făr-de-culoare. *Noi* nu vom freca podelele. *Noi* am găsit-o. Și ia privește la costumația asta! Nimeni nu se aștepta ca ea să se camufleze, de aceea a fost atât de greu de găsit. Dar căpitanul tot va face pe el când va vedea chestia asta!

— Căpitanul s-a întors la castel? am întrebat, încercând să le îndrept conversația în acea direcție.

— Nu, mi-a răspuns. Conduce o trupă mai departe, spre sud-vest. Va trebui să-i dăm raportul.

Am oftat la gândul întârzierii. Sperasem la un drum de întoarcere rapid.

— Ce-ar fi dacă l-ai trimite pe Janco să-l găsească pe căpitanul vostru, în vreme ce noi ne vom îndrepta spre castel?

— Îmi pare rău, dar nu avem voie să ne separăm. Ni se cere să călătorim câte doi, fără excepție.

— Hm..., a început Janco să spună ceva.

— Yelena, am adăugat eu.

— De ce ești atât de nerăbdătoare să te întorci? m-a întrebat el.

— Pentru că mi-e frică de întuneric.

Ochi-făr-de-culoare a izbucnit în râs.

— Mă cam îndoiesc de asta! Janco, scoate-i cătușele! N-o să fugă nicăieri. Nu asta este scopul exercițiului.

Matahala a șovăit puțin.

— Îți dau cuvântul meu! i-am făgăduit. Nu voi fugi dacă-mi vei scoate cătușele.

El a mai mormăit ceva, dar mi-a desfăcut cătușele. Mi-am șters praful de pe față.

— Mulțumesc! i-am spus.

Janco a dat aprobator din cap, apoi a arătat spre camaradul său:

— El e Ardenus.

— Ari, pe scurt, m-a lămurit soldatul și mi-a întins mâna.

Astfel, îmi făcea o mare onoare, pentru că, dacă un soldat îmi întindea mâna, recunoștea că sunt unul dintre egalii săi.

Am strâns-o cu gravitate, după care am pornit toți trei spre sud-vest, în căutarea căpitanului lor.

Drumul până la castel a fost aproape comic. *Aproape* comic. Dacă mușchii mei înțepeniți nu ar fi protestat la fiecare pas și dacă durerea profundă de oase dată de epuizarea generală nu m-ar fi apăsat ca o pelerină de piatră, atunci aș fi fost cu totul și cu totul amuzată.

Căpitanul lui Janco și al lui Ari tuna și fulgera când am ajuns la el.

— Măi, măi, măi! a exclamat căpitanul Parffet. Ia te uită ce-au găsit, până la urmă, drăguții ăștia doi!

Capul lui chel era perlat de sudoarea care i se prelingea apoi pe obraji, udându-i gulerul. Era cam în vârstă pentru cineva care deținea doar rangul de căpitan și m-am întrebat dacă dispoziția lui ursuză nu era cumva motivul pentru care nu mai fusese avansat.

— *Se presupune* că am cei mai buni cercetași din garda comandantului Ambrose, le-a strigat Parffet lui Ari și Janco. Poate că ne lămuriți și pe noi ce metodă ați urmat, de v-au trebuit mai mult de șaptesprezece ore ca s-o găsiți pe nemernica asta!

Și căpitanul și-a continuat astfel muștruluiala. Chiar și pe întuneric puteam să-i văd fața cum devenea tot mai stacojie.

Mi-am abătut atenția de la el și i-am studiat pe membrii unității sale. Vreo doi soldați rânjeau, dându-i dreptate căpitanului, alții erau resemnați ca și când ar fi fost obișnuiți cu izbucnirile lui, iar alții aveau întipărite pe chipuri expresii de plictiseală și de oboseală. Un bărbat, care își răsese tot capul cu excepția bretonului, mă privea cu o intensitate supărătoare. Când i-am întâlnit privirea, el și-a ațintit-o spre căpitan.

— Nix, pune-o pe nemernică în cătușe! a ordonat Parffet, iar bărbatul cu breton a scos cătușele pe care le ținuse până atunci atârnate la cingătoare. Văd că primadonele noastre nu s-au deranjat să urmeze metodele standard de aducere a unui prizonier ale acestei unități.

Pe când Nix se apropia de mine, eu căutam o cale de scăpare. Promisiunea pe care i-o făcusem lui Janco era valabilă numai pentru drumul de înapoiere la castel „cu mâinile libere". Ari, simțindu-mi starea de spirit, și-a pus una din mâinile lui mari pe umărul meu, ancorându-mă lângă el.

— Ne-a dat cuvântul de onoare, domnule, că nu va fugi, a spus el în apărarea mea.

— De parcă asta ar însemna ceva! a exclamat Parffet și a scuipat pe jos, în semn de dispreț.

— Și-a dat cuvântul de onoare, a repetat Ari.

Huruitul jos al vocii lui mă ducea cu gândul la un câine masiv care mârâia a avertizare.

Căpitanul a acceptat în silă ca metoda de aducere a unui prizonier să fie modificată, dar și-a satisfăcut cheful de ceartă propriu al temperamentului său iute hărțuind-i pe ceilalți soldați să intre în formație și să pornească în marș rapid spre castel.

Am mers făcută sandvici între Ari şi Janco, asemenea unui trofeu de valoare. Din câte mi-a explicat primul din ei, căpitanului nu-i prea plăceau surprizele şi se simţise tare sâcâit de zbenguiala mea prin pădure cât fusese ziua de lungă.

— De fapt, nu ne prea ajută faptul că te-am găsit. Nu ne-a promovat el în unitatea asta, cum a făcut-o cu ceilalţi. Noi am fost numiţi de Valek, m-a lămurit Janco.

Dispoziţia lui Parffet s-a înrăutăţit atunci când echipa urmăritorilor cu câini a preluat conducerea procesiunii noastre. Haosul a izbucnit în momentul în care câinii care lătrau şi câteva gărzi s-au ciocnit unii de ceilalţi. Am trăit un moment de panică atunci când câinii s-au repezit la mine. După cum s-a dovedit, mă întâmpinau doar, dând din coadă şi încercând să mă lingă. Bucuria lor sinceră era molipsitoare. Am zâmbit şi le-am scărpinat urechile, oprindu-mă numai când Parffet a început să se încrunte şi să strige, cerând să se facă ordine.

Câinii nu purtau zgărzi. Servitorul care răspundea de padocurile câinilor făcea şi el parte din echipa de urmărire. Câinii s-au strâns la comanda lui Porter, urmându-i ordinele fără greş. Comandanta echipei canine a părut dezamăgită că nu câinii lui Porter mă găsiseră, însă a acceptat acest lucru cu mai multă bunăvoinţă decât căpitanul lui Ari. Mi s-a prezentat drept căpitanul Etta şi a mers alături de mine ca să-mi pună întrebări despre „fuga" mea. Îmi plăcea felul ei de a se purta, relaxat şi respectuos. Claia ei de păr blond-închis abia-abia dacă reuşea să fie în limitele regulamentului militar.

Pe cât posibil, am spus doar adevărul în timpul conversaţiei. Când s-a ajuns la întrebări de genul „unde dispăruse dâra mea de miros", am minţit. I-am explicat că un timp mersesem spre nord prin apă, înainte de a mă îndrepta spre est.

Etta a clătinat din cap.

— Iar noi eram atât de concentrați pe faptul că te îndreptai spre sud! Parffet a avut dreptate să te caute în est.

— Destinația pe care mi-o propusesem era sudul, însă am vrut să încerc să derutez câinii înainte de a mă întoarce într-acolo, i-am spus.

— Ai reușit, m-a asigurat. Comandantului suprem n-o să-i placă asta. Bine că te-au găsit Ari și Janco! Dac-ai fi rămas ascunsă până spre dimineață, ar fi fost retrogradate ambele echipe.

Nu-mi amintesc foarte clar ultimii trei kilometri până la castel. Folosindu-mi fiecare dram din energia mea împuținată ca să-mi fac picioarele să avanseze, mi-am concentrat toată forța asupra păstrării aceluiași ritm de mers ca al soldaților. Când ne-am oprit, mi-a trebuit un timp să-mi dau seama că intraserăm în incinta castelului.

Era trecut bine de miezul nopții. Larma sosirii noastre a reverberat din zidurile tăcute de piatră, amplificându-se. Câinii l-au urmat pe Porter la padocuri, în timp ce soldații obosiți au urcat, ca într-o defilare, scările spre biroul comandantului suprem. Ne-am terminat marșul printre birourile goale din camera tronului.

Lumina lămpilor strălucea prin ușa deschisă a încăperii. Cei doi soldați care făceau de gardă aveau expresii amuzate, însă au rămas tăcuți și nemișcați. Parffet și Etta au schimbat priviri resemnate înainte de a intra să-i dea raportul comandantului. Eu am găsit un scaun și m-am prăbușit pe el, acceptând riscul că s-ar fi putut să am dificultăți în a mă ridica, după aceea.

În curând, cei doi căpitanii s-au întors. Chipul lui Parffet era schimonosit într-o încruntătură sumbră, însă Etta nu trăda nicio emoție. Le-au dat liber oamenilor din unitățile lor. Tocmai îmi adunam toată energia să mă ridic, când Etta a venit la mine și m-a ajutat.

— Mulțumesc, i-am spus.

— Comandantul așteaptă și raportul tău, m-a informat.

Am încuviințat cu un gest din cap. Etta a plecat la unitatea ei, iar eu m-am îndreptat spre biroul comandantului. În pragul ușii, am șovăit. Mă obișnuisem cu penumbra din camera tronului, iar lumina lămpilor îmi îndurera ochii.

— Intră! a ordonat Ambrose.

Am rămas în picioare în fața biroului său. El era așezat, imobil și impasibil ca de obicei, cu fața lui netedă, eterică, lipsită de riduri. Un gând stingher m-a făcut să mă întreb ce vârstă avea. Părul, tuns scurt, îi era presărat cu șuvițe cărunte. Rangul în sine sugera un bărbat mai în vârstă, dar constituția slabă și fața tinerească mă făceau să apreciez că se apropia de patruzeci de ani. Cu aproape șapte ani mai mult decât Valek, dacă estimarea pe care o făcusem vârstei lui Valek era corectă.

— Prezintă-ți raportul! mi-a poruncit.

I-am descris în detaliu acțiunile mele din ziua aceea, inclusiv trecerea de la un copac la altul și întâlnirea cu magiciana. Oferindu-i aceeași variantă a întâlnirii cu femeia din sud pe care i-o prezentasem lui Valek, mi-am încheiat raportul vorbindu-i despre caravană și despre ordinul pe care mi-l dăduse mai-marele spionilor, acela de a mă întoarce. Am așteptat întrebările comandantului.

— Vasăzică, nu Ari și Janco sunt aceia care te-au capturat? m-a întrebat el.

— Nu, i-am răspuns. Dar au fost singurii care s-au apropiat cât de cât de asta. Au trecut chiar pe sub copacul în care mă ascundeam și au fost destul de destoinici, încât să-l urmărească un timp și pe Valek.

Comandantul a rămas tăcut un moment. Ochii lui aurii priveau dincolo de mine pe când asimila informația.

— Unde sunt lucrurile procurate de Valek? m-a întrebat.

Mi-am deschis rucsacul și am aranjat păstăile și boabele pe biroul său.

El a luat o păstaie galbenă și a răsucit-o în mână înainte să o așeze la loc. Apucând o mână de boabe, le-a ridicat, apreciindu-le greutatea și textura. După ce a mirosit una, a spart-o în două. Interiorul era tot atât de puțin grăitor sau lămuritor pe cât fusese și exteriorul.

— Nu provin din Ixia, mi-a spus. Probabil că sunt din Sitia. Ia-le cu tine, Yelena, și fă niște cercetări! Află ce sunt și unde au crescut.

— Eu?

Eram uimită, pentru că mă așteptasem să i le pun în brațe și să scap de grija lor.

— Da, a confirmat. Valek îmi amintește mereu să nu te subestimez și, o dată în plus, ți-ai dovedit calitățile. Generalul Brazell ți-a oferit o bună educație. Nu mi-ar plăcea s-o văd irosindu-se.

Am vrut să-l contrazic, însă am fost concediată scurt. Oftând, mi-am târât corpul lipsit de chef până la baie. Scoțându-mi, cu efort, hainele acoperite cu frunze, mi-am spălat noroiul de pe față și gât înainte de a mă scufunda într-un bazin cu apă care aburea.

Acolo m-am desfătat la căldură, întinzându-mi mușchii îndurerați în apa fierbinte, pentru a-i relaxa. Sperând să dizolv măcar o parte din lipiciul din părul meu, mi-am dat capul pe spate, mi-am desfăcut părul strâns în coc și mi-am lăsat șuvițele lungi și negre să plutească la suprafața apei. Sunetul plăcut al clipocitului mă legăna.

Mâini puternice m-au prins de umeri. M-am trezit brusc sub apă. Lichidul îmi umplea gura și nasul. Am respins mâinile acelea, cuprinsă de panică. Ele și-au slăbit pentru o clipă strânsoarea. Am început să mă scufund. Instinctiv, m-am agățat de brațele atacatorului necunoscut. Înainte de a putea să blestem prostia de care dădusem dovadă, am fost trasă din cada cu apă și aruncată pe podeaua rece.

Am sărit în picioare să fac față următorului atac. Dar înaintea mea se afla Margg, cu o expresie dezgustată întipărită pe chipul ei lătăreț. Apa i se scurgea de pe mâini și îi udase mânecile bluzei. Am început să tremur și mi-am îndepărtat șuvițele ude de pe față.

— Ce naiba faci? am țipat.

— Îți salvez nenorocita de viață, m-a pus ea la punct.

— Ce?

— Nu-ți face griji! mi-a cerut, ironică. Nu mi-a făcut nicio plăcere. Sincer vorbind, m-aș fi bucurat să te văd înecându-te. S-ar fi făcut, în sfârșit, dreptate! Dar comandantul mi-a cerut să te găsesc și să am grijă să primești orice îți trebuie.

Margg a apucat un prosop de pe masă și mi l-a aruncat.

— Îi poți păcăli pe comandant și pe Valek să creadă că ești deșteaptă. Dar cât de deșteaptă poți fi, ca să adormi într-un bazin adânc plin cu apă?

Am încercat să găsesc o replică plină de mojicie, amintindu-mi sfatul Dilanei de a mă purta urât cu ea fără nicio întârziere. Dar... nimic! Creierul parcă îmi era răpus de oboseală. Ideea că Margg tocmai îmi salvase viața îmi tot rătăcea prin minte. Îmi era atât de străină, încât nu găseam un loc potrivit în care s-o așez.

Margg a scos un sforăit, iar din ea ura părea să emane, pur și simplu.

— N-am făcut decât să urmez niște ordine, a adăugat. Unii ar putea fi de părere că a-ți salva viața nici nu face parte din atribuțiile mele. Să nu uiți asta, șobolan ce ești!

S-a întors să plece. Fustele i s-au răsucit în jurul picioarelor şi Margg s-a împiedicat în timp ce ieşea pe uşă.

„S-a cam ales praful de ieşirea ei teatrală!" m-am gândit pe când mă ştergeam cu prosopul.

Nu am simţit recunoştinţă faţă de faptul că Margg îmi salvase viaţa – dacă asta chiar se întâmplase. Poate că mă împinsese sub apă din invidie, după care mă „salvase". Şi nu-i datoram nicio favoare. Mă lăsase să zac într-o băltoacă de vomă după ce luasem iubirea-mea, refuzase să deretice prin camera mea din apartamentul lui Valek, îmi scrisese un mesaj urât în praf şi chiar mai rău, probabil că îi furniza informaţii despre mine lui Brazell. Dacă mă salvase într-adevăr de la înec, atunci asta însemna, pentru mine, că se revanşase pentru unele dintre aceste răutăţi, dar nu pentru toate. Din punctul meu de vedere, încă îmi era datoare.

Baia fierbinte mă ajutase să-mi recapăt puţin din flexibilitate. Mi-am îndepărtat frunzele de pe mâini. Deşi mai aveam ceva verdeaţă în câteva şuviţe, m-am gândit că aş putea s-o ascund sub o împletitură mai meşteşugită.

Întoarcerea la apartamentul lui Valek mi s-a părut că a durat o veşnicie. Am trecut, într-o stare de semiconştienţă, prin nenumărate coridoare, intersecţii şi uşi. Paşii îmi erau imboldiţi de o singură dorinţă: să mă duc la culcare.

În următoarele câteva zile am reintrat în rutină. Gustam din mâncarea comandantului, mergeam la bibliotecă pentru documentare şi îmi făceam plimbarea zilnică în jurul castelului. Ziua petrecută ca fugar mă făcuse să tânjesc să stau în aer liber şi, dacă nu aveam cum să trec în balans de la un copac la altul, puteam, cel puţin, să explorez împrejurimile.

M-am folosit de harta castelului, pe care o copiasem în jurnalul meu, să găsesc biblioteca. Aceasta consta dintr-o serie de încăperi supraetajate, burdușite de cărți. În aer pluteau mirosurile descompunerii și prafului, la care se adăuga o impresie de delăsare. Am fost întristată să aflu că această extraordinară sursă de informații se irosea, deoarece comandantul își descuraja oamenii să se autoeduce peste ceea ce era necesar pentru posturile pe care le ocupau.

În cadrul structurii sale militare, un individ era instruit strict pentru a putea face față cerințelor postului pe care-l ocupa. A învăța de dragul de a învăța era ceva privit cu ochi răi, care trezea suspiciuni.

Când am constatat că biblioteca era, într-adevăr, un loc uitat de lume, am dus păstăile și boabele acolo, în loc să car cărțile grele din bibliotecă, în camera mea. Am găsit un ungher ascuns, undeva, într-un colțișor. Acolo se afla o masă din lemn așezată cu fața spre una dintre ferestrele mari, ovoidale, care străpungeau din loc în loc peretele bibliotecii. Lumina soarelui se strecura până în ungherul acela și, după ce am șters masa de praf, aceea a devenit zona mea de lucru.

Tăind în jumătate una din păstăile galbene, am descoperit că era plină de un miez alb mucilaginos. Când am gustat din el, s-a dovedit a avea un gust dulceag și ușor citric, cu o tentă de acru, ca și când ar fi început să se strice. Miezul alb conținea semințe. Am separat semințele de miez și am descoperit că erau treizeci și șase la număr. Semănau cu boabele pe care le transporta caravana. Entuziasmul mi-a mai scăzut când am comparat o sămânță cu o boabă în lumina soarelui. Sămânța din păstaie era roșiatică, nu cafenie, iar, după ce am mușcat din ea, am scuipat-o când gura mi s-a umplut de un gust foarte amar și astringent. Nici nu se compara cu gustul ușor acidulat, de pământ, parcă, al boabelor cafenii.

Presupunând că păstăile erau vreun fruct, iar boabele erau comestibile, am scos din bibliotecă toate cărțile de botanică pe care le-am găsit şi le-am pus unele peste altele pe masă. Apoi am mai verificat o dată rafturile bibliotecii. De data aceasta, am scos toate volumele care conţineau informaţii despre otrăvuri. A ieşit o stivă mult mai mică; probabil că Valek le luase pe cele mai interesante în biroul său. A treia mea incursiune printre rafturi a fost o încercare de a găsi cărţi despre magie. Niciuna!

M-am oprit lângă un raft gol – o ciudăţenie în biblioteca aceasta atât de ticsită – şi m-am întrebat dacă nu cumva conţinuse tomuri despre magie. Ţinând cont de felul în care privea comandantul practicarea magiei, era logic să fi fost distrusă orice informaţie care avea legătură cu aceasta. Dintr-un capriciu, am explorat şi nivelurile inferioare ale bibliotecii, cele de sub raftul gol. Gândindu-mă că o carte din raftul golit ar fi putut aluneca în spatele altor cărţi, am scos tot ce se afla pe rafturile de jos. Eforturile mi-au fost răsplătite când am descoperit un volumaş subţire, intitulat *Sursele puterii magice*. Am strâns cartea la piept, pe când paranoia punea stăpânire pe mine. Cercetând biblioteca din priviri, m-am convins că nu era nimeni acolo. Cu palmele asudate de emoţie, am ascuns cartea în rucsac. Mi-am pus în gând s-o citesc mai târziu, de preferinţă în camera mea şi cu uşa zăvorâtă.

Euforică datorită achiziţiei mele ilicite, am căutat prin diferitele încăperi ale bibliotecii până am găsit un fotoliu comod. Înainte de a-l târî în ungherul meu, am scuturat praful de pe pernele lui din catifea purpurie. Era piesa cea mai elegantă pe care o văzusem în castel şi m-am întrebat cine o folosise înaintea mea. Oare regele decedat fusese bibliofil? Colecţia lui considerabilă de cărţi vorbea de la sine. Fie era adevărat, fie îi făcuse bibliotecarului său o mare bucurie.

Am petrecut multe ore în fotoliul acela, parcurgând cărţile de botanică fără să descopăr nimic. Îmi pusesem în gând să descifrez enigma păstăii și a boabelor, în timp ce căutam informații pentru mine însămi. Munca aceea anostă măcar era fărâmițată în sesiuni scurte de plimbările mele de după-amiază în jurul castelului și de ieșirile când trebuia să gust mâncarea comandantului.

Așa s-au scurs patru zile de la exercițiu și, în după-amiaza aceea, plimbarea mea avea un scop. Am căutat un loc din care să pot vedea poarta de la est, dar în care să nu fiu văzută de cei care treceau pe acolo.

Valek încă nu se întorsese din misiune, iar ceremoniile de final ale Sărbătorilor Focului avuseseră loc în seara precedentă, încheind astfel serbarea care durase o săptămână. Rand, care părea mahmur, îmi spusese de dimineață că Brazell și suita lui aveau să părăsească, în sfârșit, castelul prin poarta estică, pentru a se duce acasă. Dorința de a-l vedea cu propriii ochi pe Brazell plecând mă făcuse să caut postul ideal de observare.

Barăcile soldaților comandantului ocupau colțurile de nord-est și de sud-vest ale curții castelului. La barăcile din nord-est, clădirea în formă de „L" se întindea de la poarta de nord până la poarta de est, iar lângă segmentul dinspre răsărit al clădirii fusese construită o suprafață mare, dreptunghiulară, de antrenament. În jurul curții era un gard de lemn, iar, atunci când aveau loc antrenamente, acesta îi atrăgea pe diverșii locuitori ai castelului, care se opreau din drum să urmărească exercițiile soldaților. În după-amiaza aceea, m-am alăturat unui grup de observatori care avea o perspectivă clară nu numai asupra antrenamentelor de luptă, ci și asupra porții de est.

Informația lui Rand se dovedise exactă. Am fost curând răsplătită cu o paradă a soldaților purtând culorile verde și negru. Îl puteam vedea pe Brazell pe iapa lui bălțată, călărind printre consilierii săi cei mai devotați, în spatele procesiunii. Suita lui îi ignora pe oamenii din jur.

Pe când îl priveam pe Brazell din spate, lângă mine și-a făcut apariția stafia lui Reyad. Zâmbea și își flutura mâna în semn de la revedere spre tatăl său. M-a trecut un fior pe șira spinării. Am aruncat o privire în jur. O mai văzuse cineva? Grupul de persoane în care fusesem eu se împrăștiase. Să-i fi speriat Reyad? Când m-am uitat din nou, stafia dispăruse.

O mână mi-a atins brațul. Am tresărit.

— Călătorie sprâncenată șlehtei ăleia! a spus Ari, arătând din cap spre poarta de est.

Văzându-l pentru prima oară în lumina soarelui, am remarcat că ochii lui erau de un albastru extraordinar de deschis, motiv pentru care în semiîntuneric îmi păruseră incolori.

Ari stătea cu Janco de cealaltă parte a gardului. Purtau amândoi cămășile fără mâneci și pantalonii scurți în care le plăcea soldaților să se antreneze. Scăldate în sudoare și cu dâre de praf, chipurile și trupurile lor lăsau la vedere tăieturi și vânătăi recente.

— Pun pariu că te bucuri tot atât de mult ca și noi să-i vezi plecând, a intervenit Janco, odihnindu-și sabia de antrenament din lemn pe gard și ștergându-și sudoarea de pe față cu poala cămășii.

— Așa este, am spus.

Cu ochii la poarta de est, am rămas toți trei într-o tăcere amicală, privind cum dispărea suita lui Brazell dincolo de poartă.

— Vrem să-ți mulțumim, Yelena, a zis Ari.

— Pentru ce? m-am mirat.

— Comandantul ne-a promovat la gradul de căpitani. A zis că ne-ai făcut un raport favorabil, m-a lămurit Janco.

Surprinsă și plăcut impresionată pentru că mai-marele nostru, al tuturor, ținuse seama de cuvintele mele, le-am zâmbit. Îmi dădeam seama că Ari și Janco își erau loiali și că între ei exista o legătură evidentă de prietenie bazată pe încredere. În urmă cu trei ani, simțisem genul acesta de apropiere cu May și Carra de la orfelinat, însă Reyad mă smulsese de acolo, iar golul care se căscase atunci înăuntrul meu încă mă mai durea. Rand îmi oferise prietenia lui, era drept, însă exista între noi o anumită distanță. Tânjeam după o legătură de suflet cu cineva. Din nefericire, viața mea ca degustător făcea imposibil acest lucru. Cine ar fi riscat să se atașeze de mine, atunci când șansele mele de a trăi până la anul erau minime sau poate chiar inexistente?

— Acum suntem cercetași în garda de elită a comandantului suprem, m-a informat Janco, în timp ce în ton i se citea limpede mândria.

— Îți rămânem datori! Oricând ai nevoie de ajutor, nu trebuie decât să spui, mi-a făgăduit Ari.

Cuvintele lui mi-au dat o idee îndrăzneață. Poate că Brazell plecase, dar continua să reprezinte un pericol. Am gândit iute, căutând motivele pentru care planul meu s-ar fi putut să-mi fie nefavorabil.

— Am nevoie de ajutor, le-am mărturisit.

Pe chipurile lor s-a așternut surpriza. Ari și-a revenit cel dintâi.

— În ce privință? a întrebat el, precaut.

— Vreau să învăț să mă apăr, i-am zis. Mă puteți învăța niște metode de autoapărare și cum să mânuiesc o armă?

Mi-am ținut răsuflarea de emoție. Oare cerusem prea mult? Dacă ar fi refuzat, n-aș fi avut nimic de pierdut. Cel puțin, încercasem.

Ari și Janco s-au privit unul pe celălalt. Se încruntaseră amândoi și-și țineau capetele înclinate și buzele strânse, în timp ce făceau gesturi mărunte cu mâinile. Le-am urmărit, uimită, conversația purtată pe mutește, în care dezbăteau, fără îndoială, cererea mea.

— Cu ce fel de armă? m-a întrebat Ari.

În voce îi puteam citi, din nou, șovăiala.

Mintea mea parcă o luase razna. Îmi trebuia ceva suficient de mic încât să poată fi ascuns în uniformă.

— Cu un pumnal, am spus, știind că urma să fiu nevoită să îi înapoiez lui Rand cuțitul împrumutat de la bucătărie.

Din nou au schimbat între ei informații transmise printr-un soi de strâmbături și grimase. M-am gândit că Ari ar fi putut să accepte, însă Janco părea cam reticent, ca și cum nu i-ar fi surâs ideea.

În cele din urmă, n-am mai suportat.

— Uitați ce-i! am spus eu. Voi înțelege dacă mă refuzați. Nu vreau să vă fac probleme și știu ce simte Janco față de mine. Cuvintele sale exacte cred că au fost: „Fata aia e o criminală." Așadar, dacă răspunsul este „nu", e-n regulă.

M-au privit uimiți.

— Cum de...? a dat Janco să spună, dar Ari l-a lovit peste braț.

— Ne-a auzit vorbind în pădure, nerodule! Cât de aproape erai? m-a întrebat.

— La vreo patru metri și jumătate.

— Fir-ar să fie! a exclamat Ari și a clătinat din cap, ceea ce a făcut să-i tresară șuvițele blonde și dese. Noi doi ne facem cel mai mult griji în legătură cu Valek. Dacă el nu are nicio obiecție, atunci te vom antrena. De acord?

— De acord, am încuviințat.

Ari și cu mine ne-am strâns mâinile. Când m-am întors spre Janco, acesta părea căzut pe gânduri.

— Un briceag! a hotărât el, prinzându-mă de mână.

— Poftim? l-am întrebat.

— Un briceag ar fi mai bun decât un pumnal, m-a lămurit Janco.

— Şi unde aş putea purta... briceagul acesta? m-am minunat.

— Legat de coapsă, mi-a spus. Faci o deschizătură în buzunarul pantalonilor. Apoi, dacă eşti atacată, îl scoţi, apeşi pe buton şi lama de douăzeci de centimetri îţi stă la dispoziţie.

Apoi Janco mi-a arătat mişcarea şi s-a făcut că-l înjunghie, în joacă, pe Ari, care şi-a prins stomacul cu mâinile şi s-a prăbuşit cu un gest teatral.

„Perfect!" mi-am zis.

Entuziasmată de ideea de a învăţa să mă apăr, i-am întrebat:

— Când începem?

Janco şi-a scărpinat, gânditor, barbişonul.

— Din moment ce Valek nu s-a întors încă, am putea să începem cu o serie de mişcări de autoapărare de bază, nimic care să trezească vreo obiecţie.

— Mişcări pe care le-ai fi putut învăţa urmărindu-i pe soldaţi cum se antrenează, a adăugat Ari, fiind de acord cu tovarăşul său.

Şi s-au hotărât.

— Chiar acum! au spus ei, la unison.

17

STÂND LÂNGĂ CEI doi soldați cu staturi impresionante, m-am simțit ca o prună înghesuită între doi pepeni. În minte mi s-a strecurat îndoiala. Mi s-a părut ridicolă ideea că m-aș fi putut apăra împotriva cuiva care ar fi avut constituția lui Ari. Dacă ar fi vrut, m-ar fi putut ridica de la pământ și azvârli peste umăr fără ca eu să pot face nimic în această privință.

— În regulă! Mai întâi, vom începe cu puțină autoapărare, mi-a explicat Ari. Nu trecem la arme, până când mișcările de bază nu îți devin instinctive. E mai bine să lupți corp la corp, decât să mânuiești o armă pe care nu știi s-o folosești. Un adversar experimentat te va dezarma și... gata! Problemele tale se vor dubla. Nu numai că vei fi atacată, dar va trebui să te aperi și împotriva propriei arme.

Ari și-a lăsat sabia de antrenament lângă aceea a lui Janco, cercetând curtea. Cei mai mulți soldați plecaseră, însă grupulețe de bărbați încă mai exersau.

— Care sunt punctele tale tari? m-a întrebat Ari.

— Punctele mele tari? m-am mirat.

— La ce te pricepi cel mai bine? a încercat să mă lămurească.

Janco, înțelegându-mi nedumerirea, a completat:

— Alergi repede? Ăsta-i un talent folositor.

— Oh! am exclamat, pentru că, în sfârșit, înțelesesem. Sunt flexibilă. Am fost acrobată.

— Perfect! Coordonarea și agilitatea sunt abilități excelente. Și..., a început Ari, prinzându-mă de mijloc.

Apoi, pur și simplu, m-a azvârlit în sus, în aer.

Am dat la întâmplare din mâini și din picioare pentru o clipă, înainte ca instinctul să mi se trezească. În aer fiind, mi-am adus bărbia în piept și mi-am apropiat brațele și picioarele de corp, am făcut o tumbă, să mă îndrept, și am aterizat în picioare, clătinându-mă puțin, să-mi recapăt echilibrul.

Revoltată, m-am întors spre Ari. Înainte de a reuși să-i cer vreo explicație, el mi-a spus:

— Un alt avantaj al antrenamentului acrobatic este abilitatea de a rămâne în picioare. Manevra asta a ta ar putea face deosebirea dintre viață și moarte. Corect, Janco?

Zdrahonul și-a frecat locul gol unde ar fi trebuit să se afle jumătatea inferioară a urechii.

— Ajută, desigur, a încuviințat. Yelena, știi cine ar mai fi un bun luptător?

Umerii lui Ari s-au încovoiat, ca și când ar fi știut ce avea Janco de gând să spună și s-ar fi resemnat să-l asculte.

Intrigată, am întrebat:

— Cine?

— Un dansator, mi-a răspuns. Cu antrenamentul potrivit, dansatorii focului de la festival s-ar putea pune cu oricine. Dac-ar avea un baston în flăcări care s-ar învârti în jurul lui..., nu l-aș ataca pe niciunul cu *nicio* armă.

— Cu excepția unei găleți cu apă, i-a replicat Ari.

El și Janco s-au lansat atunci într-o discuție aprinsă, dezbătând aspectele tehnice ale unei lupte împotriva unui baston în flăcări mânuit de un dansator... ațâțat. Cu toate că discuția mă fascina, a trebuit să-i întrerup. Timpul meu era limitat. În curând avea să îi fie servită masa comandantului.

Cu numai câteva comentarii sarcastice presărate ici și colo, Ari și Janco și-au petrecut ce mai rămăsese din prima mea lecție învățându-mă să parez, mai întâi, pumni, apoi, lovituri cu piciorul, până mi-au amorțit brațele.

La apropierea unui soldat, Ari a oprit exercițiul. Posturile relaxate, a sa și a lui Janco, au devenit încordate. Au adoptat poziții defensive pe măsură ce se apropia Nix, gardianul din unitatea căpitanului Parffet. Pielea de pe capul chel al lui Nix era arsă de soare, iar bretonul rar de păr negru îi atârna, umed, pe frunte. Un iz pătrunzător de transpirație îl preceda, făcându-mă să mă sufoc. Mușchii lui netezi îmi sugerau un colac zvelt de frânghie, periculos atunci când era strâns înfășurat.

— Ce naiba faceți aici? a întrebat Nix.

— Cred că ai vrut să spui: „ce naiba faceți aici, *domnilor*?" l-a corectat Janco. Îți suntem superiori în grad. Și mai cred că un salut ar fi o idee bună.

Nix a rânjit, batjocoritor.

— O să pierdeți promovarea, când șeful vostru va afla că vă asociați cu o criminală, le-a tăiat-o. A cui a fost ideea neroadă să faceți din ea o ucigașă și mai eficientă? Când se va ivi încă un cadavru, veți fi considerați complici.

Janco a făcut un pas, amenințător, spre Nix, însă mâna uriașă a lui Ari așezată pe umărul lui l-a oprit. Cu inflexiuni amenințătoare în voce, acesta a spus:

— Nu te privește pe tine ce facem noi în timpul liber. Și acum, ce-ar fi s-o ștergi la Parffet? L-am văzut ducându-se spre latrine. În curând, va avea nevoie de tine ca să-l ștergi la fund. Este treaba la care te pricepi cel mai bine.

Nix era depășit numeric, dar nu a rezistat să nu le dea o lovitură de despărțire.

— Fata are antecedente în a-și ucide binefăcătorii, așa să știți, le-a aruncat. Eu mi-aș păzi spatele, dac-aș fi în locul vostru.

Privirile lui Ari și Janco au rămas ațintite asupra spatelui lui Nix până când acesta a părăsit curtea. Apoi s-au întors amândoi spre mine.

— Este un bun început, a spus Ari, încheind lecția. Ne vedem mâine în zori!

— Și cu Nix cum rămâne? am întrebat.

— Nu-ți face probleme! Ne descurcăm noi cu el! m-a liniștit Ari, ignorând incidentul, încrezător în capacitatea sa de a-i face față lui Nix.

I-am invidiat siguranța de sine și forța fizică. *Eu* nu credeam că aș fi putut „să mă descurc" cu Nix și m-am întrebat dacă exista și un alt motiv, în afară celui de a-l fi ucis pe Reyad, care-l făcea să mă urască.

— În zori voi degusta micul dejun al comandantului, le-am spus.

— Atunci imediat după aceea, a sugerat.

— De ce atunci?

— Pentru că atunci soldații aleargă, fac ture în jurul domeniului să se mențină în formă, mi-a răspuns Janco.

— Alătură-te lor! mi-a cerut Ari. Fă cel puțin cinci ture! Mai multe, dacă poți. Vom mări numărul lor până vei reuși să ții pasul cu noi.

— Voi câte ture alergați? i-am întrebat.

— Cincizeci.

Am înghițit în sec. Pe când mă întorceam la castel, m-am gândit cât efort și timp ar trebui să dedic antrenamentului.

Însuşirea metodelor de autoapărare ar fi necesitat aceeaşi dăruire pe care o avusesem faţă de acrobaţie. Nu puteam să fac lucrurile pe jumătate. Păruse o idee bună la momentul respectiv. Fusesem ameţită de imagini de basm despre învingerea cu uşurinţă a gărzilor lui Brazell. Dar cu cât mă gândeam mai mult, cu atât îmi dădeam seama că nu era ceva care se putea face dintr-o toană.

M-am întrebat dacă n-ar fi fost mai bine să-mi petrec timpul învăţând despre otrăvuri şi magie. În definitiv, tot antrenamentul fizic din lume n-ar fi reuşit să mă salveze de puterile magice ale lui Irys.

Îmi târam picioarele, iar trupul meu parcă ar fi tras o căruţă plină cu pietre. De ce nu puteam, oare, să mă las dusă de val? De ce analizam tot timpul fiecare opţiune, răsucind pe ambele părţi un argument, căutând eventuale fisuri în logica lui? Asemenea săritului într-o plasă elastică, erau o mulţime de urcuşuri şi coborâşuri, însă nicio mişcare înainte. Îmi era dor de zilele în care o decizie greşită nu m-ar fi costat viaţa.

Până am ajuns la biroul comandantului, trăsesem concluzia că aveam şi alţi duşmani în afara magicienei şi că a fi capabilă să mă apăr mi-ar fi putut salva viaţa într-o bună zi. Cunoaşterea, indiferent de formă, putea fi la fel de eficientă ca o armă.

Abia intrasem, când unul dintre profesori a năvălit în birou, târând o fată după el. La împlinirea vârstei de doisprezece ani, fiecărui copil i se desemna o ocupaţie în funcţie de capacităţile sale, după care era trimis la profesorul corespunzător pentru o perioadă de patru ani, să şi-o însuşească.

Uniforma roşie a profesorului avea cusute pe guler romburi negre, ceea ce o făcea opusul simetric al uniformei negre purtate de consilieri. Fata avea un pulover roşu, simplu, ca al oricărei eleve. Ochii ei căprui străluceau de lacrimi neplânse. Expresia chipului ei trecea de la groază la sfidare, pe când se străduia să-și vină în fire. Am apreciat că avea în jur de cincisprezece ani.

— Ce s-a întâmplat, Beevan? a întrebat comandantul, iar în voce i se simțea enervarea.

— Copila asta neascultătoare îmi întrerupe tot timpul ora! s-a plâns dascălul.

— Cum așa?

— Mia e o atotștiutoare! Refuză să rezolve problemele de matematică în modul obișnuit și are tupeul să mă corecteze în fața întregii clase, a continuat Beevan.

— Și de ce te afli aici? s-a mirat comandantul.

— Doresc să fie pedepsită. Aș prefera să fie biciuită și apoi repartizată ca servitoare.

Cererea lui Beevan a făcut să curgă lacrimi pe obrajii Miei, în tăcere, deși ea nu s-a pierdut cu firea, ceea ce era impresionant pentru cineva atât de tânăr.

Comandantul și-a împreunat degetele, cugetând. Mi-a părut rău pentru fată; faptul că profesorul său îl deranja pe comandant pentru disputa dintre ei nu avea s-o ajute. Beevan probabil că trecuse peste coordonatorul de instruire profesională.

— Mă ocup eu de asta, a spus comandantul suprem, în cele din urmă. Tu poți să pleci!

Beevan a șovăit un moment, deschizând și închizând gura de câteva ori. Expresia lui ofuscată mărturisea că nu acesta era răspunsul pe care-l așteptase. Încuviințând, bățos, din cap, a părăsit însă biroul. Comandantul și-a împins scaunul mai departe de masă și i-a făcut semn Miei să vină mai aproape. Stând acum la același nivel cu ea și privind-o în ochi, a întrebat-o:

— Versiunea ta care este?

Cu o voce subțire și tremurătoare, Mia i-a răspuns.

— Mă pricep la cifre, domnule.

Apoi a șovăit, ca și când s-ar fi așteptat să fie pusă la punct pentru că făcuse o afirmație îndrăzneață, dar, când nu s-a întâmplat nimic, Mia a continuat.

— Mă plictisisem să rezolv problemele de matematică în stilul profesorului Beevan, așa că am inventat modalități noi și mai rapide. El nu se pricepe la cifre, domnule.

S-a oprit din nou, tresărind, ca și când s-ar fi așteptat să fie lovită.

— Am făcut greșeala de a-i arăta câteva dintre erorile lui, a adăugat ea. Îmi pare rău, domnule! Vă rog să nu mă biciuiți, domnule! Nu mai fac niciodată așa ceva, domnule! Voi urma fiecare indicație a lui Beevan, domnule!

Lacrimile îi curgeau de acum nestăvilite pe obrajii de un trandafiriu strălucitor.

— Nu vei face așa ceva, i-a răspuns comandantul suprem.

Pe chipul fetei s-a citit groaza.

— Liniștește-te, copilă! i-a cerut conducătorul Ixiei. Yelena? m-a chemat apoi.

Tresărind, am vărsat puțin ceai. Eu țineam tava cu cina comandantului Ambrose.

— Da, să trăiți! am răspuns.

— Adu-l pe consilierul Watts! mi-a poruncit.

— Da, să trăiți! am încuviințat.

Am așezat tava pe birou și m-am grăbit să ies pe ușă. Îl întâlnisem pe Watts o singură dată. Era contabilul comandantului și îmi dăduse banii pe care-i câștigasem făcând pe evadata. Consilierul lucra în biroul lui, însă m-a urmat imediat spre acela al comandantului.

— Watts, tot mai ai nevoie de un asistent? l-a întrebat comandantul suprem.

— Da, să trăiți, a răspuns Watts.

— Mia, ai o zi la dispoziție să arăți de ce ești în stare! Dacă nu-l impresionezi pe consilierul Watts cu abilitățile tale matematice, va trebui să te întorci la clasa lui Beevan. În caz contrar, postul de asistent este al tău. Ești de acord?

— Da, să trăiți! Mulțumesc, domnule! a strigat fata.

Chipul frumos al Miei strălucea în timp ce îl urma pe Watts.

Comandantul m-a uimit. Faptul că era plin de compasiune, că ascultase punctul de vedere al Miei și că îi oferise o șansă, erau exact opusul felului în care îmi imaginasem eu că avea să decurgă întâlnirea. De ce și-ar fi făcut timp un bărbat care dispunea de atâta putere pentru un astfel de gest? Risca să-i supere pe Beevan și pe coordonator. De ce s-ar fi deranjat să încurajeze o elevă?

O stivă întreagă de rapoarte aveau nevoie de atenția comandantului, așa că m-am strecurat afară pe ușă, îndreptându-mă spre bibliotecă pentru a-mi continua cercetările.

După un timp, soarele s-a pregătit să apună. Am ales o carte de botanică promițătoare pe care s-o iau cu mine, pentru că nu doream ca lumina unei lămpi să-mi trădeze prezența în bibliotecă.

Lampa arunca o strălucire sumbră pe coridoare. Îmi urmăream umbra alunecând de-a lungul pereților pe când mă întorceam în apartamentul lui Valek, întrebându-mă dacă nu ar fi trebuit să mă mut înapoi, în vechea mea cameră din aripa servitorilor. Acum, când Brazell plecase, nu mai exista niciun motiv logic să rămân în apartamentul lui. Însă gândul de a locui în cămăruța aceea, unde n-aș fi avut pe nimeni cu care să mă ciorovăiesc sau să discut despre diverse metode de otrăvire, îmi pustia sufletul. Mă făcea să mă ardă aceeași durere vie pe care o simțisem, în răstimpuri, în ultimele patru zile.

Când am intrat în apartament, nu m-a întâmpinat decât întunericul rece. Dezamăgirea pe care o simțeam m-a surprins și mi-am dat seama că... îmi era dor de Valek! Am scuturat din cap, să alung această idee, care-mi era străină. *Mie*? Să-mi fie dor *de el*? Nu, nu puteam să-mi permit să gândesc în felul acesta!

M-am concentrat, în schimb, pe supraviețuire. Dacă doream să descopăr antidotul pulberii-de-fluturi, răsfoirea cărților despre neutralizarea otrăvurilor fix în salonul de primire al lui Valek n-ar fi fost cea mai inteligentă idee. Desigur, hotărârea s-ar fi putut să nu-mi aparțină în totalitate. De îndată ce mai-marele spionilor avea să afle că generalul Brazell plecase, probabil că urma să-mi ceară chiar el să mă mut înapoi.

După ce am aprins lămpile din apartament, m-am întins pe canapea cu cartea de botanică. Biologia nu se numărase niciodată printre materiile mele preferate și, în curând, gândurile au prins să-mi rătăcească aiurea. Eforturile mele anemice de a rămâne concentrată au cedat în fața reveriilor.

O izbitură înfundată mi-a readus atenția în prezent. Zgomotul semăna cu acela al unei cărți căzute pe podea. M-am uitat pe jos, însă volumul era tot la mine în poală, deschis la un pasaj extrem de plictisitor despre pomii fructiferi. Am aruncat o privire prin salon, să văd dacă nu cumva se răsturnase vreuna din stivele de cărți așezate de-a valma ale lui Valek. Oftând la vederea dezordinii, nu am reușit să-mi dau seama dacă se răsturnase ceva sau nu.

Un gând înfricoșător mi s-a strecurat atunci în minte. Poate că zgomotul venise din camera de deasupra. Poate că nu fusese o carte, ci o ființă vie. Cineva care se strecurase înăuntru, să mă aștepte s-adorm și să mă omoare. Neputând să mai stau liniștită, am luat o lampă și m-am grăbit să ajung la mine în cameră.

Rucsacul se odihnea pe birou. Rand încă nu-mi ceruse cuțitul, așa că nu i-l înapoiasem. Scoțând arma din rucsac, mi-au trecut fulgerător prin minte cuvintele lui Ari despre folosirea greșită a unui tăiș. Probabil că era o nesăbuință să-l iau, însă mă simțeam mai încrezătoare cu acel cuțit în mână. Înarmată, m-am întors în salon și m-am gândit la următoarea mișcare. Mi-ar fi fost imposibil să dorm în noaptea aceea, dacă nu aș fi cercetat camerele de la etaj.

Pe când urcam scările, întunericul de deasupra parcă strivea lumina firavă a lămpii mele. Cotind spre dreapta, scările dădeau într-o cameră de zi. Maldăre de cutii și de cărți și mobile erau împrăștiate la întâmplare prin încăpere, proiectând pe pereți umbre cu forme ciudate. M-am mișcat cu atenție printre stive. Sângele îmi pompa nebunește în vene, pe când îndreptam lampa spre ungherele întunecate, încercând să descopăr o capcană.

O rază de lumină a făcut să-mi scape o exclamație. M-am răsucit, doar ca să descopăr că nu era decât lampa mea care se reflecta în ferestrele lungi și înguste care străpungeau peretele mai îndepărtat.

În dreapta sufrageriei erau trei încăperi. O verificare rapidă a încăperilor pline de cutii, cu inima bubuindu-mi în piept, mi-a dezvăluit că înăuntru nu se aflau atacatori și că acestea erau identice cu cele trei încăperi de jos, de lângă salonul de primire.

La stânga camerei de zi se întindea un coridor lung. Ușile încăperilor se aliniau în dreapta acestuia, pe partea opusă a unui perete neted din piatră. Coridorul se termina cu o ușă dublă din lemn, care era încuiată. Sculptată în lemn de abanos, pe aceasta se vedea o scenă de vânătoare complicată. După stratul subțire de praf alb așternut pe podeaua din fața ușii duble, am dedus că aceea era intrarea în dormitorul lui Valek. Pulberea ar fi trădat urmele pașilor, avertizându-l de existența unui intrus. Am respirat mai ușor văzând că pudra albă nu era deloc deranjată.

Pe când verificam sistematic și restul camerelor situate pe coridor, mi-am dat seama că Valek era un tip strângător. Îmi imaginasem întotdeauna că asasinii erau creaturi ale întunericului, care călătoreau cu puține bagaje și nu rămâneau niciodată prea mult într-un singur loc. Apartamentul lui semăna însă mai mult cu locuința unui vechi cuplu de oameni căsătoriți, care-și ticsiseră camerele cu toate lucrurile pe care le strânseseră de-a lungul anilor.

Distrasă de aceste gânduri, am deschis și ultima ușă. Mi-a luat ceva timp să pricep așa cum trebuie ceea ce vedeam. Prin comparație, camera aceasta era aproape goală. O masă lungă era așezată de-a lungul peretelui din spate, sub o fereastră mare în formă de lacrimă. Roci cenușii brăzdate cu alb – aceleași de care mă împiedicasem în salonul și în biroul lui Valek în ultima lună și jumătate – erau aranjate, după mărime, pe podea. Un strat gros de praf mi-a scârțâit sub ghete la intrarea în încăpere. Pe masă, se zăreau dălți pentru cioplit, foi de șmirghel și o roată de tocilă care ocupau singurele locuri pe care nu se depusese praful. Printre unelte erau presărate mici statuete în diverse stadii de execuție. Spre încântarea mea, mi-am dat seama că pietrele cenușii, atunci când erau cioplite și lustruite, se preschimbau în statuete de un negru frumos, lucios, iar dungile albe deveneau un argintiu strălucitor.

Așezând lampa pe masă, am luat un fluture terminat, cu pete argintii, strălucitoare, pe aripi. Îmi încăpea în palmă. Detaliile erau atât de splendid realizate, încât părea că în orice moment ar fi putut să dea din aripi și să-și ia zborul! Am admirat și celelalte statuete. Fiecăreia dintre ele le fusese dedicată aceeași atenție. Animale, insecte și flori care păreau aievea se înșiruiau pe masă, căci, după cât se părea, natura îi oferea artistului subiectele favorite.

Uluită, mi-am dat seama că sculptorul probabil că era nimeni altul decât Valek! Exista, în camera aceea, o latură a lui pe care nu mi-o imaginasem niciodată. M-am simțit ca și când i-aș fi descoperit secretul cel mai intim. Ca și când aș fi descoperit o soție și copii care locuiau aici, într-o fericită izolare, în prezența câinelui familiei.

Remarcasem figurinele de pe biroul lui Valek și cel puțin o dată pe zi mă uitam la leopardul zăpezilor din biroul conducătorului Ixiei, încercând să înțeleg de ce alesese să expună tocmai statueta aceea. Acum îi înțelegeam semnificația. Valek o sculptase pentru comandantul suprem!

Zgomotul unor pași m-a făcut să mă răsucesc pe călcâie. O siluetă neagră s-a năpustit asupra mea. Cuțitul mi-a fost smuls din mână și îmi era acum apăsat sub bărbie. Teama îmi încleștase gâtul, făcându-mă să mă sufoc. Acest sentiment familiar a trezit, brusc, o amintire din trecut, când soldații mă dezarmaseră și mă trăseseră de pe cadavrul lui Reyad. Dar chipul lui Valek reflecta, mai degrabă, amuzamentul, decât mânia.

— Ce faci, îți bagi nasul pe aici? m-a întrebat el, făcând un pas înapoi.

Cu un efort, mi-am izgonit teama și mi-am amintit să respir din nou.

— Am auzit un zgomot. Am venit să...

— Cercetezi! mi-a terminat el propoziția. Căutarea unui intrus nu-i totuna cu examinarea statuetelor, a completat, arătând, cu ajutorul cuțitului, spre fluturele pe care-l țineam strâns în mână. Îți cam băgai nasul pe aici!

— Da…

— Bine! a încuviințat. Curiozitatea este o însușire lăudabilă. Mă întrebam eu când aveai de gând să explorezi și partea de sus. Ai găsit ceva interesant?

Am ridicat fluturele.

— Este superb! i-am spus.

El s-a mulțumit să ridice din umeri.

— Sculptarea mă ajută să mă concentrez, mi-a mărturisit.

Am așezat statueta pe masă, iar mâna mea a mai zăbovit o clipă asupra ei. Mi-ar fi plăcut să studiez fluturele în lumina soarelui. Luând lampa, l-am urmat pe Valek afară din încăpere.

— Chiar am auzit un zgomot, i-am spus.

— Știu! Am răsturnat o carte, să văd ce vei face, mi-a declarat. Nu mă așteptam, totuși, la un cuțit. Este acela care lipsește din bucătărie?

— Rand ți-a și dat raportul? m-am rățoit.

Mă simțeam trădată. De ce nu mi-l ceruse, pur și simplu, înapoi?

— Nu, a zis. Doar că este logic să ții evidența cuțitelor mari din bucătărie, pentru ca, atunci când unul lipsește, să nu fii surprins dacă te atacă apoi cineva cu el. Valek mi-a înapoiat arma: Ar trebui să-l duci înapoi. Cuțitele nu-ți vor fi de folos împotriva genului de oameni care sunt pe urmele tale.

Am coborât împreună scările. Am ridicat cartea de botanică de pe canapea.

— Ce părere are comandantul despre păstăile acelea? m-a întrebat Valek.

— Crede că provin din Sitia, i-am răspuns. Mi le-a dat înapoi, să încerc să descopăr ce sunt, de fapt. Fac cercetări în bibliotecă.

Zicând acestea, i-am arătat lui Valek cartea de botanică.

El a luat-o și a răsfoit-o un pic.

— Ai găsit ceva?

— Încă nu, i-am mărturisit.

— Felul în care ai acționat ca „evadată" probabil că l-a impresionat pe comandantul Ambrose. În mod normal, l-ar fi însărcinat cu așa ceva pe unul dintre consilierii săi științifici.

Cuvintele lui Valek m-au făcut să nu mă mai simt în largul meu. Nu eram convinsă că aveam să reușesc să descopăr proveniența păstăilor și a boabelor. Ideea de a-l dezamăgi pe comandantul suprem făcea să mi se pună un ghem în stomac.

Așa c-am întrebat, pentru a schimba subiectul:

— Unde s-a dus caravana?

Valek a făcut o pauză, nehotărât. În cele din urmă, a spus totuși:

— La fabrica nouă a lui Brazell.

Dacă fusese, cumva, surprins de descoperire, pe chipul lui nu se citea nimic.

Mi-a trecut prin minte că, în pofida tuturor discuțiilor despre autorizația generalului, habar nu aveam ce avea de gând să facă acolo.

— Ce se va construi acolo? l-am întrebat.

— S-ar părea că va fi o fabrică de furaje, mi-a răspuns Valek și mi-a înapoiat cartea. Și nu știu la ce i-ar putea trebui păstăile și boabele alea. Poate că sunt un ingredient secret. Poate că se adaugă în furaje, să mărească producția de lapte a vacilor. Dacă-i așa, toți fermierii vor cumpăra furajele lui Brazell, în loc să le cultive ei singuri. Sau cam așa ceva... Sau poate că e vorba de cu totul și cu totul altceva... Nu mă pricep la chestiile astea. Valek s-a tras de păr: Va trebui să-i studiez autorizația, să văd dacă nu cumva mi-a scăpat ceva. Oricum, i-am însărcinat pe unii dintre oamenii mei să supravegheze ruta și să se infiltreze în fabrică. În acest moment, am nevoie de mai multe informații.

— Brazell a părăsit castelul azi după-amiază, l-am informat.

— M-am întâlnit la întoarcere cu suita lui, mi-a spus. E-n regulă! Un lucru mai puțin pentru care să-mi fac griji.

Valek a străbătut încăperea spre biroul lui și a început să facă ordine în hârtii. I-am privit spatele o vreme, așteptând. Nu pomenise nimic de mutarea mea. În cele din urmă, mi-am făcut curaj să-l întreb.

— Să mă întorc în vechea mea cameră, acum, că generalul a plecat?

M-am mustrat în sinea mea pentru cuvintele pe care le alesesem. Ar fi trebuit să fiu mai fermă, însă era prea târziu.

Valek s-a oprit. Mi-am ținut respirația.

— Nu, mi-a spus el. Ești încă în pericol. Nu ne-am ocupat de magiciană.

Condeiul lui și-a reluat mersul pe hârtie.

O ușurare imensă mi-a străbătut corpul, ca un val fierbinte, ceea ce m-a alarmat. De ce voiam să rămân la el? Șederea mea acolo era periculoasă, lipsită de logică și, în ciuda tuturor argumentelor în favoarea sa pe care le-aș fi putut găsi, reprezenta situația cea mai nefavorabilă pentru mine. Cartea despre magie era încă ascunsă în rucsacul pe care-l luam pretutindeni, pentru că mă temeam că Valek ar fi putut să facă una dintre șmecheriile lui și să mă ia prin surprindere.

„La naiba!" mi-am zis, supărată pe mine. „De parcă n-aș fi avut destule griji pe cap! N-ar trebui să-mi fie dor de Valek, ci ar trebui să mă străduiesc mai mult să evadez. N-ar trebui să încerc să descopăr secretul boabelor acelora, ci ar fi mai bine să sabotez această strădanie. N-ar trebui să-l admir și să-l respect pe Valek, ci ar trebui să-l denigrez."

N-ar trebui, ci ar trebui... Ba n-ar trebui.... Ba ar trebui. Atât de ușor de spus, atât de greu de făcut!

— Și, mai exact, ce faci când dai peste magicieni? l-am întrebat.

El s-a întors pe scaun și m-a privit.

— Ți-am spus deja, a murmurat.

— Dar puterile lor...

— Nu au niciun efect asupra mea, mi-a mărturisit. Când mă apropii, simt cum puterea lor îmi apasă pielea și cum aceasta vibrează, iar înaintarea spre ei este ca mersul printr-un sirop dens. Necesită efort, dar reușesc întotdeauna. Întotdeauna.

— De la ce distanță îi simți?

Valek se aflase în castel în ambele ocazii în care, fără să știu, îmi folosisem puterea magică. Oare bănuia ceva?

— Trebuie să mă aflu în aceeași încăpere cu ei, a recunoscut.

Am simțit un val de ușurare. Nu știa! Cel puțin, deocamdată.

— De ce nu ai ucis-o pe magiciana din sud în timpul Sărbătorilor Focului? l-am întrebat.

— Nu sunt invincibil, Yelena. A fost istovitor pentru mine să mă lupt cu patru bărbați, în vreme ce ea își concentra fiecare fărâmă de putere magică asupra mea. Să o urmăresc ar fi fost o încercare zadarnică.

M-am gândit la ce-mi spusese.

— A fi imun la magie este tot o formă de magie? l-am întrebat.

— Nu.

Chipul lui Valek s-a înăsprit dintr-odată.

— Și cu pumnalul acela ce-i? l-am iscodit, arătând spre arma care atârna pe perete.

Sângele purpuriu de pe tăișul său strălucea în lumina lămpii. În cele trei săptămâni de când locuiam în apartamentul lui Valek, încă nu se uscase.

Valek a izbucnit în râs.

— Este arma cu care l-am ucis pe rege. Ei bine, *el* chiar era magician. Când puterea lui nu m-a putut împiedica să-i înfig pumnalul în inimă, m-a blestemat cu ultima suflare. A fost destul de melodramatic. A vrut să fiu măcinat de vinovăție pentru că-l ucisesem, iar sângele lui să-mi pateze de-a pururi mâinile. Datorită ciudatei mele rezistențe la magie, în locul persoanei mele, blestemul s-a prins de pumnal.

Valek a privit gânditor peretele cu panoplia de arme.

— Mi-a părut rău să-mi pierd pumnalul favorit, însă a devenit un trofeu frumos, a spus.

18

SIMȚEAM CĂ ÎMI ARDEAU PLĂMÂNII și mai multe nu. Roșie la față și scăldată în sudoare, rămăsesem în urma grupului compact de soldați, căci gâtul îmi ardea ori de câte ori respiram. Eram la a patra tură în jurul castelului. Încă una și gata.

Dădusem târcoale barăcilor din nord-est imediat după ce gustasem micul dejun al comandantului. Când un pâlc mare de soldați a trecut în pas alergător pe lângă mine, l-am zărit pe Ari, care mi-a făcut semn cu mâna să mă alătur lor. M-am temut că totuși celorlalte gărzi ar putea să le displacă prezența mea, însă mai erau și servitori, grăjdari și alți lucrători la castel amestecați printre soldați.

Primele două ture îmi făcuseră inima să-mi bată mai iute și respirația să-mi devină sacadată. Durerea se făcuse apoi simțită, mai întâi, în tălpi, la cea de-a treia rundă, pentru a urca mai sus, în picioare, pe la a patra. Peisajul din jur începuse să se încețoșeze, până ce nu am mai văzut decât peticul mic de pământ care se afla chiar în fața mea. Când am ajuns, șchiopătând, la punctul terminus, încheindu-mi agonia, am găsit un gard viu unde am vomitat micul dejun alcătuit din clătite. Îndreptându-mă de spate, am văzut un Janco zâmbitor care mă aproba, cu degetele mari ridicate în sus, în timp ce mă depăşea, alergând. Nu avea nici măcar decenţa să gâfâie, iar cămaşa lui era încă uscată!

Pe când îmi ştergeam gura de vomă, Ari s-a oprit lângă mine.

— În curtea de antrenament, la ora două. Ne vedem atunci, mi-a spus el.

— Dar..., am protestat eu în vânt, fiindcă Ari se îndepărtase deja, în fugă.

Abia mă mai puteam ţine pe picioare, aşa că nu-mi imaginam cum aş fi putut face ceva mai obositor.

În curtea de antrenament, în aceeaşi după-amiază, Ari şi Janco se sprijineau de gard, urmărind doi bărbaţi care se antrenau cu săbiile. Zgomotul puternic al metalului lovit de metal răsuna în aer. Luptătorii atrăseseră atenţia tuturor soldaţilor. Am constatat, surprinsă, că unul din bărbaţi era Valek însuşi. Nu-l mai văzusem de dimineaţă, devreme, şi presupusesem că se odihnea după ce stătuse treaz până târziu noaptea trecută.

Valek avea mişcările line ale unei ape în continuă mişcare. Pe când îl urmăream, un cuvânt mi s-a ivit în minte: „frumos". Mişcările lui aveau viteza şi ritmul cuiva care executa un dans complicat. Prin comparaţie, adversarul lui semăna cu un mânz nou-născut, instabil, agitându-şi braţele şi picioarele ca şi când le-ar fi folosit pentru prima oară. Fandările line şi eschivările graţioase ale lui Valek l-au dezarmat pe adversarul său în cel mai scurt timp.

Arătând cu sabia un pâlc de bărbaţi, şi-a trimis inamicul înfrânt acolo şi a făcut semn cu ea pentru ca un altul să îl atace.

— Ce se întâmplă aici? am întrebat.

— Provocarea lui Valek, a spus Janco.

— Ce-i asta? m-am mirat.

— Valek le-a lansat o provocare tuturor celor din Ixia. Cine îl va învinge cu arma aleasă de adversar sau în lupta corp la corp, va fi promovat ca adjunct al său. Ari l-a arătat pe mai-marele spionilor, care se angajase deja în luptă cu un alt bărbat: A devenit un fel de ritual de absolvire a antrenamentului de bază pentru soldați, ca aceștia să se lupte cu Valek cel puțin o dată, deși o pot face ori de câte ori doresc, a adăugat. Căpitanii urmăresc partidele și îi recrutează pe soldații cei mai promițători. Iar dacă reușești să-l impresionezi pe Valek cu aptitudinile tale, îți poate oferi chiar un post în trupa de elită a serviciilor lui secrete.

— Și voi doi cum v-ați descurcat? am întrebat.

— Bine, a răspuns, rezervat, Ari.

— „Bine"! a pufnit Janco. Ari aproape că l-a învins! Valek a fost plăcut impresionat. Numai că Ari preferă să fie cercetaș, nu spion.

— Eu vreau totul sau nimic, a spus Ari cu o ardoare liniștită.

Am continuat să privim. Ari și Janco făceau comentarii tehnice cu privire la diferitele runde de luptă, însă eu nu-mi puteam lua ochii de la Valek. Cu sabia sclipindu-i în soare, s-a descotorosit de încă doi bărbați. Îi bătea ușor cu partea lată a sabiei, doar ca să-i avertizeze că le străpunsese apărarea fără să verse niciun strop de sânge. Următorul adversar s-a apropiat de Valek cu un pumnal.

— Neinspirată alegere! a exclamat Ari.

Valek și-a pus sabia jos și și-a scos și el cuțitul. Partida a luat sfârșit din doar două mișcări.

— Excelează în lupta cu pumnalul, a comentat Janco.

Ultima concurentă era o femeie. Înaltă și agilă, aceasta mânuia un baston lung de lemn. Ari îl numea „arc". L-a îndreptat spre Valek, iar partida lor a durat mai mult decât oricare dintre cele șase lupte anterioare.

Cu un zgomot puternic, arcul ei s-a rupt în două, ceea ce a dus la încheierea partidei. Pe când mulțimea se împrăștia, Valek a vorbit cu femeia.

— Aceea e Maren, m-a lămurit Ari. Dacă nu se face nevăzută în trupele lui Valek, ar trebui să-i ceri să te învețe lupta cu arcul. Dată fiind statura ta mică, vei putea atinge un atacator mai înalt de la o distanță mai mare.

— Dar nu poți ascunde un arc, am spus eu.

— În jurul castelului, nu prea, mi-a dat dreptate. Dar, dacă te vei plimba prin pădure, nu vei arăta ciudat dacă vei ține în mână un baston.

Am privit-o pe Maren și am cântărit toate posibilitățile. Oare, ar accepta să mă ajute? Probabil că nu. Ce ar avea de câștigat?

Ca și când mi-ar fi citit gândurile, Ari a spus:

— Maren este agresivă și te stimulează mereu. Fiecare femeie nou recrutată îi trezește atenția, fie că își dorește sau nu acest lucru. Pentru că atât de multe tinere eșuează din cauza rigorilor antrenamentului, ea încearcă să le antreneze pe parcurs. Datorită ei, avem acum în corpul de gardă mai multe femei decât oricând. Am încercat s-o facem să ne învețe și pe noi să luptăm astfel - un arc ar fi o armă bună pentru un cercetaș –, însă nu este interesată să pregătească bărbați.

— Dar eu nu sunt un nou recrut, sunt degustătorul comandantului Ambrose! am exclamat. De ce și-ar pierde timpul cu mine? Până mâine aș putea fi moartă.

— Vai, ce morocănoasă suntem astăzi! a spus Janco, voios nevoie mare. Ai făcut prea mult efort de dimineață sau ce?

— Ia mai taci din gură! l-am repezit.

Netulburat, zâmbetul doar i s-a lățit și mai mult pe față, parcă.

— Bine, ajunge! Haide să-ncepem! ne-a domolit Ari.

Am petrecut restul după-amiezii învățând să lovesc cu pumnul fără să-mi rup mâna și am practicat metoda adecvată de lovire cu piciorul.

Degetele ambelor mele mâini au devenit de roșu aprins, pe când loveam în mod repetat într-un sac de antrenament. Stăpânirea loviturii din față era mai dificilă, din moment ce mușchii mei înțepeniți și rigizi îmi reduceau flexibilitatea.

Când Ari mi-a dat liber, în cele din urmă, mi-am îndreptat trupul bătucit spre castel.

— Ne vedem mâine-dimineață, mi-a zis, cu o voce zglobie, Janco.

M-am întors să-i spun unde putea să-și bage invitația și m-am trezit față în față cu Valek. Mi-am ținut respirația. Ne urmărise antrenamentul! M-am simțit jenată.

— Loviturile tale de pumn sunt lente, a spus el. Luându-mi mâna, mi-a examinat vânătăile care începeau să se întindă și a continuat: Cel puțin, tehnica e bună. Dacă vei ține niște greutăți în mâini în timpul fiecărui antrenament, loviturile tale vor deveni mult mai rapide în lipsa lor.

— Adică pot să continui? l-am întrebat, neîncrezătoare.

El încă îmi mai ținea mâna și nu reușeam să-mi adun voința să mi-o retrag. Căldura atingerii sale îmi curgea prin corp, izgonind, pentru moment, durerea și suferința.

Cu imaginea uimitoarei lui performanțe fizice încă proaspete în minte, i-am privit chipul plin de forță. Ochii albaștri, strălucitori și periculoși, îmi atrăseseră întotdeauna atenția. Învățasem să-i citesc expresiile, pentru că asta făcea parte din strategia mea de supraviețuire, însă mai înainte nu-l privisem niciodată cu adevărat în felul acesta. Ar fi putut deveni subiectul unui adevărat studiu despre contradicţii. Bărbatul care sculpta statui delicate era capabil şi să dezarmeze şapte adversari fără niciun efort. Interacţiunile mele cu Valek semănau cu mersul pe sârmă. Într-un moment, eram încrezătoare şi echilibrată, în următorul, nesigură şi instabilă.

— Cred că este o idee excelentă! a spus el. Cum ai reuşit să-i convingi pe gemenii fantastici s-accepte să te înveţe?

— „Gemenii fantastici"?

— Păi, sigur! mi-a spus. Gândeşte-te cum ar fi să uneşti forţa lui Ari cu viteza lui Janco – cei doi ar deveni de neînvins. Doar că, până acum, nu am fost nevoit să-mi verific teoria, din moment ce nu au încercat să se lupte cu mine în acelaşi timp. Nu spune nimeni că n-aş putea avea mai mult de un adjunct. N-ai de gând să mă dai de gol, nu-i aşa?

— Nu, l-am asigurat.

Valek mi-a strâns uşor mâna, apoi mi-a eliberat-o.

— Bine! a încuviinţat. Cred că sunt cei mai buni instructori din castel. Cum i-ai întâlnit?

— M-au găsit ei pe mine în pădure, i-am explicat. Comandantul Ambrose i-a promovat, iar eu am profitat de recunoştinţa pe care mi-au arătat-o.

Simţeam furnicături în locul în care îmi atinsese mâna.

— Oportunistă şi vicleană, ador asta! a spus Valek şi a izbucnit în râs.

Era binedispus în timp ce mergea alături de mine, spre castel. Probabil că datorită exaltării pe care o trăia, pentru că învinsese atât de mulţi adversari. Înainte de a ajunge la intrarea de est, s-a oprit.

— Există totuşi o problemă! a zis.

Inima mea a început să bată de două ori mai tare.

— Care-i aceea? m-am mirat.

— Nu ar trebui să te antrenezi atât de la vedere, mi-a explicat. Vorbele circulă cu repeziciune. Dacă află Brazell și face scandal, comandantul suprem îți va ordona să încetezi. Și antrenamentele tale îl vor face, oricum, pe conducătorul Ixiei să aibă bănuieli în privința ta.

Am intrat în castelul răcoros și întunecat. Era o binefacere să fim la adăpost de soarele fierbinte.

— De ce nu folosiți magaziile acelea goale de la parterul castelului? mi-a sugerat. Dimineața, însă, poți face în continuare ture de alergări, ca exercițiu fizic.

„Fabulos!" mi-am spus în sinea mea cu sarcasm, fiindcă alergarea era singurul aspect al antrenamentului la care aș fi fost dispusă să renunț. Cu toate acestea, Valek avea dreptate: faptul că lucram cu Ari și Janco în mijlocul curții atrăsese deja, într-un mod negativ, atenția. Mai ales pe cea a lui Nix, ale cărui încruntări și priviri urâte încă îmi mai ardeau pielea.

Valek a rămas tăcut pe când străbăteam castelul. Eu mă îndreptam spre biroul comandantului, să-i gust mâncarea. El m-a însoțit.

— Dacă tot am pomenit de Brazell, mi-am amintit că voiam să te întreb de desertul acela, criollo, pe care îl savurează comandantul. Ție îți place gustul lui?

Mi-am ales cuvintele cu grijă.

— Da, este excelent, i-am mărturisit.

— Cum te-ai simți dacă nu l-ai mai mânca? m-a întrebat.

— Ei bine..., am ezitat, neștiind prea bine unde avea să ducă această conversație. La drept vorbind, m-aș simți dezamăgită. Abia aștept să mănânc o bucățică în fiecare dimineață.

— Ai simțit vreun moment o poftă nebună de criollo? m-a chestionat, în continuare, Valek.

În cele din urmă, am înțeles unde duceau întrebările lui atât de la obiect.

— Vrei să spui: dac-a devenit un fel de dependență?

El a încuviințat cu o mișcare din cap.

— Nu prea cred, dar..., am început.

— Dar ce? s-a repezit el să-ntrebe.

— Eu nu-l mănânc decât o dată pe zi, am adăugat. Comandantul suprem ia câte o bucată după fiecare masă, inclusiv după gustarea de seară. Da' de unde preocuparea asta subită? l-am întrebat.

— Este doar un presentiment, mi-a mărturisit. S-ar putea să nu-nsemne nimic.

Valek a păstrat tăcerea tot restul drumului.

— Ei bine, se anunță vreo promovare? l-a întrebat comandantul Ambrose pe mai-marele spionilor de îndată ce am intrat în biroul său.

— Nu! Dar Maren promite, i-a spus Valek. Din nefericire, nu dorește să intre în trupele mele și nici să-mi devină adjunct. Vrea doar să mă învingă.

Și, zicând acestea, a zâmbit larg, semn clar că provocarea îl încânta nespus de mult.

— Și poate s-o facă? s-a interesat comandantul Ambrose, ridicându-și sprâncenele, mirat.

— În timp și cu instruirea potrivită, da! a recunoscut Valek. E de-a dreptul ucigătoare cu arcul ei, mai trebuie doar să-și perfecționeze tactica.

— Atunci ce să facem cu ea? l-a întrebat conducătorul Ixiei.

— Promovați-o la rangul de general și treceți-i în rezervă pe unii dintre boșorogii aceia, l-a sfătuit mai-marele spionilor. Ne-ar trebui niște prospături în eșaloanele superioare.

— Valek, se vede că tu, unul, n-ai prea priceput niciodată cum stă treaba cu ierarhia militară, i-a spus comandantul Ambrose.

— Atunci promovați-o astăzi la rangul de locotenent-major, mâine, la acela de căpitan, la cel de maior peste alte două zile, la colonel cu o zi mai târziu și la general în ziua imediat următoare, a spus tânârul.

— Voi lua în considerare recomandarea ta.

Zicând acestea, comandantul mi-a aruncat o privire plină de nemulțumire. Eu nu făceam decât să tândălesc pe-acolo, iar el observase.

— Mai e ceva? l-a întrebat pe Valek.

Am terminat degustarea, am așezat pe biroul comandantului tava cu mâncare și m-am îndreptat spre ușă.

Valek m-a prins de braț.

— Aș dori să-ncerc un experiment, a spus el, fără să-mi dea drumul. Aș vrea ca, timp de o săptămână, Yelena să guste criollo de fiecare dată când mâncați și dumneavoastră, iar în următoarea săptămână să-l gust eu în locul ei. Vreau să văd dacă i se întâmplă ceva când încetează să mai mănânce desertul.

— Nu! s-a opus comandantul suprem, ridicându-și mâna să-l oprească pe Valek când acesta a încercat să-i aducă argumente. Îți înțeleg îngrijorarea, dar cred că este nelalocul ei.

— Faceți-mi plăcerea asta! l-a rugat tânărul.

— Putem să încercăm experimentul în momentul în care Rand reproduce rețeta pe care o are de la generalul Brazell. De acord?

— Da, să trăiți! a încuviințat Valek.

— Bine. Doresc să mă însoțești la o întâlnire cu generalul Kitvivan. Abia intrăm în sezonul rece, iar pe el deja îl îngrijorează leoparzii zăpezilor. În clipa aceea, comandantul Ambrose m-a remarcat, așa că mi-a spus: Poți să pleci, Yelena!

— Da, să trăiţi! am răspuns.

După ce m-am oprit la baie să mă spăl, am trecut pe la bucătărie, să împrumut o strecurătoare mare şi un castron, pe care le-am dus în bibliotecă. Toate cele patru păstăi rămase deveniseră maronii şi începeau să putrezească, aşa că le-am deschis, am scobit miezul, care, de asemenea, se închidea la culoare, şi seminţele, le-am pus în strecurătoare, iar pe aceasta am aşezat-o în castron. Fundul şi laturile sale erau suspendate de cârlige metalice deasupra castronului, fiind totuşi în interiorul acestuia. Mirosul intens al seminţelor se răspândea în întreaga încăpere. Ca să aerisesc, am aşezat castronul pe pervaz şi am deschis geamul. Experimentul meu nu se baza pe vreo cercetare ştiinţifică: voiam numai să văd dacă pulpa păstăilor avea să fermenteze. Poate că Brazell o folosea să obţină vreun soi de băutură alcoolică.

Lectura atentă a diverselor cărţi de botanică nu-mi dezvăluise nimic util până în acel moment. Cărţile despre otrăvuri, deşi interesante, nu menţionau nici măcar pulberea-de-fluturi. În patru cărţi diferite despre otrăvuri descoperisem pagini lipsă. Iţindu-se din cotor, se vedeau marginile zdrenţuite de unde fusese ruptă hârtia. Valek îndepărtase, probabil, cu mult timp în urmă, toate informaţiile semnificative, anticipând viul interes al degustătorilor faţă de pulberea-de-fluturi.

Scoţând un suspin, am stivuit cărţile la capătul mesei mele. Ştiam că Valek participa la întâlnirea comandantului, aşa că am scos din rucsac cartea despre magie. Literele aurii din titlu străluceau. Mi s-a pus un ghem în stomac.

Deschizând volumaşul, am început să citesc o discuţie de ordin tehnic despre izvorul puterii unui magician. Incapabilă să înţeleg toate descrierile amănunţite, am intuit doar că sursa magiei învăluia întreaga lume, fiind accesibilă din orice loc.

Magicienii foloseau această putere în feluri diferite, în funcție de talentele lor. Unii puteau să deplaseze obiecte, iar alții, să citească și să influențeze gândurile altor persoane. Vindecarea, incendierea și comunicarea mintală erau tot puteri magice. Unii puteau să facă doar un singur lucru, însă, cu cât magicianul era mai puternic, cu atât era capabil de mai mult. Unul mai slab putea doar să citească gândurile, pe când altul mai puternic nu numai că le citea, dar era capabil să comunice cu mintea altcuiva și chiar s-o controleze. M-am înfiorat la gândul că Irys ar fi izbutit să-mi controleze mintea.

Magicienii însă trebuiau să fie atenți atunci când extrăgeau putere, pentru că, dacă suprasolicitau sursa sau o foloseau într-un mod nepotrivit, i-ar fi putut produce rupturi care ar fi generat o reacție în lanț. Acest efect, numit și „deformare", ar fi concentrat puterea în anumite zone, lăsând altele complet lipsite de ea. Variind în mod imprevizibil, un alt val ar fi putut să inverseze cantitatea de putere disponibilă. Apoi, dacă ar mai fi dorit să aibă acces la aceasta, magicienii ar fi fost nevoiți să caute zone în care aceasta ar mai fi existat încă, numai că, în momentul în care ar fi găsit o astfel de rezervă, nu ar fi avut niciun mod de a ști cât ar fi putut să dureze aceasta.

Cartea amintea despre o vreme în care un magician puternic utilizase sursa, atrăgând-o spre el. Pentru că era atât de puternic, putea să controleze învelișul de putere fără să provoace o explozie. Ceilalți magicieni au rămas, însă, neacoperiți de forța magiei. Lipsiți de puterile lor, aceștia s-au reunit și au început să-l caute. Când l-au găsit și după ce au purtat o bătălie în care au murit mulți dintre ei, au ajuns la sursa pe care el și-o însușise și l-au ucis. În cele din urmă, „învelișul" s-a netezit și a revenit la normal, dar asta a durat mai bine de două sute de ani!

Trecându-mi degetele peste literele în relief de pe copertă, am înțeles de ce Irys fusese atât de categorică, spunând că trebuia ori să fiu instruită să devin o magiciană, ori să fiu ucisă. Atunci când puterile mele magice ar fi atins apogeul, aş fi putut crea valuri puternice în învelişul de putere. M-am afundat adânc în fotoliu, dezamăgită, deoarece cartea aceea nu conținea şi vrăji sau lecții de magie. Sperasem să obțin un răspuns. Ceva de genul: „Iată motivul pentru care deții puterea magică, uite cum se foloseşte ea şi, dacă tot am ajuns aici, află că acesta-i felul în care trebuie să invoci apariția antidotului pulberii-de-fluturi".

Dar acestea erau, pur şi simplu, doar nişte dorințe deşarte şi era periculos să mă complac în a visa la ele. Speranța, fericirea şi libertatea nu aveau să facă vreodată parte din viitorul meu. De fapt, nu făcuseră niciodată parte din viața mea, nici măcar atunci când eram o copilă neştiutoare din orfelinatul lui Brazell. Deşi sperasem la o viață normală, fusesem crescută ca şoarece de laborator pentru experimentele generalului.

Am rămas în fotoliu, deprimată, până la apus, plângându-mi de milă pe îndelete. Când muşchii picioarelor au început să-mi zvâcnească din cauza inactivității, m-am ridicat şi m-am scuturat, la propriu, de toată acea mâhnire. Dacă nu puteam găsi antidotul în cărți, urma să-l găsesc pe altă cale. Cineva tot trebuia să ştie ceva. De cincisprezece ani, printre oamenii aflați în serviciul comandantului Ambrose, fuseseră şi degustători. Dacă niciunul nu mă putea ajuta, atunci aveam să încerc altfel, poate furând antidotul sau urmărindu-l pe Valek, să văd de unde îl lua. Pentru toate acestea îmi lipseau aptitudinile, dar eram hotărâtă să învăț.

A doua zi dimineață, pregătită, cu stomacul gol, m-am alăturat şirului de soldați care alergau. Ari şi Janco au trecut ca-n zbor pe lângă mine. Cel din urmă mi-a adresat o fluturare veselă din mână și un zâmbet neastâmpărat. Ceva mai târziu, când am auzit pași grei în urma mea, am crezut că Janco era pus pe șotii.

M-am dat la o parte, să-l las să treacă, însă alergătorul rămânea tot pe urmele mele. Am aruncat o privire înapoi, chiar la timp să-l văd pe Nix întinzându-și brațele înainte. Mâinile lui mi-au atins spatele. Am căzut în față, prăbușindu-mă la pământ. Când Nix a călcat peste mine, m-a izbit cu gheata lui în plexul solar, tăindu-mi respirația.

Durerea mi s-a răspândit în tot pieptul. Mă chinuiam să respir, stând încolăcită pe pământ în poziție fetală. Când mi-am recăpătat suflul, m-am ridicat în șezut. Șirul de soldați curgea neîntrerupt și m-am întrebat dacă văzuse cineva ce făcuse nenorocitul acela.

Dacă încerca să mă descurajeze, atunci aplica metoda nepotrivită. Nix tocmai îmi întărise hotărârea de a învăța metode de autoapărare ca să nu mai cad victimă unor stârpituri ca el. M-am ridicat și am așteptat să treacă pe acolo la următoarea rundă, însă nu a mai venit.

Lângă mine s-a oprit, în schimb, Ari.

— Ce s-a întâmplat? m-a întrebat el.

— Nimic, i-am răspuns.

Nix, ca și Margg, erau problema mea și numai a mea. Dacă nu aveam să mă ocup de Nix, nu avea să mă lase niciodată în pace. În stomac am simțit cum mi se încolăcea un ghem, căci simțeam o urmă de îndoială. Era chiar genul de gândire care mă aruncase în temniță, în așteptarea execuției.

— Ai fața plină de sânge, a spus Ari.

Mi-am șters sângele cu mâneca.

— Am căzut, i-am explicat.

Înainte de a apuca să mă chestioneze în continuare, am schimbat subiectul, oferindu-i o temă de gândire diferită. I-am repetat sfatul lui Valek, de a ne ascunde antrenamentele. Ari a fost de acord că era prudent să mergem „pe şest" şi s-a oferit să găsească un loc potrivit.

— Eşti Maren, nu-i aşa? am întrebat-o eu între două gâfâieli.

Făceam ture de alergare de vreo săptămână, iar în dimineaţa aceea îmi potrivisem ritmul astfel încât să alerg lângă Maren.

Ea mi-a aruncat o privire rapidă, evaluându-mă. Părul blond îi era prins la spate, într-o coadă de cal. Umerii laţi şi musculoşi deasupra unei talii subţiri făceau ca silueta să-i pară disproporţionată. Se deplasa cu o uşurinţă atletică şi trebuia să mă lupt să ţin ritmul cu salturile ei lungi din timpul alergării.

— Iar tu eşti Cea-care-dă-la-boboci, a spus.

Era o insultă pe care mi-o adresase cu un anumit scop: era viu interesată de ceea ce urma să-i răspund. Dacă ar fi vrut să scape de mine, ar fi lansat replica şi ar fi sprintat, fără să se mai deranjeze să-mi observe reacţia.

— Am fost poreclită şi în feluri mai urâte.

— De ce faci asta? m-a întrebat Maren.

— Ce anume?

— Alergi până ţi se face rău, a completat.

— Mi s-a cerut să fac cinci ture, i-am explicat. Nu-mi place să dau greş.

Mi-a aruncat încă o privire cercetătoare. Rostind cuvintele sacadat, am ştiut că nu aveam să reuşesc să continui conversaţia prea multă vreme.

— Te-am văzut luptând cu Valek. Am auzit că eşti cea mai bună în lupta cu arcul. Vreau şi eu să învăţ să-l folosesc, i-am mărturisit apoi.

Şi-a încetinit ritmul.

— Cine ţi-a spus asta? m-a tras de limbă.

— Ari şi Janco.

Maren a pufnit, ca şi când s-ar fi gândit că fusesem păcălită de nişte şarlatani.

— Sunt prietenii tăi? m-a întrebat.

— Da.

Gura ei a luat forma unui „o" mititel, pe când făcea, în gând, o legătură.

— Ei sunt cei care te-au găsit în pădure, a spus. Umblă zvonul că te antrenau să lupţi, dar că tu ai renunţat. Încearcă să mi te paseze mie?

— Problema cu zvonurile - am murmurat eu, gâfâind - este dificultatea de a deosebi adevărul de minciună.

— Şi motivul pentru care aş fi dispusă să-ţi donez timpul meu ar fi...? m-a întrebat de la obraz.

Anticipasem această întrebare.

— O informaţie, i-am propus.

— Despre ce? s-a mirat.

— Doar vrei să-l învingi pe Valek, aşa-i? am iscodit-o.

Ochii ei cenuşii s-au pironit asupra mea ca două vârfuri de sabie care-mi împungeau pielea.

Cu ultima suflare, am şuierat:

— Vino la intrarea de est a castelului azi după prânz, la ora două, şi-ţi voi spune cum!

Incapabilă să mai ţin pasul cu ea, mi-am încetinit alergarea. Ea s-a îndepărtat tot mai mult. În cele din urmă, am pierdut-o din vedere în pâlcul de soldaţi.

În restul dimineţii mi-am repetat conversaţia în minte, încercând să ghicesc răspunsul lui Maren în timp ce gustam bucatele comandantului suprem. La ora două aşteptam la poarta de est a castelului, muşcându-mi buza. Ari şi Janco răspândiseră zvonul că antrenamentele mele luaseră sfârşit. Îmi asumasem un risc considerabil, sugerându-i lui Maren că era posibil ca ştirea asta să nu fie adevărată.

Când am observat o siluetă înaltă cărând două arcuri şi îndreptându-se în direcţia mea, neliniştea mi s-a mai domolit puţin.

Maren s-a oprit după ce a intrat pe coridor. M-a văzut stând sprijinită de zid.

Înainte ca ea să facă vreo remarcă, i-am spus:

— Urmează-mă!

Şi am condus-o până la un hol pustiu, unde aşteptau Janco şi Ari.

— Se vede treaba că nu poţi avea încredere în bârfe, i-a spus Maren lui Ari.

— Nu poţi, a încuviinţat acesta. Dar sunt şi unele zvonuri pe care am dori să le păstrăm aşa cum sunt.

O ameninţare abia voalată se ghicea în cuvintele lui Ari.

Maren s-a mulţumit să-l ignore, pur şi simplu.

— În regulă, Cea-care-dă-la-boboci, care-i informaţia pe care o deţii? Şi ar fi bine să merite, pentru că altfel eu, una, am şters-o de-aici.

Ari s-a înroşit şi mi-am dat seama că tocmai îşi înăbuşise o remarcă usturătoare. Ca de obicei, Janco zâmbea, aşteptând, liniştit!

— Ei bine, după cum văd eu lucrurile, noi, ăştia patru, ne putem ajuta unii pe alţii, am spus. Eu, Ari şi Janco vrem să învăţăm lupta cu arcul. Tu vrei să-l învingi pe Valek. Colaborând, vom reuşi să ne atingem scopurile.

— Cum mă va ajuta faptul că vă voi învăţa ceva pe voi, într-o competiţie împotriva lui Valek? m-a întrebat Maren.

— Ești iscusită în mânuirea arcului, dar tacticile tale de luptă trebuie perfecționate. Ari și Janco te pot ajuta în privința asta, i-am explicat.

— O săptămână de antrenament și Cea-care-dă-la-boboci se crede deja expertă! i s-a adresat Maren lui Ari cu voce complet neîncrezătoare.

Acesta a rămas mut, însă s-a posomorât.

— Eu nu sunt expertă, însă Valek este, i-am zis.

Tânăra mi-a aruncat o privire plină de răceală.

— A spus el asta? Despre mine? m-a întrebat.

Am încuviințat cu o mișcare din cap.

— Vasăzică, eu vă învăț lupta cu arcul, iar Ari și Janco mă învață niște tactici. Contribuția ta care-i? a adăugat ea.

Am arătat spre noi patru.

— Asta. Și..., m-am oprit.

Am șovăit, nefiind sigură dacă următoarea mea afirmație putea să aibă vreo influență asupra ei sau nu.

— Aș putea să te învăț niște răsuciri și să te ajut să capeți o flexibilitate și un echilibru sporite, care ți-ar putea fi utile în luptă.

— La naiba! a izbucnit Janco, de-a dreptul impresionat. Hai că ți-a zis-o! Iar patru persoane alcătuiesc un grup de antrenament mai bun decât trei.

Furioasă, Maren și-a mutat atenția asupra lui Janco. Acesta i-a zâmbit dulce.

— Bine! a încuviințat ea. Voi face o încercare pentru scurt timp. Dacă nu merge, m-am cărat de-aici, așa să știți! Înainte să poată interveni cineva, a completat: Și nu vă faceți griji! Chiar dacă dau ascultare unor zvonuri, nu iau parte la răspândirea lor!

Odată ce ne-am pecetluit înțelegerea cu strângeri de mână, neliniştea mea s-a risipit. I-am arătat unde ne întâlniserăm în ultima săptămână.

— Confortabil, a aprobat Maren când a intrat în sala noastră de antrenament.

Ari descoperise o magazie abandonată la parter, într-un colț pustiu din aripa de sud-vest a castelului. Două ferestre aflate aproape de tavan lăsau să pătrundă suficientă lumină cât să putem lucra.

Am petrecut timpul care ne mai rămăsese exersând bazele luptei cu arcul.

— Nu e rău, Cea-care-dă-la-boboci! a spus Maren la sfârșitul antrenamentului. Văd că ai un oarecare potențial.

Când și-a cules arcurile, pregătindu-se să plece, Ari și-a așezat mâna lui uriașă pe umărul ei.

— Numele ei este Yelena, a informat-o. Dacă nu vrei să-i spui pe nume, mâine nu mai veni aici! a avertizat-o.

Expresia mea uimită se reflecta, ca-ntr-o oglindă, pe chipul lui Maren, numai că ea şi-a revenit mai repede decât mine din uluire. Cu o încuviințare scurtă din cap, i-a strâns mâna lui Ari și s-a îndepărtat. M-am întrebat dacă avea să mai vină vreodată.

A doua zi s-a întors însă și a sosit, negreșit, în următoarele două luni, căci ne-am antrenat împreună tot sezonul rece. Aerul avea o mireasmă proaspătă, înviorătoare şi, ca să-și respecte denumirea, fiecare zi era mai rece decât precedenta. Florile colorate din sezonul cald s-au ofilit, iar copacii s-au îmbrăcat în portocaliu, în ruginiu şi, mai apoi, în cafeniu. Frunzele au căzut pe pământ şi au fost spulberate de furtunile din ce în ce mai dese.

Cercetarea mea asupra păstăilor ajunsese într-un punct mort, dar Valek nu părea îngrijorat de lipsa progresului. Ocazional, ne urmărea cum ne antrenam și făcea diverse comentarii sau ne oferea sugestii.

Nix continua să-mi facă probleme în timpul fiecărei alergări matinale. Arunca în mine cu pietre, mă scuipa, îmi punea piedică... A trebuit să-mi schimb obiceiul ca să-l evit, făcând ture în jurul zidului exterior al castelului. Capacitatea mea de autoapărare era abia în stadiul incipient, insuficientă încă pentru o confruntare cu Nix. Cel puțin, pentru moment...

Erau și avantaje, în faptul că alergam în exteriorul castelului. Iarba fină era mai moale pentru tălpile mele decât poteca de pământ din interior, iar, dacă alergam înainte de răsăritul soarelui, nu întâlneam pe nimeni, ceea ce contribuia la confirmarea minciunii că aș fi renunțat la antrenamente.

Spre sfârșitul sezonului rece, orele de lumină s-au împuținat, iar antrenamentele noastre luau sfârșit la apusul soarelui. În semiîntunericul amurgului mă îndreptam spre baie, mișcându-mă cu grijă, să-mi menajez coastele învinețite. Janco, iepuroiul ăla enervant, îmi străpunsese linia de apărare cu împunsăturile lui mici și rapide.

Când mă apropiam de intrarea la baie, o umbră masivă s-a desprins din peretele de piatră. Alarmată, m-am dat înapoi și am intrat în poziție de luptă. Teama, emoția și îndoiala îmi cotropeau trupul. Urma să fiu nevoită să mă apăr? Aș fi fost în stare să fac asta? Ar fi fost, oare, mai bine să fug?

Silueta masivă a lui Margg s-a desprins din umbră, așa că m-am mai relaxat.

— Ce dorești? am întrebat-o. Faci încă un comision pentru stăpânul tău, ca un cățeluș ascultător?

— Este mai bine decât să fiu ca un șobolan prins în cursă, s-a burzuluit.

M-am atins de ea în trecere. Schimbul de insulte, deși plăcut, era o pierdere de timp în ceea ce mă privea.

— Șobolanului nu i-ar plăcea puțin cașcaval? m-a întrebat.

M-am întors spre Margg.

— Ce?

— Cașcaval... Bani... Aur..., m-a lămurit. Pot să pun pariu că ești genul de șobolan care ar face orice pentru o bucățică de cașcaval oricât de mică!

19

— ȘI CE AR TREBUI SĂ FAC pentru a căpăta o bucată de cașcaval? am întrebat-o.

Știusem eu! De la Margg se scurgeau informații despre mine, iar acum voia să mă folosească. În sfârșit, o dovadă!

— Am pe cineva care plătește bine pentru a obține informații. Este aranjamentul ideal pentru un șobolănel, mi-a mărturisit Margg.

— Ce fel de informații? am tras-o de limbă.

— Tot ce ai putea auzi din întâmplare când mișuni prin biroul comandantului suprem și prin apartamentul lui Valek, mi-a spus. Omul meu plătește gradat: cu cât știrile sunt mai pline de miez, mai suculente, cu atât e mai mare și bucata de cașcaval.

— Și cum se duce la îndeplinire chestia asta? am iscodit-o mai departe.

Gândurile mi se învârtejeau, nebunește. În momentul acela, era doar cuvântul ei împotriva cuvântului meu. Aveam nevoie de dovezi pe care să i le arăt lui Valek. Ar fi fost o dulce desfătare să pot să-i dau în vileag atât pe Margg, cât și pe omul ei.

— Tu fă-mi doar rost de o informaţie, mi-a zis, iar eu o voi comunica mai departe. Strâng banii şi ţi-i dau, mai puţin comisionul meu de cincisprezece la sută.

— Iar eu ar trebui să cred că te vei mulţumi cu doar cincisprezece la sută dintr-o sumă pe care nici măcar nu o cunosc?

Margg a ridicat din umeri.

— E aşa sau nimic, mi-a declarat. Aş fi crezut că un şobolan pe jumătate mort de foame, ca tine, s-ar năpusti asupra oricărei bucăţele, oricât de mici.

Şi, zicând acestea, Margg a început să se îndepărteze.

— Ce-ar fi dac-am merge împreună la omul tău? i-am sugerat. Ţi-ai primi comisionul şi în acest caz.

S-a oprit locului. Nesiguranţa îi încreţea faţa grasă.

— Va trebui să-ntreb, mi-a spus.

Apoi s-a făcut nevăzută de-a lungul coridorului.

Am mai zăbovit puţin în afara sălii de baie, gândindu-mă la posibilitatea de a o urmări pe Margg vreo două zile, dar am renunţat la idee.

Dacă omul ei de legătură nu-mi agrea propunerea, m-aş fi dus urgent la menajeră cu coada între picioare, cerşind o a doua şansă. Ce i-ar mai fi plăcut asta! După aceea, aş fi urmărit-o. Avea să-mi facă o deosebită plăcere să-i dezvălui lui Valek că era o trădătoare.

Conversaţia cu Margg îmi epuizase intervalul de timp rezervat pentru baie, aşa că m-am îndreptat spre biroul comandantului. Când am ajuns, Sammy, băiatul bun la toate din bucătăria lui Rand, tândălea pe afară în faţa uşii închise, ţinând o tavă cu mâncare. Dinăuntru se auzea înăbuşit o voce foarte supărată.

— Ce se întâmplă? l-am întrebat pe Sammy.

— Se ceartă, mi-a spus el.

— Cine?

— Comandantul suprem și Valek, m-a lămurit.

Am luat tava cu mâncarea aceea care se răcea de la Sammy. Nu avea niciun rost să stăm amândoi acolo.

— Du-te! i-am zis. Sunt sigură că Rand are nevoie de tine.

Sammy mi-a zâmbit, ușurat, și a luat-o la goană prin sala tronului. Văzusem cum era în bucătărie în timpul meselor. Servitorii și bucătarii roiau ca albinele, iar Rand dirija haosul. Lătrând ordine, își controla personalul precum o matcă, stupul.

Știind că mâncarea rece nu-i plăcea comandantului, am rămas aproape de ușă în așteptarea unei pauze în conversație. Din noua mea poziție, îl puteam auzi foarte bine pe Valek.

— Ce vi s-a năzărit să schimbați succesorul? l-a întrebat mai-marele spionilor pe conducătorul nostru.

Răspunsul slab al comandantului Ambrose s-a auzit prin ușa de lemn ca un murmur indescifrabil.

— În cei cincisprezece ani de când vă cunosc, nu ați revenit *niciodată* asupra unei decizii! a spus Valek pe un ton care devenise mai înțelegător. Nu este vreun complot ca să descopăr cine va fi succesorul. Vreau doar să știu de ce v-ați răzgândit. De ce acum?

Răspunsul nu a fost pe placul lui Valek. Cu o împunsătură sarcastică în voce, a adăugat:

— Întotdeauna, domnule!

Valek a deschis ușa cu o smucitură. Eu am intrat, mai-mai să mă împiedic, în birou.

Avea o expresie glacială. Numai ochii trădau furia pe care o simțea. Erau ca niște bazine de lavă topită, sub o crustă de gheață.

— Yelena, unde naiba ai fost? s-a răstit la mine. Comandantul își așteaptă de mult masa.

Fără să mai zăbovească să-i dau vreun răspuns, Valek a traversat cu pași rapizi sala tronului. Consilierii și soldații se trăgeau, speriați, din calea lui.

Furia lui Valek părea fulminantă. Toată lumea din Ixia știa că unul dintre cei opt generali fusese ales drept succesor al comandantului. În maniera tipic paranoică în care conducea acesta, numele celui ales era păstrat secret. Fiecare general avea un plic care conținea o piesă dintr-un puzzle. Când comandantul avea să moară, ei urmau să pună puzzle-ul cap la cap pentru a dezvălui un mesaj cifrat. Era apoi nevoie de o cheie care să dezlege mesajul, pe care o deținea numai Valek. Atunci generalul ales urma să beneficieze de sprijinul deplin al armatei și al oamenilor comandantului suprem.

Teoria din spatele puzzle-ului era că păstrarea secretului împiedica pe oricine să pună la cale o revoltă în sprijinul succesorului ales, din moment ce acesta era necunoscut. Riscul suplimentar ca succesorul să fie chiar mai rău decât comandantul era un alt factor de descurajare. Din câte îmi puteam da eu seama, o schimbare în alegerea generalului probabil că nu ar fi afectat viața de fiecare zi din Ixia. Nu știam cine fusese ales inițial, așadar, schimbarea sa nu ar fi avut nicio importanță până la decesul comandantului.

M-am apropiat de biroul comandantului. Acesta își citea rapoartele, neafectat de furia lui Valek. I-am degustat repede mâncarea; el mi-a mulțumit, după care m-a ignorat.

Întorcându-mă din nou la baie, m-am întrebat dacă informația pe care tocmai o auzisem ar fi putut aduce o sumă de bani acceptabilă din partea omului lui Margg. Mi-am domolit curiozitatea; nu țineam în niciun fel să trădez pentru bani. Nu voiam decât să scap cu viață din situația în care mă aflam. Și, cunoscându-l pe Valek, nu aveam nicio îndoială că el urma să descopere orice fel de întâlniri clandestine ar fi avut Margg. Fie și numai din acest motiv, trebuia să dovedesc că, indiferent de părerea menajerei, nu eram o spioană. Simpla imagine a privirii arzătoare a lui Valek ațintite asupra mea era de ajuns să-mi trimită o străfulgerare fierbinte de teamă prin toată ființa.

O lungă baie caldă le-a prins tare bine coastelor mele îndurerate. Fiind încă seara devreme, m-am gândit că era mai prudent să-l evit pe Valek pentru un timp. M-am oprit la bucătărie pentru o cină târzie. După ce m-am servit cu ce mai rămăsese dintr-o friptură și cu o bucată de pâine, mi-am dus farfuria în locul unde robotea Rand. O mulțime de boluri, oale și ingrediente erau răspândite în dezordine pe masa lui. Cearcăne închise la culoare îi înconjurau ochii injectați, iar părul castaniu îi stătea drept în sus, căci își trecuse mâinile ude prin el.

Am găsit un scaun și un colț curat pe masă și mi-am luat cina.

— Te-a trimis comandantul? m-a întrebat bucătarul.

— Nu. De ce? m-am mirat.

— Acum două zile am primit, în sfârșit, rețeta de criollo de la Ving, mi-a declarat. Am crezut că era posibil să se fi întrebat comandantul ce-i cu ea.

— Mie nu mi-a spus nimic, i-am mărturisit.

De când Brazell părăsise castelul, îi trimisese comandantului suprem două loturi mari de criollo, dar nicio rețetă. De fiecare dată, conducătorul Ixiei îi răspunsese cu un „mulțumesc" și ceruse din nou rețeta de preparare. Deoarece cantitatea primită fusese îndestulătoare, comandantul îi dăduse lui Rand niște criollo, să se joace cu el și să facă diverse experimente. Bucătarul nu-l dezamăgise. Îl topise, îl amestecase în băuturi fierbinți, inventase noi deserturi, îl sculptase și îl remodelase, obținând flori și alte decorațiuni comestibile pentru prăjituri și plăcinte.

L-am urmărit pe Rand amestecând, cu mișcări energice și nervoase, un aluat de culoarea mahonului.

— Cum merge treaba? l-am întrebat.

— Groaznic! mi-a spus. Am respectat rețeta și am repetat-o de câteva ori, dar tot ce am obținut este mocirla asta cu gust oribil.

Zicând acestea, bucătarul și-a izbit lingura de marginea castronului, să dezlipească resturile cleioase.

— Nici măcar nu se întărește! a exclamat el, cuprins de frustrare.

Apoi mi-a întins o foaie de hârtie, cândva albă, acum murdară de pete maronii și de făină.

— Poate reușești să-ți dai tu seama unde greșesc? m-a rugat.

Am studiat lista ingredientelor. Arăta ca o rețetă obișnuită, dar eu nu eram expert culinar.

Degustarea, pe de altă parte, devenise punctul meu forte. Așa că am luat o linguriță din aluatul lui și am plimbat conținutul pe limbă. Un gust grețos de dulce mi-a invadat gura. Textura era fină și aluatul îmi învăluia limba precum acela de criollo, însă îi lipsea gustul de nucă, ușor amărui, care venea să echilibreze dulceața.

— Poate e greșită rețeta, i-am spus eu, înapoindu-i lui Rand foaia de hârtie. Pune-te în locul lui Ving! Comandantului Ambrose îi place la nebunie criollo, iar tu deții singurul exemplar al rețetei. L-ai da și altcuiva? Sau l-ai folosi să încerci să manevrezi un transfer?

Rand s-a lăsat să se prăbușească, îngrijorat, pe scaun.

— Ce mă fac? a izbucnit el. Dacă nu reușesc să obțin criollo, comandantul mă va transfera, probabil, în altă parte. Orgoliul meu nu va suporta așa ceva.

Și, zicând acestea, a încercat să zâmbească slab.

— Spune-i comandantului că rețeta este un fals! l-am sfătuit. Dă vina pe Ving pentru incapacitatea ta de a reproduce desertul acesta, criollo.

Oftând, bucătarul și-a frecat fața și mâinile.

— Nu pot să suport genul ăsta de presiune politică! a bâiguit, masându-și pleoapele cu vârfurile degetelor lungi. În clipa asta, zău c-aș face moarte de om pentr-o ceașcă de cafea, dar cred că trebuie să mă mulțumesc, totuși, cu niște vin.

A cotrobăit apoi prin dulap și a scos la iveală o sticlă de vin și două pahare.

— Cafea? m-am mirat la auzul cuvântului necunoscut.

— Ești prea tânără să-ți poți aduce aminte, dar, înainte de preluarea puterii, noi importam din Sitia această licoare absolut minunată. Când comandantul a închis granițele, am pierdut o listă nesfârșită de obiecte de lux. Dintre toate, cafeaua îmi lipsește cel mai mult.

— Dar mai există și piața neagră, nu-i așa? l-am întrebat.

Rand a izbucnit în râs.

— Acolo s-ar putea să existe, a încuviințat. Numai că în castelul ăsta nu e niciun loc în care aș putea s-o prepar fără să fiu descoperit.

— Probabil că îmi va părea rău că am pus întrebarea asta, dar de ce? m-am mirat.

— Din cauza mirosului, mi-a explicat. Aroma ei bogată și caracteristică m-ar da de gol. Mirosul cafelei care fierbe își poate croi drum prin tot castelul. Înainte de preluarea puterii, ea mă trezea în fiecare dimineață. Rand a oftat din nou și a adăugat: Sarcina care-i revenea mamei era să macine boabele de cafea și să umple ibricele cu apă. Prepararea e foarte mult ca fierberea ceaiului, numai că gustul este incomparabil mai bun.

M-am îndreptat pe scaun când am auzit cuvântul „boabe".

— Ce culoare au boabele de cafea? l-am întrebat.

— Maro, mi-a spus. De ce?

— Din curiozitate, am răspuns pe un ton calm, însă în interiorul meu clocoteam de entuziasm.

Boabele mele enigmatice erau maro, iar Brazell era suficient de în vârstă ca să aibă habar de existența cafelei. Poate că îi era dor de acea băutură și avea de gând să o producă.

Strădaniile mele de a face să fermenteze pulpa păstăilor nu mă făcuseră decât să obțin un lichid subțire de culoarea castanei care avea un gust de putreziciune. Semințele roșietice din interiorul pulpei erau ude leoarcă și acoperite de muște. Închisesem geamul și le uscasem pe pervaz. În timp ce se uscau, semințele căpătau o culoare maronie, arătând ca acelea transportate de caravană și având același gust. În culmea fericirii pentru că făcusem legătura între păstăi și boabe, entuziasmul mi-a scăzut când nu reușisem să aflu nimic în plus.

— Cafeaua are gust dulce? am întrebat.

— Nu. Este amară, m-a lămurit bucătarul. Mama obișnuia să adauge zahăr și lapte în jumătate din ibricele ei, dar mie îmi plăcea simplă.

Boabele mele erau amare. Nu mai puteam sta locului; trebuia să aflu dacă Valek își mai aducea aminte cum era cafeaua. Nu mă simțisem în largul meu luându-l pe Rand la întrebări, nefiind sigură dacă mai-marele spionilor ar fi dorit ca el să afle despre păstăile din sud.

După ce mi-am luat la revedere de la bucătarul care privea posomorât aluatul nereuşit în timp ce îşi bea vinul, m-am grăbit să ajung la apartamentul lui Valek. La intrare, m-a întâmpinat zgomotul unor cărţi trântite. Profesorul meu în arta degustării otrăvurilor era ca o vijelie şi lovea de zor cu picioarele în stivele de cărţi din salonul de primire. Resturi cenuşii de rocă murdăreau podeaua sau atârnau de pereţi, în adevărate cratere de impact. Valek strângea câte o piatră în fiecare pumn.

Voiam să discut cu el ipoteza cafelei, însă am hotărât că era cazul să mai aştept. Din nefericire, a băgat de seamă că-l priveam.

— Ce doreşti? s-a răstit el la mine.

— Nimic, am murmurat şi am zbughit-o în camera mea.

Timp de trei zile i-am suportat proasta dispoziţie. Îşi vărsa nervii pe mine cu fiecare ocazie. Împingând violent antidotul spre mine, vorbindu-mi tăios – atunci când îmi vorbea – şi uitându-se urât la mine atunci când intram într-o încăpere. Obosită să-l tot evit şi să mă tot ascund la mine în cameră, m-am hotărât să-l abordez. Stătea la birou, cu spatele la mine.

— Cred c-am descoperit ce sunt păstăile acelea, am zis.

Era un început de conversaţie de-a dreptul jalnic, mediocru. Ceea ce voiam să spun de fapt, era: „Ce dracu' e cu tine?" Dar m-am gândit că era mai prudentă o abordare delicată.

El s-a răsucit, să mă privească în faţă. Energia furiei i se risipise, înlocuită fiind de o răceală care-ţi îngheţa sângele în vene.

— Chiar aşa?

Judecând după tonul pe care îmi pusese întrebarea, nu părea prea convins. Focul din priviri i se stinsese însă.

Am făcut un pas înapoi. Indiferența lui era mai înfricoșătoare decât furia.

— Eu..., am bâiguit, înghițind în sec, fiindcă-mi simțeam gura uscată. Eu vorbeam cu Rand, iar el a pomenit că-i era dor de o cafea. Tu îți amintești de ea? O băutură din sud...

— Nu! m-a repezit.

— Cred că boabele noastre ar putea fi de cafea, am continuat. Dacă nu știi cum arată cafeaua, poate ar fi bine să i le arăt lui Rand. Dacă nu ai nimic împotrivă...

Am șovăit. Propunerea mea sunase ca aceea a unui copil care ruga pe cineva să-i dea o bomboană.

— Dă-i drumul; împărtășește-i ideile tale lui Rand! a strigat. Amicul tău, cel mai bun prieten. Ești exact ca el!

Cuvintele lui erau pline de un sarcasm glacial.

Eram uluită.

— Poftim? m-am mirat.

— Fă cum dorești! Puțin îmi pasă!

Și Valek mi-a întors, pur și simplu, spatele.

Am mers împleticindu-mă până la mine în cameră, apoi am încuiat ușa cu degete tremurătoare. Sprijinindu-mă de perete, am revăzut cu ochii minții ultima săptămână, să-mi dau seama dacă exista vreo explicație pentru răceala lui Valek.

Nu-mi aminteam nimic care să iasă în evidență. Abia dacă ne adresaserăm câte un cuvânt, iar eu crezusem că furia lui fusese stârnită de hotărârea comandantului suprem... până în acel moment.

Poate că-mi descoperise cartea despre magie? Poate bănuia că aveam puteri magice?

Teama mi-a înlocuit iute buimăceala.

Stând întinsă în pat, în noaptea aceea, fixam ușa cu privirile. Cu fiecare nerv întins la maximum, așteptam atacul lui

Valek. Știam că reacționam exagerat, însă îmi era imposibil să mă opresc.

Nu-mi puteam șterge din minte felul în care mă privise – ca și când aș fi fost deja moartă.

Într-un târziu, s-au ivit și zorii, iar eu mi-am petrecut ziua umblând ca o stafie.

Valek mă ignora. Nici măcar permanenta bună dispoziție a lui Janco nu a reușit să mă scoată din starea mea de panică.

Am așteptat câteva zile înainte de a-i duce păstăile lui Rand. El era în toane mai bune. Un zâmbet larg îi înfrumuseța chipul și m-a întâmpinat oferindu-mi un melc cu scorțișoară.

— Nu mi-e foame! am spus.

— N-ai mâncat de câteva zile. Ce se-ntâmplă? m-a întrebat Rand.

Am evitat să-i răspund, trăgându-l, în schimb, de limbă despre progresele lui cu desertul acela, criollo.

— Planul tău a dat rezultate, mi-a zis. L-am informat pe comandantul suprem că rețeta lui Ving era greșită. A spus că se va ocupa el de asta. Apoi s-a interesat de personalul de la bucătărie: cei de aici lucrau bine? Aveam nevoie de mai multe ajutoare? Mă zgâiam la el, pentru că aveam impresia că mă aflam în camera greșită. De obicei, sunt întâmpinat cu suspiciune și concediat cu o amenințare.

— Asta nu prea aduce a relație cordială, am observat.

Rand a stivuit câteva castroane și a îndreptat un șir de linguri. Zâmbetul i s-a șters cu totul de pe chip.

— Relația mea cu Valek și cu comandantul Ambrose ar putea fi considerată cel puțin dificilă. Fiind mai tânăr și destul de rebel după preluarea puterii, am încercat orice modalitate de sabotaj cu putință. I-am servit comandantului lapte stricat, pâine uscată, legume mucegăite și chiar carne crudă. Pe atunci, încercam doar să fiu o pacoste pe capul lor.

A luat o lingură și a început s-o lovească ușor de genunchi.

— Totul s-a transformat într-o înfruntare a voințelor, a continuat. Comandantul era ferm convins ca eu și numai eu să-i gătesc mâncarea, iar eu eram hotărât să ajung să fiu închis într-o temniță sau transferat.

Tronc! Tronc! Tronc! Așa făcea lingura, iar Rand și-a continuat povestea cu voce răgușită.

— Apoi Valek a numit-o pe mama degustător - asta era înainte ca ei să pună în aplicare afurisitul acela de *Cod de bună purtare* - și nu suportam s-o văd gustând porcăriile pe care i le serveam comandantului.

Chipul lui Rand s-a alungit parcă, la amintirea vechilor tristeți, de demult. Bucătarul și-a răsucit lingura între degete.

Nu-mi găseam cuvintele. Simțeam fiori de gheață pe șira spinării, gândindu-mă la soarta pe care o avusese mama lui Rand.

— După ce a avut loc inevitabilul, am încercat să evadez, însă m-au prins chiar în apropierea frontierei de sud. Rand și-a masat genunchiul stâng, înainte de a continua: Mi-au sfărâmat rotula, cotonogindu-mă ca pe un nenorocit de cal. M-au amenințat că-mi aranjează și celălalt picior dacă aveam să mai fug din nou. Așa că iată-mă aici!

A pufnit, măturând cu un gest toate lingurile de pe masă. Acestea au căzut, zăngănind, pe podeaua din piatră.

— Asta arată cât de mult m-am schimbat, a murmurat. Comandantul Ambrose se poartă acum frumos cu mine, iar eu sunt fericit! Visam cum aveam să-l otrăvesc pe nenorocit, că făceam și acest ultim pas în lupta dintre noi. Dar am slăbiciunea asta, mă atașez de degustători. Când a murit Oscove, mi-am promis să nu mă mai atașez niciodată de unul. Rand a scos o sticlă de vin: Numai că am eșuat. Din nou.

Și, cu aceste ultime cuvinte, s-a retras în camera lui.

M-am aplecat deasupra mesei, părându-mi rău că spusele mele îl îndureraseră pe bucătar.

Buzunarele mă incomodau, fiind pline până la refuz de boabe.

M-am foit pe scaun. Liza urma să aibă dreptate data viitoare când avea să mă învinovățească pentru că eram de vină că-i schimbasem dispoziția lui Rand. Modul în care procedase Valek cu mama lui părea crud din perspectiva bucătarului, dar, când am privit situația din perspectiva mai-marelui spionilor, totul devenea logic. Sarcina acestuia era să-l protejeze pe comandant.

Următoarele două zile parcă le-am trăit în ceață. Evenimentele s-au contopit, nelămurite.

Degustare, antrenament, degustare, antrenament.

Sudălmile și încercările lui Ari și Janco de a mă înviora au fost lipsite de succes. Vestea că puteam începe să învăț să mă apăr cu ajutorul pumnalului nu mi-a stârnit niciun entuziasm. Trupul meu se simțea tot atât de înlemnit ca și arcul pe care-l țineam în mână.

Când Margg și-a făcut apariția după unul dintre antrenamente, să mă informeze că în seara următoare era stabilită o întâlnire cu omul ei de legătură, mi-am adunat cu mare dificultate forțele să mă mobilizez.

Am conceput fiecare scenariu posibil, dar fiecare combinație de evenimente continua să mă ducă la o singură concluzie. Cine m-ar fi crezut, dacă aș fi relatat întâlnirea? Nimeni!

Aveam nevoie de un martor care să poată interveni și ca protector. Gândul mi-a zburat la Ari.

Dar nu voiam să planeze asupra lui vreo suspiciune dacă ar fi mers ceva anapoda. Se putea și ca omul lui Margg să aibă un șef, sau o rețea întreagă de informatori, iar eu să mă trezesc complet depășită de situație.

Dacă era să joc după cum mi se cânta, atunci nu exista decât un singur curs al acțiunii, iar acesta ducea la o singură persoană: Valek.

Mi-era groază de întâlnirea aceasta. Relațiile mele cu el se reduseseră, în ultima vreme, doar la înmânarea, într-o tăcere penibilă, a antidotului în fiecare dimineață.

După ce am degustat cina comandantului, însă, cu stomacul în piuneze, l-am căutat pe Valek.

Biroul lui era încuiat, așa că am încercat să văd dacă nu cumva se afla în apartament. Nu era în salon, însă am auzit un zgomot slab care venea de sus. O rază slabă de lumină lucea pe sub ușa atelierului de sculptură. Zgomotul șlefuirii metalului mi-a făcut pielea de găină.

La intrare, am șovăit. Era, probabil, momentul cel mai prost în care să-l fi deranjat, însă a doua zi urma să mă văd cu omul de legătură al lui Margg...

Nu aveam timp de pierdut. Făcându-mi curaj, am ciocănit și am deschis ușa fără să mai aștept un răspuns.

Lampa lui Valek a pâlpâit. El s-a oprit din șlefuit. Roata se învârtea în tăcere, împrăștiind scântei care se învârtejeau pe pereți și pe tavan.

— Ce-i? m-a întrebat.

— Am primit o ofertă, i-am spus. Cineva vrea să mă plătească în schimbul unor informații despre comandantul suprem.

El s-a răsucit iute spre mine. Avea fața pe jumătate ascunsă în umbră, însă părea tot atât de imobilă precum piatra pe care o ținea în mână.

— Și de ce-mi spui mie? s-a mirat.

— M-am gândit că poate vei dori să mă urmărești. Ar putea fi vorba despre persoana care a tot răspândit informații despre mine.

El m-a privit fix.

Atunci mi-am dorit să fi ținut în mână o piatră grea, pentru că mi-a venit brusc cheful să-l lovesc cu ea în cap.

— Spionarea comandantului Ambrose este ilegală, i-am amintit. Poate vei vrea să faci o arestare sau poate chiar să-i oferi „cârtiței" niște informații false. Știi tu, chestii de spioni... Îți mai aduci aminte? Sau te-ai plictisit și de astea?

Cuvintele îmi fuseseră dictate de furie.

Am inspirat, să mă lansez într-un nou atac, însă acesta s-a strecurat, nerostit, printre dinții mei încleștați.

Chipul lui Valek se îmblânzise oarecum, aproape imperceptibil. În el se citea un interes reînnoit, ca și când și-ar fi ținut încordat fiecare mușchi și abia acum se relaxase.

— Cine? m-a întrebat el, în cele din urmă. Și când?

— Margg m-a abordat și mi-a vorbit despre un om de legătură, i-am declarat. Ne vom întâlni mâine-seară.

I-am examinat expresia. Era, oare, surprins sau rănit de trădarea lui Margg? Nu-mi dădeam seama.

Să încerci să interpretezi dispoziția reală a lui Valek era ca și când ai fi încercat să descifrezi o limbă străină.

— Bine, continuă conform planului! m-a sfătuit. Te voi urmări până la locul de întâlnire și voi vedea cu cine avem de-a face. Vom începe prin a-i oferi acestui om de legătură câteva informații reale, pentru ca tu să pari de încredere. Poate că schimbarea succesorului de către comandant ar putea fi o astfel de informație. Este inofensivă și va fi, oricum, făcută publică. Vedem după aceea ce se mai întâmplă.

Am stabilit detaliile.

Chiar dacă îmi puneam viața în pericol, eram veselă de-acum. Îl recăpătasem pe vechiul Valek!

„Pentru cât timp, însă?” m-am întrebat, pe când neîncrederea mi se strecura din nou în suflet.

Când am terminat, m-am întors să plec.

— Yelena! m-a strigat.

M-am oprit în pragul ușii, privind înapoi peste umăr.

— Ai spus cândva că nu eram pregătit să cred motivul pentru care l-ai omorât pe Reyad. Acum te voi crede.

— Dar nu sunt eu pregătită să ți-l spun, i-am zis și am părăsit încăperea.

20

„FIR-AI TU SĂ FII, VALEK! NAIBA SĂ TE IA! Naiba să te ia! Naiba să te ia!" îmi repetam.

Vreme de zile întregi mă tratase cu răceală și apoi se aștepta să am încredere în el? Îmi recunoscusem crima. Îl arestaseră pe adevăratul vinovat. Asta era tot ce trebuia să știe el!

După ce am coborât scările pe întuneric, m-am îndreptat spre camera mea.

„Trebuie să plec din locul acesta!" mi-am dat eu seama deodată.

Dorința copleșitoare de a-mi lua tălpășița și de a lăsa naibii antidotul era foarte presantă.

„Fugi! Fugi! Fugi!" cânta ceva în mintea mea.

Un refren cunoscut. Îl mai auzisem și înainte, când eram cu Reyad.

Amintiri pe care le crezusem bine zăvorâte amenințau acum să-și croiască drum spre libertate, prelingându-se prin fisuri.

„Fir-ai tu să fii, Valek!" am izbucnit din nou.

El era de vină dacă nu mai reușeam să-mi înăbuș amintirile.

Când am ajuns în camera mea, am încuiat ușa. Când m-am întors, am zărit stafia lui Reyad tolănită pe patul meu.

Rana de la gâtul lui se căsca, larg, iar sângele îi păta cu negru cămașa de noapte. Părul lui blond, în schimb, era pieptănat după ultima modă, avea mustața perfect îngrijită, iar ochii albastru-deschis îi străluceau.

— Ieși afară! i-am poruncit.

Era, mi-am amintit eu, o stafie imaterială și nu era deloc, absolut deloc, de temut.

— Ce fel de salut adresezi tu unui vechi prieten? m-a întrebat Reyad.

Apoi a luat cartea despre otrăvuri de pe noptiera mea și a răsfoit-o.

L-am privit, de-a dreptul șocată.

Îmi vorbea în gând!

Ținea în mână o carte!

„Este o stafie! Este doar o stafie!" am continuat să-mi repet.

Reyad nu părea deloc deranjat. A izbucnit în râs.

— Tu ești mort! i-am spus. Nu ar trebui să arzi în flăcările iadului, așa cum se spune că pățesc ăia ca tine?

El nu s-a lăsat însă alungat atât de ușor.

— Preferata profesorului, lingușitoareo ce ești! mi-a spus, fluturând cartea în aer. Dacă ai fi muncit la fel de mult și pentru mine, totul ar fi fost diferit!

— Mie îmi place cum au ieșit lucrurile, i-am declarat.

— Adică otrăvită, urmărită și trăind cu un psihopat? s-a mirat. Nu e chiar ceea ce aș numi eu „o viață frumoasă". Până și moartea-și are avantajele sale, prin comparație.

A adulmecat aerul.

— Am ajuna să-ți urmăresc existența mizerabilă, mi-a declarat. Ar fi trebuit să alegi ștreangul, Yelena! Ai fi făcut economie de timp.

— Ieși afară! i-am cerut din nou, încercând să trec cu vederea ușoara urmă de isterie din tonul mea și firicelul de transpirație care mi se prelingea pe spate.

— Cred că știi că nu vei ajunge niciodată în Sitia în viață, mi-a declarat. Ești o ratată! Așa ai fost întotdeauna... Așa vei fi întotdeauna... Recunoaște! Acceptă asta! Reyad s-a ridicat din pat și a continuat: Ai eșuat, în ciuda tuturor încercărilor noastre de a te modela. Îți amintești? Îți amintești când tata a renunțat, în cele din urmă, la tine? Când mi te-a lăsat mie și numai mie?

Îmi aminteam, desigur!

Asta se petrecuse în săptămâna Sărbătorilor Focului, iar Reyad fusese atât de preocupat cu vizitatorii din suita generalului Tesso și, cu precădere, cu fiica acestuia, Kanna, încât nu se mai deranjase să mă verifice.

Pentru că ascultasem cu docilitate fiecare ordin al lui ca să-i câștig puțin încrederea, își imagina, plin de insolență, că mă intimidase suficient, încât să mă supun. În consecință, trecuse mai bine de o lună de când mă încuiase într-o cămăruță care se învecina cu apartamentul lui.

Numai că serbările mă ispitiseră o dată în plus să nesocotesc indicațiile lui Reyad de a rămâne deoparte.

Bătăile și umilințele îndurate cu un an în urmă fuseseră insuficiente ca să mă descurajeze anul acela. De fapt, simțeam un fel de mândrie încăpățânată atunci când refuzam să mă las intimidată de el.

Mă îngrozea gândul că aș fi putut fi prinsă, iar undeva, în adânc, într-un ungher al minții mele, știam că aveam să fiu prinsă, dar am lăsat orice prudență în seama sorții.

Sărbătorile Focului făceau parte din mine. Era singura perioadă din an în care gustam adevărata libertate. Chiar dacă nu erau decât câteva clipe, acestea meritau cu prisosință orice consecință aş fi avut de îndurat mai apoi.

Sfidarea a adăugat o notă de extremă îndrăzneală exercițiilor mele acrobatice, făcându-mă mai cutezătoare şi mai nechibzuită. Am trecut de primele cinci runde ale calificărilor cu uşurință şi aplomb, cu mişcări ferme, salturi perfecte şi energie inepuizabilă.

Am ajuns în etapa finală a competiției, programată pentru ultima zi a serbărilor.

Pe când Reyad îi însoțea pe Kanna şi un grup de prieteni la o partidă de vânătoare la țară, eu m-am grăbit să pun la punct ultimele detalii ale costumului meu de competiție.

În cele două săptămâni de dinainte, scotocisem prin conac, să fac rost de accesoriile necesare pentru completarea ținutei. În seara aceea mi-am cusut penele roşii din mătase pe costumul negru mulat, pe care aveam să le scot în evidență cu paiete argintii. Aripi legate de hamuri îmi completau ținuta, însă le-am îndoit, să fie mai mici şi netede, să nu-mi împiedice mişcările.

Împletindu-mi părul într-o coadă lungă, am încolăcit-o strâns în jurul capului şi am fixat-o la spate cu două pene de un roşu strălucitor. Mulțumită de rezultat, am ajuns devreme în cortul acrobaților, să mai exersez.

Când a început concursul, cortul era ticsit de oameni. Ovațiile spectatorilor s-au atenuat, în curând, ajungând doar un zgomot monoton pentru mine, în timp ce executam exercițiile. Singurele sunete care mai ajungeau până la mine erau zgomotele înfundate ale mâinilor şi picioarelor mele pe trambulină, scârțâitul sârmei întinse când mă avântam în aer să execut două răsuciri şi jumătate şi pocnetul sârmei subțiri atunci când aterizam pe ea fără să cad.

Exercițiul la sol era ultima mea reprezentație. M-am ridicat pe vârfuri, la marginea covorului, respirând adânc. Mirosul greu, pământos, de transpirație și praful uscat de cretă îmi umpleau plămânii. Acesta era locul meu. Acestui loc îi aparțineam. Aerul vibra ca și când o furtună amenința să izbucnească. Plină de energie ca un fulger, am început prima alergare cu sărituri.

Am zburat în noaptea aceea, pur și simplu. Răsucindu-mă și plonjând prin aer, picioarele mele abia mai atingeau pământul. Spiritul mi se înălța, liber.

Mă simțeam ca o pasăre care făcea acrobații în aer pentru propria încântare.

La sfârșitul ultimei runde de alergare, mi-am apucat aripile cu ambele mâini. Deschizându-le, le-am ridicat deasupra capului pe când făceam un salt și aterizam în picioare. Aripile din material roșu strălucitor unduiau în urma mea.

Ovațiile furtunoase ale publicului îmi vibrau adânc în piept. Sufletul meu plutea cu aripi purpurii pe curentul ascendent al elogiilor spectatorilor care jubilau.

Am câștigat competiția.

O bucurie pură și lipsită de complicații pusese stăpânire pe mine și am zâmbit pentru prima oară în doi ani. Deja mă dureau mușchii feței de atâta zâmbit, dar am stat pe podium pentru a primi premiul din partea Maestrului de Ceremonii. Acesta mi-a prins pe piept o amuletă de un roșu sângeriu în formă de flăcări, pe care era gravat anul și evenimentul la care participasem.

A fost momentul cel mai înălțător din întreaga mea viață – urmat de cel mai îngrozitor, când i-am zărit pe Reyad și pe Kanna privindu-mă din public!

Kanna zâmbea și strălucea toată, însă expresia lui Reyad era dură și neiertătoare, iar furia înăbușită i se strecura printre buzele care-i zvâcneau.

Am zăbovit în vestiar până a plecat toată lumea. Cortul avea două ieșiri, însă Reyad își postase gărzile în dreptul lor.

Știind că el mi-ar fi luat amuleta și ar fi distrus-o, am îngropat-o adânc sub pardoseala de pământ a încăperii.

Așa cum mă așteptam, Reyad a pus mâna pe mine de îndată ce am ieșit din cort. M-a târât înapoi la conac.

A fost consultat și generalul Brazell, care a fost de acord că nu aveam să devin niciodată „un om din grupul lui". Eram prea independentă, prea încăpățânată și prea voluntară, spusese Brazell și mă dăduse pe mâna fiului său.

Experimentele luaseră sfârșit. Dădusem greș.

În noaptea aceea, Reyad abia reușise să-și țină cumpătul până am rămas singuri în camera lui, dar, când ușa a fost închisă și încuiată, și-a descărcat toată furia pe mine, cu pumnii și cu picioarele.

— Am vrut să te omor pentru că nu m-ai ascultat, mi-a spus stafia lui Reyad, alunecând prin cameră. Îmi pusesem în gând să savurez procesul o perioadă foarte lungă, dar tu mi-ai luat-o înainte. Probabil că strecuraseși cuțitul acela sub salteaua mea de ceva vreme.

Apoi a făcut o pauză, ridicând, gânditor, întrebător, o sprânceană.

Furasem și ascunsesem un cuțit sub patul lui Reyad cu un an înainte, după ce mă bătuse pentru că mă antrenasem.

De ce sub patul lui? Nu aveam, cu adevărat, un plan bine pus la punct, doar o cumplită presimțire că urma să am nevoie de el în camera lui Reyad, nu în a mea, care se învecina cu a sa.

Să visezi la o crimă fusese ușor. Să o înfăptuiești... asta a fost cu totul și cu totul o altă poveste.

Chiar dacă îndurasem multe suferințe în anul acela, nu depășisem pragul unei judecăți sănătoase, nu mă cufundasem în nebunie.

Până în acea noapte...

— Ceva te-a făcut să o iei razna? Ce anume? m-a întrebat stafia. Sau doar trăgeai de timp, ca și acum? Auzi la ea: vrea să-nveţe să se bată! a exclamat el, chicotind. Închipuie-ţi că te lupţi cu un atacator! N-ai rezista împotriva unui asalt direct. Știu eu ce spun.

Zicând acestea, a plutit prin faţa mea, silindu-mi amintirile să iasă la iveală.

M-am eschivat din faţa lui și a amintirilor din noaptea aceea.

— Dispari! i-am spus spectrului.

Luând cartea despre otrăvuri, m-am întins în pat, hotărâtă să-l ignor. El se estompa ușor în timp ce citeam, dar devenea din nou luminos atunci când îi aruncam vreo privire.

— Jurnalul meu te-a făcut să o iei razna? m-a iscodit Reyad atunci când privirea mea a zăbovit prea mult asupra sa.

— Nu!

Cuvântul îmi ieșise de pe buze, luându-mă prin surprindere. Mă convinsesem singură că jurnalul lui fusese picătura care umpluse paharul după doi ani de chin.

Amintirile dureroase năvăleau de acum cu o forţă care mă făcea să tremur din toţi rărunchii.

După ce mi-am recăpătat cunoștinţa în urma bătăii, m-am regăsit întinsă și dezbrăcată pe patul lui Reyad. Răsfoind filele jurnalului său în faţa mea, mi-a poruncit să-l citesc, făcându-i plăcere să privească groaza din ce în ce mai mare care mi se întipărea pe chip.

În jurnalul lui era trecut fiecare motiv de nemulţumire pe care-l avusese faţă de mine în cei doi în care lucrasem cu el. De fiecare dată când nu-l ascultasem sau îl supărasem, își notase în jurnal, împreună cu descrierea detaliată a modului în care avea să mă pedepsească.

Acum, când Brazell nu mai avea nevoie de mine pentru experimentele sale, Reyad nu mai avea nicio limită. Înclinațiile lui sadice și covârșitoarea genune a imaginației sale erau surprinse în detaliu.

Pe când mă chinuiam să respir, primul meu gând a fost să găsesc cuțitul și să-mi iau viața, numai că era de partea cealaltă, lângă tăblia patului.

— În seara asta vom începe cu pedeapsa de la prima pagină, îmi spusese Reyad, sforăind de nerăbdare când străbătuse încăperea până la cufărul lui cu „jucărele", scoțând de acolo lanțuri și alte instrumente de tortură.

Cu degetele amorțite, am dat paginile până la începutul jurnalului. În prima pagină se menționa că omisesem să mă adresez lui Reyad cu „domnule" atunci când făcuserăm cunoștință. Iar pentru lipsa de respect, urma să adopt o poziție de supunere, stând în mâini și în genunchi, iar apoi să fiu biciuită. El avea să-mi ceară să-i spun „domnule". După fiecare lovitură de bici, aveam să-i răspund cu cuvintele: „Încă una, *domnule*, vă rog!" Iar în timpul violului care avea să urmeze, urma să mă adresez lui Reyad tot cu „domnule" și să îl implor să continue pedeapsa pe care mi-o aplica.

Jurnalul mi-a alunecat atunci din mâinile paralizate. M-am aruncat peste pat cu intenția de a găsi cuțitul, însă Reyad, gândind că încercam să scap, m-a prins. Lupta mea a fost zadarnică, fiindcă el m-a forțat să stau în genunchi. Cu fața lipită de podeaua aspră de piatră, Reyad mi-a încătușat mâinile la spate.

Anticiparea fusese mai înspăimântătoare decât actul în sine. Într-un mod foarte pervers, acesta a fost ca o alinare, pentru că știam la ce să mă aștept și când avea să înceteze. Mi-am jucat rolul, înțelegând că, dacă aș fi refuzat să fac gesturile pe care intenționa să le fac, l-aș fi înfuriat și mai tare.

Când, în cele din urmă, oroarea a încetat, sângele îmi scălda tot spatele și îmi acoperea partea interioară a pulpelor. M-am încolăcit ca o minge la marginea patului lui Reyad. Mintea mea își pierduse puterea de a mai judeca. Trupul îmi zvâcnea de durere. Degetele lui erau în interiorul meu.

Acolo unde avea să fie și el întotdeauna, mi-a șoptit Reyad în ureche pe când se întindea lângă mine.

De data aceasta aveam cuțitul la îndemână. Gândurile mele contemplau sinuciderea.

Apoi Reyad mi-a spus:

— Probabil că va trebui să încep un nou jurnal.

Nu i-am răspuns.

— Vom antrena o fată nouă, acum, că tu ai dat greș.

Apoi s-a ridicat și și-a înfipt degetele și mai adânc în mine.

— Sus, în genunchi! A sosit timpul pentru pagina a doua! mi-a strigat.

— Nu! am țipat. N-o să faci asta!

Bâjbâind, înnebunită pentru o clipă, am scos cuțitul și i-am crestat gâtul. Era doar o tăietură superficială, însă el s-a prăbușit pe spate, în pat, din cauza surprizei.

Cuțitul i-a ajuns la piept, tăind mai adânc. Lama i-a zgâriat osul. Sângele a țâșnit.

Un sentiment călduț, de satisfacție, m-a năpădit apoi, când mi-am dat seama că nu mai puteam să deosebesc al cui sânge băltea de acum între coapsele mele.

— Vasăzică, asta te-a făcut s-o iei razna? Faptul că aveam să te violez din nou? m-a întrebat stafia lui Reyad.

— Nu asta, l-am contrazis. Ci gândul că aveai să torturezi o altă fată din orfelinat.

— O, da! a pufnit. Prietenele tale!

— Surorile mele! l-am corectat. Te-am ucis de dragul lor, dar ar fi trebuit s-o fi făcut-o numai și numai pentru mine.

Furia pusese de acum stăpânire pe întregul meu trup. L-am încolțit.

Pumnii mei îl loveau, chiar dacă știam, într-un ungher al minții, că nu-l puteam vătăma în niciun fel.

Expresia lui insolentă nu s-a schimbat nicidecum, însă l-am lovit cu pumnii iar și iar, până când primele raze ale răsăritului au atins stafia lui Reyad. Care s-a făcut nevăzută.

Plângând în hohote, m-am prăbușit pe podea.

După ceva vreme, am redevenit conștientă de ce se afla în jurul meu. Aveam pumnii însângerați pentru că lovisem peretele aspru de piatră. Eram epuizată și golită de orice emoție. Și întârziasem la micul dejun.

„Fir-ai tu să fii, Valek!”

— Fii atentă! mi-a spus Ari.

M-a lovit apoi în stomac cu pumnalul din lemn.

— Și ești moartă de-acum! a exclamat. A patra oară pe ziua de azi. Ce se întâmplă?

— N-am prea dormit, i-am explicat. Scuză-mă!

Ari mi-a făcut semn să iau loc pe banca instalată de-a lungul peretelui. Ne-am așezat și i-am privit pe Maren și Janco, angajați într-o luptă amicală cu arcul în partea cealaltă a magaziei. Iuțeala lui Janco prevalase asupra îndemânării lui Maren, iar ea bătea acum în retragere, îndreptându-se cu spatele spre un colț.

— Este înaltă și zveltă, dar nu mă va învinge! a cântat aproape Janco.

Cuvintele lui aveau menirea s-o înfurie – o stratagemă care dăduse rezultate anterior, căci, prea adesea, furia o determinase pe Maren să facă greșeli majore.

Însă de data aceasta ea a rămas calmă. Și-a înfipt capătul arcului între picioare, ceea ce îi imobilizase arma aproape de trup.

Apoi a făcut un salt peste capul lui Janco, a aterizat în spatele lui şi l-a prins de gât, strângându-l până când acesta a cedat.

Dispoziţia mea sumbră s-a mai înseninat puţin, văzând cum Maren folosea o metodă pe care o învăţase de la mine. Iar indignarea zugrăvită pe chipul lui Janco era de milioane!

El a insistat, desigur, să-şi ia revanşa. Aşa că s-au lansat într-un nou duel zgomotos.

Ari şi cu mine am rămas pe bancă. Cred că ghicise că nu mai aveam energie să ne continuăm lecţia.

— Ceva nu este în regulă, mi-a spus el cu o voce calmă. Ce se întâmplă?

— Eu..., am început şi m-am oprit, nefiind sigură ce răspuns să-i dau.

Să-i vorbesc despre purtarea rece şi despre schimbarea de atitudine ale lui Valek?

Sau despre conversaţia pe care o purtasem o noapte întreagă cu stafia bărbatului pe care îl ucisesem?

Nu! Nu se cuvenea!

Aşa că l-am întrebat, în schimb:

— Crezi că toate acestea sunt o pierdere de vreme?

Cuvintele lui Reyad cum că trăgeam de timp aveau ceva adevărat în ele. Poate că perioada pe care-o petreceam antrenându-mă nu era decât parte dintr-o strategie subconştientă de evitare a soluţionării problemelor mele reale.

— Dacă aş crede că este o pierdere de timp, nu m-aş afla aici, mi-a răspuns, iar în tonul lui puteam distinge o urmă de mânie. *Tu* ai nevoie de asta, Yelena!

— De ce? Aş putea muri înainte de a avea vreo şansă să fac uz de ceea ce învăţ aici.

— După cum văd eu lucrurile, deja te pricepi să fugi şi să te ascunzi, mi-a explicat. Ţi-a trebuit o săptămână să-ţi faci curaj să vorbești cu Maren. Și, dacă ar fi după tine, încă te-ar mai numi „Cea-care-dă-la-boboci". Trebuie să înveți să te ridici și să te lupți pentru ceea ce-ți dorești.

Ari s-a jucat un timp cu pumnalul de lemn, pe care-l tot răsucea, trecându-și-l de jur-împrejurul încheieturii.

— Acum stai pe margine, gata s-o ștergi dacă merge ceva prost. Dar, când vei reuși să iei arcul din mâinile lui Janco și să mă dobori pe mine din picioare, atunci te vei simți cu adevărat puternică.

S-a oprit puțin, apoi a continuat:

— Dacă tu simți că ar fi mai bine să-ți petreci timpul cu altceva, atunci fă-o! Dar în plus față de antrenamentul tău. Astfel, data viitoare când cineva te va mai numi „Cea-care-dă-la-boboci", vei avea încrederea necesară să-i spui să se ducă naibii.

Mă uimea evaluarea lui asupra propriei persoane. N-aș fi putut să spun nici măcar dacă eram sau nu de acord cu Ari, însă știam că avea dreptate în privința impulsului de a face altceva. El nu știa ce anume, dar știam eu: să găsesc antidotul la pulberii-de-fluturi.

— Așa crezi tu că mă încurajezi? l-am întrebat cu voce tremurătoare.

— Da. Acum încetează să mai cauți o scuză ca să nu te antrenezi și ai încredere în mine. Ce altceva îți mai trebuie? m-a întrebat.

Intensitatea calmă a vocii lui Ari m-a făcut să simt un fior de-a lungul șirei spinării. Știa, oare, ce puneam la cale sau ghicea asta?

Intenționasem dintotdeauna să fac rost de antidot și să fug în Sitia.

Să fug... să fug... să fug...

Ari avusese dreptate în privința asta. Însă, pentru a fugi în sud, ar fi trebuit să fiu într-o formă fizică excelentă și să mă pot apăra de gărzi. În orice caz, omiteam un detaliu important: pe Valek.

M-ar fi urmărit până în Sitia, iar trecerea frontierei nu m-ar fi ajutat să fiu în deplină siguranță față de el.

Nici chiar magia lui Irys nu m-ar fi putut proteja!

Valek ar fi considerat capturarea sau omorârea mea drept o chestiune personală, de onoare.

Aceasta era situația pe care-mi fusese atât de teamă să o înfrunt. Pe care o ocoleam!

Mă concentrasem asupra antrenamentului ca să nu mă confrunt cu o dilemă pe care mă temeam că nu eram suficient de isteață s-o rezolv. Trebuia să-mi îmbunătățesc strategia, astfel încât să includă nu numai obținerea antidotului, ci și confruntarea cu Valek fără să-l omor.

Mă îndoiam că Ari deținea soluția.

— Ai putea să-l învingi pe Valek cu aceste lovituri! a pufnit Janco pe când îi bloca arcul lui Maren. Ar râde de s-ar prăpădi de cât de înduioșător de slabe sunt, oferindu-ți astfel deschiderea perfectă.

Maren a rămas tăcută, dar și-a accelerat ritmul atacului. Janco a dat înapoi.

Cuvintele lui Janco mi se învârteau prin minte. Un mic plan ciudat, cu șanse destul de reduse, a început să prindă contur în mintea mea.

— Ari, mă poți învăța să sparg lacăte? l-am întrebat nitam-nisam.

El a chibzuit în tăcere la cuvintele mele. În cele din urmă, mi-a spus:

— Janco ar putea face asta.

— Janco? m-am mirat.

Ari a zâmbit.

— Pare el inofensiv şi vesel, dar, când era mic, a intrat în tot felul de belele până l-au prins la înghesuială. Atunci i-au oferit să aleagă între a se înrola în armată şi a merge la închisoare. Uite că acum a ajuns căpitan! Cel mai mare avantaj al lui este că nimeni nu-l ia în serios şi asta este exact ce-şi doreşte şi el.

— Voi încerca să ţin minte asta, data viitoare când face glume şi-mi nenoroceşte coastele! i-am promis.

Am văzut-o apoi pe Maren cum îl bătea pe Janco pentru a doua oară.

— Haide să-l alegem câştigător pe-acela care va birui în trei meciuri din cinci! Nu mă poţi refuza, doamna mea! i-a lansat Janco, neobosit, invitaţia.

Maren s-a mulţumit să ridice din umeri.

— Dacă orgoliul tău poate să suporte asta, i-a răspuns ea, făcându-şi arcul să alunece pe la picioarele lui.

Soldatul a sărit, evitându-i atacul cu o graţie atletică şi s-a repezit spre ea. Trosnetul ritmic al lemnului care lovea lemnul umplea sala de antrenament.

Ari s-a ridicat în picioare, a adoptat o poziţie defensivă şi a găsit, cumva, energia necesară să îmi ofere din nou un potrivnic pe care să-l înfrunt.

Când a sosit Valek, ne odihneam toţi patru pe bancă după antrenament. Maren a sărit repede în picioare, ca şi când ar fi considerat că era o crimă să fie surprinsă stând degeaba, pe când noi, ceilalţi, am rămas în poziţii relaxate.

Mi se părea fascinant să observ micile schimbări din comportamentul lui Maren atunci când Valek era prin preajmă. Latura ei dură se îmblânzea, zâmbea mai mult şi încerca să-l atragă într-o conversaţie sau într-o competiţie.

De cele mai multe ori, el revedea împreună cu Maren tacticile de luptă sau dirija un antrenament, iar ea se mândrea de parc-ar fi fost o pisică vagaboandă care ademenea cel mai falnic motan.

Însă, de data asta, Valek a dorit să-mi vorbească mie. Între patru ochi.

Ceilalți au părăsit în grabă încăperea.

Maren mi-a aruncat o privire sumbră, cu forța uneia dintre loviturile ei cu arcul.

„Mâine mă va sili să-i plătesc pentru asta!" mi-am dat seama.

Valek a măsurat încăperea de la un capăt la altul. Îl urmăream, iar neliniștea punea tot mai mult stăpânire pe mine. Speram că nu era în căutarea unei pietre pe care s-o arunce în mine.

— Ce s-a întâmplat? l-am întrebat. Este ceva legat de seara asta?

Entuziasmul de a o demasca pe Margg se transforma în nervozitate când mă gândeam la riscul pe care mi-l asumam.

Ideea că totul ar fi putut fi doar o pierdere de timp a ieșit din nou la suprafață. La naiba cu stafia lui Reyad! Mă făcea să mă îndoiesc de absolut orice.

Scurgerea asta de informații îmi influența viața. Cineva îi mituise pe haidamacii aceia de la Sărbătorile Focului, iar Irys știuse că mă aflam în pădure.

Trebuia să-i astup cât mai repede gura lui Margg!

— Nu! Totul este pregătit pentru diseară, mi-a spus Valek. Comandantul Ambrose este acela în legătură cu care îmi fac griji.

Apoi a făcut o pauză.

— Ce-i cu el? m-am repezit eu.

— S-a întâlnit cumva cu cineva mai neobişnuit săptămâna aceasta? m-a întrebat.

— „Neobişnuit"? am repetat. Cum adică: „neobişnuit"?

— Cu cineva pe care nu-l cunoşti sau cu vreun consilier din alt district militar? a încercat să mă lămurească.

— Din câte ştiu eu, nu, am răspuns. De ce?

Valek a făcut o nouă pauză. Parcă şi vedeam cum îi roiau gândurile, pe când încerca să stabilească dacă să aibă încredere în mine sau nu.

— Comandantul Ambrose a fost de acord să primească o delegaţie sitiană, a zis, în cele din urmă.

— Şi asta este ceva rău? l-am întrebat, derutată.

— Păi, el îi urăşte pe cei din sud! a exclamat. După preluarea puterii, sitienii au solicitat în fiecare an o întrevedere cu el. Iar în ultimii cincisprezece ani, comandantul a răspuns cu un singur cuvânt: „Nu". Şi acum urmează ca ei să ajungă aici într-o săptămână! ritmul mersului lui Valek s-a accelerat. Chiar de când ai devenit degustător şi a apărut criollo ăla, comandantul se poartă diferit. Până în momentul de faţă, nu am reuşit să pun degetul pe rană – nu era decât o senzaţie sâcâitoare, însă acum există două incidente aparte.

— Schimbarea succesorului şi primirea delegaţiei din sud? am precizat.

— Exact! a aprobat el.

Nu aveam ce răspuns să-i dau. Experienţa mea cu comandantul suprem fusese exact opusul a ceea ce m-aş fi aşteptat din partea unui dictator militar.

Pentru că Ambrose lua în considerare alte opinii, era ferm, decis şi corect. Puterea lui era evidentă: fiecare ordin îi era îndeplinit fără nicio întârziere. Trăia conform existenţei spartane pe care o adoptase. Printre consilierii şi ofiţerii săi de rang înalt nu domnea teama, ci doar o loialitate infailibilă și un imens respect. Singura poveste de groază pe care o auzisem, care se petrecuse după preluare, fusese aceea despre mama lui Rand. Desigur, asasinatele dinainte fuseseră tot niște nelegiuiri.

Valek s-a oprit și a respirat profund.

— „Am deviat" niște criollo spre apartamentul nostru. Vreau să iei câte o bucată de fiecare dată când mănâncă și comandantul. Dar să nu spui nimănui nimic, nici măcar lui. Este un ordin!

— Da, să trăiți, domnule! am răspuns eu automat.

Însă mintea mea se oprise asupra faptului că se referise la apartament ca fiind „al nostru".

„Oare am auzit bine?" m-am întrebat.

— Du-te la întâlnirea cu Margg din seara asta! mi-a cerut. Voi fi și eu acolo.

— Să-i spun omului de legătură al lui Margg despre delegația din sud? l-am întrebat.

— Nu! s-a opus. Folosește-te de schimbarea succesorului comandantului. Deja umblă zvonul, așa că nu vei face decât să-l confirmi.

Și, zicându-mi acestea, Valek a părăsit cu pași mari încăperea.

Pentru cazul în care cineva ne-ar fi descoperit sala de antrenament, am ascuns armele cu care exersam, am șters toate urmele vizibile ale prezenței noastre și am zăvorât ușa.

În drum spre baie, gândurile mele au zăbovit asupra întâlnirii din acea seară. Distrată, am pășit prin fața unei uși deschise. Ceea ce era o ciudățenie! Pentru că în acea aripă a castelului, cele mai multe uși duceau la magazii și erau ținute încuiate.

Am întrezărit o mișcare în stânga mea. Niște mâini m-au apucat de braț și m-au tras înăuntru. Ușa s-a închis cu zgomot în urma mea.

S-a lăsat un întuneric deplin. Am fost azvârlită cu fața spre un perete de piatră. Din cauza izbiturii, aerul din plămânii mei a ieșit cu zgomot afară.

M-am răsucit. Cu spatele la perete, am încercat să-mi recapăt răsuflarea.

— Rămâi pe loc! a mârâit o voce de bărbat.

Am țintit o lovitură frontală în direcția vocii, dar am nimerit în gol.

S-a auzit un hohot de râs batjocoritor.

O lumânare a fost aprinsă. Lumina ei gălbuie se reflecta de-a lungul unui tăiș lung, argintiu.

Îngrozită, am urmărit cu privirea cuțitul până la mâna care îl ținea, de acolo, de-a lungul brațului și mai sus, până la față.

Era Nix!

21

— DE CE? M-A ÎNTREBAT NIX, AȘEZÂND lumânarea printre pânzele de păianjen care acopereau ca o dantelă masa. De ce sunt eu întotdeauna cel mai deștept?

A pășit mai aproape de mine.

L-am lovit din nou cu piciorul, însă el a parat cu ușurință.

— De ce nu au avut succes încercările mele de a te descuraja?

Se mișca în lumina pâlpâitoare a lumânării. Marginea pumnalului său îmi apăsa de acum gâtul.

— Poate că trebuie să fiu mai explicit?

Mirosul de varză fiartă și de sudoare mi-a ajuns la nări. Ținându-mi corpul nemișcat, am întrebat cu vocea cea mai neutră și mai netemătoare pe care am reușit să mi-o compun:

— Care este problema ta?

— Problema mea este că nimeni nu te consideră un pericol, mi-a răspuns. Numai că eu sunt mai deștept decât Ari, Janco și Maren. Sunt mai deștept chiar și decât Valek. Nu-i așa?

Când nu i-am dat niciun răspuns, Nix a sporit presiunea asupra cuțitului și a repetat.

— Nu-i așa?

O linie subţire, dureroasă, îmi ardea gâtul dintr-o parte într-alta.

— Da, i-am răspuns.

Din firele de praf care pluteau în aerul din spatele lui Nix a început să prindă contur stafia lui Reyad care afişa un zâmbet încrezut.

— Şeful meu vrea să încetezi cu antrenamentele, mi-a spus. Nu mi s-a permis să te omor. Ce păcat! a spus Nix, mângâindu-mi faţa cu mâna liberă. Mă aflu aici să te avertizez.

— Parffet? am sărit. Dar ce-i pasă lui de mine?

Pe când încercam să-i distrag atenţia, mintea mea căuta cu frenezie vreo manevră printre scurtele lecţii pe care mi le ţinuse Ari despre cum să te aperi cu ajutorul unui pumnal.

„La naiba!" m-am gândit eu. „De ce n-am fost mai atentă?"

— Nu-i pasă! mi-a explicat. Singurul lucru de care îi pasă nătângului de Parffet este să fie promovat. Însă generalul Brazell manifestă un viu interes faţă de noua ta ocupaţie favorită.

Zicând acestea, Nix şi-a repezit mâna liberă între picioarele mele şi şi-a sprijinit trupul de al meu.

Vreme de o secundă îngrozitoare, am înlemnit. Panica mi-a şters din minte toate metodele de autoapărare.

Un zumzet abia auzit a început să mi se formeze în minte, însă l-am înăbuşit, l-am respins, iar el s-a transformat într-o simplă gamă de note muzicale.

Apoi m-a năpădit liniştea. Mişcările de autoapărare adecvate mi-au apărut în faţa ochilor minţii.

Am gemut şi mi-am mişcat coapsele, lărgind locul pe care îl ocupam în spaţiu.

Nix a zâmbit, încântat.

— Eşti exact târfa care-mi imaginam c-ai să fii! a spus. Acum ţine minte, urmează să fii pedepsită!

Partea de sus a coapsei lui a luat locul mâinii. A început să-mi dezlege centura.

Mi-am frecat genunchiul între picioarele lui, după care i l-am înfipt cu putere în vintre. Grohăind, Nix s-a chircit de durere.

I-am apucat pumnalul cu ambele mâini, să-l împiedic să se înfigă și mai mult în gâtul meu.

Parc-auzeam aievea vocea practică a lui Ari: „E mai bine să-ți fie tăiate mâinile, decât gâtul". Cuvintele lui îmi răsunau în minte chiar și atunci când am făcut o grimasă din cauza durerii ascuțite. Concentrându-mi atenția asupra cuțitului, am împins arma departe de mine.

Nix s-a împleticit în spate.

— Târfo ce ești! a mârâit el și și-a dus mâna în spate, să-și ia avânt și să mă lovească apoi cu pumnalul.

Când tăișul s-a apropiat de mine, m-am tras mai aproape de trupul lui, astfel încât, atunci când m-am răsucit, umărul meu drept îi atingea pieptul.

Cu latul palmelor i-am lovit partea de sus și partea de jos a brațului. Forța combinată a loviturii și balansul lui i-au făcut brațul să-i devină neputincios.

Arma a căzut, cu un zăngănit, pe podea.

Apucându-i brațul, i l-am răsucit până când podul palmei i s-a îndreptat spre tavan. Apoi am pivotat pe un picior, așezându-mi umărul drept sub cotul lui. Cu toată forța, i-am tras mâna în jos.

Am auzit un pocnet puternic urmat de un țipăt, când brațul lui Nix s-a rupt. Răsucindu-mă, să ajungem față în față, l-am lovit de două ori cu pumnul în nas. L-a podidit imediat sângele.

Cât era încă dezechilibrat, i-am tras un picior în rotulă, spărgându-i-o. Nix s-a prăbușit la pământ.

Apoi „am dansat" în jurul lui, lovindu-l cu piciorul în coaste. Sângele îmi trepida și îmi fierbea. Firavele lui încercări de a mă bloca nu făceau decât să-mi stârnească frenezia. În starea asta de spirit aș fi putut să-l și omor.

Iar stafia lui Reyad mă încuraja!

— Așa, Yelena, așa! m-a îndemnat spectrul. Omoară încă un om și te va aștepta ștreangul, mai mult ca sigur!

Cine știa cum, cuvintele sale au ajuns la partea rațională a minții mele și m-am oprit, respirând cu greu.

Nix stătea nemișcat.

Am îngenuncheat lângă el și i-am căutat pulsul. Am simțit o bătaie puternică în buricele degetelor. Ușurarea care începuse să mă cuprindă a dispărut pe dată când Nix mi-a înhățat strâns umărul.

Am icnit și l-am lovit cu pumnul în față. Strânsoarea lui a slăbit, iar eu mi-am eliberat brațul.

Înhățând pumnalul de pe jos, am urmat sfatul de autoapărare pe care mi-l repeta Janco adesea: „Lovește și fugi!"

Așa că am fugit. Însă de data asta, nu urmărită de teamă. Am fugit cu aripi imaginare purpurii fâlfâind în urma mea.

Mișcându-mă repede, să alung tremurul care amenința să mă cuprindă, am ajuns la baie. Era pustie în acel moment al zilei, așa că am ascuns pumnalul lui Nix sub una dintre mesele cu prosoape.

Am verificat în oglindă cât eram de rănită. Tăietura de la gât nu mai sângera, însă cele două răni adânci de pe palme păreau suficient de serioase, încât să aibă nevoie de îngrijiri medicale.

Mai aveam și o lucire aprigă în priviri care mă făcea de nerecunoscut, de parcă m-aș fi transformat într-un animal sălbatic.

Mi-am dezvelit dinții și mi-am spus în sinea mea: „Cine-i șobolanul acum?"

Chibzuind care avea să fie următoarea mea mişcare, am fost cuprinsă de şovăială, însă. Comandantul suprem se aştepta să-i gust cina, dar nu puteam să-i sângerez în mâncare.

Avântul iniţial de energie stârnit de lupta cu Nix se stingea încet-încet. Un val de ameţeală începea să mă cuprindă. M-am îndreptat spre infirmerie, sperând să ajung acolo înainte de a-mi pierde cunoştinţa.

Mama-Felceriță m-a examinat repede. Mi-a arătat un pat de consultaţie pe marginea căruia m-am aşezat, întinzându-mi mâinile pentru a fi examinate.

— Cum…? a început ea.

— Nişte sticlă spartă, i-am răspuns.

A încuviinţat cu un semn din cap, cu buzele strânse, gânditoare.

— Stai un pic, să-mi aduc trusa medicală! mi-a cerut.

Când s-a întors cu o tavă metalică plină de instrumente, m-am întins pe pat.

Un borcan plin cu lipiciul lui Rand părea nelalocul lui acolo, printre produsele medicale, ca jucăria unui copil înconjurată de nimicurile unui adult.

Mâinile au prins să-mi zvâcnească și-mi era groază de îngrijirile ei.

Am întors capul chiar la timp să-l văd pe Valek dând buzna în infirmerie.

„Era tot ce-mi mai lipsea!” mi-am spus cu un oftat.

Începea să fie o zi al naibii de proastă.

— Ce s-a întâmplat? m-a întrebat Valek.

Am aruncat o privire spre doctoriță.

Ea mi-a luat mâna dreaptă și a început să-mi curețe rana.

— Sticla spartă lasă urme în zigzag, a spus ea. Este evident că aceste tăieturi curate provin de la un cuțit. Sunt obligată să anunț acest lucru.

Deşi doctoriţa îi dăduse raportul lui Valek, acesta nu avea de gând să plece fără un răspuns venit de la mine.

Mi-am concentrat atenţia asupra lui, plină de resemnare, în speranţa că asta avea să-mi abată atenţia de la durerea din mâini.

— Am fost atacată, i-am mărturisit.

— De către cine? m-a întrebat pe un ton tăios.

Mi-am aruncat privirea spre doctoriţă, iar Valek mi-a înţeles şovăiala.

— Poţi să ne laşi singuri câteva clipe? i-a cerut.

Ea şi-a făcut gura pungă, ca şi când s-ar fi gândit la solicitarea lui. În toate cazurile medicale, autoritatea ei avea întâietatea asupra aceleia a lui Valek.

— Cinci minute, a hotărât ea şi s-a îndreptat spre biroul aflat în partea cealaltă a infirmeriei.

— De către cine? a repetat Valek.

— De către Nix, un soldat din unitatea lui Parffet. A spus că lucra pentru Brazell şi m-a avertizat să încetez antrenamentele, i-am declarat.

— Îl omor cu mâna mea! a izbucnit.

Intensitatea din vocea lui Valek m-a şocat şi m-a alarmat.

— Ba nu, am spus, încercând să vorbesc cu o voce cât mai hotărâtă. Te vei folosi de el. Este o legătură care duce la Brazell.

Ochii lui albaştri şi încrâncenaţi i-au găsit pe-ai mei şi el mi-a susţinut privirea, scrutându-mă.

— Unde te-a atacat? şi-a continuat interogatoriul.

— Într-o magazie situată la vreo patru sau cinci uşi depărtare de sala noastră de antrenamente.

— Probabil că a plecat de mult de acolo, a concluzionat el. Voi trimite pe cineva la barăci.

— Nu va fi nici acolo, l-am asigurat.

— De ce nu? s-a mirat Valek.

Apoi mi-a aruncat o privire care mi-a amintit-o pe aceea a comandantului, căci își ridicase sprâncenele, fiindcă se străduia să-și stăpânească emoțiile.

M-a invitat să continui cu un gest din cap.

— Dacă nu este în magazie, nu avea cum să fi ajuns prea departe. Poate că vei prefera să trimiți doi oameni după el, i-am sugerat.

— Înțeleg! a spus și a făcut o pauză. Care va să zică, ești mulțumită de modul în care progresează antrenamentul tău?

— Progresează chiar mai bine decât mă așteptam, i-am declarat.

Valek a părăsit infirmeria. Mama-Felceriță, turnătoarea de ea, s-a întors lângă mine.

„Data viitoare", mi-am spus cu amărăciune în sinea mea, „mă voi trata singură, evitând să fiu trădată de medic."

În fond, încă mai aveam, în rucsac, un borcan cu lipiciul lui Rand. Cât de greu putea fi să lipești două tăieturi?

Mi-am mușcat buza de jos în timp ce ea termina de curățat și de lipit rănile.

Înfășurând strâns bandajele în jurul mâinilor mele, mi-a dat indicațiile necesare pentru ca acestea să se vindece: să nu le introduc în apă timp de o zi, să nu ridic greutăți și să nu scriu timp de o săptămână.

Și asta mai însemna, mi-am dat eu seama, să nu mă mai antrenez o vreme.

În infirmerie au intrat oamenii lui Valek care l-au azvârlit pe Nix pe un alt pat de consultație.

Doctorița mi-a aruncat o privire întrebătoare, apoi a început să se agite deasupra lui Nix, care gemea, oferindu-mi prilejul ideal pentru a pleca de acolo.

M-am grăbit să ajung la biroul comandantului suprem, însă Valek mi-o luase înainte. A închis ușa în urma lui în timp ce mi se alătura în sala tronului.

— Am avut eu grijă de masa de seară, mi-a spus, conducându-mă înapoi prin labirintul de birouri.

Era seara devreme și mai lucrau doar vreo câțiva consilieri.

— Găsește-o pe Margg și anulează întâlnirea din seara asta, apoi mergi în apartamentul nostru și odihnește-te! mi-a cerut el pe un ton hotărât.

— S-o anulez? De ce? Ar trezi suspiciuni. Voi purta mănuși, să-mi acopăr bandajele. Noaptea este destul de rece; nu va băga nimeni de seamă.

Când Valek nu mi-a dat niciun răspuns, am adăugat:

— Mă simt bine.

El a zâmbit.

— Ar trebui să te uiți în oglindă! mi-a spus.

A șovăit puțin, cu fruntea numai cute-cute săpate de nehotărâre, de șovăială.

— De acord, a încuviințat, în cele din urmă. Vom proceda așa cum ne-am propus.

Ne-am oprit la ușa biroului lui Valek.

— Am ceva de terminat, m-a anunțat. Odihnește-te și să nu-ți faci nicio grijă! Voi sta pe aproape în seara asta.

Tocmai introducea cheia în broască în clipa în care l-am strigat:

— Valek!

— Da! mi-a răspuns.

— Ce se va întâmpla cu Nix? l-am întrebat.

— Îl vom petici, îl voi amenința cu ani buni de temniță dacă nu cooperează, iar când nu ne va mai fi de folos, îl voi transfera în DM-1. E bine așa? Sau ai vrea să-l omor?

Districtul Militar 1 era cel mai friguros și mai dezolant district din Ixia. Posibilitatea ca Nix să cadă pradă unui leopard al zăpezilor mi-a adus un zâmbet răutăcios pe față.

— Nu. Transferul mă satisface pe deplin, l-am încredințat. Dacă l-aș fi vrut mort, aș fi făcut-o chiar eu.

Valek și-a îndreptat spatele, fulgerându-mă cu privirea. Un amestec de surpriză, amuzament și precauție - toate stârnite de comentariul meu - i s-a perindat pe chip înainte să-și reprime toate emoțiile și să redevină iarăși Valek al meu, cel cu chipul împietrit.

Am zâmbit, imitându-l cât mai fidel pe Janco, și am pornit-o pe coridor.

Odihna trebuia să mai aștepte, pentru că aveam câteva drumuri de făcut până la întâlnirea din seara aceea.

Mai întâi, aveam nevoie o pereche de mănuși și de o pelerină. Fiindcă sezonul mai rece se transforma în cel geros, nopțile deveniseră mușcător de răcoroase, învelind totul într-o pătură de gheață, astfel încât firele de iarbă sclipeau ca diamantele când erau mângâiate de soarele dimineții.

Mulțumindu-i sorții că Dilana mai era încă la atelierul de croitorie, înainte de a-i adresa cererea, am stat la taclale despre cele mai recente bârfe.

— Doamne, Dumnezeule! a exclamat ea, semănând cu o respectabilă mamă de familie care-și manifesta îngrijorarea. Nu ai deloc haine pentru sezonul geros!

A prins să se vânture de colo-colo printre maldărele de uniforme. Buclele ei moi, de culoarea mierii, tresăreau la fiecare mișcare.

— De ce n-ai venit mai demult? m-a admonestat.

Am izbucnit în râs.

— N-am avut nevoie de ele până acum, i-am spus. Dilana, tu le porți de grijă tuturor celor din castel?

Ea s-a oprit din stivuirea hainelor şi m-a privit în ochi.

— Nu, draga mea, numai acelora care au nevoie, mi-a răspuns.

— Mulţumesc frumos, am zis eu pe un ton de o sarcastică afecţiune.

Când a terminat să mă echipeze pentru sezonul geros, eram sufocată de un morman de haine. Cu lenjeria de corp din flanelă, ciorapii de lână şi ghetele grele, probabil că aş fi putut rezista pe un banc de gheaţă timp de săptămâni întregi. Am aşezat maldărul de haine într-un colţ şi am rugat-o pe Dilana să cheme pe cineva să mi le ducă în apartamentul lui Valek.

— Tot acolo stai? m-a întrebat cu un zâmbet.

— Pentru moment, am încuviinţat. Dar când se mai liniştesc lucrurile, cred că mă voi întoarce în vechea mea cămăruţă.

„Nu «când»", mi-am zis cu amărăciune. „Ci, mai degrabă, «dacă»."

Am ales o pelerină neagră şi grea din teanc, am înghesuit nişte mănuşi negre de lână în buzunarele ei adânci şi mi-am înfăşurat-o pe braţ. Pelerina avea două romburi roşii cusute pe partea stângă a pieptului şi o glugă supradimensionată al cărei rol era mai mult să-mi ferească faţa de ploaie, decât să-mi ţină cald la cap.

— Cred că vei rămâne mult timp acolo, a spus Dilana.

— De ce? m-am mirat.

— Am impresia că Valek te cam place, m-a lămurit. Nu l-am mai văzut până acum atât de interesat de un degustător. De obicei, îi pregăteşte şi-i lasă în pace. Dac-ar exista riscul ca degustătorul să-i facă probleme, i-ar cere unuia dintre spionii lui să-l urmărească, nu s-ar deranja el personal şi cu atât mai puţin nu ar locui împreună cu acesta!

Faţa ei avea strălucirea lacomă a cuiva care colporta o bârfă care tocmai prindea aripi.

— Eşti nebună! Eşti dusă cu totul! am strigat.

— De fapt, pe el nu l-a interesat niciodată, înainte, o femeie, m-a lămurit. Începusem să cred că ar putea să-l prefere pe vreunul dintre spionii lui bărbați, însă acum... A făcut o pauză teatrală, apoi a continuat: Acum o avem pe drăguța și deșteapta de Yelena, care face ca inima rece a lui Valek să tresalte.

— Zău c-ar trebui să mai ieși din atelierul tău de croitorie! Ai nevoie de aer curat și de o doză bună de realitate, i-am spus.

Nu puteam să cred niciun cuvânt din ce îmi spusese Dilana, dar nici nu izbuteam să-mi controlez micul zâmbet prostesc care-mi înflorise pe față.

Râsul ei dulce și melodios m-a urmărit până pe hol.

— Știi bine că am dreptate! mi-a strigat.

„Singurul motiv pentru care Valek e interesat de mine", m-am gândit în timp ce mergeam pe coridoarele întunecate, „este că reprezint o enigmă pe care încearcă s-o rezolve."

Eram convinsă că, în momentul în care ar fi crezut că deținea toate răspunsurile despre magiciana din sud și despre Brazell, aveam să fiu trimisă din nou în camera mea din aripa servitorilor.

Nu mă încumetam să cred altceva. Una era ca eu să fac pentru el o mică pasiune nevinovată, care nu mi-ar fi influențat planurile în niciun fel. Chiar nu mi le-ar fi influențat! Absolut deloc! Dar să cred că și el simțea același lucru față de mine, ar fi fost o catastrofă.

Așa că m-am străduit să mă conving că Dilana, deși era o dulceață de femeie, căzuse victima propriei imaginații debordante și se înșela.

M-am străduit din greu. M-am străduit tot drumul până la bucătărie. M-am străduit și când l-am văzut pe Rand șontâcăind pe lângă cuptoarele lui, amintindu-mi că Valek era necruțător și că omorâse zeci de oameni.

Sângele regelui încă îi mai „împodobea” pumnalul. Valek era letal, plin de toane și exasperant. Dar, din cine știa ce motiv, nu reușeam să-mi șterg zâmbetul prostesc de pe față oricât de mult aș fi încercat.

Așezându-mi pelerina pe un scaun, am mâncat o cină târzie. Rand terminase de rotisat purceii, așa că a luat un scaun și s-a așezat lângă mine. Îmi lăsa gura apă din cauza mirosului cărnii de porc fripte.

— Cu ce prilej? l-am întrebat.

Friptura de porc era o delicatesă rară, avea nevoie de o zi întreagă pentru preparare și se servea numai la ocazii speciale.

— Săptămâna asta vin generalii în vizită. Mi s-au cerut toate specialitățile. Mi s-a ordonat, de asemenea, să pregătesc un festin pentru săptămâna următoare. Un festin! N-am mai avut așa ceva de când... A clătinat din cap, strângând din buze: De fapt, n-am avut niciunul de când a preluat comandantul conducerea. Rand a oftat: Nu voi avea deloc timp să fac experimente.

— Ai avea, totuși, timp să te uiți la astea? l-am întrebat, scoțând din buzunar o mână de boabe misterioase pe care i le-am dat lui Rand.

Așteptasem ivirea celui mai bun prilej ca să i le arăt.

— Am dat peste ele într-o magazie veche și m-am gândit că poate sunt boabele alea de cafea ale tale.

Rand și-a aplecat imediat capul și a inspirat adânc mirosul boabelor.

— Nu, din păcate, nu! a zis. Astea nu știu ce sunt. Boabele de cafea sunt netede și mai rotunde. Astea sunt ovale. Observi? Și au denivelări.

Rand le-a întins pe masă și a ales o boabă.

— Mușcă din ea! mi-a cerut.

Mestecând-o, s-a strâmbat din cauza gustului amar.

— Nu am văzut și nu am gustat până acum nimic asemănător. Unde le-ai găsit? m-a iscodit.

— Pe undeva, prin subsolul castelului.

„Ei bine", m-am gândit, „a meritat să-ncerc."

Dezamăgirea mă apăsa, însă. Sperasem să dezleg enigma pentru comandantul Ambrose, dar se părea că ajunsesem din nou în impas.

Rand probabil că mi-a simțit frustrarea.

— Era ceva important? m-a întrebat el.

Am încuviințat cu un gest din cap.

— Uite ce-i, mi-a zis. Lasă-le aici și mă voi ocupa de ele după festin!

— Cum „te vei ocupa"? l-am întrebat.

— Voi încerca să macin, să gătesc și să fierb boabele, m-a lămurit. Ingredientele își pot schimba gustul și textura atunci când le încălzești, iar astea s-ar putea transforma în ceva recognoscibil. Bine?

— Nu vreau să te deranjez, am murmurat.

— Prostii! a exclamat. Îmi plac provocările. În afară de asta, după festin mă voi întoarce oricum la programul meu zilnic și boabele vor fi un proiect de care îmi va face plăcere să mă ocup.

Le-a adunat și le-a pus apoi pe toate într-un borcan pe care l-a așezat pe raftul de sus, unde mai erau și alte chestii comestibile ciudate, închise în borcane de sticlă.

Am discutat despre diverse variante de meniu pentru festin, până când Rand a fost silit să întoarcă purceii în frigare.

— Câte un sfert de cerc la fiecare oră, m-a lămurit el, amintindu-mi că se apropia cu pași repezi momentul întâlnirii cu Margg și „omul" ei.

Am simțit o mică împunsătură de neliniște în stomac pe când îi uram lui Rand noapte bună.

M-am oprit la baie, din dorința de a recupera pumnalul lui Nix, însă erau prea multe persoane înăuntru.

„Poate că-i mai bine să nu fiu înarmată", mi-am spus, pe când încercam să-mi potolesc furtuna din stomac. „Poate mă vor percheziționa. Dac-ar găsi o armă, aș putea intra în belele și mai mari."

Margg avea întipărită pe chip obișnuita ei expresie de antipatie când am întâlnit-o, chiar lângă poarta de sud a incintei castelului. Am făcut schimb de insulte mascate ca niște saluturi nevinovate și am continuat să mergem în tăcere spre Orașul-Castelului. Speram că Valek se afla destul de aproape în urma noastră, însă știam că nu trebuia să arunc priviri peste umăr, fiindcă i-aș fi stârnit neliniștea lui Margg.

Stelele împodobeau cerul nopții, iar chipul plin al lunii strălucea cu entuziasm, aruncând umbre în jur. Drumul spre oraș era brăzdat de șanțuri lăsate de roțile căruțelor și netezit de trecerea a numeroase perechi de ghete. Am inspirat adânc aerul răcoros al nopții și m-am simțit înviorată când mirosul greu de pământ și de frunze uscate mi-a curățat plămânii.

La marginea orașului se vedeau șiruri ordonate de case din lemn cu patru etaje. Am rămas uimită de simetria lor. Mă obișnuisem într-atât cu stilul haotic, asimetric al castelului, cu ferestrele lui având toate formele geometrice cu putință, încât simplitatea banală a orașului mi se părea ciudată. Până și amplasarea prăvăliilor printre zonele de locuințe fusese planificată cu multă logică.

Cei câțiva orășeni pe care i-am observat pe stradă mergeau la treburile lor. Nimeni nu pierdea vremea, nu stătea de vorbă și nu părea să fi ieșit la o plimbare de plăcere. Nimeni, cu excepția gardienilor orașului.

Soldații, care jucaseră cândva un rol major în preluarea puterii, fuseseră repartizați ca polițiști în orașele de pe întreg Teritoriul Ixiei. Urmărind respectarea interdicției de a ieși afară după o anumită oră, precum și a legii de a purta o ținută obligatorie, aceștia făceau dreptate conform *Codului de bună purtare*, verificând acte, aprobând transferuri și efectuând arestări. Oricărui vizitator, din oricare oraș, i se cerea să se prezinte la secția principală de poliție ca să completeze documentele necesare înainte de a căuta un loc în care să fie găzduit.

Întâlnirea noastră fusese planificată cu atenție, astfel încât să avem timp să ne întoarcem la castel înainte ca prezența noastră pe străzi să înceapă să fie privită cu suspiciune. Perechile de soldați staționate pe stradă ne urmăreau din priviri. Am simțit cum mi se făcea pielea de găină sub examinarea lor atentă și eram aproape convinsă că, din clipă în clipă, aveau să se năpustească asupra noastră.

În mijlocul unei străzi lipsite de gardieni, Margg s-a oprit în dreptul unei case care nu se deosebea prin nimic de cele învecinate. A bătut de două ori.

După o scurtă pauză, ușa s-a deschis în interior și o femeie înaltă, roșcată, în uniformă de hangiță, și-a ițit capul. Aruncându-i o privire lui Margg, a încuviințat cu un semn din cap, ca și cum ar fi recunoscut-o. Hangița avea un nas coroiat și ascuțit care parcă-i conducea mișcările pe când își îndrepta fața spre mine. Ochii ei negri au poposit asupra mea cu o intensitate care m-a făcut să simt nevoia să mă foiesc.

O picătură de sudoare mi s-a prelins pe spate. Femeia și-a îndreptat, în cele din urmă, nasul în altă direcție, privind de-a lungul străzii.

„Adulmecă să se asigure că nu-i nicio capcană”, am dedus eu.

Părând mulțumită, a deschis ușa mai larg și ne-a lăsat să intrăm. Nimeni nu a scos nicio vorbuliță cât am urcat trei rânduri de trepte.

Etajul de sus al casei era luminat ca ziua și am mijit ochii din cauza strălucirii excesive. O mulțime impresionantă de lumânări erau împrăștiate de jur-împrejurul încăperii, pe mai multe niveluri, încălzind aerul cu mirosul lor de mere afumate.

Am aruncat o privire pe fereastră. Din cauza luminii atât de puternice dinăuntru, eram convinsă că aceasta avea să se reverse din plin și pe stradă, însă draperii negre acopereau geamurile, căzând pe podea.

Rafturile pline de cărți, un birou și fotolii confortabile împrăștiate ici și colo, mă lăsau să deduc că încăperea era folosită drept cameră de studiu. Femeia care ne deschisese ușa s-a așezat la birou. Statuete ciudate din metal, asemănătoare lămpilor, cu abajururi în jurul părții superioare, împodobeau fiecare latură a acestuia. Alte obiecte bizare și strălucitoare fuseseră frumos aranjate pe rafturi și mese. Unele atârnau chiar și din tavan, învârtindu-se prin aer, mișcate de trecerea noastră printre ele.

Femeia cu nas coroiat nu ne-a invitat să ne așezăm, așa că Margg și cu mine am rămas în picioare în fața biroului ei. Cea mai mare parte a părului său ruginiu era strâns în coc, însă câteva șuvițe mici și buclate scăpaseră din el și fluturau libere.

— Degustătoarea, a spus ea cu o încrețitură satisfăcută a buzelor. Știam că era doar o chestiune de timp până te voi avea în slujba mea.

— Tu cine ești? am întrebat-o fără ocolișuri.

Atitudinea mea directă ar fi trebuit să-i dea de știre că nu aveam de gând să tolerez fleacurile.

— Poți să-mi spui „Căpitanul Star", m-a informat.

I-am privit uniforma de hangiță.

— Nu fac parte din armata lui Ambrose, a adăugat. O am pe a mea. Te-a lămurit Margg cum lucrez?

— Da, am încuviințat.

— Bine, a aprobat. Va fi un simplu schimb. Nu este o vizită de curtoazie; nu vreau să-mi vii cu bârfe sau cu zvonuri. Și să nu încerci să te interesezi ce fac eu sau cine sunt ca persoană. Tot ce trebuie să știi este numele meu. De acord?

— De acord.

Din moment ce voiam să-i câștig încrederea, nu aveam de gând să-i fac probleme. Cel puțin, nu pentru moment.

— Bine! a spus. Ce-ai aflat?

Cu nasul înainte, ca și cum i-ar fi indicat direcția, s-a aplecat în față pe scaun.

— Comandantul suprem și-a schimbat succesorul, i-am spus.

Corpul lui Star a rămas nemișcat pe când asimila această noutate savuroasă. I-am aruncat o privire lui Margg, care părea șocată și deranjată că aveam niște vești atât de interesante.

— De unde știi? m-a întrebat Star.

— I-am auzit pe comandant și pe Valek vorbind.

— A, da, Valek! a exclamat Star, înclinându-și nasul spre mine. De ce locuiești în apartamentul lui?

— Asta nu te privește pe tine, i-am răspuns pe un ton ferm.

— Și de ce ar trebui să am încredere în tine? m-a iscodit.

— Pentru că Valek m-ar omorî dacă ar afla c-am fost aici, i-am răspuns. Știi asta tot atât de bine ca și mine. Cât valorează informația mea?

Star a deschis un portofel de catifea neagră și a scos o monedă de aur pe care a aruncat-o spre mine, ca un stăpân care i-ar fi aruncat un os câinelui. Am prins-o în aer, ascunzându-mi o tresărire. Tăieturile de pe mâini mi-au zvâcnit.

— Procentul tău de cincisprezece la sută! a adăugat, aruncând prin aer o monedă de argint și una de cupru spre Margg, care, cunoscând apucăturile lui Star, le-a prins cu ușurință. Altceva? m-a întrebat Star.

— Pentru moment, nimic.

— Când ai ceva pentru mine, s-o anunți pe Margg. Va aranja ea o nouă întâlnire, m-a povățuit.

După ce ne-a concediat, am urmat-o pe tăcuta Margg până la ieșirea din casă, iar de acolo, pe stradă. Când mă conducea pe o alee întunecată, Valek s-a ivit din umbră. Înainte de a apuca să mă mir, m-a tras pe o ușă și m-am trezit într-o cămăruță.

Am fost surprinsă și buimăcită de ivirea sa bruscă: crezusem că urma să mai aștepte puțin înainte de-a o aresta pe Margg. Aceasta intrase după mine în încăpere și stătea acolo, cu un zâmbet sarcastic pe fața rotundă. Era expresia cea mai apropiată de plăcere pe care i-o văzusem eu vreodată și opusul a ceea ce mă așteptasem să văd când tocmai fusese surprinsă pe post de trădătoare. Am întors capul spre Valek, sperând într-o explicație promptă.

— Valek, am avut dreptate! L-a vândut pe comandant pentru o monedă de aur. Caut-o în buzunar! i-a cerut Margg.

— De fapt, Yelena a venit la mine înainte de întâlnire. Ea a crezut că avea să te demaște *pe tine*, i-a spus el.

Zâmbetul triumfător i s-a șters imediat vlăjganei de pe chip.

— De ce nu mi-ai spus? l-a întrebat ea.

— N-a fost timp.

— Nu Margg este trădătoarea? am întrebat eu, încă derutată.

— Nu, mi-a răspuns el. Margg lucrează pentru mine. I-am furnizat lui Star niște informații mai deosebite, în speranța că vom afla care sunt ceilalți clienți ai săi. Star o bătea la cap pe Margg să te implice și pe tine, iar eu m-am gândit că era un bun prilej să-ți testez loialitatea.

Înțelegeam perfect, acum, proasta dispoziție a lui Valek. Se așteptase ca eu să-i trădez, pe el și pe comandant.

„De unde până unde ajunsese să creadă așa ceva?" m-am întrebat. „Nu mă cunoștea chiar deloc?"

Mânia, dezamăgirea și ușurarea se războiau în inima mea. Eram incapabilă să rostesc vreun cuvânt cu voce tare.

— Sperasem să trimit șobolanul ăsta înapoi în temnița în care-i e locul! i s-a plâns Margg lui Valek.

A icnit când i-am ridicat brațul foarte sus, forțând-o să se aplece în față.

— *Nu* sunt un șobolan, i-am spus printre dinții încleștați. Mi-am dovedit loialitatea. Așa că *mă vei lăsa în pace*. Fără mesaje urâte scrise în praf de-acum încolo! Fără să-ți mai bagi nasul prin lucrurile mele. Sau data viitoare îți voi rupe mâna.

Zicând acestea, am împins-o cu putere, în timp ce o eliberam din strânsoare.

Vlăjgana s-a împiedicat și a căzut grămadă la pământ. Roșie la față, a sărit imediat în picioare. Când a deschis gura să protesteze însă, Valek a oprit-o cu o privire.

— Bine punctat, Yelena! Margg, poți să pleci! i-a spus Valek.

Gura lui Margg s-a închis cu zgomot, pe când se răsucea pe călcâie și părăsea încăperea.

— Nu este o ființă prea prietenoasă, am remarcat.

— Nu. De asta îmi și place! m-a lămurit el și a rămas un moment cu ochii pironiți asupra ușii. Apoi a continuat: Yelena, îți voi arăta ceva ce n-o să-ți placă, dar cred că este important să cunoști acest lucru.

— Nu zău? De parcă testul de fidelitate mi-a plăcut de n-am mai putut! i-am răspuns.

Sarcasmul îmi făcea vocea tăioasă.

— Te-am avertizat că, din când în când, îl verific pe degustător, mi-a amintit.

M-am oprit înainte de a-i putea răspunde.

— Taci din gură și stai în spatele meu! mi-a poruncit.

Ne-am întors pe alee. Rămânând în umbră, ne-am îndreptat spre casa lui Star, unde Valek m-a condus la un intrând întunecat de unde se vedea ușa de la intrare.

— Persoana care-i furnizează informații lui Star urmează să ajungă în curând, mi-a șoptit Valek în ureche.

Buzele lui mi-au mângâiat încet obrazul. La atingerea lui, mi s-au răspândit fiori pe șira spinării, distrăgându-mi atenția de la ceea ce spusese.

Nu am pătruns semnificația cuvintelor lui Valek decât în clipa când am zărit o persoană, venind pe stradă, șontâc-șontâc.

22

AM RECUNOSCUT IMEDIAT MERSUL ACELA. Inima mea s-a topit parcă în momentul când l-am văzut pe Rand șontâcăind spre casa lui Star și ciocănind de două ori la ușă.

Ea l-a primit pe Rand în locuință fără nicio clipă de ezitare. Zgomotul sec al ușii închise mi-a răsunat drept în piept parcă.

— Încă un test? l-am întrebat pe Valek cu o grabă disperată. Și el lucrează pentru tine?

În adâncul sufletului meu însă, știam răspunsul chiar înainte de a vedea trista lui clătinare din cap. M-am simțit golită, pustiită, ca și când orice emoție ar fi fost smulsă din mine. Era, totuși, prea mult! După stafia lui Reyad, atacul lui Nix și testul lui Valek, eram incapabilă să mai fac față încă unei lovituri!

Așa că m-am mulțumit să mă uit doar la Valek, fără niciun gând, fără sentimente și fără dorințe.

El mi-a cerut, prin gesturi, să-l urmez. M-am supus.

Am dat ocol casei lui Star. Intrând în clădire prin partea stângă, am urcat trei etaje. În interior era întuneric și pustiu, cu excepția ultimului etaj. Unul dintre oamenii lui Valek stătea cu picioarele încrucișate și spatele sprijinit de peretele dincolo de care se afla biroul lui Star. Nota ceva într-un carnețel, folosind drept sursă de lumină o singură lumânare.

Vocea lui Rand se auzea limpede. Folosind semnalizarea cu mâinile, Valek a început să comunice cu omul lui. Acesta i-a dat carnețelul și a dispărut în jos pe scări. Valek s-a așezat în locul lui, după care a bătut ușor cu palma în podea.

M-am ghemuit lângă el, cu fața la perete. Nu-mi doream în niciun fel să aflu despre trădarea lui Rand, însă nu aveam voința necesară să plec de acolo.

Valek mi-a arătat un șir de mici orificii în perete. Am privit prin ele. Tot ce puteam vedea era partea din spate a unei mobile. Am presupus că găurelele se aflau acolo doar în scopul ascultării. M-am așezat pe vine pe podea, mi-am sprijinit fruntea de perete și am închis ochii pe când trăgeam cu urechea la conversația lui Rand.

— Săptămâna aceasta vor veni generalii în oraș, a spus bucătarul. Asta nu este o noutate, dar comandantul a ordonat pregătirea unui festin, așadar, ceva-ceva se-ntâmplă. Ceva important. Numai că n-am reușit să-mi dau seama ce anume.

— Dă-mi de știre cât de curând, i-a răspuns Star. Apoi a făcut o pauză: Poate știe Yelena despre ce-i vorba.

Mi-a tresărit inima când mi-am auzit numele.

„Fugi! Fugi! Fugi!" țipa mintea mea, însă eu mi-am apăsat fruntea și mai tare de perete.

— Mă îndoiesc, a continuat cel pe care-l crezusem prietenul meu. A părut surprinsă când i-am pomenit de banchet, așa că nu am mai întrebat-o nimic. Poate va ști ceva mai mult în cursul acestei săptămâni. Voi încerca din nou.

— Nu te mai obosi! l-a sfătuit Star. O voi întreba eu însămi.

Tonul mieros din vocea ei dădea de înțeles că ascunsese dezvăluirea până când momentul dării ei în vileag ar fi provocat răul cel mai mare.

— Yelena? a bolborosit Rand. Lucrează pentru tine? Imposibil! Nu-i genul ei!

— Sugerezi, cumva, c-ar lucra pentru Valek? l-a întrebat femeia, cu o voce sugrumată de îngrijorare.

Tot atât de afectată ca și ea, i-am aruncat o privire lui Valek care s-a mulțumit să clatine din cap, fluturând din mână, într-un gest care voia să însemne: „Nu-ți face probleme!"

— Nu! Nu ar face așa ceva! a spus Rand, care își revenise. Sunt doar surprins, deși nu ar trebui să fiu. Nevoie de bani ar cam avea și cine sunt eu, s-o desconsider din acest motiv?

— Ei bine, n-ar trebui să te gândești deloc la ea. Din câte văd, este de unică folosință. Singura problemă pe care o voi avea atunci când va muri va fi cine o va înlocui și cât de curând îl voi putea mitui pe succesorul ei.

— Star, mi-ai dovedit încă o dată și în modul cel mai respingător posibil: cu cât îmi voi plăti mai repede datoria pe care o am față de tine, cu atât va fi mai bine. Cât primesc pentru informația din seara asta?

— Doi arginți. Îi voi trece în carnet, dar nu va conta prea mult.

— Cum adică? s-a mirat bucătarul.

— Nu ți-ai dat seama până acum? l-a întrebat ea. Nu-ți vei plăti niciodată datoria. De fiecare dată când te vei apropia de achitarea ei, te vei îngropa din nou în datorii la jocurile de noroc. Ești prea slab, Rand! Prea te lași influențat de propriile emoții. Devii cu ușurință dependent și ești lipsit de voință.

— O, așa e, ai dreptate! a încuviințat bucătarul. *Pretinzi* că ești magiciană. Mi-ai citit gândurile, căpitane? „Căpitanul Star" – ce glumă bună! Dac-ai fi deținut cu adevărat puteri magice, Valek ar fi avut grijă de tine cu ani în urmă. Știu că nu ești atât de deșteaptă pe cât vrei să se creadă.

Zgomotul unor paşi şontâcăiţi s-a auzit prin perete când Rand s-a îndepărtat.

Eram uimită. Nu-l auzisem niciodată pe bucătar vorbind atât de sarcastic şi, mai mult decât atât, dacă Star era magiciană, atunci puteam fi într-un mare pericol. Mintea mea a luat-o razna, dar totul era prea complicat ca să poată fi analizat în acel moment.

— Nu este nevoie să-ţi citesc gândurile! a strigat Star în urma lui. Tot ce am de făcut este să-ţi revăd trecutul, Rand. Totul se află acolo.

S-a lăsat tăcerea. Singurul zgomot care se mai auzea din biroul lui Star era foşnetul foilor de hârtie întoarse. Valek s-a ridicat, trăgându-mă în sus după el. Omul lui se întorsese. Înapoindu-i carneţelul, Valek a coborât treptele.

L-am urmat prin străzile întunecate din Oraşul-Castelului. Rămâneam în umbră, evitând patrulele. Odată ce am depăşit limitele oraşului, Valek s-a relaxat şi a mers alături de mine pe drumul principal care ducea la castel.

— Îmi pare rău! mi-a spus. Ştiu că Rand era prietenul tău.

Folosirea timpului trecut m-a străpuns ca vârful unui cuţit în coaste.

— De câtă vreme ştiai ce se petrece? l-am întrebat.

— Bănuiam de vreo trei luni, dar abia luna asta am obţinut dovada concretă.

— Cum ţi-ai dat seama?

— Rand şi personalul său de la bucătărie m-au ajutat la testul cu mâncarea otrăvită pe care ţi l-am dat. El a rămas până ce am amestecat otrava în mâncare. Am lăsat paharul cu suc de piersici pe biroul meu, ca să-l păstrez „curat". *A fost* un test corect. Era otravă de mure în paharul acela, dar nu am pus-o eu acolo.

Valek a făcut o pauză, lăsându-mă să pricep cum se cuvenea informația pe care mi-o dăduse.

— O proprietate interesantă a murelor este aceea că numai când sunt puse într-o soluție specială de alcool din cereale și drojdie, apoi fierte cu cea mai mare atenție la temperatura potrivită, devin otrăvitoare. Cei mai mulți bucătari, ca să nu mai vorbim de ajutoarele lor, nu dețin nici aptitudinile, nici cunoștințele necesare pentru obținerea acestui rezultat.

Valek aproape că părea să admire talentul lui Rand de a pregăti otrava!

Înțelegerea pe deplin a faptului că așa-zisul meu prieten încercase să mă otrăvească, aproape că m-a dat gata. M-am poticnit când un acces de greață mi-a întors stomacul pe dos. Repezindu-mă pe marginea drumului, am vărsat în tufișuri. Numai când convulsiile au încetat să-mi răvășească trupul, mi-am dat seama că Valek mă sprijinea: cu un braț îmi înconjurase talia, iar mâna lui rece îmi apăsa fruntea.

— Mulțumesc! i-am spus, ștergându-mi bărbia cu niște frunze.

Cu picioarele tremurându-mi, l-am lăsat pe Valek să mă conducă la castel. Dacă nu ar fi continuat să mă sprijine, m-aș fi ghemuit la pământ și m-aș fi culcat acolo.

— Mai e ceva. Vrei să știi ce? m-a întrebat el într-un târziu.

— Nu, am bâiguit.

Acesta era adevărul, dar, pe măsură ce ne apropiam de zidul exterior al castelului, am făcut legătura cu ceva neplăcut.

— Rand este acela care mi-a întins o capcană în timpul Sărbătorilor Focului?

— Într-un fel, mi-a răspuns.

— Ce fel de răspuns mai e și ăsta? m-am burzuluit la el.

— Haidamacii care te-au înhățat te așteptau în apropierea cortului în care se desfășura concursul culinar, așa că am bănuit că Rand îi spusese lui Star că aveai să fii acolo. Pe de altă parte însă, el nu te-a scăpat nicio clipă din ochi. Era ca și când te-ar fi protejat. Îți amintești cât de supărat a fost că nu reușea să te găsească? Și cât de ușurat, când te-a văzut vie și nevătămată?

— Am crezut că era beat, am spus.

— Eu bănuiesc că Rand este un participant fără voie, a spus Valek. În momentul testului cu otrava, abia te cunoștea, dar, pe măsură ce prietenia dintre voi s-a adâncit, cred că s-a trezit într-o situație foarte dificilă. Nu dorește să-ți facă rău, dar trebuie să-și plătească datoriile de la jocurile de noroc. Star are o organizație mare, cu o mulțime de răufăcători care să-i înlocuiască pe aceia de care m-am ocupat deja, indivizi care ar fi dispuși să rupă niște oase pentru șeful lor. Asta te face să te simți mai bine?

— Nu, am murmurat.

Reacția mea la trădarea lui Rand mi se părea exagerată chiar și mie, însă nu reușeam să mi-o reprim. Nu era pentru prima oară când cineva îmi trăgea clapa și nu avea să fie nici ultima.

Brazell mă amăgise. Îl iubisem ca pe un tată și-i fusesem loială. În cele din urmă, a trebuit să-i suport experimentele aproape un an înainte ca sentimentele mele să se diminueze până în punctul în care l-am putut vedea așa cum era în realitate. Însă știusem întotdeauna că devotamentul meu de copilă față de el era unilateral. Din moment ce nu-mi oferise niciodată vreun motiv să cred că și el ținea la mine, faptele lui fuseseră mai ușor de digerat.

Prietenia lui Rand, pe de altă parte, păruse sinceră. Începusem să simt că făcusem, în sfârșit, o spărtură de dimensiuni acceptabile în zidul pe care-l ridicasem în jurul meu. Suficient de mare să mă strecor prin ea și să mă bucur de timpul pe care-l petreceam împreună. Acum zidul se năruia. Am simțit cum mă bombardau pietrele și mă îngropau adânc sub dărâmături. Cum voi putea avea din nou încredere în cineva?

— Mai ai și altceva să-mi spui? l-am întrebat pe Valek când ne-am oprit la câțiva metri de intrarea de sud a castelului. Ari și Janco mi-au întins și ei o capcană, ca să fiu atacată de Nix? Mai e vreun test de loialitate pregătit pentru mine pe care-l ții în rezervă? Poate că data viitoare voi eșua, în sfârșit. Iată o perspectivă atrăgătoare! I-am respins brațul cu care mă sprijinea și am adăugat: Când m-ai avertizat că mă vei verifica din când în când, am crezut că te refereai la otrăvirea mâncării. Dar se pare că există mai multe modalități de a răni inima cuiva și acestea nu au nevoie de niciun fel de mâncare.

— Toți facem alegeri în viață, mi-a spus. Unele greșite, altele bune. Asta se cheamă a trăi, dar, dacă vrei să te retragi, nu ai decât. Însă nu o face doar pe jumătate! Nu zăbovi în purgatoriul plângăcioșilor! mi-a spus Valek cu o voce arțăgoasă. Nu știu cu ce grozăvii te-ai confruntat înainte de a ajunge la noi în temniță. Dacă ar fi să ghicesc, aș zice că au fost mai cumplite decât ceea ce ai aflat în noaptea asta. Poate că în felul acesta vei vedea lucrurile într-o altă lumină.

S-a îndreptat apoi cu pași mari spre castel.

M-am sprijinit de zidul rece, odihnindu-mi capul pe suprafața neclintită. „Dacă aș rămâne aici suficient de mult timp, poate că inima mi s-ar transforma în piatră. Atunci trădările, testele de loialitate și otrăvurile nu vor mai avea niciun efect asupra mea."

Numai că frigul m-a alungat, în cele din urmă, în castel.

— Apasă cu forță pe cheie! Nu prea tare! Este nevoie de un gest ferm, dar delicat, m-a sfătuit Janco.

Cu mâinile în curs de vindecare, deși mă mai dureau încă, am introdus cu stângăcie cheia în formă de „L" în broască și am apăsat.

— Acum folosește șperaclul de diamant ca să ridici știftul înțepenit din cauza tensiunii și ridică-l până cedează! m-a instruit el.

— Cum adică „până cedează”? l-am întrebat.

— Până simți că s-a aliniat, mi-a explicat. Când introduci o cheie într-o încuietoare, muchiile metalice împing știfturile în sus, să poți să învârtești cilindrul și să deschizi încuietoarea. Știfturile țin cilindrul fixat. Va trebui să ridici pe rând câte un știft și să continui să menții presiunea.

Am strecurat șperaclul în lacăt și am trecut de cheia în „L”. L-am manevrat, ridicând fiecare din cele cinci știfturi.

Puteam să simt o ușoară vibrație în articulațiile degetelor când ceda fiecare parte, cu un clic fin și totuși sesizabil. Când toate știfturile au fost aliniate, cilindrul s-a învârtit, iar ușa s-a deschis.

— Bravo ție! La naiba, Yelena, te prinzi repede! a remarcat Janco și a făcut o pauză, pentru că pe chip i se citea îngrijorarea. N-ai de gând să te folosești de chestia asta să faci vreo prostie, nu-i așa? Și să ne bagi pe toți în bucluc, nu?

— Definește ce înțelegi prin „prostie”! i-am răspuns.

Când ochii lui Janco s-au căscat de groază, am adăugat:

— Nu-ți face probleme! Eu sunt aceea care ar da de belele.

El s-a liniștit, iar eu am exersat pe altă încuietoare. Ne aflam în subsolul castelului, unde nu ne-ar fi putut surprinde nimeni. Trecuseră patru zile din noaptea în care aflasem despre Rand.

Valek îmi ordonase să mă port ca și când nu s-ar fi întâmplat nimic. Înainte de a o demasca, voia să descopere reala amploare a organizației lui Star.

„Trebuie să recunosc: mai-marele spionilor e un adevărat prădător”, mi-am zis în sinea mea cu amărăciune. „Unul care își studiază bine victima înainte de a se năpusti s-o ucidă.”

Știam că nu eram pregătită să mă prefac a mai fi prietena lui Rand, așa că-l evitasem, ceea ce nu era prea greu. Castelul roia de generali și de suitele lor, ceea ce dădea de furcă fiecărui angajat din castel, inclusiv bucătarului-șef.

Brazell era încă un motiv pentru care mă bucuram să nu stau prea la vedere. Soldații lui în uniforme cu negru și verde infestaseră castelul și începea să fie dificil să păstrez distanța, deși nu mă deranja să stau ascunsă în apartamentul lui Valek.

Acesta șterpelise o cutie de criollo și mă bucuram să mestec câte o bucată de fiecare dată când degustam mâncarea comandantului.

Ari, Janco și cu mine amânaserăm antrenamentele pe durata vizitei generalilor, însă reușisem să-l conving pe Janco să mă învețe să deschid încuietori. Moneda de aur pe care o primisem de la Star și pe care i-o dădusem lui se dovedise un stimulent în plus.

Valek spusese că puteam s-o păstrez din moment ce munca sub acoperire nu făcea parte din fișa postului degustătorului. Numai că greutatea ei, pe care o simțeam în buzunar, era o amintire constantă a trădării lui Rand, așa că m-am hotărât s-o folosesc așa cum trebuia.

— Această ultimă încuietoare are zece știfturi, m-a prevenit Janco. Dacă poți s-o descui pe asta, vei reuși să te descurci cu toate încuietorile cu știfturi sau cu toate lacătele cu cheie din castel. Excepție fac bolțurile temniței. Astea-s complicate și nici nu avem cum să exersăm pe ele. Fruntea lui Janco era din nou brăzdată de cutele săpate de îngrijorare: Doar nu vei avea nevoie și de abilitatea asta, nu-i așa? m-a iscodit.

— Sper sincer că nu, l-am asigurat.

— E-n regulă! a spus, ușurat.

După câteva încercări nereuşite, am izbutit să fac lacătul să se deschidă.

— Acum trebuie să exersezi. Cu cât poţi să descui mai repede o încuietoare, cu atât mai bine, m-a instruit Janco. Te-aş lăsa să împrumuţi şperaclele mele, dar nu poţi să ştii niciodată când vei avea nevoie de ele.

Mi-a făcut cu ochiul şi o licărire vicleană i-a scânteiat în priviri.

— Aşa că..., a spus şi a scos din buzunar încă un set. Am folosit moneda pe care mi-ai dat-o ca să-ţi cumpăr un set de şperacle.

Zicând acestea, mi-a dat o cutie învelită în pânză neagră.

— Banii aceia erau pentru tine! am protestat.

— O, mi-au mai rămas destui! m-a liniştit. Chiar şi după ce ţi-am cumpărat asta.

A dat la iveală o baghetă din lemn de culoarea fildeşului, lungă cât palma mea. Era împodobită cu un buton strălucitor din argint şi avea simboluri din argint gravate pe margini.

— Ce-i asta? l-am întrebat.

— Apasă butonul! a răspuns el, vesel.

L-am apăsat cu degetul mare şi am tresărit când din mâner a ţâşnit o lamă lungă, strălucitoare. Era un briceag!

Uimită, mi-am privit darurile.

— Mulţumesc, Janco! i-am spus. Dar de ce ai cumpărat toate aceste lucruri pentru mine?

— Din vinovăţie, cred, mi-a mărturisit.

— Din vinovăţie?

Nu era deloc răspunsul la care mă aşteptasem.

— Am spus la un moment dat că eşti o criminală, a murmurat. Eu, unul, chiar am fost cândva un criminal, însă am depăşit momentul şi nimeni nu mi-a luat-o în nume de rău. În afară de asta, am o presimţire oribilă că ai putea avea nevoie de ele. Soldaţii generalului Brazell se plimbă ţanţoşi prin barăci, lăudându-se cum cineva îi „va face felul" ucigaşului lui Reyad. Au destulă imaginaţie şi a trebuit să-l opresc de vreo două ori pe Ari să nu provoace şleahta aia. Zece la unu nu sunt cei mai buni sorţi de izbândă nici măcar pentru Ari şi mine.

— Voi sta departe de ei, i-am spus.

— Bine faci! a încuviinţat. Ar trebui să plec. M-am ales cu schimbul de noapte. Dar, mai întâi, te voi conduce în camera ta.

— Nu este nevoie! am protestat.

— Ari m-ar omorî dacă n-aş face-o, mi-a spus.

Am mers împreună spre apartamentul lui Valek. Când am ajuns la colţul dinaintea uşilor principale, Janco s-a oprit într-un loc în care nu putea fi zărit de gărzi.

— Aproape că uitasem, a zis el, ducând mâna la buzunarul uniformei de unde a scos o teacă pentru briceag. Se înfăşoară peste coapsa dreaptă, m-a lămurit. Nu uita să faci o gaură mare şi frumoasă în buzunarul pantalonilor, aşa încât, atunci când scoţi arma, să nu se împiedice în stofă.

Era pe punctul să plece, când l-am oprit.

— Janco, ce sunt aceste simboluri? l-am întrebat, arătând spre incrustaţiile din argint de pe plăselele briceagului.

Janco a zâmbit.

— Sunt vechi simboluri de bătălie, folosite de rege atunci când trimitea mesaje şi ordine pe timp de război, mi-a explicat. Nu avea importanţă dacă le intercepta inamicul, pentru că erau de neînţeles pentru toţi cei care nu ştiau să le descifreze. Unii soldaţi le mai folosesc încă. Sunt foarte potrivite în exerciţiile militare.

— Și ce scrie aici? m-am mirat.

Zâmbetul lui s-a lățit și mai mult.

— Ar fi mult prea ușor să-ți spun eu, Yelena! mi-a zis. Sunt convins că vei descoperi și singură... până la urmă.

Întotdeauna pus pe glume, Janco a râs, încântat.

— Vino aici, i-am spus, să-ți pot trage un pumn!

— Aș dori să-ți fac pe plac, draga mea! mi-a răspuns Janco, punându-se la adăpost acolo unde nu-l puteam ajunge. Numai că sunt în întârziere.

23

DUPĂ CE AM ASCUNS CADOURILE DE LA JANCO adânc în buzunarul uniformei, m-am dus în apartamentul lui Valek. Acesta lucra la biroul său, însă și-a ridicat privirea de îndată ce am intrat în încăpere, lăsându-mi impresia că mă așteptase.

— Unde ai fost? m-a întrebat el.

— Cu Janco, am spus.

Însă eram îngrijorată. Câtă vreme ajungeam unde trebuia în momentele stabilite pe parcursul zilei, Valek nu mă întreba ce făceam în timpul liber.

— Și ce ați făcut? a vrut să afle el, cu mâinile în șolduri.

Imaginea caraghioasă a soțului gelos mi s-a ivit pe dată în minte. Mi-am înăbușit un surâs.

— Am discutat despre tactici de luptă, l-am lămurit.

— O! Valek s-a relaxat, dar și-a schimbat cu stângăcie poziția brațelor, ca și când și-ar fi dat seama că reacționase exagerat și încerca să se ascundă. Bine, atunci! Dar de-acum înainte trebuie să știu unde te afli în orice moment. Îți sugerez să rămâi în castel și să nu ieși în evidență o perioadă. Gărzile generalului Brazell au pus o recompensă pe capul tău.

— O recompensă?

Teama mi s-a răspândit în piept.

— Ar putea fi un zvon sau doar vorbăria goală a unor soldați beți, a adăugat. Dar, până vor pleca, vreau să fii în siguranță.

Tonul lui Valek era ferm, însă apoi a adăugat:

— Nu vreau să pregătesc alt degustător.

— Voi fi atentă, i-am promis.

— Nu! Vei fi paranoică! mi-a cerut. Te vei deplasa numai în mulțime, vei rămâne în zone bine luminate și te vei asigura că ești însoțită de cineva ori de câte ori vei străbate coridoare pustii târziu în noapte. Ai înțeles?

— Da, să trăiți!

— Bine... Reuniunea la un brandy a generalilor este stabilită pentru mâine-seară, m-a anunțat. Fiecare general va aduce o sticlă din cel mai bun coniac al său să-l împartă cu ceilalți, pe când discută problemele Ixiei până noaptea târziu. Va fi nevoie de tine, să guști băuturile pe care le va bea comandantul.

Valek a ridicat de jos o cutie cu opt sticle. S-a auzit un clinchet muzical când a așezat cutia de carton pe masă.

Scoțând un păhărel, mi-a spus:

— Vreau să testezi fiecare sticlă de brandy, o dată în seara asta și de cel puțin două ori mâine, să știi ce gust are fiecare atunci când nu este nicio otravă în ea. Mi-a întins paharul: Fiecare sticlă este etichetată în funcție de tipul de brandy pe care-l conține și de numele generalului care o va aduce.

Am ales o sticlă la întâmplare. Era lichiorul de vișine al generalului Dinno, obținut în DM-8. Turnând un pic, am luat un strop și am plimbat lichidul prin gură, încercând să-i memorez gustul înainte de a-l înghiți. Băutura tare mi-a ars gâtul, lăsând în urmă un mic incendiu în pieptul meu. Fața mi s-a înroșit de căldură.

— Îți sugerez să folosești metoda „soarbe și scuipă” ca să nu te îmbeți, m-a sfătuit Valek.

— Bună idee! am fost de acord.

Am găsit un alt pahar în care să scuip băutura, după care mi-am văzut de treabă cu sticlele rămase.

În ziua reuniunii, am gustat fiecare brandy de încă două ori în apartamentul lui Valek, după care m-am testat singură cu cea de-a treia tură. M-am declarat mulțumită doar când am reușit să identific, numai după gust, ce băutură aparținea cărui general.

În noaptea aceea l-am așteptat pe Valek să mă însoțească în sala de comandă. Am coborât scările îmbrăcați la patru ace, în uniformele de gală. Trese roșii îi împodobeau umerii; medaliile îi erau aliniate câte șase în partea stângă a pieptului.

Emana demnitate, părea un om important. Aș fi rămas impresionată dacă nu ar fi avut expresia aceea stânjenită și arțăgoasă. Mie îmi părea doar un copil capricios forțat să poarte hainele lui cele mai bune.

— Destul! Trebuie să port aiureala asta o dată pe an, iar, în ceea ce mă privește, și o dată este prea mult! a spus Valek, trăgându-se de guler, să-l lărgească puțin măcar. Ești gata?

Ne-am întâlnit la ușă. Uniforma îi punea în valoare trupul lui atletic, iar gândurile mele s-au oprit la cât de splendid ar fi arătat cu uniforma făcută ghem la picioare.

— Arăți nemaipomenit! mi-a scăpat mie porumbelul din gură.

Rușinată la culme, am roșit, pe când un val de căldură mi se răspândea prin corp.

— Probabil c-am înghițit mai mult brandy decât credeam.

— Serios? s-a mirat Valek și și-a privit uniforma.

Apoi și-a îndreptat umerii și a încetat să se mai tragă de guler. Expresia lui supărată a fost înlocuită de un zâmbet meditativ.

— Da! Așa este! l-am asigurat.

Am ajuns în sala de comandă a conducătorului nostru chiar când se strângeau și generalii. Ferestrele înalte, subțiri, cu vitralii, străluceau în lumina plăpândă a soarelui la apus.

Servitorii se agitau în jurul încăperii circulare, aprinzând lămpile și aranjând platourile cu mâncare și băuturi. Tot personalul militar era îmbrăcat în ținută de gală. Medaliile și nasturii străluceau.

Nu cunoșteam decât trei generali din vedere; pe restul îi deduceam după culoarea romburilor de pe uniformele lor, negre în rest. Examinându-le chipurile, le-am memorat trăsăturile caracteristice în eventualitatea în care Valek m-ar fi testat mai târziu.

Brazell mi-a aruncat o căutătură urâtă când l-am privit. Consilierul Mogkan stătea chiar lângă el și m-am înfiorat când privirea acestuia m-a examinat cu perfidie. Când Brazell și Reyad își realizau experimentele pe mine, întotdeauna era și Mogkan undeva, pe aproape. Prezența lui, presimțită, dar nevăzută, îmi provocase coșmaruri violente. Consilierii obișnuiți ai lui Brazell lipseau; m-am întrebat de ce îl adusese pe Mogkan în locul lor.

Comandantul suprem era așezat la capătul mesei ovale de conferințe. Uniforma lui era simplă și elegantă, cu diamante veritabile cusute pe guler.

Generalii, flancați de consilierii lor, se așezaseră pe locurile rămase libere din jurul mesei.

Scaunul lui Valek se afla în dreapta comandantului, iar al meu era plasat chiar în spatele lor, sprijinit de singurul perete din piatră din încăpere.

Știam că reuniunea avea să dureze toată noaptea și mă bucuram că urma să-mi pot odihni spatele. Un alt avantaj al poziției mele era că nu ședeam direct în raza vizuală a lui Brazell. Cu toate că puteam evita privirile otrăvite pe care le-ar fi putut arunca în direcția mea, nu mă puteam ascunde de căutăturile sfredelitoare ale lui Mogkan.

Comandantul suprem a lovit în masă cu un ciocănel din lemn. S-a făcut tăcere.

— Înainte de a aborda subiectele de pe ordinea de zi, a spus comandantul Ambrose, arătând spre agenda amănunțită care fusese distribuită mai devreme, aș dori să fac un anunț important. Am numit un nou succesor.

Un murmur s-a răspândit prin sala de comandă, în timp ce conducătorul Ixiei se plimba în jurul mesei și îi înmâna fiecărui general un plic sigilat. În plicuri se găseau opt piese ale unui puzzle cifrat, care avea să dezvăluie numele noului succesor atunci când urma să fie descifrat cu ajutorul cheii lui Valek.

Tensiunea plutea în toată încăperea. O simțeam apăsându-mă ca o butelcă plină până la refuz cu apă, care stătea să plesnească. Un vârtej de expresii - surprindere, mânie, îngrijorare și îngândurare - străbătea chipurile generalilor. Rasmussen din DM-7 i-a șoptit ceva la ureche consilierului său, obrajii săi devenind tot atât de roșcovani precum îi erau părul și mustața. M-am aplecat în față pe scaun și l-am văzut pe Brazell încercând să păstreze o expresie neutră, pe când încântarea îi modifica trăsăturile.

În loc să erupă, tensiunea fierbea la foc mic și a început să dea pe dinafară atunci când comandantul s-a mulțumit s-o ignore, dând startul reuniunii.

Chestiunile care țineau de DM-1 erau primele pe listă, urmate, în ordine, de cele ale fiecărui district în parte. Pe când o sticlă de coniac alb, deosebit, făcea turul mesei, generalii discutau despre leoparzii zăpezilor și despre drepturile de exploatare minieră.

— Haide, Kit, zău așa! Am vorbit destul despre feline. Hrănește-le pe banchizele lor de gheață, așa cum procedăm și noi, și nu-ți vor mai face probleme! a spus, exasperat, generalul Chenzo din DM-2, trecându-și o mână plinuță prin părul alb ca neaua.

Chica lui bogată era în evident contrast cu tenul său bronzat.

— Să le hrănesc ca să fie grase și sănătoase și să înceapă să se înmulțească precum iepurii? Vom ajunge la faliment tot dându-le atâta carne! a ripostă Kitvivan.

Interesul meu față de discuții creștea și descreștea, în funcție de subiectul abordat. După un timp, am început să mă simt buimacă și să-mi fie cald, pentru că brandy-ul îmi influența organismul, din moment ce protocolul îmi cerea să înghit atunci când degustam pentru comandant.

Generalii au supus la vot diverse probleme, însă comandantul avea drept de veto. De cele mai multe ori, se pronunța în favoarea majorității. Nimeni nu se hazarda să exprime vreo plângere atunci când nu proceda astfel.

Comandantul Ambrose locuise în DM-3, trăind de pe o zi pe alta, ducând o viață modestă împreună cu familia sa la poalele Munților Sufletului. Cuibărită între piscuri și banchiza de gheață, casa lui era așezată deasupra unei vaste mine de diamante. Când bogățiile fuseseră descoperite, regele revendicase diamantele și îi „îngăduise" familiei comandantului să trăiască în locul acela și să lucreze în mină. Ambrose își pierduse numeroși membri ai familiei din cauza surpărilor, precum și a mediului umed și insalubru.

Tânăr fiind și spumegând de furie față de nedreptățile monarhiei, Ambrose s-a educat singur și a început să predice despre reformă. Inteligența, franchețea și ardoarea lui i-au câștigat mulți susținători loiali.

Mintea mea s-a concentrat din nou asupra reuniunii când generalii au ajuns la chestiuni care aveau legătură cu DM-5. Generalul Brazell a stârnit o agitație considerabilă. În loc să treacă pe la toți cei prezenți cel mai bun brandy al său, le-a oferit o tavă de argint pe care era ceva ce semăna cu niște pietricele maronii. Valek mi-a oferit și mie una.

Era o bomboană rotundă de criollo!

Înainte ca protestele privind încălcarea tradiției să escaladeze, Brazell s-a ridicat în picioare și a invitat pe toată lumea să guste câte o bucată.

După un scurt moment de tăcere, în sala de comandă au răsunat exclamații de încântare. Criollo era umplut cu coniac de căpșuni!

I-am dat comandantului Ambrose undă verde, să îmi pot savura și restul bucății mele. Combinația de dulce și gust de nucă a lui criollo, amestecată cu fina consistență a coniacului era de-a dreptul divină!

Rand avea să se supere că nu se gândise să le amestece pe cele două, am bănuit eu, dar, când mi-am amintit de chipul lui de om necinstit, am regretat că-l compătimisem.

După ce laudele s-au mai domolit, Brazell a anunțat că luase sfârșit construirea noii sale fabrici. Apoi a trecut la chestiuni mai banale, cum ar fi cantitatea de lână care fusese tunsă și producția estimată a plantațiilor de bumbac.

Districtul Militar 5 producea și vopsea toate fibrele textile din Ixia, după care le trimitea în DM-3, care-i aparținea generalului Franis, pentru a fi țesute și transformate în materiale textile. Franis a tot dat din cap, îngrijorat, în timp ce nota cifrele furnizate de Brazell. Era cel mai tânăr dintre generali și avea obiceiul să contureze cu degetul romburile purpurii de pe uniforma sa în momentul în care se concentra.

Am ațipit pe scaun pe când în mintea mea se adunau, precum norii de furtună, gânduri difuze. Vise ciudate despre brandy, patrule de frontieră și permise de trecere se învârteau ca fulgii de zăpadă. Imaginile au devenit luminoase și limpezi mai apoi, când imaginea unei tinere îmbrăcate în blănuri albe mi s-a ivit în minte.

Ținea înălțată în aer o suliță însângerată, în semn de victorie. Un leopard al zăpezilor zăcea la picioarele ei. Își înfipsese vârful armei într-o banchiză de gheață și tocmai scosese un cuțit de la cingătoare. Făcând o tăietură în blana animalului, s-a folosit de o cupă să culeagă sângele care se împrăștia.

Exulta în timp ce bea, pe bărbie scurgându-i-se pârâiașe purpurii. Am auzit limpede, în minte, ce gândea: „Nimeni nu a reușit să înfăptuiască așa ceva. Nimeni în afară de mine!" striga ea peste suprafața înzăpezită.

Euforia ei îmi umplea și mie inima de bucurie.

„Iată dovada că sunt un vânător puternic și iscusit. Dovada că sunt ca un bărbat. De acum înainte, bărbații nu mă vor mai domina!" a strigat ea. „Transformă-te într-un leopard al zăpezilor, să poți trăi alături de leoparzii zăpezilor! Transformă-te într-un bărbat, să poți trăi printre bărbați!"

Vânătoreasa și-a întors fața spre mine. La început, am crezut că era sora comandantului suprem. Aveau în comun aceleași trăsături fine, delicate și același păr negru. Puterea și încrederea le purta ca pe o mantie. Pe când mă privea cum dormeam, ochii ei aurii, migdalați, m-au străpuns ca un fulger.

Brusca recunoaștere a faptului că ea, de fapt, *era* comandantul însuși m-a făcut să mă trezesc cu o tresărire.

Îmi bubuia inima și îmi pulsa surd capul, când mi-am dat seama că mă uitam direct în ochii pârjolitori ai lui Mogkan! Acesta a zâmbit, satisfăcut.

Motivul pentru care comandantul îi ura pe magicieni îmi era acum limpede ca lacrima. El era o *ea*, însă *ea* era absolut convinsă că ar fi trebuit să se fi născut bărbat.

O crudă soartă decisese să-l împovăreze cu o mutație pe care trebuia s-o depășească. Iar comandantul se temea că un magician ar fi putut sustrage acest secret din mintea lui.

„Pură nebunie!" am gândit eu, clătinând din cap, să-mi alung întreaga inepție din minte.

Numai pentru că visasem ceva despre o femeie nu însemna că și comandantul era una. Era o mare absurditate! Sau poate că nu?

Frecându-mi ochii, am privit în jur, să văd dacă mai observase și altcineva că ațipisem. Comandantul privea undeva, în depărtare, iar Valek ședea țeapăn și vigilent, scrutând încăperea, căutând ceva sau pe cineva.

Generalul Tesso avea cuvântul.

Valek și-a plimbat din nou privirea spre comandant și și-a mișcat brațul într-un gest de atenționare.

— Ce se întâmplă? a șoptit el grăbit. Unde ați fost până acum? l-a întrebat.

— Îmi aminteam doar ceva ce s-a întâmplat cu mult timp în urmă, i-a răspuns comandantul Ambrose cu o voce melancolică. Este mai plăcut decât să ascult raportul dureros de amănunțit al generalului Tesso despre recolta de porumb din DM-4.

Am studiat trăsăturile conducătorului Ixiei, încercând să le suprapun peste ele pe acelea ale femeii din visul meu. Se potriveau, dar asta nu însemna nimic. Visele distorsionau realitatea și era ușor să mi-l imaginez pe comandant ucigând un leopard al zăpezilor.

Restul reuniunii s-a desfăşurat fără alte incidente şi, din când în când, mai aţipeam pe scaunul meu, netulburată însă de vise ciudate.

Când comandantul suprem a bătut cu ciocănelul său în masă, m-am trezit deîndată.

— Un ultim lucru, domnilor! a anunţat comandantul. O delegaţie sitiană a solicitat o întrevedere.

Încăperea s-a umplut de vociferări.

S-au iscat certuri, ca şi când generalii ar fi continuat o polemică mai veche din punctul în care o lăsaseră.

Au discutat despre tratate comerciale şi s-au certat în privinţa atacării Sitiei. În loc să facem schimb de bunuri, de ce nu le-am lua, pur şi simplu? pledau ei. Voiau să-şi extindă districtele şi să obţină mai mulţi oameni şi resurse, încetând să-şi mai facă griji că Sitia ar fi putut încerca să atace Ixia.

Comandantul a rămas tăcut şi a lăsat noianul de sfaturi să se reverse peste el. Generalii se simţeau suficient de confortabil, încât să-şi declare convingerile în privinţa anunţatei sosiri a sitienilor.

Cei patru din nord (Kitvivan, Chenzo, Franis şi Dinno) nu voiau să se întâlnească deloc cu delegaţia, pe când cei patru din sud (Tesso, Rasmussen, Hazal şi Brazell) erau în favoarea unei întâlniri la nivel înalt cu aceasta.

Comandantul a clătinat din cap.

— Iau notă de opiniile voastre despre Sitia, dar meridionalii ar prefera să facă negoţ cu noi decât să ne atace, a spus. Dispunem de mai mulţi oameni şi de mai mult metal. Un fapt de care ei sunt conştienţi. Dacă vom ataca Sitia, vom risipi multe vieţi şi mari sume de bani. Şi pentru ce? Obiectele lor de lux nu merită costul acesta. Eu mă mulţumesc cu Ixia. Am vindecat acest teritoriu de plaga pe care o reprezenta regele. Poate că succesorul meu va vrea mai mult decât atât. Va trebui să așteptați până atunci.

Un murmur s-a făcut auzit printre generali. Brazell a încuviințat din cap, iar buzele sale subțiri s-au arcuit într-un surâs de prădător.

— Am acceptat deja să mă întâlnesc cu grupul meridionalilor, a continuat comandantul suprem. Urmează să sosească peste patru zile. Până atunci, înainte de a pleca spre districtele de origine, aveți timp să-mi faceți cunoscute temerile voastre specifice. Întrunirea a luat sfârșit!

Pocnetul ciocănelului comandantului a răsunat în încăperea în care domnea o tăcere mormântală.

Ambrose s-a ridicat apoi în picioare și, împreună cu gărzile sale de corp și cu Valek, care-l urma îndeaproape, s-a pregătit de plecare. Mai-marele spionilor mi-a făcut semn să mă alătur lor. M-am ridicat, clătinându-mă, în picioare. Brandy-ul pe care-l consumasem își făcea resimțit pe de-a-ntregul efectul. Amețită, i-am urmat pe ceilalți afară din încăpere. O gălăgie uriașă a izbucnit prin ușă, chiar înainte ca aceasta să se închidă în urma noastră.

— Asta va înfierbânta puțin atmosfera, a spus comandantul cu un zâmbet șters.

— V-aș sfătui să nu plecați în vacanță în DM-8 anul acesta, a zis Valek, sarcastic. După cum a reacționat Dinno la anunțul despre delegația din sud, m-aș aștepta să vă presare prin casa de vacanță numai păianjeni de nisip. S-a înfiorat înainte de a adăuga: Un mod îngrozitor de dureros de a muri.

Mi s-a făcut și mie pielea de găină, gândindu-mă la păianjenii aceia letali de mărimea unor cățeluși. Alaiul nostru a mers un timp în liniște, pe când ne îndreptam spre apartamentul comandantului. Eu eram un pic nesigură pe pașii mei. Pereții din piatră treceau, învăluiți în ceață, pe lângă mine, de parcă ei se mișcau, iar eu stăteam nemișcată.

În fața apartamentului comandantului, Valek a spus:

— Aș fi atent și la Rasmussen. Nu a primit prea bine vestea schimbării succesorului.

Comandantul a deschis ușa. Am aruncat o privire în interiorul apartamentului său. Și acolo era vădit același stil simplu, practic, în care îi erau decorate biroul și restul castelului. La ce mă așteptasem? La o pată de culoare, poate, sau la ceva puțin mai feminin? Mi-am scuturat ușor capul, să alung aceste gânduri atât de absurde. Mișcarea m-a făcut să amețesc și a trebuit să mă sprijin cu o mână de perete, să nu mă împleticesc.

— Sunt atent la toată lumea, Valek. Știi asta, a murmurat comandantul suprem înainte de a închide ușa după el.

După ce am intrat în apartamentul nostru, Valek și-a scos vestonul și l-a aruncat pe canapea. A arătat spre un fotoliu.

— Ia loc! mi-a cerut. Trebuie să stăm de vorbă.

M-am lăsat să cad în fotoliu și mi-am trecut un picior peste brațul acestuia, urmărindu-l pe Valek cum mergea de colo-colo prin încăpere doar într-un maiou și în pantaloni negri mulați. Imaginându-mi cum mâinile mele ajutau mușchii lungi și fusiformi ai brațelor lui să se relaxeze, aproape că am început să chicotesc necontrolat. Coniacul îmi curgea prin sânge, făcându-mi inima să bată mai iute.

— Două lucruri au fost foarte în neregulă în seara asta, a spus Valek, după o vreme.

— Ei, haide acum! Am ațipit doar pentru o clipă, m-am scuzat.

Valek mi-a aruncat o privire întrebătoare.

— Nu, nu! Tu te-ai descurcat foarte bine. Mă refeream la întâlnire, la generali.

Continua să păşească de colo-colo prin încăpere.

— Primul este că Brazell părea neobişnuit de fericit de vestea schimbării succesorului şi a sosirii delegaţiei din Sitia, a început Valek. El şi-a dorit dintotdeauna un tratat comercial, dar, de obicei, abordarea lui este mai precaută. Iar al doilea este că în încăpere se afla un magician.

— Poftim? am sărit, pentru că mi se oprise respiraţia.

Fusesem, oare, descoperită?

— Magie... Foarte subtilă, provenind de la un specialist bine pregătit. Am simţit-o doar o dată, o atingere scurtă, dar nu am reuşit să identific sursa. Însă magicianul probabil că a fost în încăpere, pentru că altfel nu aş fi perceput aşa ceva.

— Când? l-am întrebat.

— În timpul dizertaţiei încâlcite despre porumb a lui Tesso, mi-a răspuns.

Atitudinea lui Valek se mai relaxase puţin, ca şi când faptul de a vorbi despre o problemă îl ajuta să-i facă faţă.

— Cam în intervalul de timp în care sforăitul tău se putea auzi până în capătul celălalt al încăperii, m-a tachinat.

— Ha! am exclamat puţin cam prea de tare. Iar tu erai atât de ţeapăn la întrunire, încât am crezut că aveai rigor mortis!

Valek a pufnit, amuzat.

— Mă îndoiesc c-ai fi arătat mai bine dacă ar fi trebuit să petreci o noapte întreagă în uniforma aia incomodă! mi-a zis. Îmi închipui că Dilana a stropit-o, cu voioşia ei poznaşă, cu ceva apret în plus.

Apoi a devenit, din nou, serios.

— Îl ştii pe consilierul Mogkan? m-a întrebat. A stat cu ochii pe tine aproape toată noaptea.

— Îl ştiu. Era consilierul principal al lui Reyad. Obişnuiau să şi vâneze împreună.

— Ce fel de om este? m-a chestionat Valek.

— Acelaşi gen de jigodie ca Reyad şi Nix, i-am spus.

Cuvintele îmi scăpaseră fără voie de pe buze. Mi-am pus ambele mâini peste gură, însă era prea târziu.

Valek m-a studiat un moment.

— Au fost şi câţiva consilieri noi la întrunire, a remarcat. Cred că va trebui să-i verific pe fiecare în parte. Se pare că avem un nou spion din sud cu abilităţi magice. A suspinat: Nu se mai termină niciodată!

S-a lăsat să cadă pe marginea canapelei, în timp ce oboseala se lăsa asupra lui ca un strat de praf.

— Dacă s-ar termina, ai rămâne fără serviciu, i-am amintit.

Înainte de a reuşi să mă controlez, m-am strecurat în spatele lui Valek şi am început să-i masez umerii. Alcoolul preluase în întregime comanda gesturilor mele, iar micuţa porţiune trează care mai exista în mintea mea nu putea decât să lanseze nişte mustrări inutile.

24

VALEK S-A CRISPAT SUB atingerea mea.

„Oare se așteaptă să-l sugrum?” m-am întrebat. În timp ce mâinile mele îi frământau mușchii, s-a relaxat însă.

— Ce ai face, l-am iscodit, dacă, dintr-odată, lumea ar fi perfectă și nu ai mai avea pe cine să spionezi?

— M-aș plictisi, mi-a răspuns Valek, amuzat.

— Haide, acum vorbesc serios! O schimbare de profesie... Mi-am apăsat degetele mari în mușchii de la baza gâtului său: Ce-ai fi, un dansator al focului?

Un val de căldură mi-a cuprins tot trupul, în timp ce brandy-ul îmi circula prin sânge.

— Nu. Un expert în arme? a sugerat Valek.

— Nu... Lumea a devenit perfectă, am repetat. Armele nu mai sunt permise. Mi-am coborât mâinile pe spatele lui: Ce-ai spune despre un erudit? Ai citit toate cărțile astea care zac pe aici, nu-i așa? Sau servesc numai la a împiedica pe cineva să se furișeze înăuntru?

— Cărțile îmi servesc în nenumărate feluri. Dar mă îndoiesc că societatea ta perfectă ar avea nevoie de un erudit specializat în omoruri.

Mâinile mele s-au oprit pentru o clipă.

— Nu ar avea. În mod sigur, am confirmat.

— Un sculptor? a intervenit el. Aş putea să sculptez statui extravagante. Am putea să redecorăm castelul şi să mai înveselim puţin lucrurile. Dar tu? m-a întrebat el pe când îl apăsam cu vârfurile degetelor în partea de jos a spatelui. Tu ce ai face?

— Acrobaţii!

Cuvântul îmi scăpase de pe buze fără să mă gândesc. Crezusem că renunţasem definitiv la acrobaţie odată cu îngroparea amuletei focului care mi se decernase, dar se părea că excursia mea prin copaci îmi trezise din nou această pasiune.

— O acrobată! Ei bine, asta explică multe lucruri, a şoptit el.

Stârnită de atingerea trupului sculptural al lui Valek, mi-am strecurat mâinile în jurul trupului său, deasupra abdomenului.

Fir-ar să fie Reyad azi şi mâine! Brandy-ul îmi atenuase vechea mea frică. Am început să îi desfac pantalonii lui Valek.

El m-a apucat de încheieturi, oprindu-mă.

— Yelena, eşti beată! mi-a spus cu o voce răguşită.

Apoi mi-a eliberat mâinile şi s-a ridicat în picioare. M-am aşezat, privindu-l surprinsă când s-a repezit să mă ridice de pe canapea. Fără să rostească un cuvânt, m-a dus în camera mea şi m-a întins pe pat.

— Culcă-te, Yelena! mi-a şoptit Valek cu blândeţe, pe când părăsea încăperea.

Lumea mea se învârtea cu mine, iar eu priveam în întuneric. Aşezarea mâinii pe peretele rece de piatră de lângă patul meu m-a ajutat să-mi mai limpezesc gândurile.

Acum ştiam!

Valek nu era interesat de mine altfel decât ca de o persoană angajată ca degustătoare. Îmi îngăduisem să mă las prinsă în plasa țesută de bârfele Dilanei și de gelozia lui Maren. Suferința de a fi fost respinsă, care îmi zvâcnea în suflet, fusese stârnită numai și numai din vina mea.

De ce nu mă învățasem minte până acum? Oamenii se transformau întotdeauna în monștri. Cel puțin, oamenii pe care îi cunoscusem eu.

Mai întâi, Brazell, apoi, Rand, deși Reyad rămăsese consecvent.

„Dar Valek? Se va transforma și el cândva într-un monstru, sau deja era unul? Așa cum spusese Star, nu ar trebui să mă gândesc deloc la el, nici ca partener și nici ca să umplu hăul din inima mea!" mi-am spus.

De parcă aș fi putut! Am izbucnit în râs. Un sunet de om beat, ferfenițit și zdrențuit – asta era muzica gândurilor mele.

„Privește în jurul tău, Yelena!" m-am mustrat singură. „Ești doar o degustătoare de mâncăruri otrăvite care stă de vorbă cu stafiile! Ar trebui să fiu recunoscătoare că încă mai respir, că încă mai exist... Nu ar trebui să tânjesc la mai mult decât să fiu liberă în Sitia. Atunci voi putea umple golul din sufletul meu!"

Renunțând la toate gândurile acelea sentimentale, pline de slăbiciune, m-am concentrat asupra activității de a rămâne în viață.

Evadarea în Sitia nu avea să rupă niciun fel de legături cu Valek. Odată ce făceam rost de antidotul pulberii-de-fluturi, puteam începe să-mi fac planuri. Hotărâtă de acum, am recapitulat în gând metodele de deschidere a încuietorilor până am căzut în somnul adânc indus de alcool.

M-am trezit cu un ceas înainte de răsăritul soarelui, cu capul bubuindu-mi de durere. Îmi simțeam gura ca o pânză de păianjen părăsită. Mi-am și imaginat cum praful îmi zbura de pe buze la fiecare respirație. Mișcându-mă cu infinită precauție, m-am dat jos din pat centimetru cu centimetru. Înfășurându-mi pătura în jurul umerilor, m-am dus să beau ceva. Lui Valek îi plăcea apa rece și păstra întotdeauna un urcior afară, pe balcon.

Aerul răcoros al nopții a alungat buimăceala prelungită a somnului. Zidurile din piatră ale castelului străluceau, reflectând misterios luna.

Am văzut unde era urciorul din metal. Un strat subțire de gheață se formase deasupra apei. Spărgându-l cu un deget, mi-am turnat apa direct în gură, înghițind cu nesaț.

Când mi-am dat capul pe spate, să beau din nou, am observat un obiect negru, care aducea cu un păiajen și care se cățăra pe peretele castelului, chiar deasupra capului meu. Din ce în ce mai alarmată, mi-am dat seama că forma aceea cobora spre mine. Nu era păianjen, ci o ființă umană!

Am căutat un loc în care să mă ascund, dar m-am oprit când mi-am dat seama că intrusul probabil că mă zărise deja.

Să mă încui în apartament și să-l trezesc pe Valek părea un plan mai bun. Am ezitat înainte de intra în salonul în care era întuneric beznă. În interior, hainele negre ale intrusului ar fi fost greu de observat. O ușă încuiată nu-mi mai oferea o senzație de siguranță de când cu lecțiile de deschidere a încuietorilor predate de Janco.

Bălăcărindu-mă pentru că îmi lăsasem briceagul înăuntru, m-am îndreptat spre capătul cel mai îndepărtat al balconului, strângând în mână urciorul cu apă.

Cățărătorul pe ziduri a făcut un salt pe distanța care mai rămăsese până la podeaua balconului. Mișcarea, realizată fără niciun efort, m-a ajutat să recunosc persoana.

— Valek? am șoptit, uluită.

A urmat sclipirea dinților lui albi, ca o fulgerare, după care Valek și-a dat jos ochelarii închiși la culoare. Restul feței îi era ascuns sub gluga care îi acoperea capul și care era prinsă într-un costum mulat pe corp.

— Ce faci? l-am întrebat.

— O operațiune de recunoaștere, m-a lămurit. Generalii obișnuiesc să stea până târziu după ce comandantul părăsește întrunirea la un brandy. Așa că a trebuit să aștept până când toată lumea s-a dus la culcare.

Zicând acestea, Valek a intrat în apartament. Și-a scos gluga. Aprinzând lampa de pe biroul său, a scos o hârtie din buzunar.

— Nu suport misterele! mi-a declarat. Aș fi lăsat ca identitatea succesorului comandantului să rămână secretă, așa cum procedez de cincisprezece ani, dar prilejul din noaptea asta a fost prea ispititor. Cu opt generali beți care trăgeau la aghioase, aș fi putut să joc și sarabanda pe paturile lor, că tot nu s-ar fi trezit. Nici măcar unul din ei nu are vreun pic de imaginație. Am văzut cum toți și-au pus plicul primit de la comandant în servietă. Valek mi-a făcut semn să vin lângă el, la birou: Uite, ajută-mă să descifrez asta.

Mi-a dat o bucată de hârtie tare. O învălmășeală de cuvinte și numere era mâzgălită pe ea. Copiase cele opt părți diferite ale mesajului cifrat, strecurându-se în camera fiecărui general în parte! M-am întrebat de ce îmi destăinuia mie aceste lucruri. Prea curioasă ca să-l mai iau la întrebări, mi-am tras un scaun lângă el, să-l ajut.

— Cum ai reușit să rupi sigiliul de ceară? l-am întrebat.

— O șmecherie pe care-o știu toți începătorii, mi-a zis. Nu-ți trebuie decât un cuțit ascuțit și o flacără mică. Acum, citește-mi primul set de litere!

Le-a notat pe o hârtie, apoi le-a schimbat ordinea până când au ajuns să formeze cuvântul „asediu". Deschizând o carte, a răsfoit-o. Documentul era presărat cu simboluri precum acelea de pe mânerul briceagului meu. Pagina la care s-a oprit Valek era împodobită cu un simbol mare, albastru, care semăna cu o stea în mijlocul a trei cercuri.

— Ce e asta? l-am întrebat.

— Vechiul simbol de bătălie pentru „asediu", mi-a explicat. Răposatul rege folosea aceste însemne pentru a comunica, pe timp de război, cu căpitanii lui. La origine, au fost inventate cu sute de ani în urmă de către un strateg strălucit. Citeşte-mi setul următor! Ar trebui să fie compus din cifre.

I-am spus cifrele. A început să numere rândurile de text.

Mi-a venit ideea că aş putea să împrumut cartea aceea, să descifrez mesajul lui Janco de pe briceagul meu.

Aveam să îl descifrez „până la urmă", spusese el. Pe naiba! Chiar că avea să fie surprins!

Când Valek a ajuns la numărul respectiv, a scris o literă pe o pagină nouă. După ce a terminat de descifrat mesajul, a rămas nemişcat ca o stană de piatră. Nemaiavând răbdare să aştept, l-am întrebat:

— Cine este?

— Ia ghiceşte! mi-a cerut el.

L-am privit. Eram obosită şi mahmură.

— Să-ți dau un indiciu! a adăugat. Cine a fost cel mai fericit de această schimbare? Numele cui se tot iveşte în cele mai bizare situații?

Groaza mi-a învăluit trupul ca o mantie. Dacă i s-ar întâmpla ceva comandantului, Brazell ar prelua comanda! Probabil că aş fi prima pe ordinea lui de zi şi nu aş trăi destul, încât să văd ce schimbări ar mai face în Ixia!

Valek a citit perfect expresia așternută pe chipul meu. A încuviințat cu o mișcare din cap.

— Exact! Brazell!

În următoarele două zile, comandantul suprem s-a întâlnit cu fiecare general în parte. Scurtele și periodicele mele întreruperi pentru degustarea mâncării duceau la apariția unor momente de tăcere stânjenitoare. Tensiunea din castel putea fi pipăită de-acum, atât era de densă, pentru că toți cei din suitele generalilor se răsteau și se luptau cu toată lumea.

Când m-am dus să gust micul dejun al comandantului, în a treia zi, l-am găsit cufundat într-o discuție cu Brazell și consilierul Mogkan. Privirea comandantului suprem era sticloasă, iar vocea sa – monotonă.

— Ieși afară! a lătrat Brazell la mine când m-a zărit.

Mogkan m-a împins în sala tronului.

— Așteaptă aici până te vom chema! mi-a ordonat el.

Am șovăit în fața ușii închise, neștiind dacă trebuia să ascult cererea aceea neobișnuită.

Dac-ar fi venit din partea lui Valek sau a lui Brazell, nu aș fi avut nicio rezervă, însă faptul că se așteptau ca eu să dau ascultare ordinelor lui Mogkan mă deranja. Îngrijorarea mea a crescut în timp ce îmi imaginam că Brazell ar fi putut încerca să-l asasineze pe comandant. Eram pe punctul de a pleca în căutarea lui Valek, când acesta a năvălit în sala tronului, cu o expresie necruțătoare așternută pe față, în timp ce se grăbea să intre în biroul comandantului.

— Tu ce faci aici? m-a întrebat Valek. Nu ai gustat încă micul dejun?

— Mi s-a ordonat să aștept. Comandantul este cu Brazell și cu Mogkan, i-am explicat.

O spaimă bruscă s-a întipărit pe chipul lui Valek. M-a dat la o parte și a intrat în birou. L-am urmat. Mogkan stătea în spatele comandantului, apăsând cu vârfurile degetelor tâmplele acestuia din urmă. La apropierea lui Valek, Mogkan s-a îndepărtat.

— După cum vă puteți da și dumneavoastră seama, domnule, acesta este un mijloc excelent de a alina o durere de cap, a spus consilierul cu o voce calmă.

Chipul comandantului s-a însuflețit din nou.

— Mulțumesc, Mogkan! a spus el.

Cu o privire mânioasă adresată lui Valek, care îi întrerupsese, în mod nedorit, a întrebat:

— Ce este atât de important?

— Vești neliniștitoare, domnule, i-a răspuns Valek, în timp ce îi străpungea cu privirea pe Brazell și pe Mogkan. Aș dori să discutăm între patru ochi.

Comandantul a reprogramat întâlnirea cu cei doi pentru mai târziu, în aceeași zi, apoi i-a concediat.

— Yelena, gustă acum micul dejun al comandantului! mi-a cerut mai-marele spionilor.

— Da, să trăiți! i-am răspuns.

Valek m-a urmărit în timp ce degustam mâncarea. Avea zugrăvită pe față o expresie cruntă care mă neliniștea. Credea, oare, că mâncarea fusese otrăvită? Am verificat din nou ceaiul care se răcea și omleta călduță, însă nu am descoperit niciun fel de substanțe străine. Am așezat tava cu mâncare pe biroul comandantului.

— Yelena, dacă va trebui să mănânc din nou hrană rece, voi pune să fii biciuită. Ai înțeles?

Vocea comandantului suprem era lipsită de patimă, însă amenințarea era reală.

— Da, să trăiți! am răspuns, știind că o scuză ar fi fost inutilă.

— Poți să pleci! mi-a zis.

Am părăsit în grabă biroul, abia observând activitatea plină de agitație din sala tronului. Trecând de ușa de la intrare, m-am oprit puțin.

„Foame!" a spus o voce placidă în mintea mea.

Stomacul îmi chiorăia. Eram lihnită de foame. M-am îndreptat spre bucătărie.

După un colț se afla consilierul Mogkan, care mi-a blocat trecerea. Și-a petrecut un braț pe sub al meu și m-a condus într-o parte izolată a castelului. Mi se părea firesc să merg cu el. Voiam să mă trag înapoi. Voiam să-mi fie teamă, să fiu îngrozită, însă nu reușeam să resimt niciuna dintre aceste emoții. Foamea îmi dispăruse. Mă simțeam mulțumită.

Mogkan m-a condus pe un coridor pustiu.

„Asta-i o fundătură!" m-am gândit, fiind, în continuare, incapabilă să invoc vreo emoție. Ochii lui cenușii, mătăsoși, m-au privit fix pentru o clipă înainte de a-și desprinde brațul de al meu. Degetele lui au trasat șirul de romburi negre care cobora pe mâneca uniformei mele.

— Yelena mea! a spus pe un ton posesiv.

Frica mi-a urcat, fulgerător, prin braț și mi-a izbucnit în piept chiar în clipa în care contactul cu Mogkan s-a întrerupt. Stupoarea emoțională dispăruse, dar nu mă puteam mișca. Mușchii din corpul meu nu voiau să asculte comenzile frenetice ale minții care le cerea să lupte.

Un magician! Mogkan avea puteri magice! Le folosise în timpul reuniunii la un brandy, alertându-l, astfel, pe Valek. Concentrarea asupra acestei descoperiri a fost, brusc, curmată atunci când Mogkan s-a apropiat de mine.

— Dac-aş fi ghicit că ne vei face atâtea probleme, nu te-aş fi adus niciodată în orfelinatul lui Brazell!

A zâmbit, văzându-mi zăpăceala.

— Reyad nu ţi-a povestit că eu te-am găsit? m-a întrebat.

— Nu.

Vocea mea era răgușită.

— Te pierduseşi în junglă la numai şase ani. O copilă atât de frumoasă, atât de isteaţă! O adevărată încântare! Te-am salvat din ghearele unui leopard pentru că mi-am dat seama că aveai potenţial. Dar erai prea încăpăţânată, prea independentă. Cu cât ne străduiam mai mult, cu atât te opuneai mai tare.

Mogkan şi-a trecut mâna pe sub bărbia mea, silindu-mă să-l privesc în ochi.

— Chiar și acum, când mă aflu în legătură cu tine, continui să mi te opui, a spus. Îi pot comanda trupului tău.

Spunând acestea, şi-a ridicat braţul stâng, iar braţul meu stâng i-a imitat mişcarea.

— Dar, dac-aş încerca să-ţi controlez atât mintea, cât şi trupul, până la urmă, ai reuşi să mă împiedici, a continuat.

A clătinat din cap a neîncredere, ca și când conceptul în sine îl uimea.

— Din fericire, nu este necesară decât o presiune subtilă, a zis.

Şi-a retras mâna, după care a mimat cu degetele o ciupitură.

Mi s-a blocat gâtlejul. Nu mai puteam să respir!

Incapabilă să mă apăr, m-am prăbușit la pământ. Ţipătul minţii mele a rămas nerostit de buze. Logica mea a înşfăcat panica şi a dat cu ea de pământ.

Mogkan se folosea de magie! Poate că aş fi putut s-o blochez înainte de a-mi pierde cunoştinţa. Am încercat să spun în gând numele otrăvurilor.

— Câtă forță! a spus Mogkan, plin de admirație. Numai că, de data asta, ea nu te va salva.

S-a aplecat apoi și m-a sărutat tandru, aproape patern, pe frunte.

O senzație de pace m-a inundat. Am încetat să mai opun orice fel de rezistență. Vederea mi s-a tulburat. Am simțit cum Mogkan îmi lua mâna, ținând-o într-a sa.

25

SPRIJININDU-MĂ DE PERETE, m-am agățat de mâna lui Mogkan, de parcă toată lumea se prăbușea în jurul meu. Am simțit un șoc neplăcut, după care blocajul puternic din gâtul meu a dispărut. Gâfâind după aer, mi-am venit în fire și mi-am dat seama că zăceam întinsă pe jos. În apropierea mea, Valek stătea pe pieptul lui Mogkan. Era cu mâinile în jurul gâtului consilierului, dar se uita la mine.

Mogkan a zâmbit când Valek s-a ridicat și l-a tras și pe el în picioare.

— Cred că ești conștient de pedeapsa pe care o primește orice magician în Ixia! a spus Valek. În caz contrar, voi fi încântat să-ți ofer lămuriri.

Consilierul și-a netezit uniforma și și-a aranjat șuvița lungă de păr negru.

— Unii ar spune că abilitatea ta de a rezista magiei face și *din tine* un magician, Valek!

— Comandantul este de altă părere. Ești arestat! s-a răstit mai-marele spionilor.

— Atunci te paşte o mare surpriză. Îți sugerez să discuți cu comandantul aceste acuzații false înainte de a lua vreo măsură drastică! a spus Mogkan.

— Ce-ar fi să te omor chiar acum? l-a întrebat Valek, pășind mai aproape de el.

O durere fierbinte, mistuitoare, mi-a străpuns stomacul. Am icnit și m-am încovrigat pe jos. Suferința era necruțătoare. Valek a mai făcut un pas. Am țipat când focul acela mi-a străbătut tot spatele și mi-a înconjurat capul.

— Încă un pas și ea va muri, a spus Mogkan cu o blândețe înșelătoare în voce.

Cu ochii înlăcrimați de suferință, l-am văzut pe Valek schimbându-și greutatea pe vârfurile degetelor de la picioare, dar rămânând totuși pe loc.

— Ca să vezi! Ce interesant! Vechiului Valek nu i-ar fi păsat prea tare dacă i-aş fi ucis degustătorul. Yelena, copila mea, abia acum mi-am dat seama cât de incredibil de utilă ești! a exclamat consilierul.

Intensitatea durerii era insuportabilă. M-aş fi bucurat să mor, numai să scap de ea.

Ultima imagine pe care am văzut-o înainte de a leşina a fost spatele lui Mogkan care se îndepărta nevătămat.

M-am trezit într-o beznă deplină. Ceva greu îmi apăsa fruntea. Alarmată, am încercat să mă ridic.

— Totul este în regulă, mi-a șoptit Valek, împingându-mă înapoi.

Am dus mâna la cap și am îndepărtat cârpa umedă. Clipind în lumină, m-am uitat la mobila familiară din camera mea. Valek stătea lângă mine, cu o cupă în mână.

— Bea asta! mi-a cerut.

Am luat o gură şi m-am strâmbat din cauza gustului de medicament. Valek a insistat să beau tot. Când cupa a rămas goală, a aşezat-o pe noptieră.

— Odihneşte-te! mi-a poruncit el, apoi s-a întors să plece.

— Valek! l-am strigat, oprindu-l. De ce nu l-ai omorât pe Mogkan?

El s-a gândit un moment, clătinând din cap.

— A fost o manevră tactică. Mogkan te-ar fi omorât înainte ca eu să-l pot ucide. Tu reprezinţi rezolvarea mult prea multor enigme. Am nevoie de tine!

S-a îndreptat cu paşi mari spre uşă, dar s-a oprit în prag. Ținea atât de strâns clanța, încât i se albiseră încheieturile.

— L-am reclamat pe Mogkan comandantului, dar el a fost...

Mâna lui Valek a răsucit clanța și am auzit metalul trosnind.

— A fost indiferent, aşa că îl voi păzi eu însumi pe comandant până când pleacă Brazell şi Mogkan, a spus. Pe Ari şi Janco i-am repartizat ca gărzi de corp pentru tine. Nu părăseşti apartamentul fără ei! Și nu mai mânca criollo! Îl voi gusta eu pe cel pe care-l doreşte comandantul. Vreau să văd dacă ți se întâmplă ceva.

Valek a împins uşa, care s-a închis, lăsându-mă singură cu gândurile ce mi se învârteau în cap.

Ținându-se de cuvânt şi, în mare măsură spre enervarea comandantului, Valek nu l-a mai părăsit pe acesta. Ari şi Janco s-au bucurat de schimbarea programului lor zilnic, însă le-am cam dat de furcă. Atunci când nu gustam mesele comandantului, îi ceream lui Ari să mă instruiască în metodele de apărare în lupta cu pumnalul, iar pe Janco să-mi dea în continuare lecții în descuierea încuietorilor.

Plecarea generalilor fusese stabilită pentru ziua următoare, ceea ce însemna că era timpul să fac o recunoaştere pe cont propriu. Era seara devreme şi ştiam că Valek avea să rămână alături de comandant până târziu. Lui Ari şi lui Janco le-am spus că urma să mă culc devreme şi le-am urat noapte bună din pragul apartamentului lui Valek. După ce am mai aşteptat o oră, m-am strecurat din nou pe hol.

Coridoarele castelului nu erau atât de pustii pe cât speram, însă biroul lui Valek era situat dincolo de holul principal. M-am apropiat de uşa lui, supraveghind coridorul, să văd dacă trecea cineva pe acolo.

Nevăzând pe nimeni, am introdus şperaclul în prima dintre cele trei găuri de cheie, însă emoţiile mi-au făcut imposibilă descuierea lacătului. Am respirat profund de două ori şi am mai încercat o dată.

Reuşisem să deblochez două încuietori, când am auzit voci apropiindu-se. Ridicându-mă în picioare, am scos şperaclele din gaura cheii şi am bătut la uşă chiar în clipa în care doi bărbaţi şi-au făcut apariţia.

— Valek este la comandant, mi-a spus soldatul din stânga.

— Mulţumesc, am răspuns şi am început să merg în direcţia opusă, cu inima bătându-mi ca aripile unei păsări colibri.

Am aruncat o privire în spatele meu până când bărbaţii s-au făcut nevăzuţi, după care m-am întors în fugă la biroul lui Valek. A treia încuietoare s-a dovedit a fi şi cea mai dificilă. Eram leoarcă de transpiraţie când am reuşit s-o descui. M-am grăbit să intru în încăpere, încuind uşa în urma mea.

Primul obiectiv a fost să deschid dulăpiorul din lemn în care era păstrat antidotul meu.

Poate că Valek închisese aici şi reţeta!

Am aprins o lampă cu flacăra mică pentru a arunca o privire în interior. Recipiente din sticlă de diferite forme şi mărimi au strălucit în lumină. Pe cele mai multe sticluțe era scris „otravă". În timp ce căutam, mă mistuia un sentiment din ce în ce mai acut de urgență.

Nu am descoperit decât o sticlă mare care conținea antidotul. Am turnat câteva doze într-o sticluță pe care o ascunsesem în buzunar, știind că Valek ar fi observat dacă luam prea mult din el.

După ce am încuiat dulapul la loc, am început să caut sistematic prin dosarele lui, începând cu sertarele biroului. Chiar dacă încăperea era ticsită cu hărți și cărți, dosarele personale ale lui Valek erau bine organizate. Am găsit unele despre Margg și despre comandant și am fost tentată să le citesc, însă am continuat să mă concentrez pe găsirea oricărui dosar care ar fi purtat numele meu sau ar fi făcut trimitere la pulberea-de-fluturi.

Valek făcuse numeroase comentarii interesante despre abilitățile mele de degustare în dosarul meu personal, însă nu exista nicio mențiune referitoare la otravă sau la antidot.

Când am terminat cu biroul, am trecut la masa de conferințe. Cărțile despre otrăvuri se amestecau de-a valma cu dosarele și cu diverse materiale despre spionaj. Am căutat prin stivele de cărți. Timpul de care dispuneam se scurgea cu repeziciune.

Trebuia să mă întorc în apartamentul lui Valek înainte ca acesta să-l conducă pe comandant la al său.

Când am terminat cu masa de conferințe, mi-am înăbușit dezamăgirea. Tot mai rămăsese de căutat prin jumătate din birou!

Ajunsesem în mijlocul încăperii tăcute, când am auzit zgomotul unei chei introduse în încuietoare. Un clic, după care cheia a fost retrasă. Am stins lampa pe când cea de-a doua încuietoare se deschidea cu un clinchet. Plonjând în spatele mesei de conferințe, am sperat că toate cutiile acelea îngrămădite sub ea aveau să mă ascundă vederii.

„Vă rog", le-am adresat eu o rugăminte forțelor destinului, „faceți să fie Margg, nu Valek!"

Un al treilea clinchet mi-a făcut inima să mi se strângă.

Ușa s-a deschis și s-a închis. Un zgomot ușor de pași a traversat încăperea. Cineva s-a așezat la birou. Nu am riscat să arunc o privire, însă știam că era Valek. Oare comandantul se retrăsese mai devreme? Am revizuit puținele mele opțiuni: să fiu descoperită sau să aștept ca Valek să iasă din birou. M-am așezat într-o poziție mai confortabilă.

Câteva minute mai târziu, cineva a bătut la ușă.

— Intră! a spus Valek.

— V-a sosit ăă... pachetul, domnule! l-a informat o voce de bărbat.

— Adu-l înăuntru! i-a cerut Valek, hârșâind cu scaunul pe podeaua de piatră.

Am auzit zăngănitul lanțurilor și niște pași târșiți.

— Poți să pleci! l-a concediat Valek pe bărbat.

Ușa s-a închis cu un clinchet. Izul rânced și cunoscut de temniță mi-a ajuns la nări.

— Ei bine, Tentil... Știi că ești următorul pe listă care urmează să fie spânzurat? a întrebat Valek.

Îl compătimeam pe prizonierul osândit. Știam exact cum se simțea.

— Da, să trăiți! a șoptit o voce.

Niște pagini au fost făcute să foșnească.

— Te afli aici pentru că ți-ai ucis cu plugul fiul în vârstă de trei ani, pretinzând că a fost un accident. Este adevărat? a întrebat Valek.

— Da, domnule. Soția mea tocmai murise. Nu-mi permiteam să iau o dădacă. Nu am știut că el se strecurase dedesubt.

Vocea bărbatului era sugrumată de durere.

— Tentil, în Ixia nu se admit scuze! l-a repezit mai-marele spionilor.

— Da, să trăiți! Știu, domnule! Chiar vreau să mor, domnule! Vinovăția este prea greu de suportat.

— Atunci moartea nu ar fi pedeapsa potrivită pentru tine, nu-i așa? Valek nu a așteptat să i se răspundă, ci a continuat: Ar fi o sentință mai aspră dac-ai trăi. De fapt, cunosc o gospodărie productivă în DM-4 în care atât fermierul, cât și soția lui și-au pierdut viața în mod tragic, lăsând în urma lor trei fii cu vârste mai mici de șase ani. Tentil va fi spânzurat mâine, sau așa va crede toată lumea, numai că tu vei fi escortat în DM-4, să preiei exploatarea unei plantații de porumb și însărcinarea de a crește acești trei băieți. Îți sugerez ca primul lucru pe care-l vei face să fie angajarea unei bone. Ai înțeles?

— Dar..., a bâiguit omul.

— *Codul de bună purtare* a fost excelent pentru eliminarea indezirabililor din Ixia, însă este, întrucâtva, lipsit de simpla compasiune umană. În pofida argumentelor pe care i le aduc, comandantul nu reușește să înțeleagă acest lucru, așa că, din când în când, iau frâiele în propriile mâini. Tu ține-ți gura doar, și vei trăi! Unul dintre colegii mei va mai veni din când în când să vadă cum te descurci.

M-am ghemuit în spatele cutiilor, încremenită. Nu-mi venea să cred! Pentru mine era tot atât de neînțeles să-l aud pe Valek folosind cuvântul „compasiune", pe cât îmi era ideea ca Margg să-și ceară scuze pentru comportarea ei urâtă.

S-a auzit o nouă bătaie în ușă.

— Intră! a spus Valek. O sincronizare perfectă, Wing, ca întotdeauna! Ai adus documentele?

Am auzit fâşâit de hârtii.

— Noua ta identitate, l-a informat Valek pe deţinut. Cred că târgul nostru a fost încheiat. Wing te va conduce în DM-4.

Lanţurile au zăngănit când au căzut pe jos.

— Eşti liber!

— Da, să trăiţi! a murmurat Tentil.

Avea o voce spartă. Probabil că era copleşit. Ştiam cum m-aş fi simţit eu, dacă Valek mi-ar fi oferit o viaţă în libertate. După plecarea celor doi bărbaţi, s-a lăsat o linişte dureroasă. Mi-era teamă că zgomotul respiraţiei avea să mă dea de gol. Scaunul lui Valek a scârţâit. Două pocnituri slabe au fost urmate de un căscat zgomotos.

— Aşadar, Yelena, conversaţia noastră ţi s-a părut interesantă?

Am rămas nemişcată, în speranţa că el mergea pe ghicite. Însă următoarea afirmaţie mi-a confirmat disperarea.

— Ştiu că te ascunzi în spatele mesei, m-a înştiinţat.

M-am ridicat în picioare. În vocea lui nu se simţea nici urmă de mânie. S-a tolănit în fotoliu, cu picioarele odihnindu-i-se pe birou.

— Cum ai..., am început.

— Săpunul tău preferat, cu miros de lavandă, te-a dat de gol, m-a lămurit. N-aş mai fi azi în viaţă dacă nu mi-aş da seama când cineva îmi deschide încuietorile. Asasinii iubesc ambuscadele, lăsând cadavrele în spatele uşilor misterios încuiate. O chestie amuzantă.

Valek a căscat din nou.

— Nu eşti supărat? l-am întrebat.

— Nu, de fapt mă simt uşurat. Mă întrebam când îmi vei scotoci biroul în căutarea reţetei antidotului.

O furie subită m-a sufocat.

— Uşurat? am zbierat. C-aş putea încerca să evadez? Că ţi-am căutat prin hârtii? Eşti atât de convins că nu voi reuşi?

Valek şi-a înclinat capul într-o parte, reflectând.

— Mă simt uşurat pentru că urmezi etapele standard ale evadării şi *nu* născoceşti un plan diferit, mi-a mărturisit. Dacă ştiu cum acţionezi, îţi pot anticipa următoarea mişcare. Dacă nu, mi-ar putea scăpa ceva. A învăţa să deschizi încuietori duce, în mod firesc, la asta. Valek a făcut un gest circular, arătând încăperea: Dar, din moment ce formula chimică nu a fost scrisă nicăieri şi eu sunt singurul care o cunoaşte, sunt convins că nu o vei găsi.

Mi-am încleştat pumnii, să mă împiedic să îmi înfăşor mâinile în jurul gâtului încrezut al Domnului-Ştie-Tot.

— Bine, vasăzică nu am nicio şansă să evadez. Dar ce spui de asta? I-ai oferit lui Tentil o nouă viaţă; de ce nu şi mie?

— De unde ştii că nu am făcut-o deja?

Zicând acestea, Valek şi-a dat picioarele jos de pe birou şi s-a aplecat în faţă.

— De ce crezi c-ai stat în temniţă aproape un an de zile? Să fi fost vorba doar de noroc, atunci când s-a întâmplat ca *tu* să fii prima la rând când a murit Oscove? Poate că, pur şi simplu, am jucat teatru la prima noastră întâlnire, când am părut atât de surprins că erai femeie.

Era prea mult de suportat.

— Ce vrei de la mine, Valek? am întrebat. Vrei să renunţ să încerc? Să mă mulţumesc cu viaţa asta otrăvită?

— Chiar vrei să ştii? m-a iscodit el, iar vocea i-a crescut în intensitate.

S-a ridicat şi a venit spre mine.

— Da, i-am răspuns.

— Te vreau pe tine..., a început. Dar nu ca un servitor refractar, ci ca un membru loial al echipei mele. Ești inteligentă, ai o gândire iute și începi să devii un luptător bunicel. Vreau să fii tot atât de devotată cum sunt și eu față de menținerea în siguranță a comandantului suprem. Da, este o misiune periculoasă, dar, pe de altă parte, un salt greșit calculat pe sârmă ți-ar putea rupe gâtul. Asta vreau eu. Vei fi în stare să-mi oferi ce vreau?

Privirea lui Valek s-a înfipt adânc într-a mea, căutând un răspuns.

— Și-n afară de asta, unde te-ai putea duce? m-a întrebat. Locul tău este aici.

Eram tentată să cedez. Știam, însă, că, dacă nu aș fi fost otrăvită sau ucisă de Brazell, magia nestăpânită din mine avea să sfârșească prin a exploda, luându-mi și viața odată cu ea. Singura urmă materială a trecerii mele prin lumea aceasta avea să fie o ondulație a sursei puterii. În lipsa antidotului, eram, oricum, pierdută.

— Nu știu, am spus. Sunt atât de multe...

— Lucruri pe care nu mi le-ai spus?

Am încuviințat din cap, neputând să vorbesc. Dacă i-aș fi spus despre capacitățile mele magice, am gândit eu, aș fi fost doar ucisă mai repede.

— Este greu să ai încredere. A ști în cine să ai încredere este chiar și mai greu, a murmurat Valek.

— Iar antecedentele mele sunt, mai degrabă, cumplite, am recunoscut. Acesta este punctul meu slab.

— Nu, este punctul tău forte! m-a contrazis. Uită-te la Ari și Janco. S-au erijat în protectorii tăi cu mult timp înainte de a le da eu această sarcină. Şi asta, pentru că le-ai luat apărarea în faţa comandantului atunci când propriul lor căpitan nu a făcut-o. Gândeşte-te la ceea ce ai în acest moment înainte de a-mi da un răspuns! Ai câştigat respectul comandantului şi al lui Maren, precum şi loialitatea lui Ari şi a lui Janco.

— Dar din partea ta ce am câştigat, Valek? Loialitate? Respect? Încredere?

— Mi-ai câştigat atenţia. Dă-mi, însă, ceea ce vreau şi poţi obţine totul!

A doua zi dimineaţă, generalii s-au pregătit de plecare. Au trebuit patru ore pentru ca opt suite să se adune. Patru ore de vacarm şi harababură. Când toată lumea a trecut, în cele din urmă, prin porţile exterioare, castelul parcă a scos un suspin de uşurare.

Ca urmare a acestei bruşte eliberări de sub tensiune, servitorii şi gărzile au prins să mişune pretutindeni. Se strângeau grupuri-grupuri, luând o pauză înainte de a începe să cureţe cele opt apartamente destinate musafirilor.

Exact în perioada aceasta de acalmie, comandantul a informat personalul castelului că delegaţia sitiană urma să ajungă a doua zi.

Cuvintele lui au avut efectul unui trăsnet. O clipă de tăcere uluită a fost urmată de o activitate frenetică, atunci când servitorii au zbughit-o ca din puşcă să se ocupe de pregătirile necesare.

Cu toate că am fost fericită să-i privesc din spate pe Mogkan şi pe Brazell, am rătăcit apoi apatică prin castel. Lui Valek nu-i dădusem niciun răspuns. Ca să trăiesc, trebuia să plec în sud, numai că, fără antidot, nu aş fi supravieţuit. Inima mi s-a umplut de spaimă atunci când adevărul despre soarta mea implacabilă mi s-a limpezit în minte.

A doua zi, prezența mea a fost solicitată la ceremonia specială de întâmpinare, la sosirea delegației din sud. Teama de a-i vedea pe sitieni mi-a pus un ghem în stomac. Mă simțeam ca și când cineva mi-ar fi spus: „Yelena, uită-te bine la ce nu poți avea!"

Din moment ce sala tronului fusese transformată într-un spațiu plin de birouri, singurul loc din castel potrivit pentru afacerile de stat rămăsese sala de comandă a conducătorului Ixiei. Valek stătea din nou țeapăn, în uniforma lui de gală, în dreapta comandantului, iar eu așteptam în spatele lor.

Teama mea s-a transformat în admirație când am simțit valurile de energie emoțională care pulsau dinspre oficialii de rang înalt și consilierii aleși să participe la ceremonie. Când delegația a fost anunțată și invitată să intre, mi-am schimbat locul, s-o pot vedea mai bine.

Sitienii au pătruns în încăpere de parc-ar fi plutit. Mantiile lor exotice, în culori aprinse, erau lungi până la pământ, acoperindu-le picioarele. Purtând măști de animale împodobite cu panașuri de culori deschise din pene și blană, s-au oprit în fața comandantului și s-au așezat în forma literei „V".

Conducătorul lor, care purta o mască de șoim, a luat cuvântul pe un ton oficial.

— Vă transmitem urări de bine și salutări din partea vecinilor voștri din sud! Sperăm că întâlnirea aceasta va apropia cele două teritorii ale noastre! Pentru a ne dovedi angajamentul față de acest demers, am venit pregătiți să ne dezvăluim în fața voastră.

Zicând acestea, vorbitorul și cei patru tovarăși ai săi și-au scos măștile în același timp, cu gesturi care se vedea că fuseseră repetate îndelung.

Am clipit de câteva ori de uimire, în speranța că în acele câteva clipe de întuneric totul avea să redevină, din nou, așa cum se cuvenea. Din nefericire, lumea mea tocmai devenise, din rea, îngrozitoare. Valek mi-a aruncat o privire resemnată, ca și când nici lui nu i-ar fi venit să creadă această nouă întorsătură de situație.

Comandantul delegației sitiene era nimeni alta decât Irys!

O magiciană care ajunsese la nivelul de maestru stătea la nici un metru distanță de comandantul Ambrose!

26

— IXIA VĂ UREAZĂ BUN VENIT pe teritoriul său și speră într-un nou început! i-a anunțat comandantul pe membrii delegației din sud.

Pe când așteptam în spatele conducătorului nostru, m-am întrebat ce avea să li se întâmple sitienilor când Valek avea să-l informeze că Irys era o magiciană. Gândindu-mă la bucluсul pe care l-ar fi putut stârni ea înainte de a părăsi castelul, am încercat să-mi imaginez scenariul cel mai optimist. Nu am reușit, dându-mi seama că acesta era, probabil, doar începutul sfârșitului.

Valek a urmărit, cufundat în gânduri, cum meridionalii și comandantul suprem au făcut schimb de declarații oficiale, pompoase. Din comportamentul lui Valek am dedus că Irys nu-și folosise puterile magice. După încheierea ceremoniei oficiale de întâmpinare, membrii delegației au fost conduși în apartamentele care le fuseseră pregătite, să se odihnească după călătorie și să aștepte festinul din aceeași seară. Protocolul dicta ca amabilitățile și distracția să preceadă negocierile propriu-zise.

Toţi, cu excepţia conducătorului Ambrose şi a lui Valek, au părăsit sala de comandă. Tocmai mă pregăteam şi eu să plec, când mai-marele spionilor m-a prins de braţ.

— Bine, Valek, s-auzim! i-a spus conducătorul nostru. Vreun avertisment cumplit, presupun? l-a întrebat, cu un oftat.

— Conducătorul delegației sitiene este un maestru magician, a spus Valek.

I-am deslușit în glas o urmă de supărare. Probabil că nu era obișnuit ca spusele lui să fie întâmpinate cu un oftat.

— Era de așteptat! a spus comandantul Ambrose. Cum altfel ar putea fi siguri că suntem sinceri atunci când vorbim despre un tratat comercial? Am fi putut, în schimb, să-i prindem într-o ambuscadă. Este o mișcare logică din partea lor.

Fără nicio urmă de îngrijorare, conducătorul s-a întors spre ușă.

— Irys nu vă deranjează? l-a întrebat Valek. A încercat s-o ucidă pe Yelena!

Comandantul m-a privit pentru prima oară de când intraserăm în sala de comandă.

— Ar fi lipsit de înțelepciune să-mi omoare degustătoarea, a adăugat. Un asemenea gest ar putea fi interpretat drept o tentativă de asasinat și ar pune capăt negocierilor. Yelena este în siguranță... pentru moment.

Ridicând din umeri, ca s-arate că nu-l preocupa deloc siguranța mea viitoare, a părăsit sala de comandă.

Valek s-a strâmbat.

— La naiba! a exclamat el.

— Ce mai e acum? l-am întrebat.

A lovit cu piciorul într-unul dintre scaunele de la masa de conferințe.

— Mă aşteptasem să existe un magician în delegaţia din sud, dar nu mă aşteptasem tocmai la *ea*! a strigat.

A clătinat apoi din cap, ca şi când ar fi vrut să scape de frustrarea care i se simţea în voce.

— Îi voi lăsa pe gemenii fantastici în serviciul tău cât timp va fi Irys aici. Cu toate că, dacă e hotărâtă să-ţi facă de petrecanie, nici ei, nici eu, nu putem face mai nimic. Cu Mogkan am avut mare noroc. Eram chiar după colţ când i-am simţit puterea izbucnind. Să sperăm că Irys se va purta frumos câtă vreme este un musafir în ţara noastră.

Valek a împins scaunul spre masă cu un zgomot puternic.

— Cel puţin, acum ştiu unde sunt magicienii! a adăugat. Mogkan era cel pe care l-am simţit în timpul reuniunii la un brandy a generalilor. Un maestru din sud se află acum în castel. Dacă nu cumva se mai hotărăsc şi alţii să-şi facă apariţia, ar trebui să fim în siguranţă.

— Dar cum rămâne cu căpitanul Star? l-am întrebat.

— Star este doar o escroacă, m-a liniştit. Afirmaţiile ei cum că ar fi magiciană sunt doar o tactică prin care îşi sperie informatorii pentru ca aceştia să n-o tragă pe sfoară.

Valek a oftat.

— Generalii, sitienii şi festinurile mi-au sporit volumul de muncă, s-a văitat. Ceea ce îmi reaminteşte să-ţi spun că în noaptea asta trebuie să rămâi la datorie pe durata întregului festin. O îndatorire obositoare, dar, cel puţin, mâncarea va fi delicioasă. Am auzit că Rand voia să folosească criollo într-un nou desert, dar comandantul i-a refuzat propunerea. O altă enigmă, din moment ce Brazell trimite chestia asta cu căruţele şi a promis să expedieze desertul tuturor celorlalţi generali. Stăruiau atât să-l obţină, de parcă-ar fi fost aur!

Am observat o străfulgerare în ochii lui Valek.

— Ceva simptome, senzații sau pofte mai neobișnuite de când ai încetat să mănânci criollo? m-a întrebat.

Trecuseră trei zile de când nu mai gustasem nicio bucățică de criollo și nu-mi puteam aminti niciun simptom fizic pe care să-l fi putut pune pe seama sa. Când mâncam din el, aveam o stare de spirit bună și simțeam un surplus de energie. Tânjeam după gustul lui dulce mai ales acum, când șansele de a-mi obține libertatea scăzuseră.

— O ușoară poftă, i-am spus lui Valek, dar nimic care să aducă a dependență. Mă mai surprind gândindu-mă la el din când în când, dorindu-mi să mănânc o bucată.

Valek s-a încruntat.

— Poate că este prea devreme, a spus. Criollo s-ar putea afla încă în sângele tău. Îmi vei spune dacă apare ceva?

— Da, l-am asigurat.

— Bine! Ne vedem diseară! mi-a zis.

„Bietul Valek!" mi-am spus. „Așa, vârât în uniforma lui de gală strâmtă, de trei ori în tot atâtea zile!"

Decorațiuni complicate fuseseră atârnate în sala de mese pentru festin. Draperii stacojii și negre fuseseră agățate de-a lungul pereților, iar ghirlande roșii și aurii se răsuceau și coborau din tavan. Încăperea era luminată ca ziua. Se construise un podium mai înalt pe care să stea masa oficialităților, la care cei din delegația din sud, comandantul și Valek ședeau, cu toții, în hainele lor cele mai frumoase. Ofițerii de rang înalt și consilierii superiori erau așezați la mesele rotunde din jurul încăperii, lăsând liber centrul sălii. În colț, o formație de douăsprezece persoane cânta o muzică liniștită, ceea ce era o surpriză din moment ce conducătorul nostru dezaproba muzica, socotind-o doar o pierdere de timp.

Eu stăteam în spatele comandantului Ambrose, pentru ca acesta să poată să-mi dea farfuriile sale. Aşa cum era de aşteptat, mâncarea era delicioasă. Rand se întrecuse pe sine.

Uniforma mea închisă la culoare se confunda cu draperiile negre care acopereau peretele şi, pentru că mă îndoiam că oricine s-ar fi aflat dincolo de podium ar fi observat că eram şi eu pe acolo, pe când aşteptam între două feluri de mâncare, îi urmăream pe cei din jur. Ari şi Janco stăteau faţă în faţă, la o masă de lângă uşă. Participând la prima lor acţiune oficială în calitate de căpitani, se vedea clar că se simţeau stânjeniţi. Cunoscându-i, eram sigură că ar fi preferat să bea bere cu camarazii lor în barăci.

Irys şi toţi cei din suita ei erau aşezaţi în stânga comandantului. Ţinutele lor oficiale aveau vârtejuri de culoare şi sclipeau în lumina focului. Magiciana purta un pandant din diamant lucrat în formă de floare, care îi strălucea pe piept. Îmi ignora prezenţa, ceea ce nu mă deranja în niciun fel.

După ce servitorii au strâns masa, au stins jumătate din lămpi. Formaţia şi-a accelerat tempoul, până când un ritm îndrăcit a făcut să vibreze paharele de pe mese. Dansatori costumaţi au năvălit în încăpere, ţinând deasupra capetelor bastoane în flăcări.

Dansatorii focului! Aceştia au executat un balet elaborat şi complicat. Mi s-a tăiat respiraţia, urmărindu-i cum se învârteau şi se răsuceau în ritmul muzicii. Am înţeles, acum, de ce cortul lor de la iarmaroc fusese ticsit de admiratori entuziasmaţi. La un moment dat, Valek s-a aplecat în spate pe scaun şi mi-a spus:

— Yelena, eu nu cred c-aş fi trecut nici măcar de etapa audiţiilor! Probabil că mi-aş fi dat foc la păr până acum.

— Ce importanţă are un cap pârlit, atunci când o faci de dragul artei? l-am tachinat.

El a izbucnit în râs. Atmosfera din încăpere era plină de energie şi de încântare. Am sperat să nu aştepte încă cincisprezece ani comandantul, înainte de a organiza un alt festin.

Dansatorii au încheiat şi cel de-al doilea bis, după care au părăsit încăperea. Irys s-a ridicat să ţină un toast. Sitienii aduseseră cel mai bun coniac al lor. Magiciana a umplut câte un pahar pentru comandant, pentru Valek şi ea însăşi. Nu a părut deloc jignită atunci când cupa conducătorului nostru a ajuns la mine.

Am învârtit lichidul de culoarea ambrei în cupă şi i-am inhalat mirosul pătrunzător. Sorbind puţin din el, am rulat coniacul în jurul limbii, după care l-am scuipat pe jos. Înecându-mă şi străduindu-mă să vomit, am încercat să scot şi ultimul strop de băutură din gură. Valek m-a privit alarmat.

Am rostit cu o voce gâtuită:

— Iubirea-mea!

Valek a dărâmat celelalte două pahare, vărsându-le conţinutul pe masă. Pe când corpul meu reacţiona la otravă, vedeam cum Valek devenea un punct negru de cerneală, iar pe pereţi şiroia sângele.

Se făcea că pluteam pe o mare stacojie, iar culorile dansau şi se învârtejeau în jurul capului meu. Zgomotul de sticlă spartă care ploua peste stânci compunea o melodie stranie în mintea mea. Am plutit în derivă pe o plută făcută din păr alb buclat, purtată de un curent puternic. Vocea mângâietoare a lui Irys mi s-a adresat în mintea mea, în toiul furtunii de culori: „Îţi vei reveni, nu trebuie decât să te agăţi de pluta vieţii. Poţi să străbaţi furtuna!"

M-am trezit la mine în cameră. Cineva aprinsese o lampă cu lumina slabă şi Janco stătea pe un fotoliu, citind o carte. De data aceasta era mult mai bine decât ultima oară când luasem otrava iubirea-mea.

Era de preferat un pat moale, în loc să zac pe jos, într-o baltă de vomă! Cu toate că năravul acesta de a mă trezi la mine în cameră fără să știu cum ajunsesem acolo trebuia să înceteze.

— Vai, Janco, habar nu aveam că știi să citești! l-am tachinat.

Aveam o voce răgușită, mă durea gâtul și o durere surdă se instalase undeva, adânc, în capul meu.

— Sunt un bărbat cu multe talente necunoscute, a zâmbit Janco. Bine ai revenit printre noi!

— Cât timp am fost inconștientă?

— Două zile, mi-a răspuns.

— Ce s-a întâmplat?

— După ce tu ai luat-o razna? a întrebat Janco. Sau de ce s-a întâmplat asta?

M-am strâmbat.

— După, după, l-am lămurit.

— Este uluitor cât de repede se poate mișca Valek! a spus Janco, plin de admirație. Te-a împins la pământ, să nu mai fii la vedere, în timp ce punea un dop sticlei otrăvite și, cu dibăcie, a înlocuit-o cu o alta. S-a scuzat față de toți cei prezenți pentru stângăcia lui și a purces să toarne băutură în alte trei pahare, astfel încât vrăjitoarea să poată să-și țină toastul prefăcut. Întregul incident a fost mușamalizat atât de repede, încât numai cei de pe podium și-au dat seama ce se întâmplase, de fapt.

Janco și-a scărpinat barbișonul.

— Adică ei și Ari, a zis. El a fost cu ochii pe tine întreaga noapte, așa că, atunci când ai căzut, noi deja veneam spre tine. Ne-am strecurat în spatele mesei în timpul toastului, iar el te-a cărat până la tine în cameră. Ar fi și acum aici, dar l-am silit, amenințându-l cu pumnalul, să se ducă să doarmă puțin.

„A, asta explică pluta mea din păr buclat!” mi-am spus și m-am ridicat.

Durerea de cap mi s-a intensificat. Un urcior cu apă se odihnea pe noptiera mea. Mi-am turnat un pahar și l-am băut până la fund.

— Valek a spus că-ți va fi sete. A trecut pe aici de vreo două ori, dar e ocupat cu meridionalii. Nu-mi vine să cred că vrăjitoarea aia a îndrăznit să încerce să-l otrăvească pe comandant! a spus.

— N-a fost ea. Îți amintești? A umplut trei pahare din aceeași sticlă. Altcineva trebuie s-o fi făcut-o, i-am zis.

Numai că nu reușeam să-mi dau seama cine era făptașul, pentru că efortul necesar pentru a mă concentra îmi făcea capul să-mi plesnească de durere.

— Dacă nu cumva mergea pe ideea de ucidere-sinucidere. O moarte rapidă, în loc să aștepte spânzurătoarea în temnițele noastre.

— Tot ce se poate, am murmurat, însă consideram că acest lucru era puțin probabil.

— Și Valek trebuie să fi fost de părerea ta, a adăugat. Discuțiile despre tratat continuă ca și când nu s-ar fi întâmplat nimic. Janco a început să caște: Bine, păi acum, când ți-ai venit în fire, mă duc și eu să dorm nițel. Mai sunt patru ore până în zori. Janco m-a împins în pat și mi-a poruncit: Odihnește-te! Ne întoarcem mâine-dimineață cu toții.

M-a cercetat, iar nehotărârea i se citea de acum pe chip.

— Ari spunea c-ai țipat și-ai aiurat mult, cât a avut grijă de tine. De fapt, a spus că, dacă Reyad ar mai fi în viață, i-ar scoate mațele nenorocitului fără să ezite o clipă. M-am gândit c-ai vrea să știi asta! mi-a mărturisit Janco și mi-a depus un sărut fratern pe frunte, înainte de a pleca.

„O, ce grozav!” am gemut doar pentru mine.

Oare ce altceva mai aflase Ari? Cum aveam să mai pot da ochii cu el de dimineață?

„Ei bine”, m-am gândit, „pentru moment nu pot să fac nimic în privința asta!”

Am încercat să adorm din nou, numai că stomacul meu gol chiorăia încontinuu. Nu mă puteam gândi decât la mâncare. Mi-am studiat foamea, încercând să descopăr dacă era o comandă mintală din partea lui Irys, așa cum procedase Mogkan cu mine mai înainte, însă nu am reușit să găsesc un motiv plauzibil pentru care ea m-ar fi chemat. Odată ce m-am hotărât să risc s-o pornesc la drum, mi-am legat briceagul la șold și m-am îndreptat, clătinându-mă pe picioare, spre bucătărie, unde speram să mă strecor și să șterpelesc niște pâine înainte ca Rand să se trezească pentru a găti micul dejun.

Tocmai mă pregăteam să plec, după ce tăiasem o bucată de brânză s-o mănânc împreună cu felia de pâine, când s-a deschis ușa apartamentului lui Rand.

— Yelena! a exclamat bucătarul, surprins.

— ’Mneața, Rand! Tocmai furam ceva de-ale gurii, i-am declarat.

— Nu te-am văzut de câteva săptămâni, a spus, morocănos. Unde ai fost?

S-a îndreptat apoi spre cuptoare. Deschizând prima ușă neagră din metal, a ațâțat jarul și a mai adăugat niște cărbuni.

— Am fost ocupată. Știi și tu. Generalii... Delegația... Festinul... Care, apropo, a fost splendid, Rand! Ești un geniu! i-am turuit.

S-a înviorat după ce i-am măgulit orgoliul. M-am resemnat la gândul că, dacă voiam să creadă că eram încă prieteni, urma să fiu nevoită să stau de vorbă cu el. Am așezat micul dejun pe o masă și mi-am tras un scaun.

Rand a venit, șontâc-șontâc, spre mine.

— Cineva spunea c-ai fost bolnavă. E adevărat? m-a întrebat.

— Mda! Un deranjament la stomac. Nu am mâncat de două zile, însă acum mă simt mai bine, i-am răspuns, arătând spre pâine.

— Stai puțin, că-ți fac niște clătite! s-a oferit.

L-am urmărit cum amesteca aluatul, asigurându-mă că nu strecura în el vreun ingredient otrăvit. Când m-am trezit cu clătitele sub nas, însă, m-am repezit în ele cu o degajare necugetată. Scena familiară cu Rand frământând pâinea în timp ce eu stăteam în apropierea sa, a risipit orice urmă de stânjeneala dintre noi. În scurt timp pălăvrăgeam și râdeam din nou.

Abia când întrebările lui au devenit prea pertinente, prea la obiect și foarte concrete, mi-am dat seama că el mă storcea de informații despre comandant și despre Valek! Am strâns mai tare furculița, înfigând-o cu putere în clătite.

— Ai auzit ceva despre tratatul ăsta cu cei din sud? a încercat Rand să mă tragă de limbă.

— Nu! i-am răspuns pe un ton atât de dur, încât el m-a privit cu curiozitate. Scuză-mă, sunt obosită! Aș face mai bine să mă-ntorc în pat.

— Înainte de a pleca, ai putea să iei și boabele astea cu tine.

Zicând acestea, Rand a dat jos de pe raft un borcan de sticlă.

— Le-am sotat, le-am măcinat, le-am și fiert, dar tot au un gust oribil și de nerecunoscut! mi-a declarat, turnându-le într-o pungă și plecând să verifice focul din cuptoarele în care cocea pâinea.

Urmărindu-l cum ațâța cărbunii aprinși, mi-a venit o idee.

— Poate că nu se mănâncă, i-am spus. Poate că sunt un fel de combustibil.

Păstăile din sud fuseseră transportate la noua fabrică a lui Brazell. Poate că le folosea să-și țină aprinse cuptoarele.

— Merită o încercare, a fost Rand de acord.

Am aruncat boabele în focul din vatră. Am așteptat puțin, însă nu au izbucnit dintr-odată în flăcări și nici nu au făcut să crească brusc temperatura. Am rămas cu ochii ațintiți la jăratic în timp ce bucătarul schimba între ele tăvile cu pâine, gândindu-mă că, în ceea ce privea secretul boabelor, rămăsesem fără opțiuni.

Când a început din nou cu întrebările, mi-am întors privirea de la focul din cuptor. Presiunea îmi punea un nod în gât.

— Ar fi mai bine să plec, altminteri Valek se va întreba pe unde sunt, am murmurat.

— Da, firește, du-te! mi-a zis. Am observat că tu și Valek ați devenit mai apropiați. Transmite-i din partea mea să nu omoare pe nimeni, vrei?

Sarcasmul făcea ca vocea lui Rand să devină ascuțită.

Mi-am pierdut controlul și am închis, trântind-o, ușa cuptorului. Zgomotul a răsunat în bucătăria liniștită.

— Cel puțin Valek are bunul-simț să-mi dea de știre atunci când mă otrăvește, i-am trântit-o eu, însă mi-am dorit să fi putut prinde vorbele din aer și să mi le îndes din nou în gură.

Chiar dacă aș fi dat vina pe oboseală, pe supărare sau pe Rand pentru izbucnirea mea, asta tot nu ar fi șters ceea ce tocmai spusesem.

Chipul lui parcă s-ar fi chircit și pe el am citit, mai întâi, surpriza, apoi, vinovăția și, la final, furia.

— Ți-a spus Star? m-a întrebat el.

— Ăă…

Acum chiar că eram într-o mare încurcătură. Dacă răspundeam „da", ar fi aflat de la Star că mințeam, iar dacă aș fi răspuns „nu", ar fi insistat să descopere de unde aflasem. În ambele situații, și-ar fi dat și singur seama. Tocmai dezvăluisem întreaga operațiune secretă a lui Valek!

Din fericire, Rand nu a aşteptat răspunsul meu înainte de a se lansa într-o tiradă.

— Ar fi trebuit să-mi dau seama că-ţi va spune! a strigat. Îi place să născocească jocuri ale minţii urâte. Când ai apărut, nu voiam să te cunosc mai bine. Tot ce-mi doream era creditul în grămezi de aur pe care Star s-a oferit să-l scadă din datoria mea, dacă „aş fi aranjat" testul lui Valek.

Rand a bătut cu pumnul în masă.

— Dup-aceea, nenorocita mea de morală și afurisita ta de drăgălăşenie au complicat lucrurile, mi-a mărturisit. Vânzarea informaţiilor despre tine şi faptul c-am încercat să te protejez fără să dau impresia că o făceam mi-au transformat viaţa într-un iad.

— Scuze pentru deranj! am spus eu. Ar trebui, probabil, să-ţi fiu recunoscătoare, dac-aş putea să fac abstracţie de otrăviri şi răpiri.

Vocea mea devenise tăioasă din cauza sarcasmului.

Rand şi-a frecat faţa cu mâinile. Furia i se risipise.

— Îmi pare rău, Yelena! a murmurat. Am fost pus cu spatele la zid şi nu puteam să ies din situaţia aceea fără să fac rău cuiva.

M-am îmblânzit.

— De ce a vrut Star să mă otrăvească? l-am iscodit.

— I-a cerut-o generalul Brazell. *Asta* nu ar trebui să fie nicio surpriză pentru tine! mi-a declarat.

— Nu este, am recunoscut. Am reflectat un moment, după care l-am întrebat: Rand, te-ar putea ajuta cineva să ieşi din beleaua asta? Valek, poate?

— În niciun caz! De ce ai o părere atât de bună despre el? E doar un ucigaş. Ar trebui să-l urăşti fie şi numai pentru că ţi-a dat pulberea-de-fluturi. Eu aş face-o.

— Ție cine ți-a spus? l-am întrebat. Cine mai știe? Credeam că nu sunt la curent decât comandantul și Valek.

— Oscove, predecesorul tău, mi-a spus de ce nu a încercat niciodată să evadeze și, nu, nu am vândut nimănui informația asta, mi-a mărturisit. Am și eu o limită. S-a tras de șorț: Ura pe care i-o purta Oscove lui Valek o egala pe a mea și am înțeles de ce, dar relația ta cu Valek...

Sprâncenele până atunci unite ale lui Rand i s-au arcuit spre frunte, din cauza mirării.

— Te-ai îndrăgostit de el! a exclamat.

— Este absurd! am strigat.

Ne-am holbat unul la altul, prea uluiți să mai rostim vreun cuvânt.

Apoi o aromă dulce, cu iz de nucă, mi-a gâdilat nările. Rand a adulmecat și el aerul. Am mers pe urma mirosului până la cuptorul în care aruncasem în foc boabele misterioase. Deschizând ușa, am fost întâmpinată de un nor dens de miros divin.

Aroma de criollo!

27

— UNDE AI GĂSIT BOABELE ALEA? m-a întrebat Rand. Sunt ingredientul lipsă din rețeta de criollo! Nu m-am gândit să le prăjesc, să le fac să-și schimbe aroma.

— Într-o magazie de la subsol, am mințit eu.

N-aveam de gând să-i spun că Valek și cu mine le interceptaserăm în drum spre noua fabrică a lui Brazell.

Care, acum îmi dădeam seama, probabil că nu producea furaje, ci prepara criollo!

— În care magazie? a continuat bucătarul să mă tragă de limbă, cu o urmă de disperare în voce.

— Nu mai știu, am murmurat.

— Fă un efort! Dacă pot să reproduc rețeta de criollo a lui Ving, atunci poate că nu voi fi transferat.

— Să fii transferat? Unde? m-am mirat.

— Vrei să spui că Valek încă nu s-a lăudat cu asta până acum? Își dorește să scape de mine încă de la preluarea puterii, mi-a spus. Sunt trimis la conacul lui Brazell, iar Ving va veni aici. N-o să reziste nici măcar o săptămână!

Bucătarul a scuipat cuvintele cu forță și cu multă amărăciune.

— Când? am vrut să aflu.

— Nu știu. Încă nu am primit documentele de transfer. Așa că mai există o firavă speranță să-l opresc. *Dacă* îmi poți găsi boabele alea.

„El crede că suntem încă prieteni!" mi-am dat eu seama, uimită. „Chiar și după ce a recunoscut că m-a otrăvit și m-a acuzat că aș fi îndrăgostită de dușmanul lui, Rand crede că voi face acest lucru pentru el!"

Nu aveam ce răspuns să-i dau. Am tras de timp.

— Voi încerca, am spus, după care am ieșit în grabă.

Când am ajuns în apartamentul lui Valek fără să mă fi văzut nimeni, primele licăriri ale zorilor scăldau deja crestele Munților Sufletului. Ferestrele înalte din salon dădeau spre răsărit, iar în slaba lumină cenușie am văzut profilul lui Valek pe când acesta stătea pe canapea, așteptându-mă.

— Te-ai întors atât de repede? m-a întrebat el. Ce păcat! Eram pe cale să organizez operațiunea de căutare a cadavrului tău. Ce s-a întâmplat când ai bătut la ușa magicienei din sud, sacrificându-ți propria persoană? Te-au alungat, considerând că erai prea sărmană cu duhul să-și mai piardă timpul cu tine?

M-am proțăpit pe un scaun în așteptarea perdafului sarcastic al lui Valek. Nu puteam să-i ofer nicio scuză care l-ar fi putut mulțumi.

Avea dreptate, să ies de una singură fusese un lucru nesăbuit din partea mea, însă logica și un stomac gol erau ca uleiul și apa – nu se amestecau defel.

Când a tăcut, l-am întrebat:

— Ai terminat?

— Cum așa? Nu ripostezi în niciun fel? s-a mirat.

Am clătinat din cap.

— Atunci am terminat, a spus.

— Bine! am încuviinţat. Din moment ce tot eşti prost dispus, aş putea să-ţi povestesc şi ce s-a întâmplat la bucătărie. Două lucruri, de fapt: unul rău şi unul bun. Pe care doreşti să-l afli primul?

— Pe cel rău, a răspuns Valek. Asta mă lasă să sper că acela bun va echilibra balanţa.

Mi-am făcut curaj şi am recunoscut că i-am deconspirat operaţiunea secretă. Faţa lui Valek a încremenit.

— Este vina ta! Te protejam pe tine! am răbufnit eu.

El a făcut o pauză.

— Încercând să-mi aperi onoarea, ai zădărnicit luni întregi de muncă. Ar trebui să mă simt flatat?

— Da, ar trebui, am spus.

Nu aveam de gând să mă simt vinovată. Dacă el nu mi-ar fi verificat loialitatea prin intermediul lui Star, pentru ca apoi să mă folosească doar ca să-şi continue investigaţia, nu s-ar fi aflat în această situaţie.

Umerii i s-au lăsat pe când se sprijinea din nou de canapea, masându-şi tâmplele.

— Nu-mi planificasem să fac arestări decât mai târziu, luna aceasta. Însă ar fi mai bine să-mi pun în aplicare planul de făcut curăţenie înainte ca Rand să aibă prilejul s-o avertizeze pe Star.

Valek s-a frecat la ochi.

— Şi, totuşi, acesta ar putea fi un avantaj, a adăugat. Cred că Star începe să bănuiască deja ceva. Nu a mai pus la cale nicio afacere ilicită în biroul ei. Dacă aş aresta-o acum, aş putea să descopăr cine a angajat-o să otrăvească sticla de coniac a sitienilor.

— Star? Cum aşa? m-am mirat.

— Are un asasin sitian în slujba sa. Este singurul care ar fi avut priceperea şi oportunitatea de a o face, mi-a explicat. Sunt convins că otrăvirea nu a fost cauzată de opiniile politice personale ale lui Star. Organizația ei ar face orice pentru oricine în schimbul unui preț corespunzător. Trebuie să aflu cine ar risca atât de mult pentru a compromite delegația.

S-a ridicat în picioare, plin de energie.

— Și vestea cea bună care-i? a vrut să știe.

— Boabele misterioase servesc la prepararea desertului criollo.

— Atunci de ce a mințit Brazell în cererea pentru obținerea permisului? Nu există nicio lege care să interzică fabricarea unui desert, a spus Valek, venind în întâmpinarea problemei mele de logică privind natura reală a fabricii lui Brazell.

— Poate pentru că boabele sunt importate din Sitia, am emis eu o ipoteză. Asta ar fi ilegal, cel puțin, până la definitivarea tratatului comercial. Poate că Brazell folosește și alte ingrediente sau instalații din sud.

— Este posibil! a fost de acord. De aceea a și fost atât de nerăbdător să se încheie un tratat. Va trebui să fii foarte atentă la ce se află acolo, atunci când vei vizita fabrica.

— Poftim? am sărit ca arsă.

— Comandantul a programat o călătorie în DM-5 după ce vor pleca meridionalii. Iar unde merge comandantul, mergi și tu, nu-i așa?

— Dar tu? Vii și tu? l-am iscodit, în timp ce panica uriașă care creștea și tot creștea în mine îmi subția vocea.

— Nu. *Mi s-a ordonat* să rămân aici, a murmurat.

— Unu și doi, trei, patru și cinci! Continuă să lupți așa și vei fi ucisă-n opinci, a cântat Janco.

Eram țintuită la zid. Arcul meu căzuse cu zgomot pe jos când bastonul lui Janco îmi atinsese tâmpla, subliniindu-și punctul de vedere.

— Ce-ai pățit? Ești rareori *atât* de ușor de învins! s-a mirat Janco, sprijinindu-se de arcul său.

— Nu sunt atentă, i-am spus.

Nu trecuse decât o zi de când Valek îmi adusese la cunoștință planurile comandantului.

— Atunci ce mai căutăm aici? m-a întrebat Ari.

El și Maren asistau la antrenamentul meu.

Încă stingherită ori de câte ori mă gândeam la ceea ce ar fi putut auzi atunci când aiurasem, îmi era greu să-l privesc pe Ari în ochi.

— Data viitoare mă voi strădui mai mult, am spus, pe când Janco și cu mine ne trăgeam sufletul. Reluând lupta în gând, l-am întrebat pe Janco: De ce faci versuri atunci când lupți?

— Mă ajută să-mi păstrez ritmul.

— Ceilalți soldați nu te tachinează din cauza asta?

— Nu și atunci când îi bat măr, s-a lăudat.

Am început un alt meci. Am făcut un efort să mă concentrez, însă am fost din nou învinsă.

— Acum te străduiești prea tare. Îmi dau seama cum îți planifici fiecare mișcare defensivă, a spus Janco. Te trădezi, iar eu deja parez când tu nici nu ai apucat încă să lovești.

Ari a adăugat:

— Facem exerciții dintr-un anumit motiv. Mișcările ofensive și defensive trebuie să devină instinctive. Lasă mintea să se relaxeze, dar rămâi în alertă. Blochează orice distragere a atenției. Rămâi concentrată asupra adversarului, dar nu foarte concentrată.

— Dar asta e o contradicție! am strigat eu, dezamăgită.

— Dar dă rezultate, a fost tot ce-a mai spus Ari.

Am respirat de două ori adânc și mi-am alungat din minte gândurile supărătoare despre viitoarea mea călătorie în districtul lui Brazell. Trecându-mi mâinile de-a lungul arcului, m-am concentrat în schimb asupra senzației de netezime a acelei arme solide. Am cântărit-o în mână, încercând să stabilesc o legătură, formând din arc o prelungire a gândurilor mele.

O ușoară vibrație mi-a făcut buricele degetelor să mă furnice în timp ce pipăiam lemnul. Conștiința mea curgea prin arc, răsucindu-se și cotind odată cu structura lemnoasă, după care mi se întorcea din nou de-a lungul brațului.

Am început repriza a treia cu un fel de conștiință amplificată. Știam, intuitiv, cum avea Janco de gând să acționeze. Cu o fracțiune de secundă înainte ca el să facă o mișcare, arcul meu era deja înălțat s-o blocheze. În loc să mă chinuiesc să mă apăr, aveam mai mult timp la dispoziție să contraatac și să blochez. L-am respins pe Janco. Auzeam un ritm muzical în mintea mea și l-am lăsat pe acesta să-mi conducă atacul.

Am câștigat repriza.

— Uluitor! a strigat Janco. Ai urmat sfatul lui Ari?

— Cuvânt cu cuvânt, i-am declarat.

— Poți s-o mai faci o dată? m-a întrebat Ari.

— Nu știu.

— Încearcă acum cu mine! m-a rugat Ari, înhățându-și arcul și luând poziția de luptă.

Mi-am trecut degetele de-a lungul texturii lemnoase a armei, concentrându-mi din nou mintea în dispoziția mintală de mai înainte. A doua oară mi-a fost mai ușor.

Ari era un adversar mai bun decât Janco. Ceea ce îi lipsea ca rapiditate, compensa prin putere. A trebuit să-mi schimb tactica de apărare, ferindu-mă de loviturile lui, altfel m-ar fi dat jos din picioare. Folosindu-mă de statura mea mică pentru a mă apleca sub una dintre loviturile sale, mi-am trecut arcul în spatele gleznelor lui şi l-am tras. A căzut la pământ ca un sac de porumb. Câştigasem din nou.

— Incredibil! a izbucnit Janco.

— E rândul meu, m-a provocat Maren.

Am trecut iar în dispoziţia aceea mintală. Atacurile ei erau iuţi ca ale unei pantere. Prefera să mimeze lovitura directă în faţă, care mă tenta de obicei să-mi apăr partea de sus şi să-mi las trunchiul neprotejat, făcându-l vulnerabil la o lovitură bruscă. De data aceasta am fost cu un pas înaintea ei, ignorându-i mereu fentele şi blocându-i loviturile reale.

Fiind un adversar inteligent, a aplicat tactica în locul vitezei sau al forţei. M-a atacat încontinuu. Am ştiut că avea de gând să ajungă în laterala mea atunci când m-am angajat în luptă. În loc să fac o mişcare în sus, m-am răsucit şi, cu arcul, i-am pus piedică. Năpustindu-mă asupra corpului întins cu faţa în jos, am apăsat bastonul pe gâtul ei până când Maren a fost silită să-mi cedeze partida.

— La naiba! a exclamat ea. Când un elev începe să-şi învingă profesorul înseamnă că nu mai are nevoie de el. Eu m-am cărat de-aici! a zis Maren, ieşind cu paşi mari din încăpere.

Ari, Janco şi cu mine ne-am uitat unul la altul.

— Glumeşte, nu-i aşa? i-am întrebat eu.

— I-ai rănit orgoliul. Îşi va reveni ea, m-a liniştit Ari. Dacă nu cumva vei începe s-o învingi de fiecare dată când veţi lupta.

— Este puţin probabil, am spus.

— Foarte puţin probabil, a pufnit Janco, oblojindu-şi, probabil, propriul orgoliu rănit.

— Ajunge cât am luptat azi! a fost de părere Ari. Yelena, de ce nu ai face nişte kata, să te relaxezi? Vom termina cu exerciţiile pe ziua de azi.

Kata era o succesiune invariabilă de blocări și lovituri, atât defensive, cât și ofensive. Fiecare kata avea o denumire și acestea deveneau mai complicate cu fiecare nivel superior de pregătire. Am început cu o kata simplă de apărare cu arcul.

Pe când mă mișcam, îi vedeam pe Ari și pe Janco din ce în ce mai absorbiți de conversație. Am zâmbit, gândindu-mă că se ciondăneau ca un vechi cuplu de oameni căsătoriți, după care m-am concentrat pe kata. Am exersat găsirea dispoziției mintale de luptă, intrând și ieșind din ea în timp ce executam mișcările corespunzătoare acelei kata. Am încheiat, gâfâind, succesiunea mișcărilor și am observat-o pe Irys urmărindu-mă din pragul ușii cu un viu interes.

Era îmbrăcată în uniforma de îmblânzitoare de șoimi. Avea părul strâns la spate, conform reglementărilor militare din Ixia. Probabil că se plimbase prin castel fără nicio problemă.

Am aruncat o privire spre „gărzile mele de corp". Acestea erau absorbite în conversație, ignorându-ne pe Irys și pe mine. Simțeam cum mi se strângea un ghem în stomac. Când ea a intrat în încăpere, m-am apropiat mai mult de tovarășii mei.

— Valek nu va simți puterea magiei tale? am întrebat-o, arătând cu un gest spre Ari și Janco.

— El e în partea cealaltă a castelului, mi-a răspuns în timp ce se apropia. Dar am simțit pe cineva care absorbea putere înainte ca noi să ajungem aici. Două impulsuri scurte. Așa că în castel există sau a existat încă un magician.

— Nu-ți poți da seama? am întrebat eu, alarmată.

— Din păcate, nu.

— Dar știi despre cine este vorba, nu-i așa? am continuat.

Ea a clătinat din cap.

— Câțiva magicieni au dispărut, mi-a declarat. Fie sunt morți, fie se ascund. Iar unii își țin secrete puterile, astfel încât noi nu aflăm niciodată despre ei. Ar putea fi oricine. Pot să identific un magician numai dacă am creat o legătură cu el sau cu ea, aşa cum am stabilit una cu tine.

Zicând acestea, Irys a început să cerceteze armele sprijinite de perete.

— Ce se întâmplă cu comandantul? m-a întrebat ea. Gândurile practic i se scurg din cap. Este atât de deschis, încât aş putea pătrunde în interior şi extrage orice informaţie de care aş avea nevoie, dacă acest lucru nu ar fi împotriva codului nostru de etică.

Nu am putut să-i dau niciun răspuns.

— Ce faci aici? am întrebat-o în schimb.

Irys a zâmbit. A arătat spre arcul din mâna mea.

— Ce făceai cu arma asta? m-a iscodit.

Nevăzând de ce aş fi minţit-o, i-am vorbit despre antrenamentele mele.

— Şi astăzi cum te-ai descurcat? m-a întrebat.

— I-am învins, pentru prima oară, pe toţi cei trei adversari ai mei, m-am lăudat.

— Interesant! Foarte interesant! s-a mirat.

Irys părea mulţumită.

Am privit din nou spre Janco şi Ari, care erau încă absorbiţi în conversaţie.

— De ce te afli aici? am întrebat-o din nou. Mi-ai promis un an de zile. Apoi un gând înspăimântător mi-a trecut prin minte: Mă apropii, cumva, de autoaprindere?

— Încă mai este timp, m-a liniştit. Pentru moment, te-ai stabilizat, însă cât crezi că mai durează până să poţi veni în Sitia?

— Nu am cum să fac rost de antidot sau de formula lui. Doar dacă nu cumva poţi să sustragi informaţia asta din mintea lui Valek? am întrebat-o.

Ea s-a încruntat.

— Imposibil! mi-a mărturisit. Însă vindecătorii mei mi-au spus că, dacă poți să subtilizezi suficient antidot pentru o lună, există posibilitatea să reușim să-ți scoatem otrava din corp. Vino cu noi când vom pleca! Am un consilier exact de statura ta. Îți va purta uniforma și-i va păcăli pe Valek și pe oamenii săi cât timp îi vei lua locul. Cu o mască pe față, nu te va recunoaște nimeni.

Irys vorbea cu convingere. Fie nu era preocupată de riscuri, fie nu era conștientă de ele.

În pieptul meu a înflorit speranța. Inima îmi bătea nebunește. A trebuit să mă calmez cu un duș rece, amintindu-mi că Irys spusese că exista *posibilitatea* ca otrava să fie îndepărtată din corpul meu. Cu alte cuvinte, nicio garanție! Planul de evadare părea foarte simplu, însă i-am căutat eventualele hibe. Știam eu mai bine că nu puteam să am încredere deplină în ea.

Hotărându-mă, am spus:

— Consilierul Mogkan a fost aici săptămâna trecută. Este unul dintre spionii tăi?

— Mogkan, Mogkan...

Îi rostea numele, rostogolindu-l pe buze.

— Înalt, ochi cenușii, își poartă părul lung și negru strâns în coadă, i l-am descris, formându-mi în minte imaginea lui. Valek spunea că are puteri magice.

— Kangom! a exclamat. Cât de lipsit de originalitate! L-am pierdut din vedere acum zece ani. A fost un mare scandal în legătură cu presupusa lui implicare într-un cerc de răpitori. O! Irys a inspirat cu putere și mi-a studiat chipul. Scuturând puternic din cap, m-a întrebat cu un viu interes: Așadar, unde s-a ascuns atâta vreme?

— În DM-5. Este căutat? am tras-o de limbă.

— Numai dacă devine un pericol pentru Sitia, m-a lămurit. Însă asta explică de ce receptam din când în când impulsuri de magie din direcţia aceea. Şi-a înclinat capul, ca şi când ar fi încercat să asculte o melodie ce abia se auzea: Un flux slab de magie este îndreptat spre castel. Ar putea fi de la Kangom... Mogkan, cu toate că este foarte puţin probabil. Nu posedă genul acela de putere. Probabil că este doar o undă slabă care provine de la sursa puterii, ca un capăt de aţă care atârnă. Se mai întâmplă uneori. Numai că eu am simţit recent că extrăgea cineva nişte putere. A făcut o pauză, privindu-mă drept în faţă cu ochii ei ca de smarald: Vei veni cu mine?

Puterile magice ale lui Mogkan poate că nu o preocupau pe ea, însă mă preocupau pe mine. Părea să existe o legătură între magia lui şi comportamentul neobişnuit al comandantului, însă nu prea reuşeam să înţeleg care.

Nehotărâtă, am analizat totul în minte, cam tot aşa cum plimbam mâncarea prin gură în căutarea pericolului. Îndepărtarea de pericol prin fugă fusese întotdeauna o reacţie defensivă automată pentru mine, iar plecarea în sud îmi oferea cea mai bună şansă de supravieţuire. Cu luni în urmă, aş fi acceptat oferta fără să stau pe gânduri, însă acum simţeam că aş fi abandonat nava prea devreme, că mai rămăsese o soluţie de descoperit.

— Nu, am spus. Încă nu.

— Ţi-ai pierdut minţile? s-a mirat.

— Probabil, dar, mai întâi, trebuie să termin ceva, iar după aceea mă voi ţine de cuvânt şi voi veni în Sitia, i-am promis.

— Dacă vei mai fi în viaţă, m-a avertizat.

— Poate că eşti în măsură să mă ajuţi, i-am declarat. Există vreun mod în care îmi pot apăra mintea de influenţa magiei?

Irys a clătinat din cap.

— Îți faci griji din cauza lui Kangom? m-a întrebat.

— Foarte tare.

— Sigur că există, a spus. Și ești suficient de puternică pentru a te descurca în felul acesta. Mi-a dat arcul și mi-a cerut: Execută una din kata-urile tale cu ochii închiși și eliberează-ți mintea de orice gând!

Am început o kata de blocare a arcului.

— Imaginează-ți acum o cărămidă! m-a sfătuit. Așază cărămida pe pământ, apoi formează un șir de cărămizi! Folosind un ciment imaginar, așază peste primul rând de cărămizi încă unul! Continuă să construiești astfel până ce vei obține un zid înalt până la creștetul tău!

Am procedat așa cum îmi ceruse și am început să aud câte o notă muzicală distinctă atunci când mai adăugam o cărămidă. În mintea mea s-a format un zid.

— Oprește-te! mi-a poruncit ea. Deschide ochii!

Zidul a dispărut.

— Acum blochează-mă! mi-a cerut.

O muzică puternică mi-a vibrat în cap, copleșindu-mă.

— Imaginează-ți zidul! mi-a strigat Irys.

Bastionul meu din cărămizi, acum terminat, a strălucit intermitent în mintea mea. Muzica s-a oprit brusc.

— Foarte bine! m-a încurajat. Îți sugerez să-ți termini treaba și să fugi în sud. Cu puterea pe care o ai, dacă nu reușești să-ți stăpânești pe deplin magia, ar putea s-o capteze și s-o folosească altcineva, lăsându-te doar un sclav lipsit de rațiune.

I se citea supărarea pe față când s-a răsucit pe călcâie și a părăsit sala de antrenamente.

În momentul în care ușa s-a închis cu zgomot în urma magicienei, Ari și Janco și-au încheiat conversația și au clipit ca și cum abia s-ar fi trezit dintr-un somn adânc.

— Ai terminat deja? Câte kata ai făcut? m-a întrebat Ari.

Am râs și mi-am pus arcul deoparte.

— Haideți, că mi-e foame! le-am zis.

Trei zile mai târziu, când a plecat delegația din Sitia, am avut brusc un atac de panică.

Ce naiba făceam? Unica mea oportunitate perfectă de evadare o pornise deja spre sud, iar eu rămăsesem în urmă, pregătindu-mă să plec la conacul lui Brazell!

Irys avusese dreptate: nu eram în toate mințile. Mi se oprea respirația de fiecare dată când mă gândeam la această călătorie. Suita comandantului urma să plece a doua zi dimineață.

M-am grăbit să străbat castelul, pregătindu-mi propriile provizii, special pentru această călătorie. Când am trecut pe la atelierul Dilanei să iau niște haine de călătorie, aceasta m-a întâmpinat cu un chip trist. Documentele lui Rand fuseseră întocmite, spunea ea. Avea să vină și el cu noi.

— Am cerut și eu transferul, însă mă îndoiesc că va fi aprobat, a spus Dilana pe când căuta prin teancurile de haine. Măcar dacă mocofanul s-ar fi căsătorit cu mine; atunci nu ne-am mai afla în situația asta complicată!

— Mai este încă timp să depui o cerere. Dacă se aprobă, poți călători în DM-5 în vederea căsătoriei.

— Rand nu vrea să afle nimeni cât de mult ține la mine, mi-a declarat. Este îngrijorat că siguranța mea ar putea fi folosită ca mijloc șantaj împotriva lui.

A clătinat din cap, refuzând să se lase înveselită chiar și atunci când i-am spus că noul tratat comercial cu Sitia urma să permită importarea mătăsii.

Tratatul cu meridionalii asigura un simplu schimb de bunuri. Diverse produse specifice fuseseră înșirate. Numai negustorii care deţineau documentele şi autorizaţiile necesare aveau să poată cumpăra şi vinde toate acele produse, la preţuri fixe. Toate caravanele urmau să fie inspectate, atunci când aveau să treacă graniţa ixiană prin punctele determinate.

Cana de cafea a lui Rand avea să devină realitate peste numai câteva luni, însă mă îndoiam că el urma să-mi mai prepare vreuna, din moment ce nu mai vorbisem cu el de la cearta din bucătărie. Nu puteam nici să-i dau mai multe boabe, nici să-i explic din ce cauză.

Dimineaţa plecării noastre a fost una cenuşie şi noroasă. Stătea să ningă. Începea sezonul geros, care marca, de obicei, sfârşitul călătoriilor, nicidecum pregătirile pentru a pleca într-una. Cel mai probabil, ninsorile aveau să reţină suita comandantului în districtul lui Brazell până la topirea zăpezilor. M-am cutremurat la acest gând.

Valek m-a reţinut înainte de a ieşi din apartament.

— Este o călătorie foarte periculoasă pentru tine, mi-a zis. Caută să nu ieşi în evidenţă şi să fii cu ochii în patru! Analizează-ţi gândurile; s-ar putea să nu fie toate ale tale! Mi-a înmânat un recipient din argint: Doza ta zilnică de antidot se află la comandant, însă dacă el *uită* să ţi-o dea, ai aici o rezervă. Nu spune nimănui că o ai şi ţine-o ascunsă!

Pentru prima oară, Valek avea încredere în mine! Recipientul din metal pe care-l ţineam în mână mi se părea cald.

— Mulţumesc, i-am spus.

Un fior de teamă mi-a pus un ghem în stomac pe când îmi aranjam antidotul în rucsac. Un alt pericol pe care nu-l recunoscusem! Ce altceva îmi mai scăpase?

— Aşteaptă, Yelena, mai e ceva!

Purtarea şi tonul lui Valek erau ciudat de rigide şi de oficiale.

— Vreau să-ţi dau asta! a zis, întinzând mâna.

În palmă avea minunatul fluture pe care îl sculptase. Punctulețele argintii de pe aripile lui străluceau în lumina soarelui, iar dintr-un mic orificiu perforat în corpul fluturelui atârna un lănțișor de argint.

Valek mi-a trecut lănțișorul pe după gât.

— Când am sculptat această statuetă, m-am gândit la tine, mi-a mărturisit. E delicată în aparență, dar având o forță care nu se observă la prima vedere...

Ochii lui i-au întâlnit pe ai mei.

Am simțit o strângere de inimă. Valek se purta ca și când nu avea să mă mai vadă niciodată. Teama lui față de siguranța mea părea sinceră.

Își făcea însă griji pentru *mine* sau pentru prețiosul său degustător?

28

SUITA CARE ÎL ÎNSOȚEA pe comandantul Ambrose în călătorie era alcătuită din aproape cincizeci de soldați din garda de elită. Unii deschideau drumul, alții mergeau călare pe lângă comandantul suprem și consilierii săi. Gărzile înconjurau și micul grup de servitori care mergea în fața cailor. Restul soldaților ne urmau în spate. Ari și Janco cercetaseră ruta pe care urma să meargă conducătorul Ixiei și se aflau la câteva ore în fața procesiunii.

Înaintam cu pas vioi în aerul rece al dimineții. Culorile vii ale sezonului cald dispăruseră demult din pădure, lăsând în urmă o simplitate stearpă de culoare cenușie. Îmi pusesem fluturele de la Valek sub cămașă și m-am surprins pipăind umflătura pe care o făcea pe piept atunci când mergeam. Cadoul lui mă tulburase. Chiar când credeam că reușisem să-l înțeleg, mă surprinsese.

Pe lângă rucsacul pe care îl căram, țineam în mână și un baston de mers, care era un arc abia deghizat. Câțiva oameni din gardă aruncaseră priviri bănuitoare în direcția mea, însă îi ignorasem. Rand refuza să-mi întâlnească privirea. Se uita drept înainte și mergea într-o tăcere împietrită. Nu a trecut mult până a început să rămână în urmă; piciorul îl împiedica să țină pasul cu ceilalți.

După o oprire pentru prânz, ne-am continuat înaintarea până când nu mai era decât o oră până la apus. Maiorul Granten, conducătorul oficial al expediției, voia să instaleze tabăra pe lumină. Au fost ridicate corturi încăpătoare pentru comandant și consilierii săi, iar pentru servitori au fost pregătite unele de două persoane. Am descoperit că urma să îl împart pe al meu cu o femeie pe nume Bria, care făcea diverse comisioane și-i servea pe consilierii comandantului.

M-am instalat în cort, în vreme ce Bria se încălzea lângă foc. Aprinzând o lămpiță, am scos cartea despre simbolurile de război pe care o împrumutasem de la Valek. După ce descifraserăm numele noului succesor, nu mai avusesem nicio clipă de răgaz să interpretez mesajul pe care Janco mi-l scrijelise pe briceag. Pe plăsele erau gravate șase însemne din argint. Am început cu cel de sus și am continuat până la ultimul de jos. Zâmbetul mi se lărgea după fiecare simbol tradus. Janco putea fi cumplit de enervant uneori, însă, dincolo de asta, putea fi și atât de drăguț!

Când Bria a intrat în cort, mirosind a fum de lemne, mi-am ascuns cartea în rucsac.

Niște vise agitate mi-au făcut noaptea puțin odihnitoare. M-am trezit obosită în cenușiul murdar al zorilor. Cu timpul necesar pentru ca procesiunea să mănânce și să se adune din nou, la care se adăugau orele din ce în ce mai puține de lumină, am apreciat că excursia până la conacul lui Brazell avea să dureze vreo cinci zile.

În cea de-a doua noapte, în cortul meu am găsit un bilet. Îmi era solicitată o întâlnire. În seara următoare, pe când soldații instalau tabăra, trebuia să urmez o potecuță care ducea spre nord și care intersecta drumul principal imediat după locul nostru de campare. Mesajul, cu un scris de mână înflorat, era semnat: „Janco". Am examinat semnătura în lumina slabă, încercând să-mi aduc aminte dacă îl văzusem vreodată pe Janco scriind.

Un bilet autentic sau o capcană? Să mă duc sau să rămân în tabără, unde aș fi fost în siguranță? Am răsucit întrebarea în minte toată noaptea și toată cea de-a treia zi de călătorie. Ce ar face Valek în această situație? Răspunsul m-a ajutat să-mi conturez un plan.

Când a sunat semnalul de oprire pentru noapte, am așteptat până când toată lumea a fost ocupată înainte de a părăsi luminișul. Când nu mai puteam fi văzută, mi-am scos pelerina și am întors-o pe dos. Înainte de a părăsi castelul, făcusem rost de la Dilana de stofă de culoare cenușie, pe care o cususem peste căptușeala pelerinei, pentru eventualitatea în care ar fi trebuit să mă camuflez în peisajul hibernal. Speram ca acest camuflaj spălăcit improvizat să fie potrivit pentru ascunderea prezenței mele atunci când aveam să mă apropii de locul de întâlnire.

Mi-am fixat arcul cu o curea la spate, mi-am așezat briceagul pe piciorul drept, după care am scos din rucsac frânghia și cârligul de cățărare. Am găsit poteca spre nord. În loc să merg pe cărarea îngustă, am descoperit un copac potrivit și mi-am aruncat cârligul în ramurile sale. Principala mea preocupare era zgomotul pe care l-ar fi putut face trecerea mea printre crengi, însă am descoperit curând că, lipsiți de frunze, copacii scârțâiau doar sub greutatea mea în timp ce urmam poteca.

Procedând în așa fel, încât să mă apropii de locul de întâlnire, am zărit un bărbat înalt, cu părul negru, care aștepta în locul stabilit. Părea neliniștit și agitat.

„E prea slab ca să fie Janco", m-am gândit.

Apoi bărbatul s-a întors în direcția în care eram eu. Era Rand!

Ce căuta acolo? Am înconjurat luminișul. Nevăzând nicio primejdie care să pândească prin tufișuri, am coborât pe potecă, lăsând frânghia să atârne de o ramură. Mi-am ascuns rucsacul în spatele unui trunchi de copac.

— Fir-ar al naibii! a înjurat bucătarul. Am crezut că n-aveai de gând să vii.

Era tras la față și avea cearcăne întunecate sub ochi.

— Iar eu am crezut că trebuia să fie Janco aici, i-am tăiat-o.

— Am vrut să-ți explic, Yelena, dar nu mai e timp. Privirea hăituită a lui Rand s-a înfipt într-a mea când a strigat: Este o capcană! Fugi!

— Câți sunt? Unde? am întrebat, scoțându-mi arcul de la spate și cercetând pădurea.

— Star și doi haidamaci. În apropiere. Ademenirea ta în locul acesta ar fi trebuit să-mi achite datoria.

Lacrimile îi brăzdau de acum fața lui Rand.

M-am întors spre el.

— Ei bine, ai făcut o treabă bună. Văd că acționezi în continuare conform planului! mi-am scuipat vorbele spre el.

— Nu! a strigat el. Nu pot să fac asta! Fugi, fir-ai tu să fii, fugi!

Chiar când am dat să plec, ochii lui Rand s-au holbat de frică.

— Nu! a strigat și m-a împins la o parte.

Ceva mi-a șuierat pe lângă ureche în timp ce cădeam la pământ. Rand s-a prăbușit lângă mine, cu o săgeată înfiptă în piept. Sângele îi șiroia, udându-i cămașa albă de la uniformă.

— Fugi! a șoptit el. Fugi!

— Nu, Rand, i-am spus, curățându-i țărâna de pe față. Am obosit să tot fug.

— Iartă-mă, te rog! a murmurat, strângându-mi mâna, pe când privirea lui mă implora printre lacrimi de suferință.

— Te-am iertat! i-am spus.

A suspinat o dată, apoi a încetat să mai respire. Strălucirea din ochii lui căprui s-a stins. I-am tras gluga peste cap.

— Ridică-te! s-a auzit un ordin dat de o voce de bărbat.

Am privit direct spre capătul periculos al unei arbalete armate. Sprijinindu-mă de arc, m-am ridicat. Echilibrându-mi greutatea pe vârfurile picioarelor, mi-am trecut mâinile de-a lungul bastonului de lemn, găsindu-mi zona de concentrare.

— Perimetrul este sigur, căpitane! a strigat bărbatul spre pădure. Nu mișca! mi-a cerut, îndreptând arma spre pieptul meu.

S-au auzit pași apropiindu-se. Bărbatul și-a luat privirea de la mine, să se uite după tovarășul său. M-am mișcat.

Prima mea lovitură cu arcul i-a aterizat peste brațe. Arbaleta i-a zburat din mâini, trăgând spre pădure. A doua mea lovitură i-a țintit partea din spate a genunchilor. L-am făcut să cadă din picioare. Zăcând întins pe spate, m-a privit cu o expresie uimită.

Înainte de a-și putea trage răsuflarea, l-am lovit cu vârful arcului drept în gât, strivindu-i traheea.

Cu o privire rapidă aruncată peste umăr, i-am văzut pe Star și încă un bărbat alergând grăbiți în luminiș. Star striga ceva și arăta spre mine. Haidamacul ei și-a scos sabia. Am luat-o la goană pe potecă, pașii lui grei duduind după mine. Când am ajuns la frânghie, mi-am aruncat arcul în tufișuri înainte de a mă cățăra în copac. Sabia bărbatului a lovit spre picioarele mele. Stofa s-a rupt când tăișul mi-a sfâșiat pantalonii. Atingerea oțelului rece pe coapsă m-a făcut să mă grăbesc.

El a înjurat pe când săream în copacul vecin. Mișcându-mă repede, înaintam legănându-mă prin vârfurile copacilor. Când zgomotul făcut de pașii lui care striveau crenguțele tufișurilor a rămas departe, în urma mea, am găsit un loc bun în care să mă pot ascunde. Înfășurându-mă în pelerină, m-am ghemuit pe o ramură mai joasă și am așteptat.

Mardeiașul lui Star s-a tot învârtit prin pădure. Nu departe de creanga mea, s-a oprit să asculte, privind spre vârfurile copacilor. Inima mea a luat-o razna. Mi-am înăbușit în pelerină respirația accelerată. Cu sabia ridicată, omul acela mă vâna *pe mine*!

Când a ajuns dedesubtul meu, mi-am îndepărtat pelerina și m-am aruncat asupra lui, lovindu-l cu picioarele în spate. Ne-am izbit de pământ. Eu m-am rostogolit mai departe și m-am ridicat în picioare înainte ca el să reușească să-și revină, după care l-am dezarmat de sabie cu o lovitură de picior. Era mai rapid decât mă așteptasem. M-a prins de gleznă, trântindu-mă la pământ.

În următoarea secundă, greutatea lui mă apăsa și avea mâinile încleștate pe gâtul meu. Lovindu-mă cu capul de pământul tare, mormăia:

— Asta este pentru problemele pe care mi le-ai făcut!

Apoi și-a înfipt degetele mari și mai adânc în gâtul meu.

Amețită și înecându-mă, am încercat să-i îndepărtez brațele până când mi-am adus aminte de briceag. M-am scotocit prin buzunare în timp ce vederea mi se încețoșa și am început să văd numai alb în jurul meu. Atingerea netedă a lemnului mi-a mângâiat buricele degetelor. Am apucat mânerul, am scos briceagul și am apăsat butonul.

Tăietura ușoară a lamei a făcut să-i pâlpâie teama în priviri. Vreme de o clipă, m-a privit drept în ochi. Apoi i-am înfipt cuțitul în stomac. Cu un horcăit slab, m-a strâns și mai tare de gât. Sângele cald și lipicios mi se scurgea în jos pe mâini, udându-mi cămașa. Cu toată amețeala și suferința, am scos briceagul din corpul lui și am încercat din nou. De data asta, am îndreptat vârful spre inima lui. Bărbatul s-a ghemuit în față, făcând tăișul să intre și mai adânc, după care, în sfârșit, s-a prăbușit.

Greutatea bărbatului mort îmi împiedica plămânii avizi de aer să respire. Cu ultimele mele puteri, i-am rostogolit corpul de pe mine.

Încă amețită, mi-am șters lama briceagului de pământ, am găsit arcul și am plecat în căutarea lui Star.

Doi bărbați! Tocmai ucisesem doi bărbați! Ca o mașinărie de ucis, nici măcar nu ezitasem!

Frica și furia mi s-au cuibărit adânc în piept, formând un strat de gheață în jurul inimii mele.

Star nu se dusese prea departe. Aștepta în luminiș. Părul ei roșu strălucea pe fundalul cenușiu-închis al pădurii, în amurg. Noaptea avea să se lase în curând peste noi.

A scos o mică exclamație de surpriză când am ieșit de sub adăpostul copacilor. Încercând să vadă prin semiîntuneric, mi-a cercetat sângele de pe cămașă. Țesătura udă mi se lipea de piele. Când a văzut că eram nevătămată, nasul ei ascuțit parcă i-a îndemnat capul să i se învârtă de jur-împrejur, în căutarea haidamacului.

— E mort! i-am spus.

A pălit.

— Ne putem înțelege în chestiunea asta! mi-a zis și o urmă de implorare i se simțea în voce.

— Nu, nu putem. Dacă te las să pleci, te vei întoarce cu și mai mulți oameni. Dacă te duc la comandant, va trebui să răspund de uciderea mardeiașilor tăi. Alte opțiuni nu mai am.

Am pășit spre ea, cu trupul înțepenit de groază. Pe ceilalți îi omorâsem în legitimă apărare, în focul luptei; de data asta avea să fie dificil – avea să fie premeditat.

— Yelena, oprește-te! a strigat cineva în spatele meu.

M-am întors. Era unul dintre soldații comandantului, care ținea o sabie în mână. Pe când se apropia, eu măsuram distanța dintre noi.

Probabil că recunoscuse poziția mea de luptă, pentru că s-a oprit și și-a pus sabia în teacă. Scoțându-și gluga de lână de pe cap, și-a lăsat libere buclele negre.

— Credeam că ți s-a ordonat să rămâi la castel, i-am spus eu lui Valek. Pentru asta nu vei fi trimis în fața curții marțiale?

— Iar eu credeam că zilele tale de omorât bărbați au luat sfârșit! mi-a răspuns el pe când examina cadavrul întins la pământ al mardeiașului lui Star.

Traheea zdrobită îl sufocase.

— Uite cum facem, mi-a zis. Dacă tu nu mă spui, nu te spun nici eu. În felul acesta, evităm ștreangul amândoi. De acord?

Am arătat cu capul spre Star.

— Și cu ea cum rămâne? l-am întrebat.

— Există un mandat de arestare pe numele ei. Te-ai gândit măcar să o duci la comandant? m-a iscodit.

— Nu, i-am mărturisit.

— De ce nu? Valek nici nu încerca să-și ascundă neîncrederea atunci când a adăugat: Omorul nu este singura soluție a unei probleme. Sau ăsta era planul tău?

— Planul *meu*! Scuză-mă, Domnule Asasin, lasă-mă să râd când îmi amintesc de la lecțiile de istorie cum să procedezi cu un monarh tiranic, omorându-l pe el și ucigându-i familia.

Valek mi-a aruncat o privire amenințătoare.

Eram pe muchie de cuțit. Schimbând tactica, i-am spus:

— Faptele mele s-au bazat pe ceea ce am crezut că ai face tu, dacă ai fi prins într-o ambuscadă.

El s-a gândit în tăcere la ceea ce-i spusesem... Un interval de timp neplăcut de lung.

Star părea îngrozită de discuția noastră. Arunca priviri în jur, ca și când s-ar fi pregătit de fugă.

— Tu chiar nu mă cunoști deloc! a spus Valek.

— Gândește-te! l-am rugat. Dacă i-aș fi spus comandantului ce s-a petrecut și i-aș fi dat detalii, ce s-ar fi întâmplat cu mine?

Expresia lui de tristă recunoaștere era grăitoare. Aș fi fost arestată pentru uciderea oamenilor lui Star, postul de degustător ar fi trecut în seama următorului prizonier care-și aștepta execuția, iar eu mi-aș fi petrecut ultimele zile ale vieții mele scurte într-o temniță rece.

— Ei, atunci înseamnă că am avut amândoi noroc că am ajuns aici, a fost Valek de acord.

Apoi a început să fluiere un tril ciudat de pasăre chiar în momentul în care Star încerca să evadeze.

Femeia a luat-o la goană pe potecă. Am dat s-o urmez, însă Valek mi-a făcut semn să aștept. Două siluete cenușii și-au făcut apariția din pădurea întunecată, pe fiecare parte a drumului. Acestea au prins-o pe Star, care a icnit de surpriză și de furie.

— Duceți-o înapoi la castel! le-a poruncit Valek oamenilor lui. O să mă ocup de ea la întoarcere. O, și trimiteți „o echipă de curățenie". Nu vreau să se împiedice cineva de cadavrele astea.

Oamenii au început s-o tragă pe Star după ei.

— Așteptați! a strigat ea. Dețin informații. Valek, dacă mă eliberezi, îți voi spune cine a complotat ca să distrugă tratatul cu Sitia.

— Nu-ți face probleme! a asigurat-o Valek ai cărui ochi albaștri aveau o lucire de gheață. Îmi vei spune oricum. Era pe cale să treacă pe lângă ea, când s-a oprit și-a adăugat: Totuși, dacă dorești să dezvălui numele șefului tău în acest moment, vom putea evita o interogare dureroasă ceva mai târziu.

Nasul lui Star a zvâcnit în timp ce îi cântărea oferta. Chiar şi în situaţia dată, continua să fie o femeie de afaceri iscusită.

— Dacă minţi, asta nu va face decât să-ţi înrăutăţească situaţia, a avertizat-o Valek.

— Kangom, a mârâit ea printre dinţii încleştaţi. Purta o uniformă obişnuită de soldat în culorile DM-8.

— Generalul Dinno, a spus Valek fără să fie surprins.

— Descrie-l pe Kangom, i-am cerut eu, ştiind că, de fapt, Kangom era un alt nume al consilierului Mogkan, însă neputând să-i spun lui Valek cum obţinusem această informaţie.

— Înalt. Păr lung, negru, legat într-o coadă soldăţească. Un ticălos arogant. Aproape că l-am dat afară în şuturi, dar el mi-a arătat o grămadă de aur pe care nu puteam s-o refuz, ne-a declarat Star.

— Altceva? a întrebat-o Valek.

Star a clătinat din cap. Valek a pocnit din degete. Pe când bărbaţii o escortau înapoi la castel, am întrebat:

— Ar putea fi Mogkan?

— Mogkan? Valek m-a privit de parcă mi-ar fi crescut coarne. Nu! Brazell a fost mult prea fericit de sosirea delegaţiei. De ce să fi pus în pericol tratatul? Nu are sens. Dinno, pe de altă parte, era furios pe comandant. Probabil că a trimis un om de-al lui ca s-o angajeze pe Star.

Am încercat să înţeleg motivul pentru care Mogkan ar fi putut dori să pericliteze negocierile cu privire la tratat, atunci când comerţul cu Sitia ar fi fost, de fapt, în beneficiul lui Brazell. Neputând să găsesc un răspuns logic, m-am întrebat cum l-aş fi putut convinge pe Valek că Mogkan o angajase pe Star.

Am început să tremur. Uniforma îmi era leoarcă şi aveam sânge şi pe mâini, aşa că mi le-am şters de pantalonii rupţi. Refăcând drumul în sens opus, mi-am găsit pelerina, însă înainte de-a mi-o aşeza pe umeri, Valek mi-a spus:

— Ai face mai bine să-ți lași hainele aici! S-ar stârni o agitație destul de mare dacă ai apărea la cină plină de sânge.

Mi-am recuperat rucsacul de lângă copac. Valek s-a întors cu spatele în timp ce m-am schimbat într-o uniformă curată. Pe când mă înfășuram în pelerină, m-am întrebat dacă mai avea și alți spioni prin pădure.

Am pornit spre tabără.

— Apropo, ai făcut o treabă bună, m-a lăudat Valek când treceam pe lângă al doilea cadavru. Am văzut lupta. Nu eram suficient de aproape ca să te ajut. Te-ai ținut bine. Cine ți-a dat briceagul?

— L-am cumpărat cu banii de la Star.

Era o mică denaturare a adevărului, însă nu aveam de gând să-i fac probleme lui Janco.

El a pufnit.

— Chiar că se potrivește!

Când am ajuns, Valek s-a făcut nevăzut într-un grup de soldați, iar eu m-am grăbit spre cortul comandantului, să-i gust cina. Întreaga tevatură cu Star nu durase decât o oră și jumătate, însă trupul meu plin de lovituri îmi dădea impresia că lipsisem zile întregi.

Pe când stăteam lângă focul de tabără, în noaptea aceea, simțeam cum îmi îmi tremurau mușchii, fără îndoială, o reacție la lupta pe care o dusesem. Mâhnirea pe care o simțeam din cauza lui Rand m-a surprins. Gânduri pline de melancolie îmi asaltau mintea.

Limbile focului aruncau degete șerpuite, acuzatoare, în direcția mea. „Ce tot faci?" mă întrebau ele. „Au murit trei oameni din cauza ta. Cum ai putea tu să ajuți pe cineva? Asta e trufie, pur și simplu", mă admonestau flăcările. „Pleacă în sud! Lasă-l pe Valek să-și facă griji în ceea ce-l privește pe comandant și în legătură cu ceea ce-și propune Brazell să facă, fată prostuță ce ești!" Focul parcă palpita și-mi făcea gesturi menite să mă îndemne să plec.

Mi-am luat privirea de la el, clipind în întuneric. Totul avea loc doar în imaginația mea sau încerca, oare, cineva să mă influențeze? Invocând imaginea mintală a peretelui protector din cărămidă, mi-am mai domolit temerile, însă nu pe toate.

Dispariția lui Rand nu a fost observată decât a doua zi dimineață. Gândindu-se că fugise, maiorul Granten a trimis o mică patrulă de căutare, pe când noi, ceilalți, ne-am continuat drumul, pătrunzând și mai adânc în teritoriul lui Brazell.

Restul călătoriei a fost lipsit de evenimente, cu excepția faptului tulburător că, pe măsură ce ne apropiam de conacul lui Brazell, chipul comandantului devenea tot mai inexpresiv. Încetase să mai dea ordine sau să se intereseze de evenimentele din jurul său. Strălucirea plină de inteligență, pătrunzătoare, care-l făcea să aibă o privire ucigătoare, se estompa cu fiecare pas, lăsând locul unei expresii absente și serbede.

Spre deosebire de comandant, mie începea să-mi fie, mai degrabă, cald. Pe măsură ce ne apropiam de reședința lui Brazell, mâinile mele lăsau amprente alunecoase pe arc. Am cercetat pădurea după urme de ambuscadă, pe când groaza plutea în spatele meu ca o pereche de mâini care abia așteptau să mi se încleșteze în jurul gâtului. Pământul era moale și ghetele mi se afundau în el, astfel încât fiecare pas necesita un efort suplimentar.

„O mare greșeală, a fost o mare greșeală să vin la Brazell!" gândeam pe când mintea mi se învârtejea din cauza panicii.

Ca să mă liniștesc, mi-am imaginat zidul de cărămidă și mi-am concentrat gândurile asupra supraviețuirii.

La o oră distanță de conac, aroma plină de savoare a lui criollo plutea, grea, în aer. Ca măsură de precauție, m-am strecurat în pădure, dincolo de drumul principal și am dosit rucsacul în scorbura unui copac, ascunzându-mi și arcul prin apropiere. Luând numai șperaclele, mi-am strâns părul în coc, folosind ustensilele subțiri din metal ca să-l fixez.

Când am ajuns în dreptul primelor acareturi ale conacului lui Brazell, ritmul nostru de mers a încetinit. Un suspin colectiv de ușurare s-a auzit dinspre soldați. Îl aduseseră pe comandant în siguranță! Acum se puteau odihni în barăci până sosea momentul întoarcerii acasă.

În pofida protecției mele mintale, simțeam exact opusul ușurării resimțite de soldați. Respiram cu dificultate, în timp ce îi urmam pe comandant și pe consilierii săi în biroul lui Brazell. Auzeam sângele cum îmi pompa în inimă și mă simțeam buimăcită.

Când am intrat, Brazell s-a ridicat de la birou cu un zâmbet larg pe fața colțuroasă. Mogkan era aproape, stând în spatele său, lângă umărul lui drept. Cu scutul mintal activat, am rămas lângă ușă, sperând să trec neobservată.

În timp ce Brazell recita o formulă convențională de bun venit, i-am cercetat biroul. Somptuos decorată, încăperea avea un aer greoi și deprimant. Erau scene de vânătoare înrămate în lemn negru de nuc, iar la ferestre atârnau draperii din catifea stacojie și purpurie. Biroul uriaș din abanos al lui Brazell aducea cu o barieră, între fotoliul lui cu spătar înalt, din piele, și cele două scaune țepene de catifea așezate în fața sa.

— Domnilor, trebuie să fiți obosiți după călătorie, le-a spus Brazell consilierilor comandantului pe când o femeie înaltă a intrat în birou. Menajera mea vă va conduce la camerele voastre.

Ea le-a făcut semn s-o urmeze. Pe când consilierii ieșeau din birou, am încercat să mă strecor și eu cu ei, însă Mogkan m-a prins de braț.

— Încă nu! mi-a spus. Pentru tine avem nişte planuri mai... speciale.

Alarmată, am aruncat o privire spre comandant, care şedea pe unul dintre scaune. Materialul bogat şi purpuriu al pernei îi accentua chipul palid şi constituţia slabă. Nicio expresie nu-i anima trăsăturile; privea undeva, în depărtare, absent. Ca o păpuşă, îl aştepta pe maestrul său păpuşar să tragă de sfori.

— Şi acum ce facem? l-a întrebat Brazell pe Mogkan.

— Facem puţin spectacol timp de câteva zile. Du-l să vadă fabrica, aşa cum era în plan! Mogkan l-a arătat pe comandant şi a adăugat: Fă-i fericiţi pe consilierii lui! Când toată lumea „va fi aranjată”, nu va mai trebui să ne prefacem.

— Şi ea?

Satisfacţia făcea colţurile buzelor lui Brazell să se arcuiască.

Am menţinut în minte imaginea zidului de cărămidă.

— Yelena, a spus Mogkan, ai învăţat un şiretlic nou! Cărămidă roşie, ce banal! Dar...

Am auzit un hârşâit slab, ca şi când s-ar fi frecat piatră de piatră.

— Are puncte slabe, m-a informat. Aici şi aici! a zis Mogkan, arătând cu un deget în aer. Şi am impresia că această cărămidă nu e bine prinsă.

Mortarul a început să se fărâmiţeze. Au apărut mici orificii în zidul meu mintal.

— Când voi avea un moment liber, îţi voi spulbera toată apărarea, a promis Mogkan.

— De ce să-ţi mai pierzi timpul? l-a întrebat Brazell, scoţându-şi sabia. Să moară! Acum!

Şi a înaintat spre mine, iar în ochi îi sclipeau intenţii ucigaşe. Am făcut un pas înapoi.

— Oprește-te! i-a poruncit Mogkan. Avem nevoie de ea ca să-l ținem pe Valek în frâu.

— Dar îl avem pe comandant! a scâncit Brazell ca un țânc.

— Este prea evident! l-a mustrat consilierul. Mai sunt încă șapte generali de care trebuie să ținem seama. Dacă îl ucidem pe comandant cât timp este aici, vor deveni bănuitori. Nu vei mai ajunge niciodată succesorul lui. Valek știe asta, așa că o amenințare la adresa comandantului nu va fi de niciun folos. Mogkan și-a întors privirea glacială spre mine: Dar cui îi pasă de degustător? Nimănui, cu excepția lui Valek. Iar dacă ea moare cât e aici, generalii vor fi de acord că a fost un gest îndreptățit.

Mogkan s-a aplecat peste comandant și i-a șoptit ceva la ureche. Iar acesta și-a deschis servieta, a scos un recipient și i l-a dat lui Mogkan.

Antidotul meu!

— Începând din acest moment, vei veni la mine să-ți iei doctoria, mi-a spus Mogkan, rânjind.

Înainte să pot reacționa în vreun fel, cineva a bătut la ușă. Doi soldați au intrat în încăpere fără să mai aștepte permisiunea.

— Oamenii tăi de pază au sosit, Yelena! Vor avea multă grijă de tine! mi-a spus Mogkan, apoi s-a întors spre gărzi. Nu are nevoie de un tur ghidat. Ticăloasa noastră de Yelena a sosit acasă.

29

I-AM STUDIAT PE CEI DOI SOLDAȚI MUSCULOȘI. Săbii, pumnale scurte și cătușe erau atârnate de centurile lor. Erau bine înarmați și afișau expresii sumbre, în semn de recunoaștere a acestui fapt. Eram în inferioritate numerică. Am atins umflătura familiară a briceagului legat de coapsă, însă m-am hotărât să aștept până când sorții aveau să îmi fie mai favorabili.

Gărzile mi-au făcut semn să le însoțesc. I-am aruncat o ultimă privire imploratoare comandantului, însă nimic din ce se întâmplase până atunci nu-l scosese din stupoarea sa oarbă și surdă.

Am avut o mică licărire de speranță atunci când gărzile m-au condus într-o cămăruță goală din aripa invitaților, în loc de carcerele de sub pământ în care Brazell își ținea prizonierii. După ce petrecusem o săptămână în încăperile acelea întunecate și infestate de șobolani după ce îl ucisesem pe Reyad, uram gândul de a mă mai întoarce vreodată acolo.

Când ușa a fost încuiată în spatele meu, m-am consolat scoțându-mi șperaclele din păr. Încuietoarea era una obișnuită, cu știfturi, ușor de descuiat. Înainte de a o face să se deschidă, am strecurat pe sub ușă un șperaclu subțire cu o oglindă la capătul lui. Cu ajutorul ei, am observat câte o pereche de ghete stând de fiecare parte a ușii. Soldații aceia ambițioși se postaseră în fața camerei mele!

M-am dus la fereastră. Aripa invitaților se afla la etajul al doilea. De acolo vedeam și curtea principală. Aș fi putut sări, dacă situația devenea disperată, însă pentru moment aveam să mai aștept.

A doua zi mi s-a permis să ies din cameră numai ca să gust fiecare masă a comandantului. După micul dejun, Mogkan mi-a fluturat în față un mic flacon cu antidot.

— Dacă-ți dorești asta, trebuie să răspunzi la o întrebare, m-a informat el.

Mi-am stăpânit emoțiile. Cu voce calmă, i-am răspuns:

— Joci la cacealma! i-am strigat. Dac-ai vrea să fiu moartă, nu m-aș mai afla acum aici.

— Este o situație temporară, te asigur, mi-a zis, iar privirea îi scăpăra de furie. Nu fac decât să-ți ofer o alegere. Moartea cauzată de pulberea-de-fluturi înseamnă o suferință îndelungată, urâtă și cumplit de dureroasă, pe când tăierea beregatei, să spunem, este rapidă - doar o clipă de durere.

— Care-i întrebarea?

— Unde este Valek?

— Nu știu, am răspuns cu sinceritate.

Nu-l mai văzusem pe Valek de la lupta din pădure. Mogkan s-a gândit la răspunsul meu. Profitând de neatenția lui, i-am smuls fiola din mână și am băut-o dintr-o singură înghițitură.

Fața lui Mogkan s-a înroșit de furie. M-a apucat de umeri, apoi m-a îmbrâncit spre gărzi.

— Duceți-o din nou în camera ei! le-a poruncit celor doi haidamaci.

Odată ajunsă acolo, m-am întrebat ce neajunsuri mai provoca Valek. Mă îndoiam că stătea degeaba. Întrebările lui Mogkan despre locul în care se afla nu făcuseră decât să îmi confirme bănuielile. Neliniştită, mergeam de colo-colo prin mica încăpere, tânjind după un exercițiu de antrenament cu Ari și Janco.

În timpul scurtelor mele vizite la comandant, în următoarele câteva zile, am început să-mi dau seama că prezența mea făcea parte din spectacolul pe care-l pregătise Mogkan. Pentru a-i împiedica pe consilieri să devină bănuitori, Brazell se prefăcea că, de fapt, comandantul încă mai dădea ordine. La un moment dat, generalul se apleca spre acesta, ca și când ar fi purtat o conversație particulară, după care declara că, la cererea comandantului Ambrose, pentru a doua zi era programat un tur al fabricii.

Mi s-a permis să mă alătur grupului care avea să meargă să viziteze fabrica. Asta m-a surprins tot atât de mult ca și faptul că niciunul dintre consilierii conducătorului nostru nu protestase în niciun fel că Brazell producea criollo în loc de furaje, cum trecuse el în permis. Clefăiau din bucățile lor de criollo, mulțumindu-se să dea din cap și să fie de acord cu Brazell că fabrica era o invenție minunată.

Pe când mergeam prin clădire, o căldură înăbușitoare emana din cuptoarele uriașe care erau alimentate în permanență cu boabe aduse din Sitia. Muncitorii, brăzdați de transpirație și praf negru, aruncau cărbuni în focurile mari de sub cuptoare. Odată prăjite, boabele erau transportate într-un spațiu mare, unde alți muncitori le zdrobeau coaja cu ciocanul, extrăgând un miez maro-închis. Cilindri de oțel striveau miezii până când aceștia se transformau într-o pastă care era apoi scoasă într-un container de un metru și jumătate lățime în care se adăugau zahăr, lapte și unt. Cu ajutorul unor furci din oțel, muncitorii amestecau ingredientele până când mixtura devenea un lichid fin și gros, care era apoi turnat în matrițe pătrate sau dreptunghiulare.

Un veritabil atelier de mirosuri și arome delicioase, locul acela era, totuși, un mediu lipsit de bucurie. Angajații mohorâți, cu uniforme mânjite de criollo și sudoare, gemeau și erau încordați din cauza extenuării fizice. În timpul vizitei, m-am uitat în diverse spații de lucru în căutarea unor ingrediente otrăvitoare sau care să dea dependență și care ar fi putut fi strecurate în amestec, dar nu am găsit nimic.

Când grupul vizitatorilor s-a întors la conacul lui Brazell, am văzut cum expresiile însuflețite de pe fețele consilierilor dispăruseră, lăsând în urmă aceeași expresie ștearsă care se instalase și pe chipul comandantului. Ceea ce însemna că trebuia să existe o legătură între consumul de criollo și cedarea în fața magiei lui Mogkan! Spectacolul magicianului avea să înceteze de îndată ce acesta urma să dobândească pe deplin controlul asupra minților tuturor consilierilor, iar, când avea să se întâmple asta, condițiile mele de cazare urmau să se schimbe și ele. În rău.

În noaptea aceea, la adăpostul întunericului, am dat drumul pelerinei să cadă pe fereastra din camera mea și am bătut în ușă, chemând gărzile.

Când ușa s-a deschise, le-am anunțat:

— Vreau să fac o baie!

Fără să mai aștept un răspuns, am plecat cu pași mari pe coridor. Străjerii m-au urmat.

La baie, unul din soldați m-a oprit pe hol, pe când tovarășul său a aruncat o privire înăuntru. Numai după ce s-a convins că urma să fiu singură, a încuviințat din cap și s-a dat înapoi.

Când treceam pragul, le-am spus cu voce autoritară:

— Nu am nevoie de spectatori! Așteptați aici, nu voi întârzia prea mult!

Spre încântarea mea, ei au rămas afară. M-am grăbit să ajung la peretele cel mai îndepărtat, unde, ascunsă vederii, mai era o intrare. Gărzile lucrau, poate, la conac, însă eu crescusem aici. Datorită curiozității mele de copil și grație timpului liber de care dispusesem, reușisem să explorez aproape fiecare colț al casei. Numai apartamentul particular al lui Brazell, biroul său și aripa în care locuia Reyad îmi rămăseseră inaccesibile. Din nefericire, când împlinisem șaisprezece ani, zona unde locuise fiul generalului se transformase în coșmarul meu de fiecare zi. Alungând acest gând, m-am concentrat asupra prezentului.

Am apăsat clanța ușii și am avut parte de prima surpriză neplăcută. Era încuiată! „Nicio problemă!" m-am gândit, căutându-mi șperaclele. Mecanismul a cedat cu ușurință, ușa s-a deschis, iar eu am avut parte de al doilea șoc. Una din gărzi aștepta în hol.

A rânjit. M-am năpustit spre el. Folosindu-mă de avântul pe care-l prinsesem, l-am dezechilibrat și i-am dat un pumn în vintre. O mișcare murdară de-a lui Valek, însă nu-mi păsa, pentru că acum goneam cu viteză pe coridor, lăsându-l pe soldat mult în urma mea.

Strecurându-mă prin intrarea din sud, mi-am recuperat pelerina, după care m-am îndreptat spre vest, să-mi regăsesc rucsacul și arcul. Lumina strălucitoare a lunii îmi lumina calea și am putut să văd pe unde mergeam; adevărata mea destinație, însă, era mai greu de stabilit.

Știam că nu aveam cum să-l ajut pe comandant dintr-o cameră încuiată, însă nu eram sigură ce aș fi putut face pentru el din exterior. Trebuia să vorbesc cu Valek! Hotărând că era prea riscant să mă duc la barăci, m-am cățărat în copaci. Numai Valek cunoștea trucul acesta. De îndată ce urma să afle că am evadat, avea să mă găsească.

Când am ajuns la spațiul deschis rezervat vizitării DM-5 cu ocazia Sărbătorilor anuale ale Focului, m-am oprit să petrec noaptea acolo. Tremurând în pelerina mea, m-am ghemuit lângă trunchiul unui copac, scoțând abur pe gură de frig. La un moment dat, am auzit lătrat de câini și strigăte îndepărtate, însă nimeni nu s-a apropiat de patul meu improvizat din copac. Somnul mă ocolea însă, căci îmi era prea frig și aveam emoții prea mari. Mi-am imaginat pânza de culoare deschisă a corturilor iarmarocului din luminiș, sperând să mă încălzesc dacă evocam energia tumultoasă din nopțile serbărilor.

Mi-am imaginat corturile înalte așezate în locurile convenite. Dansatori, cântăreți și acrobați aliniați în mijlocul luminișului. Tarabe cu mâncare îngrămădite înăuntrul și în afara corturilor mari, împrăștiind în aer mirosuri îmbietoare. Când trăisem sub acoperișul lui Brazell, mă dusesem la Sărbătorile Focului în fiecare sezon cald. Ele reprezentaseră punctul culminant al existenței mele. Amintirile acelor ultimi ani, însă, când fusesem șoarecele de laborator al lui Reyad, erau îngrozitoare.

Incapabilă să mă abțin, am coborât din copac și m-am plimbat prin iarmarocul meu imaginar. M-am oprit acolo unde fuseseră corturile acrobaților, întrebându-mă dacă aș mai fi în stare să execut programul de sărituri care îmi adusese locul întâi și amuleta de foc.

Fără să mă gândesc, mi-am dat jos pelerina și am început încălzirea. Știam, în sinea mea, că ar fi trebuit să mă ascund, că era o neghiobie să fiu atât de ușor de descoperit, însă dorința de a retrăi singurul meu moment de adevărată bucurie era prea intensă ca s-o înăbuș.

În curând, pe când mă răsuceam și săream prin aer, reușisem să alung deja toate gândurile la Brazell, Reyad și Mogkan. Mintea mea era blocată în zona mintală a concentrării neabătute, aceea pe care o folosisem când mă luptasem. Mi-am savurat eliberarea de zilele de tensiune și de amenințare, oricât de scurtă va fi fost.

În timp ce executam programul de exerciții, am descoperit că puteam să-mi trimit conștiința amplificată dincolo de trup, să cuprindă copacii, ba chiar să simtă și animalele pădurii. O bufniță cocoțată sus, pe o ramură, urmărea mișcările unui șoarece de câmp. O familie de oposumi aluneca fără zgomot prin tufișuri. Iar o femeie ghemuită în spatele unei stânci mă urmărea pe mine!

Să mă furișez în mintea lui Irys a fost tot atât de ușor ca și cum mi-aș fi pus o pereche de mănuși. Gândurile ei alunecau în mintea mea precum mătasea. I-am amintit de sora sa mai mică, Lily, iar Irys tânjea să se afle din nou acasă, cu familia ei, în loc să se strecoare prin recea și oribila Ixia.

Situația devenea periculoasă în nord. Ar fi fost mai în siguranță în Sitia.

„Pentru cât timp, însă?" s-a întrebat ea.

Ca magician ajuns la nivel de maestru, nu putea lăsa să continue utilizarea abuzivă a puterii pe care o simțea emanând din această regiune. Kangom, care își spunea Mogkan, producea theobroma în cantități îngrijorătoare. În plus, aranjase o cale prin care să obțină încă și mai multă putere.

Gândurile lui Irys au revenit la mine și am simțit o smucitură în legătura noastră mintală.

„Yelena, ce cauți în mintea mea?" m-a întrebat fără cuvinte magiciana.

„Nu știu sigur cum am ajuns aici", i-am mărturisit tot mintal.

„Încă nu ți-ai dat seama? Când lupți, îți concentrezi puterile magice", mi-a explicat ea. „De aceea anticipezi instinctiv mişcările adversarului. Te-am simţit la castel, când te luptai cu prietenii tăi. Acum, când ai învăţat să-ţi stăpâneşti puterile, ai făcut următorul pas logic prin extinderea lor dincolo de zona din imediata ta apropiere."

Surprinderea pe care am simţit-o a întrerupt legătura noastră.

M-am oprit, gâfâind în noaptea rece, pe când Irys ieşea din pădure.

— Asta înseamnă că nu îmi voi da singură foc? am întrebat-o.

— Te-ai stabilizat, însă nu vei deveni mai puternică decât dacă vei primi pregătirea adecvată, mi-a declarat. Nu trebuie să-ţi iroseşti potenţialul! Vino în sud *acum*; urmăritorii tăi sunt la numai câţiva kilometri distanţă.

— Comandantul..., am început.

— Este vrăjit, mi-a confirmat ea bănuielile. Nu poţi face nimic pentru el; probabil că şi-a pierdut deja judecata. Mogkan i-a administrat în mod constant theobroma. Am mirosit-o de când am sosit.

— Theobroma? Vrei să spui „criollo"? Desertul acela de culoare maronie pe care îl produce Brazell? am întrebat-o.

— Despre el pare să fie vorba, mi-a răspuns. Deschide mintea în faţa influenţelor magice. Relaxează şi reduce rezistenţa, permiţând un acces uşor la mintea unei persoane. Îl folosim ca să ne ajute în antrenamente, în situaţii bine controlate, în care magicianul începător se află în apropierea subiectului. Comandantul suprem are o personalitate puternică, foarte rezistentă la sugestiile transmise prin magie. Theobroma poate sparge această barieră, ceea ce este de folos atunci când un magician începător învaţă să lucreze, însă a o folosi asupra conducătorului Ixiei pentru a obţine controlul asupra minţii sale seamănă, mai degrabă, cu o violare.

Zicând acestea, Irys și-a înfășurat mai strâns mantia în jurul umerilor, de parcă gândul ar fi făcut-o să-i fie frig.

— Chiar și cu ajutorul theobromei, un magician nu ar fi capabil să ajungă la mintea comandantului de la distanță, însă Mogkan a reușit! a exclamat ea, uluită. A găsit, cumva, o modalitate să-și sporească puterea.

Irys și-a masat brațele cu palmele, încercând să se încălzească.

— Presupun că vizita lui Mogkan la castel a avut ca scop să se fixeze în mintea comandantului pentru a-l putea aduce aici, a adăugat magiciana.

— Ce putem face pentru a distruge această legătură? am întrebat-o.

— Să-l ucidem pe Mogkan, mi-a declarat fără menajamente. Dar va fi greu. Este foarte puternic.

— Nu este nicio altă cale? am întrebat-o.

Mi-am amintit discuția mea din pădure cu Valek despre omor ca soluție de rezolvare a tuturor problemelor mele.

„Planul *meu*", așa îi spusese el, și asta mă deranja încă. Probabil că nu se aflase niciodată într-o situație în care înfrângerea era inevitabilă, așa cum mă găseam eu de fiecare dată.

— Blocarea sursei de putere a lui Mogkan..., a adăugat magiciana. Și asta ar putea să meargă. Ar avea în continuare puteri magice, însă acestea nu ar mai fi amplificate.

— Cum ar arăta acest surplus de putere? Cum l-am putea descoperi? am vrut să aflu.

— În opinia mea, fie a recrutat un număr de magicieni pentru a le reuni puterile, fie a descoperit un mod de a concentra sursa puterii fără să o deformeze, mi-a explicat. A făcut o pauză de gândire, apoi a adăugat: Diamante!

— Diamante? m-am mirat.

Am simțit cum un ghem rece, de neliniște, mi se înnoda în stomac. Erau atât de multe lucruri despre magie despre care nu aveam habar!

— Da. Sunt foarte scumpe, însă ar colecta și ar înmagazina puterea tot așa cum cărbunii aprinși rețin căldura, m-a lămurit. Ar putea folosi diamante pentru a-și spori puterile magice. I-ar trebui un cerc de nestemate de dimensiunea unui om și așa ceva nu este ușor de ascuns. Dacă am găsi cercul acesta, aș putea încerca să-l folosesc și să-i blochez puterea sau, cel puțin, să o dirijez în altă parte suficient timp, cât să-l poți trezi pe comandant.

— Și în cazul în care sursa o reprezintă un grup de magicieni? Cum i-aș recunoaște? am iscodit-o.

— Din păcate, Ixia nu are uniforme speciale pentru magicieni, mi-a spus Irys, cu o voce aspriță de sarcasm. În loc să-i cauți pe aceștia, uită-te după o încăpere goală având desenată pe jos o roată ca de căruță. Pentru a-și uni puterile, fiecare magician trebuie să fie perfect aliniat pe circumferința unui cerc.

— Pot să caut prin conac, însă am nevoie de ajutor, i-am declarat. Am nevoie de Valek.

— Ba ai nevoie de-un miracol, de-asta ai nevoie, m-a repezit Irys, pungindu-și gura.

— Îl poți conduce pe Valek aici? am întrebat-o.

— Este deja pe drum, m-a liniștit. Voi doi ați stabilit o legătură puternică, deși nu știu dacă este de natură magică. Irys și-a pungit din nou gura: Ar fi mai bine să plec înainte de sosirea lui Valek. Când și dacă vei descoperi sursa superputerii lui Mogkan, invocă-mi numele în minte. Îți voi auzi chemarea pentru că și noi două am creat o legătură. Conexiunea noastră mintală devine tot mai puternică, de fiecare dată când comunicăm. Voi încerca să te ajut cu comandantul. Însă nu promit nimic. Eu pe Mogkan îl caut.

Și, zicând acestea, Irys a dispărut în pădure.

În așteptarea lui Valek, am pășit pe pământul tare, încercând să mă gândesc la o cale de a găsi sursa puterii lui Mogkan. Remarca lui Irys, că urma să am nevoie de un miracol, era un adevăr spus numai pe jumătate.

Ca să-mi mai schimb gândurile, m-am concentrat asupra împrejurimilor. Pași fără de număr tociseră iarba și bătătoriseră pământul, până când acesta devenise neted și lucios. Mi-am amintit cum îmi înfundasem călcâiele în același pământ întărit ultima oară când fusesem aici, când Reyad mă târâse la conac, să mă pedepsească pentru neascultare și pentru câștigarea amuletei. Apăsasem premiul acela cu atâta forță pe piept, încât îmi lăsase o urmă pe piele. Apoi ascunsesem amuleta, s-o salvez din mâinile crude ale lui Reyad.

Trecuseră vreo doi ani de când o îngropasem. Probabil că o fi descoperit-o cineva până în acel moment! Ca să exersez, am încercat să-mi folosesc noul talent de a folosi magia. Dirijându-mi conștiința în jos, am dat ocol luminișului. Am făcut multe ture și am început să mă cam plictisesc, când, deodată, am simțit că mi se încălzesc tălpile. Când mi-am continuat mersul, s-au răcit. Am mers de colo-colo, până ce căldura mi-a săgetat din nou tălpile.

Luând cârligul de cățărare din rucsac, am săpat în locul acela. Strădaniile mele au scos la iveală o bucată de stofă. Am dat cârligul deoparte și am început să scormonesc pământul cu unghiile, dând la iveală amuleta pe care o pierdusem.

Era tocită și plină de pământ. Panglica de care fusese atârnată era ruptă și pătată. Strângând la piept medalia care avea forma unor flăcări, am simțit că degaja căldură. Am pus-o jos, să umplu la loc groapa, fredonând o melodie. Curățând de pantaloni amuleta de mărimea palmei, am prins-o pe lănțișorul de la gât împreună cu fluturele de la Valek.

— Nu este chiar locul ideal în care să te ascunzi, nu crezi? m-a întrebat acesta dintr-odată.

Am tresărit. De cât timp stătea, oare, în spatele meu?

— Ei te caută peste tot. De ce ai fugit? m-a întrebat.

L-am informat pe scurt despre tot ce se întâmplase cu comandantul suprem. I-am povestit tot ce știam despre Mogkan, despre fabrică și despre consilieri, în speranța că urma să tragă și el aceeași concluzie ca și mine.

— Vasăzică, Mogkan folosește criollo ca să obțină controlul asupra minților tuturor, dar de unde își ia puterea? m-a întrebat Valek.

— N-am habar! i-am mărturisit. Trebuie să căutăm prin conac.

— Vrei să spui că *eu* trebuie să caut? s-a mirat.

— Nu, *amândoi*, l-am asigurat. Eu am crescut aici. Cunosc fiecare cotlon, fiecare palmă. Primul loc în care vreau să scotocesc este aripa în care se află laboratorul lui Reyad. Când începem?

— Chiar acum, mi-a răspuns. Mai avem patru ore până se face lumină. Ce căutăm, de fapt?

Când i-am explicat că urma să ne uităm după un cerc de diamante sau după o roată desenată pe jos, sprâncenele dese ale lui Valek s-au împreunat, ca și când ar fi vrut să mă întrebe de unde obținusem acele informații. Însă a păstrat tăcerea și ne-am îndreptat spre barăci.

M-am ascuns afară în timp ce Valek s-a schimbat în costumului său negru, mulat, pe care-l folosea întotdeauna în timpul unei urmăriri. A mai adus o cămașă de culoare închisă pe care s-o îmbrac peste aceea de un roșu-deschis a uniformei mele de degustător, precum și un felinar cu o ferestruică rotundă[1], încă neaprins. Pelerina m-ar fi încurcat prea mult în timpul strecurării pe coridoare, așa că am ascuns-o în tufișuri.

---

[1] *Bull's-eye lantern* (engl.), felinar cu o singură deschidere acoperită de o ferestruică rotundă care se poate închide (parțial sau complet) pentru a masca sursa de lumină (n. red.).

Am descoperit o ușă de serviciu în apropierea camerelor servitorilor. Valek a aprins felinarul. Împingând glisorul ferestruicii până aproape de poziția „închis", a lăsat numai o rază subțire de lumină să se vadă. Ajunși în interiorul conacului, am preluat eu conducerea.

Apartamentul lui Reyad se afla în aripa estică, la parter, în fața laboratorului. Întregul corp fusese al lui și acolo se aflau câteva uși pe care le păstrase încuiate cât timp făcusem eu pe șoarecele de laborator.

Grozăvii din trecut au început să mă bântuie în timp ce scotoceam peste tot. Îmi simțeam pielea uscată și fierbinte. Am recunoscut mirosul vag, de acru, al fricii, amestecat cu praful pe care-l ridicau pașii noștri. Era mirosul meu! Îl emanasem ca pe un parfum, ori de câte ori Reyad mă târâse pentru a participa la vreunul dintre experimentele sale.

Aerul greu mă apăsa, umplându-mi gura cu gusturile amestecate ale cenușii și sângelui. Îmi mușcasem mâna fără să-mi dau seama! Era un obicei vechi, modul meu de a-mi înăbuși strigătele.

În timp ce scotoceam prin laborator, raza firavă a felinarului a luminat instrumente care atârnau pe pereți sau erau îngrămădite pe mese. Fiecare descoperire îmi trimitea un impuls rece și paralizant prin corp și m-am retras din fața umbrelor masive ale mașinăriilor neluminate, nedorind să o ating nici măcar din greșeală pe vreuna dintre ele. Încăperea semăna mai mult cu o cameră de tortură decât cu un loc dedicat experimentelor.

Simțindu-mă ca un animal prins între fălcile de metal ale unei capcane, am vrut să țip și să mă năpustesc afară din încăpere.

De ce, oare, îl adusesem pe Valek aici? Doar consilierii lui Brazell erau găzduiți la etajul al doilea!

Cercul acela din diamante al lui Mogkan, dacă exista cu adevărat, probabil că era ascuns în apropiere de camera lui, nu aici, jos.

Valek nu spusese niciun cuvânt de când aprinsese felinarul. Pe holul din fața dormitorului lui Reyad, a fost ca și cum o forță aievea, reală, tangibilă, m-ar fi împiedicat să intru. Îmi tremurau din nou toți mușchii. Picături de transpirație înghețate îmi scăldau uniforma.

Mai-marele spionilor din Ixia s-a încumetat să pătrundă înăuntru, iar eu am așteptat la ușă. Puteam vedea siluetă malefică și întunecată a sadicului cufăr cu „jucărele", cum mă pândea, pe mine, desigur, dintr-un colț al camerei.

„Oare dac-aș arde cufărul ăla al lui, dacă l-aș face scrum", m-am întrebat, „oare coșmarurile mele ar lua sfârșit, odată pentru totdeauna?"

— Nu și dacă te voi putea împiedica să faci asta, mi-a șoptit stafia lui Reyad, prinzând contur pe holul pustiu, chiar lângă mine.

M-am tras înapoi și m-am izbit de zid. Un icnet mi-a scăpat de pe buze înainte de a reuși să-mi astup gura cu mâna.

— Am crezut c-ai dispărut pentru totdeauna, i-am șoptit, la rândul meu.

— Niciodată, Yelena, niciodată! m-a asigurat. Voi rămâne cu tine pe vecie! Sângele meu ți-a pătruns în suflet. N-ai nicio șansă să te cureți vreodată de mine.

— Eu nu am suflet, am murmurat drept răspuns.

Reyad a izbucnit în râs.

— Sufletul tău e doar negru-negru, mânjit de sângele victimelor tale, draga mea, de aceea nu-l poți vedea! m-a lămurit. Când vei muri, esența aceea greu îmbibată de sânge se va scufunda în fundul pământului, unde vei arde pentru vecie din cauza crimelor pe care le-ai comis.

— Ei, acum chiar c-ai vorbit din proprie experiență, nu-i așa? l-am întrebat cu o furie care îmi făcea glasul șuierător de-a dreptul.

Chiar în clipa aceea Valek a ieșit din camera lui Reyad. Cu chipul palid ca moartea, m-a privit atât de îndelung cu o expresie îngrozită, încât m-am întrebat dacă nu cumva fusese lovit de muțenie. În cele din urmă, a închis ușa, a trecut pe lângă spectru fără să pară să-l vadă, apoi s-a oprit în dreptul următoarei uși încuiate, doar puțin, cu capul plecat, pentru a-și apăsa fruntea cu mâna.

— Ei bine, iată, ăsta chiar că-i unul dintre cei care chiar ar merita să fie bântuit! mi-a spus Reyad, arătând cu un deget fantomatic spre Valek. Ce păcat că nu-și lasă demonii să-l deranjeze, pentru că știu un anumit rege, mort de-acum, căruia tare i-ar mai plăcea să-l necăjească! a murmurat fantoma, privindu-mă-n ochi. Numai cei slabi își invită demonii să trăiască împreună cu ei, nu-i așa, draga mea?

Urmându-l pe Valek, am refuzat să-i răspund lui Reyad. Ne-am continuat căutările, dar devenea din ce în ce mai limpede: cu excepția laboratorului, întreaga aripă fusese abandonată.

Mai rămăseseră doar trei uși pe care nu le deschisesem încă.

În timp ce Valek descuia două dintre lacăte, Reyad și-a continuat flecăreala.

— Tatăl meu te va trimite în curând la mine, Yelena! m-a asigurat. Abia aștept să-mi petrec veșnicia împreună cu tine!

Spunând acestea, mi-a aruncat priviri pofticioase și și-a fluturat degetele spre mine.

Însă nu mă mai interesa stafia. Ceea ce se afla în încăperea din fața mea îmi atrăsese toată atenția. În interior, zeci de femei și câțiva bărbați clipeau des din cauza razei galbene a felinarului lui Valek. Părul slinos le acoperea chipurile brăzdate de jeg. Pe trupurile lor vlăguite atârnau zdrențe. Niciunul nu a vorbit şi nici nu a strigat. Spre groaza mea, care creştea tot mai mult, mi-am dat seama că erau legaţi cu lanţuri de podea. În cercuri! Un cerc exterior şi două interioare, cu linii desenate între ele.

Când Valek şi cu mine am pătruns înăuntru, izul respingător de trupuri nespălate şi excremente a plutit spre noi prin aer. Pentru că-mi venea să vomit, mi-am acoperit gura.

Valek mergea printre ei, punându-le întrebări.

— Cine eşti? De ce te afli aici?

Toate interogările lui erau întâmpinate de tăcere, însă. Se mulţumeau doar să-l urmărească trecând printre ei, cu ochii lor lipsiţi de orice expresie. Şi, cu toţii, au rămas în locurile unde fuseseră înlănţuiţi, privind în gol.

Începeam să recunosc unele dintre chipurile acelea soioase. Unii dintre ei trăiseră în orfelinat împreună cu mine. Erau fetele şi băieţii mai mari care „absolviseră" şi care se presupunea că fuseseră angajaţi în diverse posturi prin întregul district.

Vederea unei fete cu păr roşcat, tern şi încâlcit, m-a făcut, în cele din urmă, să strig de durere.

Ochii căprui şi blânzi ai Carrei nu au reflectat nicio urmă de inteligenţă, de recunoaştere, în timp ce am bătut-o pe umăr, şoptindu-i numele. Fata nonconformistă de care mă ataşasem la orfelinat se transformase în umbra unei femei, într-o biată cochilie goală şi lipsită de raţiune a celei care fusese cândva.

— Elevii mei! mi i-a prezentat Reyad.

Pieptul îi tresălta de mândrie fantomei în timp ce plutea în mijlocul încăperii.

— Aceia care *nu* au eşuat, a adăugat spectrul.

— Şi acum ce facem? l-am întrebat pe Valek cu o voce tremurătoare.

— Acum vei fi arestată şi aruncată în temniţă, mi-a răspuns Mogkan care stătea proţăpit în uşă.

Eu şi Valek ne-am întors amândoi în acelaşi timp.

Consilierul generalului stătea în pragul uşii, cu braţele încrucişate la piept. Valek s-a năpustit asupra lui. Furia îi ardea în priviri. Mogkan s-a retras pe hol. L-am văzut pe Valek oprindu-se imediat după ce a trecut de uşă şi ridicând mâinile în aer.

„La naiba!" mi-am zis în sinea mea, dând fuga să-i sar în ajutor.

Mogkan stătea ca un laş în mijlocul a nu mai puţin de opt gărzi! Iar vârfurile săbiilor acestora erau aţintite toate spre pieptul lui Valek!

30

ÎN TIMP CE VÂRFURILE SĂBIILOR MĂ ÎNȚEPAU în spate, m-am tot uitat la Valek, așteptându-mă, pe toată durata călătoriei noastre cumplite către carcerele subterane, ca el să intre în acțiune.

L-am așteptat și l-am tot așteptat să se pună în mișcare și când străjerii ne-au dezbrăcat și ne-au percheziționat, îndurând umilința de a fi împinsă și înghiontită de mâini aspre, când mi-au fost confiscate rucsacul, briceagul și lănțișorul de la gât.

Faptul că mă lăsaseră fără haine nu m-a supărat la fel de mult ca acela că mi-am pierdut fluturele de la Valek și amuleta.

Mă pregăteam pentru o evadare prin surprindere pe când eram conduși jos, în temniță, și încă o mai plănuiam când am fost îmbrânciți în celule învecinate.

Mi-am ținut respirația când zăvorul greu, din metal, s-a închis cu zgomot la ușile celulelor noastre subterane.

Soldații ne-au aruncat hainele înăuntru printre bare. Apoi au plecat, lăsându-ne în întuneric.

Am bâjbâit după uniformă, încercând să-mi închei nasturii cămășii pe întuneric.

O luam de la capăt! Coşmarul s-a transformat în realitate când am trecut prin camera paznicilor, am coborât un etaj şi am ajuns în închisoarea mică a lui Brazell, care nu avea decât opt celule, câte patru de fiecare parte a unui mic coridor. Mie şi lui Valek ne-au fost repartizate acelea aflate cel mai aproape de scări, pe partea stângă a coridorului.

Un iz atât de cunoscut mie, pătrunzător, de rânced, impregna această închisoare. Aerul greu, puturos mi-a copleşit într-atât simţurile, încât mi-a trebuit ceva timp până să-mi dau seama că noi eram singurii ocupanţi ai carcerei.

Incapabilă să mai suport liniştea aceea, am şoptit:

— Valek?

— Ce-i? mi-a răspuns el.

— De ce nu te-ai luptat cu gărzile? l-am întrebat. Te-aş fi ajutat.

— Erau opt oameni cu săbiile scoase şi îndreptate spre pieptul meu, mi-a zis, calm. O mişcare bruscă din partea mea şi m-ar fi străpuns. Mă simt flatat pentru că tu crezi că aş fi avut vreo şansă împotriva lor. Patru adversari înarmaţi mai mergeau, dar opt erau, în mod sigur, prea mulţi.

Simţeam o undă de amuzament în vocea lui Valek.

— Atunci cum facem: descuiem lacătele şi evadăm? l-am chestionat.

Încrederea mea nelimitată în el se baza pe faptul că Valek era un maestru în asasinate şi un luptător antrenat, un om care nu ar fi stat închis prea multă vreme.

— Ăsta ar fi idealul, cu condiţia să avem cu ce să le deschidem, mi-a răspuns el, năruindu-mi toate speranţele.

Am pipăit celula de jur-împrejur. Negăsind altceva decât paie murdare, excremente de şobolan şi o mâzgă greu de identificat, m-am lăsat să cad la pământ cu spatele sprijinit de peretele de piatră dinspre celula lui Valek.

După destul de mult timp, el m-a întrebat:

— Asta te aştepta şi pe tine, nu-i aşa? Dacă nu l-ai fi ucis pe Reyad, urma să fii înlănţuită de podea, cu minţile rătăcite?

Imaginea acelor captivi îmi ardea în minte. Mi se făcea pielea de găină când mi-i aminteam. Pentru prima oară, eram mulţumită de mine că dădusem greş în timpul experimentelor lui Reyad.

Pe când mă gândeam la toate acestea, mi-am amintit comentariul pe care-l făcuse Irys despre abilitatea unui magician de a subtiliza puteri de la ceilalţi. Mi-am dat seama, în cele din urmă, de ce femeile şi bărbaţii aceia erau aşezaţi în cercuri!

Puterea suplimentară a lui Mogkan provenea de la acei captivi înlănţuiţi!

Brazell, Reyad şi Mokgan probabil că testau potenţialul magic al copiilor din orfelinat. Apoi, în timp ce făcea experimente asupra lor, Mogkan le ştergea memoria, lăsându-i să fie doar nişte recipiente lipsite de raţiune din care să extragă mai multă putere.

— Cred că Brazell şi Reyad erau hotărâţi să mă aducă în acea stare mintală. Numai că eu am rezistat.

I-am explicat lui Valek teoria mea cu privire la persoanele captive.

— Spune-mi ce ţi s-a întâmplat, m-a rugat Valek cu o voce sugrumată de emoţie.

Am făcut o pauză. Apoi povestea mi s-a revărsat de pe buze, la început, în fragmente, dar, mai apoi, cuvintele au început să ţâşnească, pur şi simplu, cu aceeaşi viteză ca şi lacrimile care îmi brăzdau de acum faţa.

Nu l-am scutit de niciun detaliu. Nu am înfrumuseţat părţile urâte. Povestindu-i lui Valek totul despre cei doi ani în care fusesem un şoarece de laborator, despre torturile şi chinurile la care mă supusese Reyad, despre jocurile lui pline de cruzime, despre umilinţe, bătăi, despre dorinţa fierbinte de a excela pentru el și, în cele din urmă, despre violul care mă făcuse să-l omor, m-am curățat de plaga care fusese fiul generalului.

Când am terminat, m-am simțit amețită de ușurare.

Valek a rămas tăcut în timpul dezvăluirilor mele, nu a făcut niciun comentariu și nu mi-a pus nicio întrebare. La final, cu o voce înghețată, a spus doar:

— Brazell și Mogkan vor fi distruși.

Nu-mi dădeam seama dacă era o promisiune ori o amenințare, însă, având în spate toată forță de care dispunea Valek, știam că acelea fuseseră mai mult decât niște biete vorbe goale.

Și chiar în clipa aceea, de parcă și-ar fi auzit strigate numele, Brazell și Mogkan au pășit amândoi prin ușa principală a temniței. Erau escortați de patru gardieni care țineau felinare. S-au oprit în dreptul celulelor noastre.

— Mă bucur să văd că te-ai întors acolo unde-ți era locul! mi-a spus generalul. Dorința nestăvilită de a-ți simți sângele pe mâinile mele mi-a dat ghes, dar Mogkan a fost amabil să mă informeze despre soarta care te așteaptă dacă nu-ți primești antidotul.

Brazell a făcut o pauză, după care a zâmbit cu cea mai reală satisfacție.

— Să o văd pe ucigașa fiului meu zvârcolindu-se în dureri cumplite va fi un act de dreptate cu mult mai echitabil, mi-a explicat. Te voi vizita mai târziu, să-ți pot asculta țipetele. Iar, dacă mă vei implora cum se cuvine, poate că mă voi îndura să pun capăt suferințelor tale doar ca să pot să-ți pot adulmeca mirosul sângelui.

Privirea lui Brazell s-a ațintit apoi spre celula lui Valek.

— Neascultarea unui ordin direct este o crimă! i-a spus mai-marelui spionilor din Ixia. Comandantul Ambrose ți-a semnat deja condamnarea la moarte, să știi! Executarea ta prin spânzurare va avea loc mâine la prânz.

Brazell și-a înălțat, semeț, capul, evaluându-l pe Valek ca pe un animal pursânge.

— Cred că voi cere să îți fie împăiat capul și montat pe un perete. Vei fi o decorațiune de efect în biroul meu, atunci când voi deveni comandantul suprem.

Brazell și Mogkan au părăsit temnița, râzând în hohote.

Întunericul care a năvălit după plecarea lor a părut încă și mai greu de suportat decât înainte. Mă simțeam de parcă mi-ar fi apăsat pieptul, dându-mi o senzație de presiune în jurul coastelor și un sentiment de panică.

Am început să merg în sus și în jos prin celulă. Emoțiile mele treceau de la teroarea absolută, la deznădejdea copleșitoare. Am izbit cu piciorul în barele celulei, am aruncat cu paie prin aer și am lovit pereții cu pumnii.

— Yelena, calmează-te! mi-a cerut Valek, în cele din urmă. Încearcă să dormi puțin! Păstrează-ți forțele pentru la noapte!

— Sigur că da, oricine ar trebui să fie bine odihnit înainte de a muri, i-am răspuns, însă mi-am regretat asprimea când mi-am amintit că și Valek urma să fie executat. Bine, voi încerca! i-am promis.

M-am întins pe paiele urât mirositoare, știind că era inutil să încerc să mă odihnesc. Cum ar fi putut cineva să irosească dormind ultimele ore pe care le mai avea de trăit?

Se pare, însă, că eu am putut!

M-am trezit strigând. Coșmarul meu cu șobolani s-a contopit cu realitatea când am simțit ceva cald și păros așezat pe picioarele mele. Sărind în sus, am lovit rozătoarea cu piciorul. Aceasta s-a izbit de perete și a șters-o de acolo.

— Te-ai odihnit bine? m-a întrebat Valek.

— Se putea și mai bine! i-am răspuns. Tovarășul meu de pat sforăia.

Valek a pufnit în râs, amuzat.

— Cât timp am dormit? am vrut să aflu.

— Greu de spus în lipsa soarelui. Presupun că e aproape de asfințit, m-a lămurit.

Primisem ultima doză de antidot în dimineața zilei anterioare. Asta însemna că mai aveam de trăit până a doua zi de dimineață, dar simptomele otrăvirii puteau să apară chiar și din noaptea aceea.

— Valek, trebuie să-ți fac o mărturisire..., am început, dar nu am putut să-mi duc gândul până la capăt, pentru că mi s-a încleștat gura și am simțit că mă strângea ceva de gât.

Mușchii stomacului mi s-au contractat atât de puternic, încât parcă încerca să mi-i smulgă cineva din corp.

— Ce s-a întâmplat? m-a întrebat el, alarmat.

— Am niște crampe de stomac îngrozitoare, i-am spus, gâfâind încă, deși durerea se domolise. Acesta este începutul, nu-i așa?

— Da. Încep treptat, dar, în curând, convulsiile vor fi neîntrerupte, a murmurat.

M-au năpădit alte dureri sfâșietoare și m-am ghemuit pe jos. După ce au trecut, m-am târât în patul meu de paie, așteptând următorul atac. Incapabilă să zac acolo în tăcere, am spus:

— Vorbește-mi, Valek! Spune-mi ceva care să-mi distragă atenția de la asta.

— Ce anume? s-a mirat.

— Nu contează! Orice vrei! l-am rugat.

— Uite ceva care o să te aline puțin: nu există nicio otravă numită pulbere-de-fluturi, mi-a mărturisit.

— Ce? am sărit cât colo.

Voiam să țip la el, însă a urmat o dublă convulsie care m-a făcut să-mi vină și să vomit, de parcă mușchii abdomenului mi-ar fi fost sfâșiați cu un cuțit.

Când mi-am mai revenit, Valek mi-a explicat:

— Îți vei dori să mori, vei vrea să fi murit deja, dar, în cele din urmă, vei sfârși prin a fi destul de... vioaie.

— De ce-mi spui toate astea abia acum? l-am mustrat.

— Pentru că mintea este aceea care controlează corpul, m-a lămurit. Dacă tu crezi că vei muri, atunci vei muri doar ca urmare a acestei convingeri.

— De ce ai așteptat până acum să-mi declari asta? l-am întrebat, furioasă.

Valek ar fi putut să-mi ușureze spaimele cu multă vreme în urmă.

— A fost o decizie tactică, a recunoscut.

Mi-am reținut o replică usturătoare. Încercam să-i înțeleg logica, să mă pun în locul lui. Antrenamentele cu Ari și Janco incluseseră și tactica, și strategia. Janco fusese acela care comparase antrenamentul cu un joc de cărți: „Păstrează-ți cărțile cele mai bune strâns la piept și folosește-le numai atunci când nu ți-a mai rămas nimic altceva", mă sfătuise el.

Era posibil ca în cursul zilei să apară o șansă de evadare. În acest caz, Valek nu ar fi fost nevoit să-mi arate ultima sa carte și să-mi destăinuie adevărul despre otravă.

— Și crampele? l-am întrebat, chiar în momentul în care corpul meu era cuprins de încă una.

M-am încovrigat strâns, în speranța că aveam să-mi alin astfel măcar în parte durerea, dar degeaba.

— Simptome de sevraj, mi-a zis.

— Din ce cauză?

— Din cauza așa-zisului tău antidot, mi-a explicat Valek. Este un preparat interesant. Îl folosesc să îmbolnăvesc pe cineva. Când poțiunea nu-și mai face efectul, produce crampe stomacale care te țin vreo zi în pat. Este perfectă pentru a scoate din joc o persoană fără a o omorî. Atunci când continui să o iei, simptomele sunt amânate până când încetezi să o mai bei.

Nu-mi aminteam să fi citit despre un astfel de „tonic" în niciuna dintre cărțile pe care le studiasem.

— Cum se numește? l-am iscodit.

— Teama-albă, mi-a declarat.

Convingerea că nu aveam să mor făcuse să-mi dispară panica înfricoșată și m-a ajutat să îndur durerea. Priveam fiecare contracție ca pe un pas necesar care trebuia urmat pentru a-mi elibera organismul de acea substanță.

— Dar cu pulberea-de-fluturi ce-i? l-am întrebat.

— Pur și simplu, nu există, a recunoscut. Am inventat-o eu. Suna frumos. Aveam nevoie de o amenințare ca să îi împiedic pe degustători să fugă. Una atât de îngrozitoare, încât să nu mai fiu silit să folosesc gărzile sau ușile zăvorâte.

Un gând nedorit mi s-a ivit în minte.

— Comandantul știe că este un șiretlic? În acest caz, va afla și Mogkan.

— Nu. El crede că ai fost otrăvită.

În timpul nopții, mi-a fost greu să-mi aduc aminte că *nu* fusesem otrăvită. Crampele îngrozitoare au refuzat să dispară. M-am târât prin celulă, vomitând și țipând.

Mi-am dat, oarecum, seama, la un moment dat, că Brazell și Mogkan erau încântați să mă vadă astfel. Puțin îmi păsa că mă priveau! Puțin îmi păsa că ei râdeau! Tot ce mă preocupa era să găsesc o poziție care să-mi mai aline puțin durerea.

În cele din urmă, epuizată, am adormit.

Când m-am trezit, zăceam pe podeaua plină de mizerii a celulei. Mâna mea dreaptă ieșea printre bare. M-am mirat mai mult că strângeam mâna lui Valek, decât că eram în viață.

— Yelena, te simți bine? m-a întrebat și îngrijorarea din vocea lui era evidentă.

— Așa cred, i-am răspuns cu o voce răgușită.

Gâtul îmi frigea de sete.

Chiar în clipa aceea s-a auzit un zăngănit când cineva a descuiat ușa închisorii.

— Prefă-te că ești moartă! mi-a șoptit Valek, dând drumul mâinii mele. Încearcă să-i faci să se apropie de celula mea, m-a instruit el în timp ce doi gardieni au pătruns în temniță.

Mi-am tras mâna încălzită de Valek în celulă și am scos afară mâna stângă, care era rece ca gheața, chiar în timp ce bărbații coborau treptele.

— La naiba! Putoarea de aici, de jos, este mai groaznică decât aceea din latrină după un chiolhan cu bere! a spus gardianul care ținea lampa.

— Crezi că-i moartă? a întrebat cel de-al doilea temnicer.

Cu fața la perete, am închis ochii și mi-am ținut respirația în timp ce lumina gălbuie îmi mătura corpul.

Gardianul mi-a atins mâna.

— E rece ca pișatul leopardului zăpezilor, a remarcat. Hai s-o tragem afară până nu-ncepe să putrezească! Dacă tu crezi că acum miroase urât pe aici...

Apoi pocnetul unui lacăt care era descuiat a fost urmat de scrâșnetul metalic scos când ușa celulei a fost deschisă.

M-am concentrat să mă las cât mai grea, în timp ce gardianul mă trăgea afară de picioare. Când lumina s-a mutat de la mine, am riscat să arunc o privire în jur. Străjerul care ținea felinarul mergea înainte, să lumineze drumul, lăsându-mi partea de sus a trupului în întuneric. Când treceam prin dreptul celulei lui Valek, m-am prins de bare cu ambele mâini.

— Îh! Stai așa, că s-a împiedicat în ceva! a spus cel care mă trăgea.

— În ce? l-a întrebat gardianul cu felinarul.

— Nu știu. Vino pân-aici cu afurisita aia de lumină! i-a strigat.

Am dat drumul barelor, şi mi-am vârât braţul îndoit în celulă.

— Dă-te înapoi! l-a avertizat gardianul cu felinarul pe Valek.

Cu mâna lui grasă, m-a tras de cot. Apoi a gemut uşor. Am deschis ochii chiar la timp pentru a vedea cum se stingea lumina felinarului când străjerul care-l ţinuse se prăbuşea la pământ.

— Ce dracu'? a exclamat celălalt bărbat.

Şi, cum încă mă mai ţinea de picioare, s-a îndepărtat de barele celulei lui Valek.

Mi-am strâns picioarele, trăgându-mi corpul mai aproape de ghetele lui. A icnit de surpriză când i-am prins gleznele, apoi s-a împiedicat şi a căzut pe spate.

Nu mă aşteptam să aud trosnetul dezgustător al osului rupt care lovea piatra. Corpul i-a rămas nemişcat. M-am ridicat pe picioarele care-mi tremurau.

Auzind o bufnitură şi clinchetul unor chei, m-am întors la timp să-l văd pe Valek aprinzând felinarul. Celălalt străjer era sprijinit de barele celulei, cu capul înclinat într-un unghi nefiresc.

În lumina slabă, am privit silueta nemişcată de la picioarele mele. Capul soldatului se lovise de marginea ultimei trepte. Un lichid negru a început să se strângă în jurul ghetelor mele.

Tocmai omorâsem încă un om!

Am început să tremur. Un al patrulea bărbat murise din cauza mea! Oare faptul că-mi fusese furat sufletul mă preschimbase într-un ucigaş nemilos? Oare Valek simţea vreo remuşcare sau vreo umbră de vinovăţie atunci când lua viaţa cuiva? L-am urmărit printr-o perdea de sânge.

Eficient ca întotdeauna, el i-a deposedat pe gardienii morţi de armele lor.

— Aşteaptă aici! mi-a cerut.

Și, descuind ușa principală a închisorii, s-a năpustit pe ușa camerei de gardă.

Strigăte, gemete și zgomotul cărnii izbite mi-au ajuns la urechi pe când așteptam pe scări.

Fără remușcări, fără vinovăție, Valek făcea tot ce trebuia să facă pentru a ieși învingător.

Când mi-a făcut semn să mă alătur lui, am văzut că sângele îi împroșcase fața, pieptul și brațele. Trei gardieni leșinați sau morți erau întinși prin încăpere.

Rucsacul meu era pe masă, iar conținutul îi fusese împrăștiat. Am înghesuit din nou totul în el, în timp ce Valek încerca să deschidă ultima ușă încuiată care ne mai despărțea de libertate.

Deși erau modeste, doream să intru din nou în posesia bunurilor mele, inclusiv a fluturelui și a amuletei.

Când mi-am pus din nou lănțișorul la gât, m-am simțit ciudat de optimistă.

— Fir-ar să fie! a exclamat Valek.

— Ce-i? am întrebat.

— Căpitanul are singura cheie de la ușa asta! O va deschide când va fi timpul schimbării gardienilor.

— Încearcă atunci cu astea, i-am sugerat, înmânându-i lui Valek șperaclele mele.

A rânjit cu gura până la urechi.

În timp ce își făcea de lucru la încuietoare, am găsit un urcior cu apă și un butoi pentru îmbăiere. Teama de a fi prinsă nu-mi putea alunga dorința de a mă spăla pe mâini și pe față. Mă copleșea dorința de a scăpa de mirosul respingător de vomă și de sângele de pe mine. În curând, îmi aruncam gălеți întregi de apă în cap, până am ajuns udă leoarcă. Am golit pe jumătate urciorul de apă înainte de a mă gândi să-i ofer puțină și lui Valek. El a făcut o pauză să bea niște apă, apoi a continuat să meșterească la lacăt.

În cele din urmă, acesta s-a deschis. Valek a aruncat o privire pe hol.

— Perfect! a exclamat. Nu sunt gardieni.

A deschis larg ușa.

— Să mergem! m-a îndemnat.

Prinzându-mă de mână și luând un felinar, Valek a făcut stânga-mprejur din fața singurei noastre căi de scăpare și m-a condus... înapoi în închisoare, oprindu-se ca să lase și ușile celulelor larg deschise!

— Ești nebun? i-am șoptit pe când mă trăgea spre ultima celulă. Libertatea este în direcția aia! i-am spus, arătându-i-o.

El m-a ignorat pe când descuia ușa celulei.

— Ai încredere în mine! Aici este ascunzătoarea ideală. Mizeria pe care am lăsat-o în urmă va fi în curând descoperită, iar ușile deschise vor fi dovada că am evadat. Valek m-a împins în fața lui, în celulă, și a continuat: Vor trimite echipe de căutare peste tot. Când toți soldații vor fi părăsit conacul, atunci vom acționa și noi. Până atunci, vom sta ascunși.

Valek a încropit un pat din paie în colțul cel mai îndepărtat al celulei. După ce a stins și a ascuns felinarul, m-a tras în jos. M-am ghemuit pe o parte, cu spatele la el, tremurând în hainele mele ude. El a pus niște paie deasupra noastră și și-a petrecut un braț în jurul meu. M-a tras mai aproape. M-am crispat la atingerea corpului său, însă căldura lui m-a încălzit și, în scurt timp, m-am relaxat în îmbrățișarea lui.

La început, orice zgomot, oricât de mic, îmi făcea inima s-o ia la goană. Dar nu ar fi trebuit să-mi fac probleme, fiindcă agitația care a urmat când ni s-a descoperit „evadarea" a fost asurzitoare.

Voci furioase și acuzatoare strigau! Au fost organizate și trimise echipe de căutare. S-a convenit că aveam un avans de o oră, însă Brazell și Mogkan se contraziceau asupra direcției în care plecaserăm.

— Valek probabil că se îndreaptă spre vest, spre teritoriul pe care-l cunoaște foarte bine, a afirmat Brazell cu autoritate.

— Ba sudul *este* alegerea logică, a insistat Mogkan. Comandantul suprem este în mâinile noastre, ei nu pot face nimic. Fug să-și salveze viața, nu spre vreo poziție strategică. Voi lua un cal și voi examina pădurea cu puterile mele magice.

Valek și-a dres glasul și mi-a șoptit la ureche:

— Ei chiar cred că l-aș putea abandona pe comandant. Nu au nici cea mai vagă noțiune despre loialitate.

Închisoarea era tăcută și goală de câteva ore, când am început să mă plictisesc și am devenit nerăbdătoare să plecăm. Ușile celulelor rămăseseră larg deschise, lăsând o slabă rază de lumină să lumineze împrejurimile.

— Acum putem pleca? am întrebat.

— Încă nu, mi-a spus. Cred că este încă lumină afară. Vom aștepta lăsarea întunericului.

Ca să treacă timpul mai ușor, l-am întrebat pe Valek cum ajunsese să lucreze cu comandantul. Mă gândeam eu că era o întrebare indiscretă, însă el a devenit atât de tăcut, încât mi-a părut rău că o pusesem.

După un lung interval de tăcere, Valek a spus:

— Familia mea locuia în Provincia Icefaren, înainte ca aceasta să fie redenumită DM-1. Într-o iarnă deosebit de grea, acoperișul clădirii care adăpostea atelierul de pielărie al tatălui meu s-a prăbușit, distrugându-i toate utilajele. Trebuia să îl înlocuiască pentru a rămâne în branșă, dar soldații care au venit la noi acasă pentru a colecta banii de impozit nu au vrut să înțeleagă situația.

Zicând acestea, brațul lui Valek s-a strâns mai tare în jurul meu.

S-a scurs mai bine de un minut, deşi mi s-a părut mai mult, înainte ca el să continue.

— Eram doar un băieţel pricăjit pe atunci, dar aveam trei fraţi mai mari, a murmurat. Erau cam cât Ari şi aveau şi forţa lui. Când tatăl meu le-a spus soldaţilor că, dac-ar plăti impozitul întreg, nu i-ar mai rămâne destui bani să-şi hrănească familia...

În clipa aceea, Valek s-a oprit timp de câteva respiraţii.

— Atunci ei mi-au ucis fraţii, a continuat. Au râs şi au spus: „Problema s-a rezolvat. Acum ai trei guri mai puţin de hrănit!"

Muşchii braţului lui Valek tremurau de încordare.

— Fireşte că am vrut să mă răzbun, însă nu pe soldaţi, mi-a mărturisit. Ei nu erau decât nişte mesageri amărâţi. Eu îl voiam pe regele însuşi. Pe omul care le permisese să-mi ucidă fraţii în numele său. Aşa că am învăţat să mă lupt şi am studiat arta de a asasina până ce am devenit de neînvins. Am călătorit prin diverse locuri, folosindu-mi noile aptitudini să câştig bani. Membrii marcanţi ai familiei regale erau atât de corupţi, încât mă plăteau să se ucidă între ei. Apoi am fost angajat să-l omor pe un tânăr pe care-l chema Ambrose, ale cărui cuvântări îndemnau la revoltă şi care îi înspăimântau pe cei din familia regală. Devenise foarte popular, şi mulţimi de oameni se adunau să-l asculte. Populaţia a început să îi opună rezistenţă regelui. Atunci Ambrose a dispărut, ascunzându-şi armata în creştere şi recurgând la operaţiuni secrete împotriva monarhiei. Recompensa pe care-aş fi primit-o dacă l-aş fi găsit şi ucis pe Ambrose era uriaşă. I-am pregătit o ambuscadă, aşteptându-mă că aveam să-i împlânt cuţitul în inimă înainte ca el să apuce să-şi tragă răsuflarea şi să strige măcar. Dar Ambrose mi-a parat lovitura şi m-am găsit în situaţia de a lupta pentru a-mi salva propria viaţă... şi de a pierde. În loc să mă omoare, însă, Ambrose mi-a scrijelit un „C" pe piept cu propriul pumnal. Apropo, era aceeaşi armă pe care, mai târziu, am folosit-o să-l omor pe rege. Atunci el a declarat că urma să fie comandantul meu şi m-a anunţat că din clipa aceea aveam să lucrez numai pentru el și pentru nimeni altcineva. Am fost de acord și i-am promis că, dacă mă va aduce suficient de aproape pentru a-l putea ucide pe rege, îi voi fi loial pentru totdeauna. Prima mea misiune a fost să-l omor pe acela care mă plătise să-l ucid pe Ambrose. În toți acești ani, l-am urmărit pe comandantul suprem și l-am văzut cum își atingea țelurile cu o hotărâre de nezdruncinat, fără violență sau suferință în exces. Nu a fost corupt de putere sau de lăcomie. Și nu a existat nimeni pe lume la care să țin mai mult decât țin la el. Până acum...

Mi-am ținut respirația. Îi pusesem o întrebare simplă și nevinovată. Nu mă aşteptasem la un răspuns atât de personal.

— Yelena, m-ai scos din minți! mi-a mărturisit. Mi-ai făcut destul de multe probleme, iar, de când te-am cunoscut, m-am gândit să-ți curm viața de vreo două ori.

Răsuflarea caldă a lui Valek în urechea mea mi-a trimis un fior de-a lungul șirei spinării.

— Dar mi te-ai strecurat pe sub piele, mi-ai intrat în sânge şi mi-ai cucerit inima, a continuat.

— Asta seamănă mai mult cu o otravă decât cu o ființă vie, a fost tot ce am putut rosti.

Mărturisirea lui mă zguduise și mă încântase, în aceeaşi măsură.

— Exact! mi-a răspuns Valek. M-ai otrăvit.

M-a răsturnat cu fața spre el. Și, înainte de a reuși să mai scot vreun sunet, m-a sărutat.

Dorința demult înăbușită a înviat din nou când mi-am înfășurat brațele în jurul gâtului său, întorcându-i sărutul cu aceeași pasiune.

Reacția mea a reprezentat, pentru mine, o surpriză încântătoare. Mă temusem că, după ce mă violase Reyad, trupul meu avea să se încleşteze strâns-strâns, că avea să fie cuprins de groază şi de convulsii la cea mai nevinovată atingere. Numai că împletirea corpurilor noastre ne-a legat şi minţile şi sufletele împreună.

Sunetul îndepărtat al muzicii a început să se audă aievea în aer. Palpitînd parcă, armonia fermecată a atins, în curând, un crescendo şi ne-a cuprins pe amândoi ca o pătură caldă.

Celula închisorii şi paiele murdare au dispărut pentru noi.

În jur totul era de un alb imaculat, ca o ninsoare mătăsoasă. Pe acest plan eram egali, eram parteneri.

Sufletele noastre s-au împreunat. Plăcerea lui a fost extazul meu. Sângele meu curgea şi pulsa de acum prin inima lui.

Deşi extazul ultim venea pe frânturi, Valek şi cu mine am fost fericiţi să încercăm din nou.

Ne contopiserăm, minţile noastre deveniseră una. Mă hrăneam din esenţa lui, bucurându-mă de senzaţia trupului său într-al meu, incitată de mângâierea pielii lui pe pielea mea. El mi-a umplut pustiul inimii cu bucurie şi cu lumină.

Chiar dacă zăceam în paiele soioase şi ne aştepta un viitor nesigur, un zumzet profund de mulţumire a început să îmi vibreze în întregul corp.

31

REALITATEA ŞI MIROSUL RÂNCED de animale în descompunere au început să se facă simţite. Se lăsase noaptea.

— Să mergem! mi-a spus Valek, ridicându-mă în picioare.

— Unde? l-am întrebat, aranjându-mi uniforma.

— În camera comandantului, să ne înapoiem cu toţii la castel, m-a lămurit, în timp ce îşi scutura paiele din păr şi de pe haine.

— Nu va fi posibil, i-am spus.

— De ce nu? m-a întrebat.

— În momentul în care te vei atinge de comandant, va afla Mogkan.

I-am povestit tot ce ştiam despre legătura mintală care îi unea pe Mogkan şi pe comandant, şi cum reuşise cel dintâi să stabilească o asemenea conexiune folosindu-se de criollo.

— Cum putem rupe această legătură? m-a întrebat Valek.

Venise timpul să-i vorbesc despre puterile mele magice. Mă simţeam buimacă, de parcă aş fi stat la marginea lumii. Respirând adânc, i-am spus despre întâlnirile şi discuţiile pe care le avusesem cu Irys şi despre cum ne-ar fi putut fi toate acestea de folos.

Valek a rămas nemişcat un minut întreg, în timp ce mie inima îmi bubuia în piept.

— Ai încredere în ea? m-a întrebat, simplu.

— Da, i-am mărturisit.

— Mai este şi altceva ce nu mi-ai spus? a vrut să afle.

Simţeam că mi se învârtea capul. Se întâmplaseră atâtea lucruri şi, pe lângă toate acestea, mai trebuia să oprim şi un magician puternic. Moartea era o posibilitate reală.

Voiam însă ca Valek să ştie ce simţeam.

— Te iubesc, i-am mărturisit.

M-a luat în braţe.

— Să ştii că iubirea mea îţi aparţine încă de la Sărbătorile Focului, mi-a declarat. Dacă haidamacii ăia te-ar fi omorât, ştiam că nu aveam să mai fiu acelaşi om. Nici nu mi-am dorit, nici nu m-am aşteptat la aşa ceva. Dar nu am putut să-ţi rezist.

Mi-am lipit trupul de al lui, dorind să-l simt aproape.

Mi-a luat mâna.

— Să mergem! mi-a cerut.

Am dat iama prin camera paznicilor înainte de a ne strecura pe hol. Purtând culorile negru şi verde ale lui Brazell, am sperat să evităm să fim descoperiţi pe când ne furişam prin conac.

Valek avea nevoie de sacul lui cu „şmecherii", aşa că ne-am îndreptat spre barăci. În timp ce îmi recuperam pelerina, el s-a strecurat în interiorul construcţiei de lemn, acum pustii. Soldaţii plecaseră în căutarea noastră.

Am păşit la adăpostul umbrei aruncate de clădire, invocând în minte numele lui Irys. Aveam nevoie de un plan de atac. Trebuia să plecăm de acolo chiar în noaptea aceea!

Din barăci se auzeau strigăte şi înjurături. Alergând într-acolo, i-am găsit pe Janco şi pe Ari cu săbiile scoase şi îndreptate spre Valek.

— Opriți-vă! le-am cerut.

Văzându-mă, Ari și Janco și-au pus armele în teacă, zâmbind.

— Am crezut că Valek a evadat fără tine, mi-a mărturisit Ari, îmbrățișându-mă strâns.

— Voi nu ar trebui să fiți împreună cu echipa de căutare? i-a întrebat Valek, pe când își scotea sacul negru de sub un pat. Se schimbase deja într-o salopetă de culoarea abanosului cu o mulțime de buzunare.

— Suntem prea... „bolnavi", i-a spus Janco, afișând cel mai mare rânjet al lui.

— Cum așa? am întrebat eu.

— Acuzațiile care ți se aduc au fost, în mod sigur, fabricate, așa că am refuzat să luăm parte la vânătoare, mi-a explicat Janco.

— Asta înseamnă insubordonare, a zis Valek, în timp ce scotea din sac un pumnal lung și câteva săgeți.

— Asta și era ideea! i-a răspuns Janco. Ce altceva ar mai trebui să facă un flăcău, pe aici, ca să fie arestat și aruncat în temniță?

L-am privit, amuzată. Fuseseră dispuși să riște să fie trimiși în fața curții marțiale numai și numai ca să-mi sară mie în ajutor! Janco chiar lua în serios ceea ce-mi scrisese pe mânerul briceagului!

— În ce direcții au plecat echipele de căutare? a întrebat Valek, punându-și armele în diverse buzunare și prinzându-și sabia și cuțitul la cingătoare.

— În principal, spre sud și est, deși câteva grupuri mai mici au fost trimise și la vest și la nord, a răspuns Ari.

— Aveau și câini?

— Da, desigur, i-a confirmat Ari.

— Și conacul?

— Nu mai e decât paza minimă, l-a asigurat Janco.

— Bine. Voi veniţi cu noi, le-a ordonat Valek amândurora.

Ei au luat poziţia de drepţi.

— Da, să trăiţi! au strigat la unison.

— Pregătiţi-vă pentru operaţiuni sub acoperire, dar păstraţi-vă săbiile! le-a cerut mai-marele spionilor. Veţi avea nevoie de ele.

Valek a terminat să se îmbrace, în timp ce Ari şi Janco se pregăteau.

— Ia aşteaptă! am spus. Nu vreau ca ei să aibă probleme.

Inima a început să mi se zbată în piept şi o senzaţie de greaţă ameninţa să-mi facă toată fierea să-mi iasă pe gât, când m-a copleşit teama faţă de ceea ce ne propuneam să facem.

Valek m-a strâns de umăr.

— Avem nevoie de ajutorul lor, mi-a spus.

— Vei avea nevoie de mai mult decât de atât, s-a făcut auzită vocea lui Irys din întuneric.

Toţi cei trei bărbaţi şi-au scos săbiile în acelaşi timp. Când ea a păşit în lumina slabă a felinarului, Valek s-a relaxat, dar Ari şi Janco au continuat să îşi fluture săbiile.

— Pe loc repaus! a comandat Valek.

Văzându-le ezitarea, am spus:

— Este o prietenă. Se află aici să ne ajute. Am privit-o pe Irys în ochi când am informat-o: Am descoperit sursa suplimentară de putere a lui Mogkan.

— Care este...? m-a întrebat ea.

I-am vorbit despre prizonierii cu minţile rătăcite şi despre cum fuseseră aceştia prinşi în lanţuri, în cercuri, după care i-am expus teoria mea, şi anume că Mogkan îi spălase pe creier pentru a-şi însuşi puterile lor.

Oroarea şi repulsia i se citeau de acum pe chip. În pofida aparenţei severe, nutrea o preocupare profundă faţă de oameni.

Irys a reușit, în cele din urmă, să-și recompună aspectul încruntat și serios, însă Ari și Janco păreau cam verzi la față, ca și când avea să li se facă rău.

— Ce mai e și asta? a întrebat Ari.

— Îți explic mai târziu. Pentru moment..., m-am oprit brusc. În minte mi se ivise un plan complet de atac care îi includea pe Ari și pe Janco. Sperasem să-i protejez, însă Valek avea dreptate. Aveam nevoie de ajutorul lor.

— Vreau s-o protejați pe Irys cu toate forțele voastre. Este foarte important, le-am spus prietenilor mei.

— Da, să trăiți! au strigat Ari și Janco la unison.

I-am privit uimită. Îmi spuseseră „să trăiți", ceea ce însemna că aveau să îmi urmeze ordinele chiar dacă acest lucru le-ar fi adus moartea.

Ochii lui Valek au privit insistent într-ai mei.

— Ai găsit o strategie? m-a întrebat.

— Da.

— Prezintă-ne-o și nou! mi-a cerut.

„De ce oare", mă gândeam eu pe când Valek și cu mine ne furișam prin coridoarele tăcute și pustii ale conacului, „de ce, oare, deschisesem gura? Planul *meu*! Ce știam eu? Valek, Ari și Janco aveau ani de experiență în activitatea aceasta care-ți macină nervii și-ți întoarce stomacul pe dos, dar toată lumea își risca pielea urmând planul *meu*!"

Pe coridorul întunecos, mi-am înghițit teama și am revăzut strategia. Ajunși la ușa comandantului suprem, am așteptat, să le dăm și celorlalți timp să-și ocupe pozițiile. Respirația mea sacadată părea să stârnească ecou și simțeam că fie aveam să țip, fie urma să leșin.

După câteva clipe, Valek a descuiat lacătul și ne-am strecurat înăuntru. El a blocat ușa. Aprinzând o lampă, s-a îndreptat către patul imens cu baldachin. Comandantul Ambrose era întins pe pat, complet îmbrăcat. Ochii lui, cu privirea goală, erau deschişi şi se uitau în tavan. Nu părea conştient de prezenţa noastră.

M-am aşezat lângă el şi i-am luat mâna într-a mea. Urmând instrucţiunile sumare ale lui Irys, mi-am imaginat zidul de cărămidă, apoi l-am extins până ce am clădit o întreagă cupolă care ne acoperea pe amândoi. Valek se sprijinea de peretele de lângă uşă, în aşteptarea lui Mogkan. Expresia lui se înăsprise, căci îşi luase chipul din timpul bătăliilor. Era rece ca gheaţa în aparenţă, însă ştiam că înlăuntrul lui mocnea o furie letală, incandescentă.

Nu a trecut mult până ce o cheie s-a învârtit în broască. Tăcere! Uşa s-a deschis brusc. Patru gărzi înarmate s-au năpustit înăuntru. Valek a doborât un bărbat înainte ca acesta să poată schiţa vreun gest. Încăperea s-a umplut de zăngănitul săbiilor.

Mogkan s-a strecurat în cameră abia după ce oamenii săi îl atacaseră pe Valek din toate părţile. Evitând lupta, consilierul s-a îndreptat drept spre mine. Avea un zâmbet condescendent pe buze.

— Un iglu din cărămizi! a remarcat. Ce drăguţ! Haide, Yelena, nu mă subestima într-atât! O fortăreaţă din piatră sau un perete de oţel ar fi fost o provocare mai acătării.

Am simţit o lovitură destul de puternică dată protecţiei mele mintale. Cărămizile au început să cadă. Peticind găurile în ritmul în care el îmi distrugea scutul de protecţie, mă rugam cu disperare ca Ari, Janco şi Irys să fi ajuns în camera în care Mogkan îşi ţinea înlănţuiţi prizonierii. Irys ne explicase că trebuia să se afle acolo, cu ei, pentru a opri să se mai manifeste puterea suplimentară a lui Mogkan. Chiar dacă ar fi reuşit, tot mai trebuia să fac faţă magiei lui proprii!

Oprindu-şi pentru o clipă atacul, Mogkan şi-a înclinat capul într-o parte, privind în depărtare.

— Ce şmecherie simpatică! a spus el. Prieteni de-ai tăi? Sunt în holul lui Reyad, dar, dacă nu cumva reuşesc să-şi croiască drum printre cei zece soldaţi de acolo, nu vor reuşi să ajungă la copiii mei.

Mi s-a strâns inima. Mogkan şi-a reluat atacul cu o hotărâre reînnoită. Un gardian din patru mai rămăsese în luptă cu Valek.

„Grăbeşte-te!" i-am cerut în sinea mea.

Apărarea mea începea să cedeze tot mai mult, cu fiecare nouă lovitură. Am pus în zidul meu fiecare dram de putere de care dispuneam, însă acesta s-a năruit într-un nor de praf.

Puterea lui Mogkan mi-a încleştat cutia toracică precum mâna unui gigant. Am icnit de durere și am dat drumul mâinii comandantului. M-am ridicat pe picioarele slăbite, lângă pat, chiar în momentul în care Valek îşi scotea sabia din trupul mort al ultimului soldat.

— Opreşte-te sau va muri! i-a poruncit Mogkan.

Valek a înlemnit. Alte trei gărzi s-au repezit în încăpere, cu Brazell pe urmele lor. Acestea l-au înconjurat pe iubitul meu. Luându-i sabia, l-au silit să cadă în genunchi cu mâinile pe cap.

— Dă-i drumul, generale, ucide-o! a spus Mogkan, trăgându-se un pas înapoi, să-i facă loc lui Brazell. Ar fi trebuit să te las să-i tai gâtul în prima zi când a sosit aici.

— De ce l-ai asculta pe Mogkan? l-am întrebat eu pe Brazell. Nu e un om în care să poţi avea încredere.

Durerea m-a năpădit de-a lungul şirei spinării când Mogkan şi-a întors privirea arzătoare spre mine.

— Ce vrei să spui? m-a întrebat Brazell, apucându-şi sabia și uitându-se când la mine, când la Mogkan.

Consilierul a izbucnit în râs.

— Încearcă doar să amâne inevitabilul! l-a asigurat pe general.

— Ca atunci când ai încercat să întârzii negocierile tratatului comercial cu Sitia, otrăvind coniacul? Sau îți propuseseși să oprești întreaga delegație? l-am întrebat.

Tulburarea lui Mogkan i-a dezvăluit vinovăția. Deși chipul lui Valek îi reflecta surprinderea, el a rămas tăcut. Avea corpul încordat, pregătit să intre în acțiune.

— Asta nu are nicio noimă, a spus Brazell.

— Mogkan vrea să evite orice legături cu meridionalii, l-am informat pe general. Pentru că aceștia ar afla despre…

Dar nu am izbutit să-mi duc gândul până la capăt, pentru că n-am mai putut scoate niciun sunet. Mi se strânsese, pur și simplu, gâtul. Mi-am dus mâinile spre el, căci nu mai puteam să respir.

Brazell s-a întors spre Mogkan. Fața lui colțuroasă era schimonosită de mânie.

— Ce tot pui la cale? l-a întrebat pe consilierul său.

— Nu avem nevoie de niciun tratat cu Sitia, l-a asigurat acesta. Facem, oricum, rost de bunurile de care avem nevoie fără nicio problemă. Dar tu nu ai vrut să m-asculți. A trebuit să fii lacom. După încheierea unui tratat comercial, ar fi fost doar o chestiune de timp până când meridionalii ar fi început să treacă granița, adulmecând prin jur… Până când ne-ar fi dat de urmă…

Mogkan nu manifesta niciun fel de teamă față de Brazell, doar furie pentru că era pus să-și justifice faptele.

— Iar acum vrei s-o omori tu sau o fac eu? l-a întrebat magicianul pe general.

Începusem să zăresc tot felul de puncte în ochi, pe măsură ce vederea mi se tulbura. Înainte ca Brazell să apuce să-i dea vreun răspuns, Mogkan s-a clătinat. Strânsoarea lui asupra mea a cedat puțin câte puțin, eliberându-mi căile aeriene. Am gâfâit, lacomă, după aer.

— Copiii mei! a răcnit magicianul. Dar, chiar și fără ei, tot am mai multă putere decât tine!

Ca un pește prins în undiță, am fost smulsă din picioare și trântită de un perete. Capul mi s-a izbit de piatră. Atârnată în aer, puterea lui Mogkan mă bombarda. Fiecare lovitură mintală era ca un bolovan care mă pocnea.

„Pân-aici mi-a fost!" m-am gândit. „Reyad a avut dreptate: să devin degustător nu a însemnat decât că am amânat inevitabilul."

Cu coada ochiului, l-am văzut pe Valek luptându-se cu gărzile care îl imobilizau, în încercarea de a ajunge la Mogkan. Pentru mine era însă prea târziu. Cu o ultimă izbucnire de energie, am ieșit mintal din corp. M-am lovit de o barieră impenetrabilă, pe când îmi simțeam conștiința părăsindu-mă. Am fost învăluită de tenebre.

Apoi în mintea mea s-a făcut auzită vocea lui Irys, alinându-mă.

„Uite! îmi spunea ea. Lasă-mă să te ajut!"

O forță pură a început să se reverse în mine. Mi-am refăcut protecția mintală și am deviat atacul lui Mogkan, respingându-l. El s-a izbit de peretele opus, cu o bufnitură care mi-a făcut plăcere.

În dormitorul comandantului suprem domnea de acum confuzia. Lipsită de experiență în mânuirea magiei cum eram, nu am reușit să-l imobilizez pe Mogkan. Acesta s-a năpustit afară din încăpere. Cu un cuțit în mână, Valek s-a luptat cu trei străjeri înarmați cu săbii. Pe când mă grăbeam să-i sar în ajutor, Brazell m-a înșfăcat de braț și m-a silit să mă răsucesc pe loc și să ajung cu fața spre el.

Apoi generalul şi-a ridicat sabia. În ochi îi ardea pofta de a ucide. Am făcut un salt înapoi, să evit prima lovitură şi m-am izbit de patul comandantului. Am sărit peste acesta, să parez următoarea lovitură a lui Brazell. M-am uitat în jos. Privirea comandantului suprem era fixată tot în tavan. A treia lovitură de sabie a retezat unul dintre stâlpii baldachinului.

Pe când săream de la capătul patului, să evit o nouă lovitură, am cules stâlpul de pe jos.

Acum eram înarmată! Stâlpul baldachinului nu era suficient de bine echilibrat să-l pot folosi ca pe un arc, însă era gros şi cu mult mai bun decât nimic!

Brazell era un adversar puternic, însă. Fiecare lovitură de sabie de-a lui făcea să sară bucăţi întregi din „arma" mea.

La început, a luat în derâdere încercările mele de a mă lupta cu el.

— Ce naiba crezi că faci? m-a întrebat. Eşti o slăbănoagă neînsemnată. Te voi spinteca din două lovituri.

Când mi-am găsit zona mintală de forţă, de concentrare, a încetat să-şi mai răcească gura de pomană. Chiar dacă acum simţeam de unde avea să vină următorul lui atac, încă mă chinuiam să fiu cu un pas înaintea lui. Stâlpul meu de lemn nu se compara cu sabia sa. Stafia lui Reyad a prins şi ea fiinţă în încăpere. Îşi încuraja tatăl, încercând să-mi distragă atenţia. Tactica lui a dat roade. M-am trezit cu spatele la zid. Sabia lui Brazell mi-a spintecat stâlpul în două.

— Eşti moartă!

Cu o satisfacţie plină de veselie, Brazell şi-a tras sabia înapoi, să-mi taie gâtul.

Eu încă mai ţineam în mână o bucată de lemn. Când sabia s-a apropiat, vâjâind, de mine, am parat-o în jos cu stâlpul meu rupt. Vârful ei m-a crestat în talie. Zgomotul materialului sfâşiat a însoţit brazda de foc pe care am simţit-o săgetându-mă de-a latul abdomenului. Sângele îmbiba de acum marginile rupte ale cămăşii uniformei mele.

Apoi Brazell a făcut prima greşeală.

Crezând că eram terminată, şi-a slăbit atenţia. Dar eu eram încă în picioare. Mi-am ridicat arma. Cu o forţă disperată, l-am lovit în tâmplă. Ne-am prăbuşit amândoi la podea.

Priveam în tavan, încercând să-mi recapăt respiraţia. Valek s-a aplecat deasupra mea. L-am alungat.

— Găseşte-l pe Mogkan! i-am cerut.

El a dispărut pe dată vederii mele.

Odată ce forţa mi-a revenit în membre, mi-am examinat rana. Plimbând un deget de-a lungul tăieturii, m-am gândit că nu aveam nevoie decât de puţin lipici de-al lui Rand pentru a redeveni ca nouă.

Stafia lui Reyad plutea de-acum deasupra mea, rânjind. Nu puteam suporta să zac pe jos, cu el în aceeaşi încăpere. Înjurând şi sângerând, m-am ridicat în picioare.

— Tu! l-am arătat eu pe Reyad cu un deget plin de sânge. Dispari de aici!

— Obligă-mă! m-a provocat el.

Cum puteam să mă lupt cu o stafie? Am adoptat o poziţie defensivă. El m-a luat în râs. Nu, nu avea să fie o luptă fizică, nicidecum, ci una mintală.

M-am gândit la tot ce realizasem într-un an şi jumătate, de când îi tăiasem beregata fiului generalului. Îmi depăşisem teama de a-mi face prieteni. Îmi înfruntasem duşmanii. Găsisem iubirea. Ştiam ce simt faţă de mine însămi. Ştiam cine sunt.

Am privit în oglinda lungă până în pământ, cu ramă aurie, din camera comandantului suprem. Părul îmi era răvăşit. Aveam cămaşa uniformei pline de sânge. Faţa brăzdată de murdărie. Aproape aceeași reflexie ca atunci când devenisem degustător. Numai că, de data asta, ceva era diferit. Umbrele îndoielii dispăruseră.

Am privit cu mai multă atenție și mi-am găsit sufletul. Era puțin cam zdrențuit și avea câteva goluri, dar era acolo. Fusese dintotdeauna acolo, mi-am dat eu seama, cutremurându-mă. Dacă Reyad și Mogkan l-ar fi alungat cu adevărat din mine, acum aș fi fost și eu prinsă cu lanțuri de podea, în loc să stau aplecată deasupra trupului inconștient al generalului!

Dețineam controlul. Această ființă nouă din oglindă era liberă. De toate otrăvurile.

M-am uitat la Brazell. Încă mai respira, însă eu eram responsabilă și de el, și de mine. Eu eram la comandă. Nu mai eram o victimă. Nu mai eram șobolanul prins în fălcile de metal ale unei capcane.

— Dispari! i-am poruncit stafiei lui Reyad.

Expresia lui șocată m-a bucurat enorm, atunci când s-a făcut nevăzut.

Însă bucuria era ca un fluture care mi-ar fi zăbovit în palmă, doar pentru un popas scurt, înainte de a-și lua din nou zborul.

„Janco e rănit", mi-a răsunat în minte vocea alarmată a lui Irys. „Avem nevoie de un doctor. Vino acum!"

Folosind cătușele de la centura unui gardian mort, l-am prins pe Brazell de patul greu. Apoi m-am năpustit afară din încăpere. Am străbătut în fugă coridoarele.

„Nu poate să moară", am gândit eu. „Nu Janco! Nu voi putea să-i îndur moartea!"

Scenarii cumplite îmi treceau prin minte. Eram atât de îngândurată, încât am trecut în fugă pe lângă Valek și Mogkan, fără să-i recunosc.

Se duelau cu săbiile. Motivul pentru care scena aceasta mi s-a limpezit în minte ceva mai târziu, era că Mogkan se afla în avantaj! Valek avea chipul palid și era tras la față. Își mânuia sabia ca și când ar fi fost o piatră de moară. Grația lui firească dispăruse și nu mai rămăseseră decât mișcări sporadice, neîndemânatice. Magicianul, pe de altă parte, era iute și priceput, tehnica lui era corectă, însă îi lipsea stilul propriu.

Neîncrederea și îngrijorarea mea au sporit pe când urmăream lupta. Ce nu era în regulă cu Valek? Să fi fost puterile magice ale lui Mogkan?

„Nu, Valek era imun la acestea", m-am gândit eu.

Apoi, dintr-odată, mi-am dat seama. Valek îmi spusese că, atunci când se afla în apropierea unui magician, simțea că parcă se mișca printr-un sirop gros. În plus, se luptase cu șapte gardieni în camera comandantului suprem, după două zile petrecute în temniță, fără să mănânce și fără să doarmă. Epuizarea, în cele din urmă, se făcea simțită.

Zâmbetul lui Mogkan s-a lățit și mai mult când m-a zărit prin apropiere. A fentat iute ca fulgerul, apoi a fandat. Sabia lui Valek a căzut cu zgomot la pământ când o tăietură de un roșu purpuriu i-a șerpuit pe braț.

— Ce zi nemaipomenită! a exclamat Mogkan. Îi voi ucide pe renumitul Valek și pe infama Yelena în același timp!

Mi-am scos briceagul. Magicianul a izbucnit în râs. Mi-a trimis o comandă, prin magie, să-mi arunc arma la pământ.

Chiar în momentul în care mâna mea slăbea strânsoarea asupra briceagului, am auzit vocea lui Irys în minte.

„Yelena, ce se întâmplă? Ai găsit doctorul?"

„Am nevoie de ajutor!" i-am strigat în sinea mea.

Puterea a început să se acumuleze de acum în interiorul meu, făcând presiuni să se manifeste în exterior. Am ațintit un deget de putere spre Mogkan. Sabia i-a căzut pe dată din mână. Chipul lui reflecta de acum groaza, în timp ce puterea magiei l-a înfăşurat ca pe un copilaş, după care s-a strâns în jurul lui ca un laţ de spânzurătoare. Era paralizat, ţintuit la pământ.

— Tu, neam de şobolani şi fiică a diavolului! a înjurat Mogkan. Eşti o ciumă pentru lumea asta! O întruchipare a iadului! Eşti exact ca toţi ceilalţi. Urmaşii Zaltanei ar trebui arşi, eliminaţi, exterminaţi...!

Mogkan se dezlănţuia în continuare, dar eu încetasem să-l mai ascult.

Valek mi-a ridicat briceagul de pe jos. Înjurăturile magicianului erau din ce în ce mai frenetice şi rostite cu o voce tot mai tare, pe măsură ce Valek se apropia de el. O mişcare alunecată, un ţipăt de durere, după care Mogkan a rămas, în sfârşit, tăcut. Trupul i s-a prăbuşit, grămadă, la pământ.

Valek mi-a înmânat apoi cuţitul însângerat. Cu o plecăciune extenuată, mi-a spus:

— Pentru tine, dragostea mea!

32

MI S-A OPRIT RESPIRAȚIA CÂND MI-AM AMINTIT: „Janco!" Prinzându-l pe Valek de braț, l-am târât după mine, explicându-i situația printre gâfâieli. Încă purtând culorile lui Brazell, chiar dacă hainele noastre erau rupte și pline de sânge, l-am trezit pe doctor, care, supărat și arțăgos, a făcut ceva nazuri cu privire la respectarea protocolului și a autorității cuvenite până ce Valek și-a scos pumnalul și l-a amenințat cu el.

Stomacul mi s-a întors pe dos când am pătruns în aripa lui Reyad. Holul care ducea în camera captivilor era înfiorător. Soldații zăceau pe jos, bucăți de brațe și de picioare erau împrăștiate peste tot, ca și când cineva și-ar fi tăiat drum prin ei. Pereții erau împroșcați cu sânge și bălți stacojii punctau podeaua.

Doctorul a vrut să se oprească la primul om doborât, dar Valek l-a smuls în picioare. Pășind cu atenție printre trupuri, am ajuns la ușă. Chiar la intrare, l-am văzut pe Janco întins pe o parte, în timp ce Ari îi ținea capul în poală. Era inconștient, un lucru bun din moment ce o sabie îi străpunsese stomacul, vârful ei însângerat ieșindu-i prin spate. Fața stropită cu sânge uscat a lui Ari avea o expresie sumbră, iar un topor năclăit de acelaşi lichid vital, arma responsabilă de carnajul din hol, se odihnea lângă el. Irys stătea pe jos, cu picioarele încrucişate, în centrul cercului alcătuit din oamenii scofâlciţi. Fruntea îi lucea de sudoare. Avea o expresie rezervată. Femeile şi bărbaţii în lanţuri priveau scena cu ochi imperturbabili.

Drumul până la infirmerie a fost un coşmar haotic. Totul se înceţoşa şi se contopea, ca într-un vârtej, până ce m-am trezit întinsă într-un pat, lângă Janco, ţinându-i mâna. Doctorul şi-a dat toată silinţa, dar, dacă sabia străpunsese vreun organ vital sau dacă s-ar fi produs o hemoragie internă, Janco nu ar fi supravieţuit. De două ori în cursul acelei nopţi, Ari şi cu mine am fost deznădăjduiţi că urma să îl pierdem.

Propria rană fusese curăţată şi închisă cu lipiciul lui Rand, însă abia dac-am observat toate astea şi nici nu-mi prea păsa de durerea pe care o simţeam. Mi-am concentrat toată energia şi întreaga putere asupra lui Janco, dorind ca el să trăiască.

Mai târziu, în ziua următoare, m-am trezit dintr-o uşoară aţipeală.

— Dormi în post? mi-a şoptit Janco, afişând un zâmbet slab pe chipul lui cenuşiu.

Am scos un suspin de uşurare. Dacă era suficient de întremat, încât să mă insulte în glumă, cu siguranţă că avea să-şi revină!

Din păcate, Irys nu putea afirma acelaşi lucru cu privire la comandant. La patru zile după moartea lui Mogkan, acesta nu-şi venise încă în simţiri. Consilierii săi erau complet refăcuţi după temporara lor vrăjire şi puseseră stăpânire pe conacul lui Brazell până când avea să-şi revină şi comandantul. Apoi şi-au asumat controlul temporar al districtului militar al generalului.

Au fost trimişi mesageri în nord, generalului Tesso din DM-4, şi în vest, generalului Hazal din DM-6, solicitându-se prezența lor imediată. Generalii dețineau autoritatea necesară să stabilească pasul următor, în situația în care comandantul suprem nu și-ar mai fi revenit.

Tot atât de tulburător era faptul că niciuna dintre victimele lui Brazell, Mogkan și Reyad nu se trezea, în ciuda încercărilor lui Irys de a pătrunde în mintea lor, să ajungă până acolo unde se ascundea conștiința lor de sine. Magiciana ne-a povestit că mințile lor erau asemenea caselor părăsite, complet mobilate, cu tăciunii încă aprinși în vatră, dar în care nu mai locuia nimeni.

Irys și cu mine ne-am resemnat la gândul că victimele aveau să își trăiască pe mai departe viața fără să-și dea seama de noile lor condiții, confortabile, din aripa musafirilor din conacul lui Brazell.

Am deplâns pierderea prietenei mele Carra. Irys scotocise prin încăperile în care trăiau orfanii și mi-a spus că May era încă acolo, vie și nevătămată. Mi-am propus s-o vizitez de îndată ce Janco avea să mai prindă puteri.

— Este evident că toți copiii din orfelinatul lui Brazell au fost răpiți din Sitia, m-a lămurit Irys când m-a vizitat la infirmerie, unde stăteam alături de Janco. Cercul de hoți de copii al lui Mogkan lăsa perioade suficient de mari între răpiri, pentru a evita ca acestea să fie descoperite. Puterile magice sunt, de obicei, mai puternice la femei și așa se explică de ce fetele sunt mai numeroase. Răpitorii vizau familiile în care magia se manifestase deja, cu toate că își asumau un risc cu copii atât de mici. Nu aveau de unde să știe dacă urmau să li se dezvolte puterile sau nu. Mogkan și Brazell probabil că au pus demult la cale tot acest plan. Irys și-a trecut degetele prin părul ei lung, castaniu, înainte de a adăuga: N-ar trebui să fie prea greu să-ți găsim și ție familia.

M-am uitat la ea, şocată.

— Glumeşti, nu-i aşa? m-am mirat.

— De ce-aş glumi? m-a întrebat.

Nu era deloc conştientă de tulburarea pe care o stârnise în mine.

Avea dreptate, nu prea glumea de felul ei, așa că am stat pe gânduri un moment.

— Înainte de a muri, Mogkan a spus ceva despre neamul Zaltana, i-am povestit.

— Zaltana! a exclamat magiciana.

Renunțând la expresia serioasă pe care o afișa de obicei, Irys a izbucnit în râs. Era ca și când ar fi ieșit soarele după săptămâni întregi de ploaie.

— Da, am impresia că au pierdut o fiică, la un moment dat, mi-a spus. Doamne, te aşteaptă o mare surpriză dacă faci parte din clanul Zaltana! Așa s-ar explica de ce tu ai fost singura care nu a căzut sub vraja lui Mogkan.

Întrebările mi se îngrămădeau pe buze. Voiam să ştiu mai multe despre această familie, însă nu doream să-mi fac speranțe deşarte. Exista și posibilitatea să nu fi fost o Zaltana. Probabil că aveam să aflu totul când urma să ajung în Sitia. Irys dorea să-mi încep imediat antrenarea puterilor magice.

Simțeam o nelinişte în piept ori de câte ori mă gândeam să părăsesc Ixia. Am schimbat subiectul.

— Cum se simte comandantul? am întrebat-o.

Irys și-a mărturisit frustrarea.

— Cu el se întâmplă ceva diferit față de copii, mi-a spus. În mintea lor nu se petrece nimic, pe când el s-a retras într-un spațiu... alb. Dac-aş putea să aflu unde este acum, poate că aş reuși să-l aduc înapoi.

M-am gândit un timp la asta, apoi mi-am amintit de momentul în care adormisem în sala de comandă.

— Pot să încerc și eu? am rugat-o.

— De ce nu? a încuviințat.

M-am asigurat că Janco ședea confortabil și că avea tot ce-i trebuia. Irys m-a însoțit în încăperea comandantului. Cadavrele fuseseră luate de acolo și cineva încercase să facă puțină curățenie. M-am așezat pe marginea patului și i-am luat mâna rece într-a mea. Urmând instrucțiunile lui Irys, am închis ochii, trimițându-mi mintal conștiința spre el.

Pașii mei trosneau pe zăpada înghețată. Un vânt rece îmi șfichiuia fața și îmi umplea plămânii de pumnale minuscule. Eram înconjurată de un alb orbitor. Pudră de diamante sau fulgi de zăpadă... era greu de spus.

Am mers puțin și am fost imediat dezorientată de viscolul scăpărător. Împleticindu-mă prin furtună, mă luptam să rămân calmă și să-mi amintesc că nu mă rătăcisem. De fiecare dată când făceam un pas înainte, vântul înghețat mă împingea înapoi.

Eram pe punctul de a mă recunoaște învinsă, când mi-am adus aminte de ce crezusem că îl puteam găsi pe comandant. Pe când mă concentram asupra imaginii unei tinere care exulta la vederea unui leopard al zăpezilor răpus, vântul a încetat și furtuna a început să se domolească. M-am regăsit lângă Ambrose. *Ea* era îmbrăcată în blănuri grele, albe, care semănau cu aceea a leopardului.

— Întoarce-te! i-am cerut.

— Nu pot, mi-a spus ea, arătând spre ceva aflat mai departe.

Bare negre, subțiri, ne înconjurau din toate părțile.

O cușcă de păsări, mi s-a părut mie la început, însă, cercetând-o cu mai multă atenție, am văzut că barele acelea erau, de fapt, soldați înarmați cu săbii.

— De fiecare dată când am încercat să plec, ei m-au împins înapoi, mi-a mărturisit.

Fața i se îmbujorase de furie, după care aceasta s-a stins, transformându-se în îngrijorare.

— Dar tu ești *comandantul suprem*! i-am amintit.

— Nu și aici. Aici nu sunt decât Ambrosia, cea prinsă în interiorul acestui corp nepotrivit. Soldații îmi cunosc blestemul, mi-a spus.

Am căutat în minte un răspuns. Gărzile nu erau ale lui Mogkan, erau ale ei. Privirea mi-a fost atrasă de leșul leopardului zăpezilor.

— Cum ai ucis felina? am întrebat-o.

Chipul i s-a însuflețit din nou, pe când mi-a povestit cum își impregnase mirosul leopardului zăpezilor în haine și cum petrecuse săptămâni întregi îmbrăcată în blana acestui animal, prefăcându-se că era și ea un leopard, până când fiarele au acceptat-o să facă parte din haita lor. În cele din urmă, a fost doar o chestiune de timp și de așteptare a oportunității perfecte pentru a putea să omoare animalul.

— Dovada că eram, de fapt, bărbat! mi-a explicat. Că îmi câștigasem dreptul de a fi bărbat.

— Atunci poate că trebuie să-ți porți premiul, i-am sugerat. Pieile de animal nu-ți vor fi de folos împotriva acelei mulțimi.

Și, zicând acestea, am arătat din cap spre cercul format de străjeri.

Ochii aurii ai femeii s-au mărit, înțelegând acest lucru. A privit felina ucisă, apoi s-a metamorfozat în comandantul suprem. Părul lung până la umeri i s-a scurtat, până când a redevenit părul lui tuns scurt, ridurile fine i-au apărut pe chip în timp ce se contura fața conducătorului Ixiei. Blănurile albe au căzut la pământ pe când se materializa uniforma lui nețifonată.

Comandantul s-a îndepărtat de pieile de animal, lovindu-le, disprețuitor, cu piciorul.

— Nu ar trebui să faci asta, am spus. *Ea* face parte din tine. S-ar putea să ai din nou nevoie de ea.

— Dar de tine am nevoie, Yelena? m-a întrebat comandantul suprem cu putere. Pot avea încredere că vei păstra secretul mutației mele?

— Am venit aici ca să te aduc înapoi. Nu este suficient de grăitor?

— Valek mi-a făcut un jurământ de credință cu sângele lui, atunci când mi-am înscris inițiala gradului meu pe pieptul său. Ai face și tu același lucru? m-a iscodit.

— Valek știe despre Ambrosia? l-am întrebat.

— Nu știe. Și nu mi-ai răspuns la întrebare.

I-am arătat comandantului fluturele de la Valek.

— Îl port la piept. I-am făgăduit loialitate lui Valek, care îți este credincios ție, i-am spus.

Comandantul Ambrose a luat fluturele. Am rămas nemișcată cât el l-a desprins de pe lănțișor. A luat un pumnal din îmbrăcămintea de blană și i-a trecut tăișul de-a lungul palmei sale drepte. Ținând pandantivul în mâna însângerată, mi-a întins arma. Am prins-o cu mâna dreaptă, tresărind când tăișul ei a mușcat din palma mea.

Sângele ni s-a amestecă atunci când i-am strâns mâna, cu fluturele prins între palmele noastre.

Când mi-a dat drumul din strânsoare, darul lui Valek se afla la mine în palmă. L-am așezat din nou la locul cuvenit, peste inima mea.

— Cum ne întoarcem? m-a întrebat.

— Tu ești comandantul suprem, tu ar trebui să știi, i-am răspuns.

Ochii i s-au oprit asupra leșului leopardului zăpezilor. Privind în jur la cercul format din soldați, și-a tras sabia din teacă.

— Ne vom lupta! mi-a declarat.

Am scos sulița din leopardul zăpezilor răpus și am șters sângele de pe ea în zăpadă.

Simțind greutatea armei în mână, am mânuit-o, făcând câteva mișcări de control. Era mai ușoară decât arcul și descentrată spre vârf. Dar avea să fie nemaipomenită.

I-am atacat cu hotărâre pe bărbații aceia. Cercul format din străjeri s-a strâns imediat în jurul nostru. Spate în spate, comandantul și cu mine luptam.

Bărbații erau pricepuți, însă comandantul era un maestru în mânuirea sabiei. Doar îl înfrânsese pe Valek și ucisese un leopard al zăpezilor! Era ca și când aș fi luptat cu încă vreo cinci apărători de partea mea.

Când am vârât vârful suliței în inima unui bărbat din gardă, acesta a explodat într-o ploaie de cristale de zăpadă care au plutit, spulberate de vânt.

Timpul și-a încetinit mersul pe când ciopârțeam un om după altul, și, în cele din urmă, am revenit în prezent. M-am învârtit în jurul meu în căutarea unui adversar, numai ca să descopăr că îi terminaserăm pe toți. Ninsoarea se învârtejea în jurul nostru.

— Bună treabă! a spus comandantul. M-ai ajutat să-mi redescopăr adevăratul sine, ucigând demonii care mă chinuiau.

Mi-a luat mâna și și-a apăsat-o pe buze.

Scena de iarnă s-a topit și m-am regăsit șezând pe pat, privind în ochii plini de forță ai comandantului suprem.

În noaptea aceea, Valek și cu mine l-am informat pe conducătorul Ixiei cu privire la tot ce se întâmplase de la întrunirea la un brandy a generalilor. Valek îl interogase pe Brazell și descoperise că el și Mogkan plănuiau de zece ani o lovitură de stat.

— Brazell mi-a spus că Mogkan a apărut într-o zi la conacul său cu un grup de copii, a spus Valek. Căuta un loc în care să se ascundă și a făcut o înțelegere cu generalul căruia i-a promis că-l va ajuta să devină următorul comandant suprem. Odată ce Mogkan a acumulat suficientă putere, încât să vă influențeze mintea din DM-5, au început să vă administreze criollo.

— Și cu uzina lui ce se întâmplă? a întrebat conducătorul.

— Am oprit producția, i-a declarat mai-marele spionilor.

— Foarte bine! a încuviințat comandantul Ambrose. Recuperați ce utilaje puteți, apoi ardeți din temelii fabrica și tot criollo-ul pe care îl mai găsiți.

— Da, să trăiți!

— Altceva?

— Încă un lucru interesant. Brazell spunea că atunci când el și Mogkan ar fi avut Ixia sub control, aveau de gând să preia și Sitia, l-a informat Valek.

În ziua următoare, comandantul a prezidat o ședință, cu Valek șezând în dreapta lui. Brazell a fost adus înaintea sa pentru a răspunde acuzațiilor. Așa cum era de așteptat, acesta a fost degradat și condamnat să-și petreacă restul vieții în temnițele comandantului.

Când i s-a permis să ia cuvântul pentru ultima oară, generalul a strigat:

— Măi, proștilor! Comandantul vostru e un impostor! Sunteți mințiți de ani de zile! În realitate, el este o femeie care poartă haine bărbătești!

Tăcerea a învăluit încăperea, însă expresia imperturbabilă a comandantului nu s-a schimbat nicio clipă. În scurt timp, râsetele își trimiteau ecourile spre pereții de piatră. Brazell a fost alungat în aplauzele și huiduielile celor prezenți. Cine ar fi plecat urechea la aiurelile unui smintit? Firește că nimeni.

M-am gândit la huiduielile lor. Nu râdeau pentru că ideea unei femei aflate într-o funcţie de putere ar fi fost complet absurdă, ci deoarece comandantul Ambrose avea o personalitate puternică. Felul lui deschis şi fără ocolişuri de a se purta era atât de onest şi de direct, încât ideea ca el să înşele pe cineva era de-a dreptul caraghioasă. Iar datorită opiniilor şi convingerilor despre sine însuşi, chiar şi cunoscând adevărul, tot nu mă puteam gândi la el în alt fel.

Ceva mai târziu în cursul aceleiaşi zile, m-am dus să vizitez orfelinatul. Pe May am găsit-o în dormitor. De data aceasta, plimbarea prin încăperile orfanilor mi-a trezit amintiri fericite. Când m-a văzut, May a sărit din pat şi m-a îmbrăţişat strâns de tot.

— Yelena, am crezut că n-am să te mai văd niciodată! a izbucnit ea.

Am strâns-o cu putere în braţe. Când s-a desprins, am zâmbit văzându-i fusta şifonată şi coada de cal în dezordine. Pe când îi împleteam părul, May sporovăia despre ce se întâmplase după plecarea mea. Entuziasmul i-a scăzut când mi-a vorbit despre Carra. Şi atunci mi-am dat seama cât de mult crescuse.

Când i-am terminat de împletit părul, a zis:

— Venim şi noi cu tine în Sitia!

Şi, zicând acestea, May s-a învârtit în cerc, neputând să mai stea liniştită. Mi-a arătat o valiză de pe podea.

— Ce-i asta? am întrebat-o.

— Doamna aceea din sud ne-a spus că ne va duce acasă. Să ne găsim familiile! mi-a declarat.

Am simţit o împunsătură în inimă. Pentru mine, familia avea un înţeles diferit. Aveam senzaţia că Valek, Ari şi Janco erau ca o familie pentru mine; până şi Maren părea o soră mai mare, cam morocănoasă.

— Este minunat! i-am răspuns lui May, încercând să par tot atât de entuziasmată ca şi ea.

S-a oprit din dansat pentru o clipă.

— Am rămas atât de puţini! a spus cu o voce gravă.

— Valek se va asigura că atât Carra, cât şi ceilalţi, vor fi bine îngrijiţi, am liniştit-o.

— Valek! Este *atât* de frumos! a exclamat May şi a râs.

Era atât de încântătoare, încât nu m-am putut abţine să n-o îmbrăţişez din nou.

Janco, pe de altă parte, m-a întâmpinat cu o faţă mohorâtă când m-am oprit să-mi iau la revedere de la el. Irys, nerăbdătoare să se îndrepte spre sud, voia să plece la drum de dimineaţă.

Ari preluase de la mine rolul de îngrijitor şi era aşezat lângă Janco.

— Bine, dar ce s-a întâmplat cu: „Asedii am înfruntat, împreună am luptat, prieteni rămânem de-a pururi"? l-am întrebat eu, citând mesajul pe care mi-l gravase el pe briceag.

Privirea lui Janco s-a luminat.

— Şmecheră mică! Ţi-ai dat deja seama, aşa-i? m-a întrebat.

Am zâmbit larg.

— De îndată ce Janco se mai întremează, venim şi noi în sud, mi-a declarat Ari.

— Ce să faceţi acolo? l-am întrebat.

— Să ne bronzăm puţin, mi-a răspuns Janco, zâmbind. Mi-ar prinde bine o vacanţă.

— Ai grijă de tine, să te aperi! m-a sfătuit Ari.

— N-am nevoie de protecţie în sud, am spus. Şi parcă-mi aduc aminte că, nu demult, i-am învins pe doi dintre instructorii mei.

— Deja se umflă în pene, a suspinat Janco. Nu putem merge cu ea acum; se va făli, se va lăuda şi va fi, în linii mari, insuportabilă. E destul de rău că trebuie să suport toate astea din partea lui Ari. N-aş putea face faţă dacă amândoi v-aţi purta la fel.

— În afară de asta, am spus eu, te-ai plictisi.

Ari a mormăit ceva şi şi-a încrucişat braţele imense, cu un aer acru.

— La primul semn de pericol, ne trimiţi un mesaj şi vom fi acolo. Ai înţeles? m-a întrebat Ari.

— Da, să trăiţi! i-am răspuns. Nu-ţi face griji în privinţa mea, Ari! Voi fi bine. Şi mă voi întoarce.

— Aşa să faci! m-a rugat Janco. Vreau să-mi iau revanşa.

Vorbisem, însă, prea curând despre întoarcere. Valek, Irys şi cu mine am discutat despre viitorul meu, însă conducătorul Ixiei părea să aibă alte planuri. Comandantul Ambrose a convocat o întâlnire oficială în acea seară. În prezenţa lui Valek, Ari şi Irys, în fostul birou al lui Brazell, comandantul a acceptat să respecte tratatul comercial chiar dacă acesta fusese pus în aplicare sub influenţa lui Mogkan. Apoi mi-a spus ce destin îmi pregătise mie.

— Yelena, a început el pe un ton ceremonios, mi-ai salvat viaţa şi îţi mulţumesc pentru asta. Însă ai puteri magice şi acest lucru nu este tolerat în Ixia. Nu am de ales şi trebuie să semnez un ordin privind executarea ta.

Valek şi-a aşezat, prevenitor, mâna pe umărul lui Ari, să-l împiedice să-l atace pe comandant. Ari a rămas liniştit, însă indignarea i se citea limpede pe faţă. Când comandantul i-a întins lui Valek o hârtie, o senzaţie de răceală mi s-a răspândit pe piele, lăsând în urma ei un sentiment surd de spaimă.

Valek nu s-a clintit.

— Domnule, am fost întotdeauna de părere că ar fi în avantajul nostru să avem un magician care să lucreze pentru noi; astfel s-ar fi putut preveni această situaţie particulară, a spus Valek. În Yelena putem avea încredere.

— Un argument pertinent, a încuviinţat comandantul, retrăgându-şi mâna şi lăsând-o să se odihnească pe birou. Chiar dacă avem încredere în ea, chiar dacă mi-a salvat viaţa, eu trebuie să respect *Codul de bună purtare*. Dacă aş proceda diferit ar însemna un semn de slăbiciune - ceva ce nu-mi permit în acest moment, mai ales după povestea cu Mogkan. În plus, generalii şi consilierii mei nu vor avea încredere în ea.

Comandantul a întins din nou ordinul de execuţie spre Valek. În mintea mea înnebunită, am auzit-o pe Irys cerându-mi să fug.

„Nu!" i-am spus eu. „Voi merge până la capăt. Nu voi scăpa cu fuga."

— Nu accept aşa ceva, a spus Valek pe un ton lipsit de inflexiuni.

Chipul lui nu trăda nicio emoţie.

— Nu te vei supune unui ordin direct? l-a întrebat comandantul Ambrose.

— Lucrurile nu stau aşa. Dacă nu iau ordinul scris, atunci nu va trebui să nu-l respect.

— Şi dacă îţi dau ordinul verbal? l-a întrebat conducătorul nostru.

— Mă voi supune. Dar va fi ultima sarcină pe care o voi duce la îndeplinire pentru dumneavoastră, a spus Valek şi şi-a scos pumnalul de la cingătoare.

S-a auzit zăngănitul metalului când Ari şi-a scos, şi el, sabia din teacă.

— Va trebui să treci, mai întâi, peste mine, a spus el, păşind în faţa mea.

Ari avea o şansă mai bună decât a altora să-l bată pe Valek, însă ştiam că nu avea să-l învingă. Şi nici nu voiam să încerce.

— Nu, Ari! am spus.

I-am împins mâna cu sabia în jos şi m-am aşezat lângă Valek. Privirile ni s-au întâlnit. Am înţeles că loialitatea lui Valek faţă de comandant nici nu intra în discuţie. În ochii lui albaştri se citea o hotărâre de nezdruncinat şi am ştiut, în inima mea, că Valek avea să-şi curme viaţa după ce avea să o ia pe a mea.

Comandantul ne-a privit, cugetând în tăcere. Am simțit cum timpul se oprea sub cercetarea lui atentă.

— Am semnat ordinul în conformitate cu *Codul*..., a spus, în cele din urmă, conducătorul. Voi însărcina pe altcineva cu ducerea sa la îndeplinire. Ar putea dura câteva zile până voi găsi persoana potrivită.

S-a uitat la mine și la Irys. Era o aluzie că trebuia să plecăm la drum în cel mai scurt timp.

— Acest ordin este valabil numai în Ixia. Sunteți liberi cu toții! ne-a spus.

Biroul s-a golit în grabă. Eram amețită de ușurare, când Ari m-a cuprins în îmbrățișarea lui de urs și a tras un strigăt de bucurie. Însă inima mi s-a umplut de suferință mai apoi, când mi-am dat seama că urma să fiu despărțită de Valek atât de repede după ce ne reuniserăm!

După ce Irys și Ari au plecat să organizeze „evadarea", Valek m-a tras deoparte. Ne-am sărutat cu pasiune și cu o grabă disperată.

După ce ne-am desprins, să ne recăpătăm suflul, i-am spus:

— Vino cu mine!

Nu era o rugăminte sau o întrebare. Era o invitație.

Ochii albaștri ai lui Valek s-au închis, îndurerați.

— Nu pot, mi-a mărturisit.

M-am întors cu spatele, simțindu-mă ca una dintre statuetele lui negre, însă m-a întors din nou spre el.

— Yelena, ai lucruri de învățat, trebuie să-ți găsești familia, trebuie să-ți întinzi aripile și să vezi cât de sus poți zbura, mi-a zis. Nu ai nevoie de mine chiar în clipa asta, dar comandantul are.

M-am agățat de Valek. Avea dreptate, nu aveam nevoie de el, însă voiam să fie cu mine pentru totdeauna!

Am plecat chiar în noaptea aceea.

Irys conducea grupul nostru ca vai de lume. Opt fete și doi băieți de la orfelinatul lui Brazell o urmau prin pădure, spre granița sudică. Eu am rămas în ariergardă, să mă asigur că toți cei din grup rămâneau împreună și să mă încredințez că nu ne urmărea nimeni.

Am mers pe jos câteva ore, până am găsit un luminiș potrivit în care să ridicăm tabăra pentru noapte. Ari procurase provizii mai mult decât suficiente pentru călătoria noastră.

Am zâmbit, amintindu-mi discursul pe care mi-l ținuse despre cum să mă feresc de probleme. Exact ca un frate exagerat de protector, nu se declarase mulțumit până nu-i promisesem că urma să-i dau de știre dacă aș fi avut nevoie de ajutor. Aveau să-mi lipsească foarte mult, el și Janco!

Am ridicat șase corturi mici pe care le-am așezat în cerc. Irys i-a uimit pe copii când a aprins vreascurile cu o fluturare a mâinii, folosind magia. După ce toată lumea s-a dus la culcare, am mai rămas lângă foc, răscolind jarul pe cale să se stingă. Nedorind să intru încă în cortul meu și al lui May, m-am uitat la unica limbă de foc care țâșnise când ațâțasem jarul. Dansa de una singură, într-o reprezentație pentru un unic spectator. M-am întrebat pentru a suta oară, învârtind pandantivul pe deget, de ce Valek nu venise să-și ia la revedere de la mine.

Am simțit o mișcare. Sărind în sus, mi-am scos arcul. O umbră s-a desprins de lângă un copac. Irys crease o barieră magică în jurul corturilor noastre. Spusese că bariera urma să tulbure vederea unei persoane, astfel încât aceasta nu avea să zărească decât un luminiș pustiu.

Umbra s-a oprit la marginea luminișului, neafectată de magie, și mi-a zâmbit.

Era Valek!

Mi-a întins mâna. I-am prins degetele îngheţate cu ambele mele mâini, pe când mă conducea departe de corturi şi tot mai adânc în interiorul pădurii.

— De ce nu ai venit înainte de plecare? l-am întrebat, când ne-am oprit la rădăcinile unui uriaş stejar, care străpunseseră suprafaţa solului, alcătuind mici scobituri în care te puteai adăposti.

— Am fost ocupat să mă asigur că-i va fi greu comandantului să găsească pe cineva care să-i ducă ordinul la îndeplinire.

Valek a zâmbit cu o încântare maliţioasă.

— Este uimitor, cât e de laborios să faci curat în urma lui Brazell! a adăugat.

M-am gândit la ce avea să urmeze după „curăţenia" aceea.

— Cine degustă mâncarea comandantului? am întrebat.

— Deocamdată, eu. Dar căpitanul Star cred este un candidat excelent. Din moment ce-i cunoaşte pe toţi asasinii, cred că ajutorul ei va fi de nepreţuit.

Era rândul meu să zâmbesc. Star urma să fie potrivită pentru acest post dacă avea să supravieţuiască pregătirii. Dacă...

— Am vorbit destul, a spus Valek, ajutându-mă să mă aşez între rădăcini. Acum este timpul să-mi iau rămas-bun aşa cum trebuie.

Am petrecut ultima mea noapte în Ixia împreună cu Valek, sub copac. Orele rămase până în zori au trecut pe nesimţite. Soarele care a răsărit m-a trezit din somnul liniştit în braţele lui, silindu-mă să încep ziua în care trebuia să-l părăsesc.

Intuind dispoziţia în care mă aflam, Valek a spus:

— Niciun ordin de execuţie nu ne-a despărţit până acum. Există modalităţi de a-l ocoli. *Vom fi împreună.*

— Este un ordin? l-am întrebat.

— Nu, este o promisiune, m-a asigurat.

MULȚUMIRI

Această carte nu ar fi existat fără sprijinul soțului meu, Rodney. Îți mulțumesc, dragul meu, pentru toate listările, copiile și criticile, dar și pentru bunăvoința de a fi fost părinte unic din când în când! Îți mulțumesc pentru că nu te-ai plâns de taxele de participare la conferințe, că ai fost alături de mine atunci când am fost respinsă și îți mulțumesc pentru milioane de lucruri pe care nu mai am loc să le enumăr!

Le mulțumesc copiilor mei, Luke și Jenna, pentru că (în majoritatea timpului) au înțeles că nu mă jucam la calculator (zău că nu!).

Părinților mei, James și Vincenza McGinnis, le mulțumesc pentru că au crezut întotdeauna în mine. Surorii mele, Karen Philips, îi mulțumesc pentru că a citit cartea și mi-a oferit sprijinul pe care numai o soră îl poate oferi. Lui Chris Philips îi mulțumesc pentru ideile bune și pentru că ne-a suportat pe noi toți. Și nu pot să-i uit pe cei care au stat cu copiii: Sam și Carole Snyder, Becky și Randy Greenly, Amy Snyder, Gregory Snyder, Melissa Read și Julie Read – fără voi toți, aș fi încă la capitolul 2!

Multe mulțumiri dragei mele muze și membrilor grupului de critică și trăncăneală: Shawn Downs, Laurie Edwards, Julie Good, Lisa Hess, Anne Kline, Steve Klotz, Maggie Martz, Lori Myers, Kim Stanford, Jackie Werth, Michael Wertz, Judy Wolfman și Nancy Yeager. Fără ajutorul și sprijinul vostru, cartea aceasta nu ar fi ajuns atât de departe.

Mulțumiri călduroase lui Helen French. Ea mi-a dat telefonul la care visam, iar entuziasmul său față de acest proiect a fost admirabil. Îi mulțumesc lui Mary-Theresa Hussey, care a fost un redactor nemaipomenit. Le mulțumesc agenților mei, Sally Wecksler și Joann Amparan-Close, pentru că m-au ajutat să închei contractul. Lui Phil Heffernan, care a făcut ilustrația de pe copertă, îi mulțumesc pentru că aceasta a ieșit minunată.

Mulțumiri foarte speciale lui Alis Rasmussen, care și-a făcut timp să citească și să facă observații pe marginea manuscrisului. Sfaturile tale au fost cu adevărat de neprețuit!

Pentru comenzi şi informaţii, contactaţi:
GRUPUL EDITORIAL CORINT
Departamentul de Vânzări
Str. Mihai Eminescu nr. 54A, sector 1, Bucureşti, cod poştal 010517
Tel./Fax: 021.319.47.97; 021.319.48.20
Depozit
Calea Plevnei nr. 145, sector 6, Bucureşti, cod poştal 060012
Tel.: 021.310.15.30
E-mail: vanzari@edituracorint.ro
Magazin virtual: www.edituracorint.ro

ISBN: 978-606-793-445-8

Format: 16/54x84;
Coli tipo: 28

Tiparul executat la:
EVEREST
:TIPOGRAFIA